La Lumière du matin

DU MÊME AUTEUR

Aux Éditions de la Seine

Rachel et ses amours (1989)

Aux Éditions Albin Michel

La Route est longue, Jessica
Un matin, elle s'en alla...
Jules Matrat
Ceux de la forêt
Le Château vert
Rachel et ses amours
Les Bonheurs courts :
** Le Chemin perdu
*** Les Soleils de l'automne
**** La Désirade

Charles Exbrayat

Les Bonheurs courts

*

La Lumière du matin

roman

Cette édition de *La Lumière du matin*
est publiée par les Éditions de la Seine
avec l'aimable autorisation des Éditions Albin Michel.

A Lydie qui, depuis si longtemps,
marche à mes côtés et du même pas.

« Il deviendra comme la lumière de l'aurore, lorsque le soleil se levant au matin brille sans nuages, et comme l'herbe arrosée par la pluie, qui germe de la terre. »

SAMUEL, XXIII, 4

1.

Armandine

En cette belle journée du 12 mai 1774, un temps magnifique illumine les derniers coteaux dominant le Rhône à l'extrémité septentrionale de la province languedocienne. C'est là que Saint-Georges-le-Jaloux groupe ses maisons aux tuiles dorées par d'innombrables soleils. Nul ne sait d'où vient l'épithète de « jaloux » accolée au nom du village. Herbaud le Vieux, qui va sur ses quatre-vingt-quinze ans et qui fut un des premiers de la paroisse à apprendre à lire et à écrire, affirme que, dans les temps anciens, l'hiver, les loups poussés par la faim descendaient de l'Auvergne jusque sur le bord du Rhône. Il paraît que ces hordes sauvages avaient été longtemps menées par un puissant mâle gris s'en prenant plus volontiers aux gens qu'aux bêtes. Quand on parlait de lui, on disait le « mauvais loup ». Ces fauves avaient disparu depuis bien des années qu'on parlait encore, aux veillées, du « mau loup ». Plus tard, les souvenirs s'estompant au fil des générations, on a prononcé « maloup », ensuite « malou ». Comme plus personne ne comprenait à quoi se référait ce mot dépourvu de sens, on trouva plus drôle de muer « malou » en « jaloux », quoique nul n'ait jamais deviné de qui Saint-Georges pouvait être envieux. Mais ça, c'est ce que raconte Herbaud le Vieux à qui on ne peut accorder pleinement confiance car il a la cervelle légèrement embrouillée. Sa bru, la femme d'Ange Herbaud, le chevrier, confie à qui veut l'entendre qu'il n'est pas possible de croire ce que vous affirme un bonhomme qui ne se sent plus toujours pisser et qui a la « comprenotte » un peu rouillée. Octave, le petit-fils, n'aime pas qu'on parle du pépé de cette façon.

Quoi qu'il en soit, Saint-Georges-le-Jaloux est un joli village un peu à l'écart de la grande route montant du Midi vers Le Puy, et qui étage ses maisons dans un creux où coule le Cerasson, un ruisseau qui va mêler ses eaux à celles du Rhône. La première demeure qu'on rencontre appartient justement à Ange Herbaud qui, en compagnie de sa femme Lucie et de son fils Octave, possède un important troupeau de chèvres. Il vend les fromages fabriqués avec leur lait. Au-dessus de la ferme s'étagent des sortes de greniers sans mur au midi. Ce sont les séchoirs. Les peaux de chèvres y sont fouettées par le vent et caressées par le soleil, en attendant qu'on les emporte chez les tanneurs d'Annonay.

Ange est grand et maigre, avec une barbiche qui allonge son visage, faisant ressembler son profil à celui des animaux qu'il élève et tue. Octave a la même allure que son père. Comme lui, il marche un peu voûté. Des silencieux. Lucie affirme (quand elle est sûre que son mari ne peut pas l'entendre) qu'elle s'attend toujours à ce que ses hommes bêlent au lieu de parler. Le père et le fils sont imprégnés de l'odeur du bouc régnant sur le troupeau. Ce bouc, on le garde au chaud, l'hiver, de l'autre côté de la chambre des Herbaud. Les villageois disent que c'est une famille qu'on sent venir de loin.

Après, on découvre la forge de Mathieu Vermoyat, le charron, qui y travaille avec ses deux fils, Gustave et Jean-Marie. Ils ferrent les chevaux comme les vaches qui servent de bêtes de trait.

Les Vermoyat sont la fierté de Saint-Georges, un peu parce qu'ils exercent sans défaillance et avec un savoir connu de tous un métier difficile, mais plus encore à cause de leur force. Ils n'ont jamais rencontré d'adversaires capables de triompher d'eux dans les tournois de lutte. Lorsque Mathieu, le père, ôte sa chemise, on ne voit pas la peau. Il a tellement de poils qu'à le regarder on pense à un ours. Les anciens chuchotent que, le soir de ses noces, la Fanchon s'était ensauvée par la fenêtre, croyant, la pauvrette, qu'on l'avait mariée à une bête. Jean-Marie et Gustave sont bâtis sur le modèle de leur papa. Heureusement, les Vermoyat sont d'humeur pacifique. Chez eux, c'est la maman, un petit bout de femme, qui commande et sait se faire obéir de ceux qu'elle appelle, tendrement, ses monstres.

Puis, on arrive à l'église, orgueil des habitants de la paroisse, avec son clocher que les savants d'Annonay visitent souvent. On a même vu des bourgeois de Valence discuter devant le porche en usant de mots que personne ne comprenait. Tous ces gens-là, quand ils se sont asséché la gorge dans des parlotes qui n'en finissent pas, gagnent le café de Jules Brénieux. Ce Jules, la nuit, fait la contrebande avec les pays d'au-delà du Rhône. Mélanie, son épouse, sert les vins du « rivage », bat une omelette, prépare une salade, découpe le jambon et le saucisson. Une gentille grosse, douée d'un heureux caractère. Elle ne se fâche pas plus qu'il ne faut quand un client, ayant un peu trop bu, s'oublie jusqu'à lui pincer les fesses. Jules est un placide. A le voir, l'œil mi-clos, poussant des soupirs chaque fois qu'il doit s'imposer un effort, personne ne se douterait que, certaines nuits, il couvre de grandes distances avec de lourds ballots sur les épaules. Pareil à la marmotte à laquelle on pense en l'observant, il peut rester des heures immobile sur la mousse des forêts ou se faufiler entre les arbres avec une célérité qui stupéfie. Un ménage heureux.

Derrière l'église, le presbytère enfoui dans la verdure. Le curé Soulia y vit en paix ses dernières années. Un vieillard aussi sec qu'un sarment de vigne en hiver, mais dont les cheveux d'un blanc de neige et les yeux bleus au regard limpide inspirent confiance et tendresse. Sa demeure est assez vaste pour recevoir, une fois par mois, l'Assemblée paroissiale. Noémie Cerzaguet, sa servante, ressemble à une pomme oubliée au grenier ou à la cave durant la mauvaise saison. Son visage, fripé par d'innombrables rides, creusé par le trou béant d'une bouche édentée, n'a de vivant que des yeux noirs et vifs auxquels rien n'échappe. Les deux vieux se comprennent à merveille et chaque soir, en partageant la soupe, Noémie rapporte à son curé ce qu'elle a entendu dans la journée. Elle ne dédaigne pas, quand l'occasion s'en présente, de prêter une oreille indiscrète aux aveux que M. Soulia écoute en confession. Elle appelle cette vilaine manie : se renseigner.

Face au porche de l'église, une jolie petite maison dite « A l'agneau », par suite d'une silhouette de mouton gravée dans la pierre du linteau. Elle appartient à Demoiselle Armandine Versillac, lingère au château de Champsauve.

L'école n'est qu'une grange qu'Herbaud le Vieux a donnée depuis longtemps à l'Assemblée paroissiale, à charge pour elle de l'entretenir. Les enfants s'y rendent tous les jours (lorsque leurs parents n'ont pas de tâches plus urgentes à leur confier), et Hortense Fortunat essaie de leur enseigner le rudiment. Hortense est une vieille fille qu'une santé fragile (elle tousse chaque hiver) a obligée d'abandonner son village du Mézenc — dont elle était la Béate — pour se réfugier dans un meilleur climat. Mlle Fortunat vit depuis une dizaine d'années à Saint-Georges et, au fond, on ne sait pas grand-chose d'elle, sauf qu'elle est le dévouement personnifié. Non seulement elle essaie d'apprendre à lire et à écrire aux gamins et gamines du village, mais on la rencontre au chevet des malades. Elle lave et habille les morts. Le curé prétend qu'elle est sur la voie de la sainteté. On a envie de le croire. Hortense a une silhouette grise, falote. On est tellement habitué à la voir sortir d'une maison pour entrer dans une autre qu'on ne lui prête plus attention. Personne ne peut dire son âge.

L'école est en face du chevet de l'église. Elle touche presque le café qui, lui-même, jouxte la boucherie où trône Auguste Geraise. Auguste fait passer des frissons dans le dos de ses clients quand il manie les couteaux et couperets pour désosser, couper, tailler, aplatir. Il se pique de suivre la mode de Paris dont il a des échos par ses confrères d'Annonay. Sa bedaine gêne de plus en plus Geraise, et l'on prédit qu'un de ces jours il va s'ouvrir le ventre en croyant fendre une carcasse. Auguste ne fraie pas avec n'importe qui. Il se tient pour un important. Par un curieux contraste, autant Auguste est sanguin, autant Aglaé, sa femme, est pâle. Autant il est brutal, autant elle est douce. Elle chuchote alors qu'il crie, elle pleure lorsqu'il jure. François, leur fils, un drôle de dix ans, a hérité de la hargne de son père. On le répute cruel envers les bêtes que son papa tue.

Sitôt qu'on a traversé la place ombragée de platanes qui domine le Cerasson, on rencontre la demeure du procureur, Florent Estalle, un chrétien bon et pieux qui connaît un peu de médecine, soigne les animaux, donne des conseils pour la culture. On le respecte, ainsi que son épouse Laure. Il vit des revenus de deux magnaneries qu'il a reçues de son père. Florent incarne la douceur de vivre. Sur son visage poupin fleurit sans cesse un agréable sourire. Il aime le roi, chérit sa femme, craint et révère le Seigneur. Un homme facile à fréquenter. Laure, son épouse, pourrait passer pour une dame de la ville. Vêtue sévèrement, mais avec une certaine élégance, elle a toujours un mot gentil pour les personnes qu'elle croise sur son chemin. Le seul souci de ce couple paisible est de n'avoir pas eu d'enfant.

De l'autre côté de la place, collée à la boucherie, il y a la maison d'Antoine Dolioux. Il se prétend notaire, mais n'est qu'un ancien clerc d'Annonay. Il a perdu son emploi pour des raisons qu'on ignore et qu'on murmure peu honnêtes. C'est un veuf d'une quarantaine d'années. Il vit de conseils qu'il fait payer cher à l'occasion de mariages, d'héritages et de toutes sortes de litiges. De plus, il pratique l'usure, discrètement. Un individu de taille moyenne, plutôt efflanqué. Un grand nez fait paraître le reste du visage sans intérêt. Les mauvaises langues prétendent que sa défunte femme a préféré mourir plutôt que de continuer à vivre avec un aussi méchant personnage. On le craint.

A l'endroit où la route tourne pour se lancer à l'assaut des collines, on découvre la chaumière la plus délabrée du pays. Elle est occupée par Germain et Suzanne Vérines, deux misérables journaliers louant leurs bras à qui en a besoin. Lui, c'est un taciturne. Il ne dit jamais bonjour le premier. Il n'ose pas. Depuis qu'il est en âge de marcher, il obéit à des patrons qui sont plus durs que les seigneurs. Elle, une grande et forte femme, a le regard délavé des bêtes de somme. Elle non plus ne parle pas. De quoi pourrait-elle parler, sinon de sa misère ? Et cela n'intéresse personne. Elle le sait. On ne connaît pas la force de Germain. Il ne s'en est jamais servi contre quelqu'un. Si on lui cherche querelle, il s'en va, car il n'ignore pas qu'en cas de batterie c'est lui que les gens du roi mettraient en prison. Il préfère rejoindre sa Suzanne qu'il aime et qui l'aime.

En pleine montée, le chemin paraît s'appuyer sur les deux maisons entre lesquelles il se glisse. A gauche, celle du menuisier Albert Tiranges, à droite celle de Fabien Boisset, qui répare tout ce qui peut être réparé. Les Tiranges, Albert et Pauline, sont jeunes et sympathiques. Le travail semble être leur seul plaisir. Albert est un beau garçon à la moustache conquérante. Le comte dit qu'il serait magnifique sous l'uniforme. On aime mieux le croire que d'aller voir. Pauline passe pour la plus jolie femme du pays et, dans les débuts de leur installation (ils arrivaient de Boulieu), il y en eut pour tourner autour d'elle. En vain. Pauline est une épouse qui connaît ses devoirs et Albert n'est pas homme à se laisser voler ce qui lui appartient sans protester. Le couple communie dans sa tendresse pour Philibert, le fils qui vient de naître, à Saint-Georges.

Les Boisset, eux, amusent le pays où ils sont très populaires. Fabien et Marguerite font penser à des oiseaux. Tous deux petits, nerveux, ils ne cessent de trotter dans leur demeure et, quand on les rencontre dehors, ils sont en train de courir. Ils font rire et ils attendrissent. Sitôt qu'on casse quelque chose dans un foyer, on va chercher Fabien qui — prétend-on — a des mains extraordinaires. Quant à Marguerite, elle habille les femmes de Saint-Georges. Des gens bien considérés.

Enfin, la route échappe au village en s'arrachant à l'emprise des derniers bâtiments qui l'enserrent au point de paraître vouloir l'étrangler et qui sont la propriété de Barthélemy et Justine Apinac, des cossus. Ils possèdent des chevaux et trois voitures.

Deux fois par semaine, Barthélemy va à Annonay, et une fois à Saint-Vallier. C'est commode pour ceux qui n'ont que leurs jambes pour se déplacer. Apinac est presque un géant. Il a une tête de plus que Vermoyat, ce qui n'est pas rien. Un homme qui ne s'emporte jamais contre ses bêtes. Il ne supporte pas qu'on les frappe. Il ne discute pas, il commande et, si on lui manque de respect, il cogne. Les femmes sont unanimes à envier le sort de Justine puisqu'elle se contente de régner sur les palefreniers et les servantes. L'épouse de Barthélemy n'a pas un visage des plus avenants. Cependant, elle en impose par sa tenue. Elle s'efforce de comprendre ceux et celles qu'elle dirige. Elle a les mains soignées d'une dame et elle s'en croit un peu, ce qui déplaît.

Le reste des habitants de Saint-Georges vit au-delà du Cerasson et ne participe guère à la vie du village, les communications étant plus faciles avec Saint-Déodat, la paroisse qui, au nord, rivalise avec Saint-Georges. De même, les pêcheurs établis entre la grand-route et le Rhône ne se montrent que le dimanche, à la messe. Parfois, dans la semaine, il y en a un qui s'amène avec son mulet et achète pour tous.

Lorsque la route a serpenté pendant une demi-lieue entre les coteaux afin d'adoucir la pente, elle arrive au château de Champsauve dont l'imposante tour marquant l'entrée du domaine matérialise, par sa masse, les peurs d'autrefois lorsque les Camisards remontaient des Cévennes méridionales. Une autre tour, d'aspect plus aimable, est habitée par la famille seigneuriale. Elle est gardée par un couple de domestiques logeant au rez-de-chaussée. Sur la cour rectangulaire protégée de l'extérieur par un mur d'enceinte où ne se promène plus de sentinelle, s'ouvrent les communs, les remises, l'écurie et le logement des valets. Un endroit où le seigneur vit tranquille. Il s'occupe, essentiellement, de gérer au mieux ses propriétés et de veiller au salut de l'âme de ceux qu'il gouverne. Le comte, après le traité d'Aix-la-Chapelle, a dû renoncer à servir le roi, sa jambe gauche ne lui étant plus d'une grande utilité depuis qu'un biscaïen lui a fait éclater le genou à Lawfeld, il y a vingt-sept ans. Cette infirmité ne l'a pas empêché de s'éprendre d'Adélaïde de Réauze, rencontrée au cours d'un séjour en Vivarais. Fille puînée d'un noble désargenté, Adélaïde eût épousé n'importe qui pour échapper à l'état promis de vieille fille et au couvent misérable où son absence de dot l'eût obligée de s'ensevelir. Contrairement à ce que l'on craignait, le mariage s'était révélé heureux, sauf qu'aucun enfant n'était venu égayer ce foyer. On y coulait cependant des jours sans histoire dont la monotonie était parfois rompue par l'humeur grognonne que les rhumatismes — conséquences de ses blessures — imposaient au comte. Honoré de Champsauve, en 1774, avait cinquante ans. C'était un gentilhomme mince et de haute taille, dont les traits retrouvaient, parfois, un peu de leur jeunesse perdue quand il racontait quelque malice. Au demeurant, un esprit juste, humain, respecté de tous, aimé de la plupart. Il passait ses journées dans le cabinet où, sur des rayonnages d'acajou, s'alignaient les œuvres des écrivains français dont il était de bon ton de posséder les ouvrages. Parmi ces volumes que, seul, le comte avait le droit de toucher, se trouvait — relié en veau et marqué aux armes de la maison — le journal quotidiennement tenu par le défunt comte et la défunte comtesse. Le premier, Régis de Champsauve, avait servi sous les ordres du maréchal de Villars pendant la guerre de Succession d'Espagne et combattu à Stolhofen, à Malplaquet et à Denain. Sa femme, Henriette de Mendigoules — née d'une excellente famille auvergnate —, racontait, dans son journal, les menus événements d'existences qui, en dehors des absences et des angoisses dues à la guerre, aux maladies, aux accidents, avaient connu peu de traverses. Par amour filial, Honoré — se référant aux dates — avait rassemblé les volumes reçus à la mort de son père, en un seul journal, en entremêlant les pages écrites par ses parents. C'est ainsi que les réflexions de Régis de Champsauve sur les erreurs tactiques commises, à son avis, par Villars étaient précédées du prix d'une culotte et suivies d'une ordonnance destinée à réprimer un flux de ventre de la comtesse. Encouragé par l'exemple de son père et de sa mère, Honoré inscrivait lui aussi les petits incidents de la vie à Champsauve, comme il avait noté les avatars de sa situation pendant la guerre de Succession d'Autriche. Quand il se sentait d'humeur joyeuse, le comte confiait à son épouse :

— Si, d'aventure, quelqu'un, après nous, lit le journal de mon père et le mien, il risque de se demander, en parcourant les sanglants récits de ces royaux conflits successoraux, si nous n'étions pas des tabellions nous ébattant dans la fureur et le bruit !

En dépit d'une quarantaine nettement dépassée, Adélaïde de Champsauve garde un caractère de jeune fille et s'accommode assez d'une solitude que d'autres estimeraient insupportable. Elle trouve sans cesse une occupation qui la distrait. De plus, elle vit en contact avec la nature et se veut attentive aux changements de saisons. Les premières fleurs, les premiers fruits la plongent dans un ravissement sans cesse renouvelé et les caprices du ciel lui sont un spectacle dont elle ne se lasse pas. Contrairement à ses contemporaines, la comtesse ne craint pas son mari et son caractère parfois bourru. Elle a deviné et compris le désenchantement de l'homme qui, pour le service d'un roi ingrat et lointain, est devenu infirme à vingt-trois ans. Elle l'aime sans se demander pourquoi. Bien fardée, coquettement habillée, Adélaïde eût été jugée belle, même à Versailles. Dans ce château perdu, elle se contente d'être ce qu'elle est, ne cherche point à plaire, et sa simplicité y parvient sans effort. Elle a l'œil clair, la bouche saine et sait se coiffer. Il n'en faut pas davantage pour lui donner un charme que les rares visiteurs sont unanimes à reconnaître.

Afin de combattre toute apparition de l'ennui et notamment lors des interminables pluies d'automne, la comtesse peut compter, depuis vingt-deux ans, sur la présence constante d'Armandine Versillac, la lingère-confidente-secrétaire de Champsauve. Armandine est une personne grande, brune, solidement charpentée, douée d'une grâce naturelle et d'un caractère merveilleusement égal malgré le célibat. La quarantaine, déjà, met des fils blancs dans sa belle chevelure. Le comte, tout autant que son épouse, voue une solide affection à la demoiselle Versillac, mais pour des raisons différentes. Adélaïde voit dans Armandine la compagne de tous les jours. L'habitude, en dépit de la disparité des origines, fait de la lingère presque une sœur. Quant au comte, il aime Armandine en souvenir de Mathieu Versillac, le père mort depuis une décennie et qui occupait une place à part dans l'histoire de Saint-Georges-le-Jaloux. On l'avait surnommé Noé à la suite d'un exploit qui le rendit célèbre. L'affaire remontait à 1735, l'année de la fin de la guerre de Succession de Pologne. A cette époque, Mathieu, quoique fort gueux, avait épousé une brave et honnête fille de journaliers agricoles — Eugénie Brunilles — qui n'avait pas craint de partager l'existence de ce beau garçon de trente-cinq ans vivant des aléatoires ressources de son métier de pêcheur. Eugénie, sur le point d'atteindre son vingt-sixième printemps, avait été, jusque-là, si malheureuse que plus aucune difficulté ne pouvait la rebuter.

Les Versillac vivaient dans une masure que Mathieu tenait de ses parents. Située à cent toises du Rhône et à une demi-lieue de Saint-Georges, sur un coteau ne s'élevant pas à plus de dix pieds au-dessus du niveau du fleuve, la pauvre demeure des Versillac faisait partie d'un groupe de chaumières où subsistaient, tant bien que mal, une dizaine de familles qui, toutes, reconnaissaient

Mathieu pour guide. Ces gens-là vivotaient de la pêche. Un métier difficile avec un fleuve aussi dangereux que le Rhône dont le courant atteignait parfois la vitesse d'un cheval au galop. Dans ces moments-là, il valait mieux rester chez soi, car personne n'aurait été assez fort pour lutter contre la puissance du flot. S'y aventurer, c'était risquer la mort et d'être emporté jusqu'à Marseille. Seul, Mathieu ne redoutait pas le Rhône. Il nourrissait envers le fleuve une sorte de haine amoureuse. Dès son adolescence, il avait senti qu'entre le puissant cours d'eau et lui existait une sorte de contentieux qu'il faudrait régler un jour ou l'autre. Versillac était persuadé qu'il sortirait vainqueur de cette lutte et, dans ce but, il ne cessait d'épier son adversaire. Que le temps permît ou non la pêche, Mathieu se tenait là, sous la pluie, dans le vent, étudiant, observant, notant dans sa mémoire le comportement de l'eau selon ce qui se passait dans le ciel. L'époux d'Eugénie ne manquait jamais l'office du dimanche à Saint-Georges où il fit baptiser la petite fille venue égayer son foyer, un an après son mariage. L'abbé Soulia, déjà curé de Saint-Georges, avait accueilli l'enfant dans la communauté chrétienne qu'il dirigeait et lui avait trouvé ce prénom d'Armandine en souvenir de sa propre mère. Dès lors, des liens affectifs l'unirent aux Versillac qui, en plus de la pêche, cultivaient un jardin et gardaient, avec l'aide du chien Flambeau, une vache répondant au nom de Clématite.

Un matin du printemps de 1735, Mathieu, sortant sur le pas de sa porte, huma l'air qui avait ce goût fade des eaux douces agitées, une odeur où se mêlent les senteurs des terres emportées, des fleurs, des herbes arrachées au rivage et glissant au fil du courant, enfin celle de la vase révélatrice du remue-ménage du fleuve en profondeur. Retournant à la cuisine où Eugénie, ayant servi la soupe, donnait la tétée à Armandine, Versillac l'avertit :

— Cette grande carne de Rhône nous préparerait un méchant tour que j'en serais pas étonné...

— Tu crois ?

— J'ai vu passer pas mal de branches, même un arbrisseau et un mouton.

— Jésus Marie ! Tu penses, pour de vrai, qu'il va venir ?

— J'en ai peur.

— Alors, qu'est-ce que tu décides ?

— De le surveiller, cet enfant de putain ! Au premier signe certain, on prendra nos précautions.

— Ça serait pas mieux de grimper tout de suite à Saint-Georges ?

— Jamais je céderai devant cette charogne de fleuve !

Dans les jours qui suivirent, le Rhône devint tellement gros et si furieux qu'il ne pouvait être question d'essayer de pêcher. Quelques-uns s'effrayèrent et, entassant leur maigre bien sur une charrette à laquelle on avait attaché la vache ou l'âne, montèrent au village pour se mettre à l'abri d'une attaque soudaine de l'eau. Quant à Mathieu, jusqu'à une heure avancée de la nuit, il rôda sur la rive, aux aguets. Les autres pêcheurs attendaient qu'il donnât son avis pour décider s'ils partiraient ou non.

Eugénie préparait un ragoût de fèves et de lard lorsque son mari entra. Hors d'haleine et s'appuyant à la table, il reprit son souffle avant d'annoncer :

— Ça y est ! Il s'amène... ! Je cours les prévenir et je reviens pour mettre nos affaires en sûreté.

L'épouse n'eut pas le temps de répondre, son mari était déjà reparti.

Les compagnons de Versillac l'entouraient, l'assaillant de questions.

— T'es sûr pour de bon ? Et si tu te trompes ? Et si c'était qu'une faible montée ?

Albert Auchel, qui atteignait ses soixante-quinze ans, leur imposa silence :

— J'ai vu naître Mathieu... Y en a pas un qui connaît le fleuve comme lui... S'il annonce que le Rhône doit nous rendre visite, vous pouvez être certains qu'il viendra. Il faut foutre le camp...

Albert fut le dernier à s'en aller. Versillac l'avait aidé à transporter sa paillasse, une chaise, une table. Le vieux attrapa son âne par la bride.

— Je vas chez ma sœur, à Ozas, et toi ?

— Je reste.

— T'as peut-être tort... à cause de la femme et de la petite.

— J'ai jamais cédé devant le Rhône, je commencerai pas aujourd'hui.

Lorsqu'il se retrouva seul, Mathieu se prépara à lutter contre son vieil adversaire. Il monta au grenier toutes les provisions sauf la farine. Il entendait qu'une fois le déménagement terminé, Eugénie préparât un très grand nombre de galettes. Assise sur un escabeau, Armandine semblait goûter un plaisir extrême à ces va-et-vient incessants qu'elle prenait pour un jeu. Sur le soir, la paillasse, le berceau, les trois chaises avaient quitté le rez-de-chaussée. Versillac s'affaira encore de longues heures pour accumuler le plus d'herbes possible pour les lapins qui, le moment venu, grimperaient eux aussi à l'étage supérieur. Un sac de grains compléterait l'approvisionnement. On aménagea un endroit où Clématite, la vache, vivrait des heures difficiles. Heureusement, elle était jeune et solide. Les outils trouvèrent leur place au-dessus de l'âtre et sur l'armoire. Le fourrage pour la vache et les carottes furent emportés vers les hauteurs ainsi que la seille pour le lait. Au terme de cette journée harassante, Mathieu s'en fut flairer l'eau, le vent et, dans la nuit qui tombait, il murmura :

— C'est pas encore ce coup-ci que tu m'auras, vieux brigand !

Le lendemain, l'abbé Soulia vint tenter de raisonner l'entêté.

— A quoi rime ton attitude, Mathieu ?

— Je veux pas céder devant lui !

— Lui ! lui ! Tu parles du Rhône comme s'il s'agissait d'une personne !

— Pour moi, c'en est une...

— Attention ! Tu glisses vers le sacrilège !

— Écoutez-moi, monsieur l'abbé, il faut que je montre à tous qu'on n'est jamais vaincu d'avance, qu'on peut se battre contre le fleuve !

— Péché d'orgueil, mon fils, un de ceux que le bon Dieu aime le moins !

L'homme secoua la tête, obstiné.

— Je suis sûr qu'Il m'aidera !

— Et pourquoi t'aiderait-t-Il, insensé ?

— Parce que je suis Sa créature et qu'il peut pas vouloir que Sa créature recule devant les forces mauvaises !

— As-tu réfléchi que, si un malheur se produit, tu seras responsable et seul responsable ?

— Dieu m'abandonnera pas.

Simon Soulia essaya de convaincre Eugénie de rentrer au village avec lui. Elle refusa :

— Ma place est auprès de mon époux, père, c'est vous qui me l'avez assuré le jour où vous nous avez unis pour la vie.

— Et Armandine ?

— Le sort des orphelins est trop triste. Il vaut mieux qu'elle reste avec nous.

Avant de partir, le curé bénit le couple et l'enfant, en suppliant l'Éternel d'avoir pitié d'eux.

Le prêtre ayant quitté les lieux, Mathieu revint auprès du Rhône. Il constata que, selon ses prévisions, de petits ruisselets se glissaient sur la rive à la façon de doigts cherchant une prise. Parfois, ces ruisselets, se heurtant à un obstacle trop important, perdaient leur force et s'étalaient, mais d'autres apparaissaient aussitôt. L'homme eut un sourire complice à l'adresse du fleuve.

— C'est pour cette nuit, hein ?

Versillac annonça à Eugénie :

— Si tu as le temps, faut nous faire une bonne soupe parce que je sais pas quand tu pourras en refaire.

Puis Mathieu ferma la fenêtre de la salle basse et cloua des planches qui obscurcirent complètement la pièce. Il bourra les interstices de vieux chiffons et fixa encore deux planches sur le tout. A six heures, il mangea la soupe. L'eau avait déjà parcouru la moitié de la distance séparant la maison du fleuve. Le pêcheur ordonna :

— Voilà le moment ! Grimpe au grenier avec la petite, Génie !

La jeune femme obéit tandis que son époux filait chercher les poules et les lapins. Le chien ne quittait pas son maître. Il l'aida à ramener Clématite, vache placide qui ne fit aucune difficulté pour entrer dans la maison de ses patrons. Alors, Versillac entreprit de fermer et de consolider la porte, y ajoutant un pieu épais qui la bloquait derrière le seuil. Des branches d'arbres pressées, serrées formèrent une sorte de barrage. Satisfait de son travail, Mathieu se redressa :

— On verra bien, je peux pas faire mieux.

Sa tâche achevée, le pêcheur attacha Clématite devant le coffre qui lui servirait de mangeoire et se hissa auprès des siens. Eugénie tremblait. Armandine riait en voyant les lapins trotter à ses côtés en bousculant parfois les poules qui caquetaient, indignées.

Au milieu de la nuit, Mathieu fut réveillé par un bruit qui, à d'autres, n'eût paru qu'étrange. Sa femme, dans un souffle, demanda :

— Écoute !

— J'écoute... Faut pas avoir peur.

Une sorte de long chuintement, de glissade silencieuse, de frôlement discret sur une rumeur sans éclat, mais continue. Versillac serra sa femme contre lui.

— Je l'attendais.

— Le... le... ?

— Bien sûr... Il est à l'heure au rendez-vous. Dors, maintenant.

Sous son oreille, Eugénie entendait, dans la poitrine de son mari, battre un cœur au rythme paisible. Elle ferma les yeux tandis que le Rhône investissait la place. Une odeur de vase remuée entrait par la lucarne grande ouverte du grenier.

Au matin, Mathieu se hissa sur le toit. Le paysage lui apparut gris. Gris le ciel et grise l'eau qui encerclait la demeure des Versillac et s'étendait à perte de vue. Du grenier, Eugénie cria :

— Alors ?

— Il est partout.

— Mon Dieu ! Qu'allons-nous devenir ?

— Tenir le coup et prier Dieu.

S'étant mis tout nu, Mathieu descendit l'échelle pour se rendre compte de ce que faisait le Rhône, chez lui. Clématite meugla dans l'attente de la traite matinale. Elle avait à peine la moitié des sabots mouillés. Les défenses avaient tenu. Une inondation sournoise mais sans violence. Les choses se gâtèrent par la suite. Au milieu de la semaine, il y avait dix centimètres d'eau au rez-de-chaussée. La vache protestait, ne pouvant se coucher. Le dimanche suivant, l'eau atteignit le ventre de l'animal et Mathieu abandonna le lait qu'il faisait couler des pis immergés.

A Saint-Georges-le-Jaloux, en dépit des neuvaines imposées par le curé, on ne croyait pas que les Versillac s'en tireraient, et ce d'autant moins qu'on ne voyait pas fumer leur cheminée. Les uns les tenaient pour noyés, les autres les déclaraient morts de faim. Le comte Régis envoyait chaque jour aux nouvelles à Saint-Georges. Il y en avait aussi pour blâmer l'entêtement du pêcheur assez fou pour avoir voulu affronter le vieux et puissant fleuve.

La situation devenait critique dans le grenier où il n'y avait plus de provisions. Le siège durait depuis deux semaines. Armandine pleurait. D'en bas montaient les meuglements continus de Clématite affamée et plongée dans l'élément liquide à mi-corps. L'effort lent et continu du Rhône allait venir à bout du courage de Mathieu lorsque, soudain, un soir, la décrue s'amorça. Elle fut rapide. Bien qu'on eût encore de l'eau jusqu'aux genoux, Mathieu commença à déclouer les planches obstruant la porte et la fenêtre. Comme si elle sentait la délivrance proche, la vache cessa de meugler. Trois semaines environ s'étaient écoulées lorsque enfin Eugénie put descendre dans le cloaque puant qu'était devenue la pièce principale, cloaque auquel Clématite avait largement contribué. Sitôt que le fleuve eut presque regagné son lit, le syndic, le curé, le président de l'Assemblée paroissiale dévalèrent vers la demeure de Versillac, redoutant le pire. Le brave François Estalle avait la gorge serrée lorsque, ayant cogné à l'huis, il cria :

— Y a quelqu'un ?

Brusquement la porte s'ouvrit et le syndic, bousculé par une Clématite ivre de liberté, chut dans la boue sans rien perdre de sa bonne humeur car, derrière la vache, Mathieu et Eugénie portant la petite souriaient. Comme on félicitait le pêcheur, il répondit :

— Bah ! D'après ce que raconte monsieur le curé, Noé a tenu bien plus longtemps...

C'est de ce temps-là qu'on n'a plus appelé Mathieu Versillac autrement que Noé.

***

Un mois ou deux après que Mathieu fut entré, tout vivant, dans la légende de Saint-Georges-le-Jaloux, le comte Régis de Champsauve descendit de cheval devant la porte de Versillac. On le reçut avec déférence, mais sans bassesse.

— On m'a rapporté ton entêtement à ne pas vouloir céder au fleuve. Tu me plais. J'ai besoin d'un homme comme toi.

— Pour faire quoi ?

— Diriger mes cinq magnaneries.

— J'y connais pas grand-chose...

— Tu apprendras vite.

— Et puis, si je m'en vas, il est foutu de croire que j'ai peur.

— Qui ?

— Le Rhône.

— Ne débite pas de sottises ! D'ailleurs, tu pourras toujours, si le cœur t'en dit, revenir le taquiner, le dimanche.

— Je serai plus libre...

— L'abbé et le syndic, qui te connaissent bien, m'affirment que tu as du bon sens. Alors, ne refuse pas le poste que je t'offre et qui vous mettra, toi et les tiens, à l'abri du besoin, sans compter que tu seras logé et chauffé.

A cause du regard anxieux qu'Eugénie lui adressait, Mathieu accepta.

Dès lors, les années s'écoulèrent paisibles. Le comte Régis se félicitait sans cesse de son initiative. Sous la direction des Versillac, les magnaneries prospéraient. On avait un peu oublié la guerre et ses misères, mais la guerre, elle, n'oubliait pas les hommes.

Mathieu venait de fêter ses quarante-quatre ans lorsque le seigneur l'appela en son château de Champsauve.

— Assieds-toi, mon ami. Je t'ai mandé parce que j'ai un grand, un immense service à solliciter de ta part.

— Solliciter, Monseigneur ! !...

— C'est le mot, Mathieu, car je ne peux réclamer et encore moins exiger. Voilà : tu n'ignores pas que la guerre a recommencé. Notre roi Louis, qui combat pour la Justice, a vu se dresser contre lui les Anglais, les Hollandais et les Russes. Les Champsauve ont toujours été présents sur les champs de bataille où l'honneur et la gloire de nos souverains étaient engagés. Je suis trop vieux pour retourner aux batailles. J'ai acheté une compagnie à mon fils, mais il n'a que vingt et un ans. Tu comprends donc à quel point il manque d'expérience. Je crains qu'il ne se fasse tuer tout de suite, par bravade, et je n'ai pas d'autre enfant. Mathieu, je souhaiterais que tu l'accompagnes pour veiller sur lui. Il a beaucoup d'estime pour toi. Il t'écoutera.

— Mais, Monseigneur...

— Je sais que ce que je te demande est assez monstrueux, cependant écoute : puisque je te prie d'agir en père à l'égard d'Honoré, il est normal que j'agisse de même envers les tiens. Si tu pars avec mon fils, je te donne, en toute propriété et à titre définitif, la maisonnette dite de l' « Agneau » devant le porche de l'église. Ta femme touchera, chaque mois, l'argent que tu encaissais à la magnanerie et je ferai de ta fille une demoiselle en l'envoyant chez les Dames du Sacré-Cœur à Annonay où je pourvoirai à sa dépense.

— Et... si je reviens pas ?

— Moi, d'abord, mon fils ensuite, tiendrons les engagements que je prends aujourd'hui.

Mathieu n'hésita pas longtemps. La perspective du bel avenir d'Armandine, la petite maison de Saint-Georges, la vie des siens assurée... Sans doute, il y avait eu les larmes d'Eugénie, mais son mari, à quarante-quatre ans, avait tellement envie de voir du pays... Mathieu, blâmé par ceux-ci, envié par ceux-là, s'en alla à la guerre comme il se serait rendu au-devant d'une nouvelle bataille avec le Rhône. Il resta absent plus de trois ans pendant lesquels il bouscula les Anglo-Hollandais à Fontenoy en 1745, torcha les Autrichiens à Raucoux, l'année suivante. L'année d'après, il flanqua une nouvelle raclée aux Anglais et aux Hollandais à Lawfeld où le vicomte de Champsauve reçut le biscaïen qui devait en faire un boiteux pour le reste de ses jours. A Lawfeld, Mathieu sauva la vie de son jeune seigneur en embrochant gaillardement le mangeur de harengs qui s'apprêtait à l'achever. Quand ils revinrent, les deux hommes retrouvèrent l'un son château, l'autre sa maison, avec la même allégresse.

Retourné à son poste de directeur des magnaneries, fort de l'amitié des Champsauve, Mathieu aurait été le plus heureux des gens de Saint-Georges-le-Jaloux s'il n'avait gardé au cœur le regret de ses luttes avec le Rhône. Dès qu'il avait un moment de libre, il filait rôder sur la rive et poursuivait, avec le fleuve, son dialogue plein d'amour et de haine.

A l'automne de 1752, le fleuve recommença à se mal conduire. Une crue rapide, inattendue (nul n'avait hérité le savoir de Versillac quant aux malices du Rhône) surprit les pêcheurs et surtout un imprudent, parti couper des roseaux sur un îlot séparé du rivage par une « lone [1] » où, d'ordinaire, les eaux sont paisibles. Quand l'audacieux voulut regagner la berge, le courant avait entraîné sa barque et il se mit à appeler au secours. Parce qu'on ne voyait pas ce qu'il convenait de décider, on s'en fut alerter Mathieu qui, ayant étudié la chose, dit simplement :

— Il faut aller le chercher.

On lui fit remarquer que la puissance du courant, en dépit de l'abri bien faible de l'ilôt, empêchait qu'on y risquât une embarcation. Il répliqua que le seul moyen était de traverser à la nage. On se récria : qui oserait affronter le fleuve avec la seule force de ses bras et de ses jambes ? Celui qui hurlait de peur de l'autre côté de la « lone » s'appelait Constant, un pauvre bougre se louant deci de-là pour effectuer les tâches dont personne ne voulait et afin d'acheter le vin avec lequel il se saoulait chaque soir dans l'espoir d'oublier sa misère. Autour de Mathieu, on insinuait que ce serait folie de risquer sa vie pour sauver un pareil déchet. Versillac partageait l'opinion générale, cependant, pour lui, le problème apparaissait différemment : permettrait-il à son adversaire de le narguer une fois encore, en emportant un homme sous ses yeux ? Fort de ses victoires d'autrefois sur le vieux Rhône, il décida :

— J'y vas.

On essaya de le retenir par tous les moyens, mais il ne voulut rien entendre, arguant qu'à cinquante-deux ans il se sentait plus fort qu'à trente. Il se dépouilla de ses vêtements et se glissa silencieusement dans l'eau comme s'il craignait d'attirer l'attention du fleuve. Sur le rivage, les pêcheurs crispés, muets d'angoisse regardaient Mathieu se battre contre le flot dont la puissance croissait d'instant en instant. Évitant les coups de boutoir que lui assenaient les remous, Versillac nageait avec souplesse. Une épreuve de ruse plus que de force. Plusieurs fois, on

1. Bras mort du fleuve.

crut qu'il coulait et, cependant, il finit par atteindre l'ilôt. Tandis que ses amis l'acclamaient, Constant l'étreignait, pleurant et hoquetant. Mathieu constata avec dégoût qu'il était saoul.

— Déshabille-toi !

— Mais...

— A poil, je te dis !

L'ivrogne ôta ses hardes et exhiba un corps malingre couvert de crasse et marqué des stigmates d'une déchéance irrémédiable. Mathieu dut le pousser brutalement à l'eau pour qu'il acceptât d'y entrer.

— Accroche-toi solidement à mon épaule et agite tes jambes comme si tu nageais, ça m'aidera.

Sitôt qu'il eut effectué quelques brasses, le sauveteur comprit que la partie serait rude. Constant, en proie à une panique délirante, s'agrippait à lui, le paralysant. A plusieurs reprises, le couple disparut et revint à la surface. Mathieu aurait pu se débarrasser de son trop encombrant compagnon en lui cognant dessus, mais il ne pouvait admettre l'éventualité d'un échec. S'épuisant dans une bataille sans merci, à moitié étranglé par Constant dont la peur décuplait les forces, il lutta jusqu'à l'épuisement total. Il était parvenu au milieu du fleuve, lorsqu'il renonça. Il eut une ultime pensée pour les siens et abandonna l'inutile combat. Trois jours plus tard, on découvrit son corps et celui de Constant du côté de Saint-Vallier. Le Rhône avait attendu dix-sept ans sa revanche.

***

La mort de Mathieu Versillac frappa cruellement Saint-Georges-le-Jaloux. Lors des obsèques, les Champsauve conduisirent le deuil avec la veuve et la fille du défunt. On eût cru que celui qu'on enterrait appartenait à leur parentèle. Armandine, ayant atteint ses dix-huit ans, quitta les Dames du Sacré-Cœur et entra au château où les domestiques durent l'appeler Mademoiselle. Elle s'y lia d'une tendre amitié avec celle qui n'était que la vicomtesse Adélaïde. Eugénie Versillac ne résista que deux ans au chagrin de n'avoir plus son cher Mathieu à ses côtés. Sans lui, elle se sentait perdue. En 1757, ce fut au tour du comte Régis de répondre à l'appel du Seigneur. Depuis le décès de sa femme, une dizaine d'années auparavant, il s'ennuyait. Son fils Honoré — le blessé de Lawfeld — hérita du titre, des biens et la vie recommença de glisser, tranquille, sur les coteaux ensoleillés où les vers à soie continuaient à grignoter leur provende de feuilles de mûrier.

La suite des jours n'apportait aucun changement notable dans la vie de Saint-Georges-le-Jaloux. L'abbé Soulia continuait à diriger sa paroisse, toujours assisté, pour son existence matérielle, de Noémie Cerzaguet. La bonne femme ne savait ni lire ni écrire, mais elle était d'un dévouement sans bornes, persuadée que sa tâche quotidienne la mènerait tout droit au paradis, le moment venu. François Estalle n'avait pas abandonné son poste de syndic et Auguste Geraise, dont le caractère ne s'était pas amélioré, présidait toujours l'Assemblée paroissiale. Des enfants naquirent et devinrent des hommes qui n'avaient connu Mathieu Versillac qu'à travers sa légende, embellie au fil des générations.

En souhaitant voir Armandine Versillac acquérir le savoir et les manières d'une personne de qualité, le comte Régis avait, sans s'en douter un instant, voué la jeune fille au célibat. Trop instruite, trop délicate pour devenir la femme d'un rustre même argenté, son manque de naissance et de dot lui interdisait d'espérer un établissement, fût-ce dans la petite noblesse du coin. Vite résignée, Armandine avait refusé de vivre constamment au château pour qu'on ne la confondît jamais avec le personnel domestique. Quand la comtesse avait besoin d'elle, elle l'envoyait chercher, mais ne la sonnait pas. Toujours dans cette volonté affirmée de préserver son indépendance, Armandine avait gardé la maison de l' « Agneau ». Elle la quittait le matin, vers sept ou huit heures selon la saison, et gagnait à pied le château, par les raccourcis. Elle en repartait à quatre heures l'hiver, à cinq heures l'été. Cet exercice quotidien entretenait la forme physique d'Armandine qui, à quarante ans, tirait l'essentiel de sa beauté de la merveilleuse impression de santé qu'elle donnait à ceux qui la rencontraient pour la première fois.

***

En ce 12 mai 1774, sur les trois heures de relevée, Adélaïde de Champsauve déchiffrait une « suite pour clavecin » achetée la semaine précédente chez mademoiselle Brunet, rue Basse, à Annonay. Son mari tentait d'oublier la douleur lancinante taraudant son genou gauche cependant qu'Armandine s'appliquait à une broderie au tambour. Soudain le glas se mit à sonner. La comtesse s'arrêta de jouer, le comte oublia sa souffrance et Armandine demeura la main en l'air. Le son lourd de la cloche perdait un peu de son côté sinistre dans l'éclat du soleil, la lumière du parc et le chant des oiseaux. M. de Champsauve s'enquit :

— Quelqu'un était-il en passe de mourir, au village, Armandine ?

— Pas que je sache, Monseigneur.

— Alors, il s'agit d'un accident. Il me faut aller voir. Sonnez, qu'on attelle, je vous prie.

Mlle Versillac s'apprêtait à exécuter l'ordre reçu lorsque le galop d'un cheval jeta tout le monde aux fenêtres. Le comte s'exclama :

— Gustave Vermoyat ! Qu'on aille vite lui demander ce qui se passe !

Armandine n'avait pas atteint la porte que celle-ci s'ouvrait devant Firmin, le maître d'hôtel, apparemment fort ému :

— Monsieur le Comte, c'est le...

— Oui, oui, qu'il entre !...

Gustave Vermoyat, un grand gaillard de toute évidence plus à son aise dans les champs que dans un salon, se dandinait d'un pied sur l'autre, en répétant :

— Monsieur le Comte... Monsieur le curé qui... que...

— Qui t'envoie ?

Le garçon parut soulagé et un large sourire illumina sa figure.

— C'est ça, Monsieur le Comte, c'est bien ça !

— Il t'envoie m'apprendre quoi ?

— Que notre roi Louis est mort avant-hier.

— Le roi est mort...

Un réel chagrin perçait dans la voix de M. de Champsauve. Il appartenait à cette petite noblesse à laquelle ses trop faibles revenus ne permettaient pas de fréquenter Versailles mais qui nourrissait un attachement profond à la royauté plutôt qu'à la personne même du roi installé sur le trône.

— Sonnez Firmin, qu'il nous apporte du vin. Demeure encore un moment, Gustave.

Lorsque le valet eut rempli les verres, M. de Champsauve en offrit un à chacune des deux femmes ainsi qu'au fils Vermoyat et, levant le sien :

— Que Dieu pardonne au défunt roi les erreurs qu'il a pu commettre et garde en Sa pitié le roi Louis XVI que sa grande jeunesse va exposer à bien des périls. J'entends que ma maison prenne le deuil pour un mois.

Gustave parti, il ne fut plus question de musique. La comtesse se retira dans sa chambre pour appeler la clémence du Seigneur sur l'âme si menacée du Bien-Aimé. Le comte s'enferma dans son cabinet après avoir renvoyé Mlle Versillac, en la priant d'avertir M. le curé qu'il l'irait voir au matin pour régler les détails d'une cérémonie religieuse à la mémoire du souverain effectuant ses premiers pas dans l'éternité.

***

Armandine aime les courses à travers champs et bois qui, soir et matin, lui permettent de vivre pendant une heure ou deux — selon l'allure qu'elle s'impose — dans une campagne depuis toujours aimée et qui constitue tout son horizon. Cependant, cet après-midi-là, Mlle Versillac n'éprouve pas le moindre plaisir à respirer l'odeur des prés, à marcher dans le soleil, à écouter le chœur ininterrompu des oiseaux. Armandine a de la peine. Elle ne sait rien du roi qui vient de mourir sauf ce que lui en contait M. de Champsauve et ne connaissait son visage que par les copies maladroites des portraits officiels aperçus dans certaines boutiques d'Annonay. Cela ne diminue pas le chagrin de la demoiselle. L'amour de la monarchie est si solidement ancré au cœur des simples qu'ils pleurent le défunt comme ils eussent pleuré leur père. La tendresse que Mlle Versillac porte au roi régnant est, essentiellement, une tendresse filiale négligeant les fautes commises pour ne retenir que les décisions heureuses.

Les sentiers qu'Armandine emprunte pour rejoindre Saint-Georges débouchent à une centaine de pieds de la demeure des Apinac. En l'entendant passer devant la porte, Justine s'avance sur son seuil. Elle a l'âge de l'hôte du château. Elle est en larmes.

— T'es au courant, Armandine ?

— Oui... notre pauvre roi Louis...

— Mon Dieu !... Qu'est-ce qu'on va devenir ?

Cette inquiétude est celle de la famille brusquement privée de son guide. Communiant dans une douleur identique, les deux amies s'embrassent, et Armandine presse le pas pour ne pas être arrêtée de nouveau. Elle traverse la place en biais et suivant une piste tracée par ceux qui gagnent le bord du Cerasson, elle parvient à sa demeure, ne s'y attarde guère et se hâte d'aller frapper à la porte du presbytère. Noémie lui ouvre. Elle aussi pleure. Son désespoir, par rapport à celui de ses amies, a une source supplémentaire qu'elle explique à la visiteuse :

— Tu sais pas, ma grande, que notre pauvre roi, il a fallu l'enterrer de nuit, tant les Parisiens lui voulaient du mal ! Il paraît qu'au long du chemin emprunté par le convoi funèbre, ces monstres n'ont pas cessé de crier des injures au pauvre mort !

— Quelle horreur !

— Le monde est méchant, ma petite et, parmi les mauvais, c'est les Parisiens, les pires.

Le curé a écouté la communication du comte que lui rapporte Mlle Versillac et soupire :

— J'avais seize ans quand le Grand Roi est mort, vingt-quatre lorsque Philippe le Régent l'a rejoint. Et maintenant, voici que l'arrière-petit-fils de Louis XIV... Tu vois, Armandine, à quoi aboutissent les rêves de grandeur, les orgueils. La mort n'établit pas de différence entre les hommes et, au tribunal de Dieu, on se montrera également sévère pour les pécheurs, qu'ils soient nés sur les marches du trône ou dans une chaumière. La vraie justice, ma fille, celle qui nous console.

Pendant ce temps, au café des Brénieux, Antoine Dolioux, donnant libre cours à la bile qui lui jaunit le teint, déclare :

— Espérons qu'avec la fin du roi Louis XV se termine le règne des putains ! On en a assez des Chateauroux, des Pompadour, des du Barry ! Les deux premières sont crevées. J'espère qu'il s'en trouvera un pour envoyer la dernière rejoindre les autres charognes.

L'assistance se montre quelque peu scandalisée. Le procureur remarque :

— C'est pas très chrétien de parler de cette façon.

— Et sucer le sang du peuple en l'accablant d'impôts pour amuser ces garces, c'est chrétien ?

— Nous n'avons pas à juger le roi.

— Qui s'en chargera, alors ?

— Dieu.

Le ricanement de Dolioux met tout le monde mal à l'aise. On se tait. Le bavard sent qu'il a été trop loin, d'autant plus que le cafetier ajoute :

— Si ce que tu racontes venait aux oreilles du bailli, tu tarderais pas à voir les gens du roi frapper à ta porte !

Dolioux se lève, laisse tomber quelques pièces de monnaie sur la table et, avant de sortir, remarque :

— S'il y a un ou plusieurs Judas parmi vous, qu'ils soient assurés de mon parfait mépris.

***

La cérémonie à la mémoire du roi défunt a rassemblé les habitants de Saint-Georges, sauf Dolioux. Au milieu de cette chaleur humaine, Armandine, l'esseulée, se sent à son aise et, quand elle regagne sa demeure après le service funèbre, en regardant s'éloigner les couples et les familles, la solitude lui pèse plus encore que de coutume. Sans doute l'âge a-t-il amorti une ardeur sensuelle qui n'a jamais été très vive, mais les années passées n'apaisent pas le passionné désir de maternité qui brise le cœur de Mlle Versillac. La nuit, quand la fièvre de son corps l'empêche de dormir, ce n'est pas à un compagnon qu'elle rêve en serrant son traversin entre ses cuisses, entre ses bras, mais à l'enfant qu'elle aurait tant voulu mettre au monde pour le bercer contre sa poitrine.

Armandine, durant la nuit qui suivit la cérémonie mortuaire, dormit mal. Elle était en proie à l'insomnie lorsque, dans le silence nocturne, elle entendit rouler une voiture et trotter un cheval. Qui pouvait bien se promener à une heure pareille ? Il lui parut qu'on s'était arrêté sur la place. Elle faillit se lever, mais elle eut honte de sa curiosité et, lorsque au bout d'un moment l'attelage repartit, elle s'endormit.

Sur le matin, Mlle Versillac fut tirée de son sommeil par des coups violents frappés à sa porte. Elle émergeait difficilement de ses songes quand la voix angoissée de Noémie lui rendit sa lucidité. Tout de suite, elle pensa que le curé était mort. Elle passa, à la hâte, une robe de nuit et se dépêcha d'ouvrir à la servante.

— Le curé est malade ?

— Non, non, il t'attend avec impatience !

— Moi ?

— Pour te demander conseil.

— Me demander...

— C'est qu'il nous en arrive une de pas ordinaire !

Noémie ne veut pas fournir d'autres explications, se contentant de répéter :

— Faut que tu viennes...

— D'accord, mais donne-moi le temps de m'habiller.

La servante partie, Armandine s'attarde, sans doute un petit peu plus qu'elle ne devrait, à sa toilette. Elle tient à ne jamais se montrer en négligé à ses concitoyens dont les épouses vaquent à leurs occupations matinales dans des tenues qui font rougir la prude demoiselle rien qu'à les évoquer.

Noémie l'accueille en grommelant :

— Pas trop tôt !

— Tu ne voudrais pas que je sorte en caraco !

— Tu ferais mieux de te soucier un peu plus de ton âme et un peu moins de tes affûtiaux ! Allez, entre, que notre curé il devient fou !

Habituée aux grognements de la vieille servante bougonne et ne s'en souciant guère, Armandine se précipite dans la pièce où l'abbé Soulia passe le plus clair de son temps quand il n'est pas à l'église ou lorsque la saison l'empêche de lire son bréviaire dans le jardin. En voyant ce que le prêtre porte dans ses bras, Armandine reste clouée de surprise sur le seuil et ne peut articuler une syllabe. L'abbé a son merveilleux sourire qui rappelle celui des saints sur les vitraux. Doucement, il dit :

— Approche, ma fille, et regarde le beau cadeau que le bon Dieu nous a envoyé, cette nuit.

Mlle Versillac découvre alors un magnifique bébé dormant dans sa douillette, ses petits poings fermés. La voix tremblante, Armandine demande :

— Je peux le prendre ?

— Tu me rendras service car je ne sais pas trop de quelle façon on manie ces créatures.

Un enfant... La sage demoiselle peut enfin matérialiser le rêve de sa vie. Elle pleure sans en prendre conscience. Si heureuse... Le poids léger de cette vie tellement fragile... La chaleur de ce corps aussi pur que celui des anges... Elle presse contre son sein le bébé inconnu. Elle interroge :

— Une fille ou un garçon ?

C'est Noémie qui répond :

— Un garçon.

— Tu es sûre ?

La servante hausse les épaules.

— J'ai beau être une vieille bonne à pas grand-chose, je sais quand même reconnaître un garçon d'une fille !

— Quel âge peut-il avoir ?

— Trois mois aujourd'hui... Regarde ! On l'a trouvé sur lui. Noémie tend un billet où une main malhabile a écrit : « Je suis né le 14 de févrié. J'ai pas de nom. »

— Alors, on ne devinera jamais à qui il est, ce chérubin ?

M. Soulia arbore un air innocent pour répondre :

— Figure-toi que je le sais depuis quelques instants.

Mlle Versillac a une moue de dépit.

— Ah ?... Et à qui est-il ?

— A toi.

Il se fait un grand silence pendant lequel tous trois s'observent. Partagée entre une joie folle et une incrédulité normale, Armandine éprouve, tout ensemble, une envie de sangloter et de rire.

— Vous ne vous moquez pas de moi ?

— Pas le moins du monde... Mais, naturellement, tu n'es pas obligée.

La nouvelle maman pousse une sorte de feulement et serre farouchement contre elle « son » enfant. M. l'abbé cligne de l'œil vers sa servante :

— Noémie... je crains que ce bonhomme ne soit élevé trop sévèrement.

On rit et Armandine file chez elle, emportant le bébé comme le rapace sa proie.

***

Le procureur, mis au courant de la découverte du petit abandonné et de la solution adoptée par le curé et Mlle Versillac, l'approuve hautement, sous réserve du consentement de M. de Champsauve à qui, en tant que seigneur justicier, il incombe d'élever le bébé trouvé sur son territoire. Le comte et la comtesse, avertis de la chose après la messe — on était dimanche —, tinrent à rendre visite tout de suite au nouveau venu dans la paroisse. On le jugea mignon et M. de Champsauve, après examen du corps de l'enfançon, lui prédit une belle carrière militaire :

— Il a le torse large, de solides épaules, la jambe un peu courte, il fera sûrement un magnifique cavalier.

On félicite Armandine, on s'embrasse de bon cœur. Chacun est heureux de cette généreuse action qui ne lui coûte guère. La comtesse déclare à son amie qu'elle la dispense de venir au château jusqu'à ce que l'enfant puisse être mis en nourrice. Le comte s'engage publiquement à payer les gages de la femme qu'on appellera et l'abbé Soulia est chargé de se mettre en rapport avec ses confrères des paroisses voisines pour trouver la personne offrant toute garantie quant à ses mœurs, sa santé et la qualité de son lait. M. de Champsauve renforce l'euphorie générale en déclarant :

— Si sa maman le permet, je serai le parrain du jeune Honoré Versillac.

On pleure beaucoup, des larmes de joie. Galant, M. de Champsauve s'incline devant la femme du procureur :

— J'espère que la première dame de la paroisse acceptera d'être ma commère ?

— Oh ! Monsieur le Comte...

Rougissante, la gorge serrée par l'émotion, la bonne Laure Estalle se penche sur le bébé qui se réveille, l'embrasse et annonce :

— Tu t'appelleras donc Honoré, Laurent Versillac.

***

Saint-Georges-le-Jaloux ne se préoccupait que de la miraculeuse « maternité » de Mlle Versillac. L'opinion unanime chantait la louange de cette femme au grand cœur, en dépit des sarcasmes de Dolioux accusant M. de Champsauve de s'être déchargé sur une autre d'un devoir qui lui incombait. Perfide, l'Antoine ajoutait :

— Entre nous, qu'est-ce qui prouve que ce n'est pas un de ses bâtards qu'il a fait adopter par Armandine pour le garder près de lui ?

Mathieu Vermoyat répétait à qui voulait l'entendre :

— Ce Dolioux, plus mauvais, y en a pas. Il voit le mal partout. Il accorderait sa confiance même pas à sa propre mère.

Il est vrai que les propos calomnieux d'Antoine ne touchent guère les paroissiens de l'abbé Soulia et, moins encore, les paroissiennes, trop empressées à chercher dans les armoires et les greniers ce qui avait servi, autrefois, à élever des enfants devenus des hommes. Le prêtre n'a mis que quelques jours à dénicher la nourrice espérée. Une veuve de trente ans ayant perdu, à deux ou trois jours d'intervalle, son mari par accident et, par maladie de poitrine, la petite fille qu'elle venait de mettre au monde. Réduite à une solitude qu'elle ne supportait pas (au point de vouloir se jeter dans le Rhône), cette malheureuse créature fut sauvée par l'offre du curé de Saint-Georges, qui lui redonnait un foyer.

La cérémonie du baptême demeure une date mémorable pour la paroisse. Ce jour-là, M. Soulia, qui a inscrit sur son registre d'état civil la naissance d'Honoré Laurent Versillac, à la date indiquée par celle qui avait fui son devoir, semble avoir rajeuni de dix ans, et sur le visage ridé de Noémie passent des ondes juvéniles. Le comte et Mme Estalle, vêtus de blanc ainsi que l'exige la tradition, font une excellente impression. On ne reconnaît pas la bonne Laure tant elle se redresse fièrement en tenant dans ses bras celui que l'Église reçoit en son sein.

En sortant de l'église, presque tout le village grimpe au château où le comte offre le repas de baptême. Antoine Dolioux qui, pour l'occasion, a oublié sa hargne quotidienne, s'y rend comme les autres. Le banquet est magnifique et Armandine, ayant confié « son » fils à Babette Verquin — la nourrice —, y prend une part active, à la mesure de sa joie. Personne, parmi ces gens heureux, ne se doute qu'ils relèvent d'une civilisation menacée laquelle, devait dire Talleyrand, entraîna dans sa chute la douceur de vivre.

***

On passa, sans secousse majeure — du moins à Saint-Georges-le-Jaloux —, de la fin du règne de Louis XV à l'avènement de celui de Louis XVI. Il n'y a guère qu'Antoine Dolioux pour crier sa colère et son dégoût d'avoir une Autrichienne pour reine. Au café, on l'écoute, quoiqu'il scandalise, parce qu'il est instruit.

— Par Dieu, il n'y a donc plus dans le royaume de dames de qualité pour partager la couche de nos rois, qui nous fabriqueraient des princes n'ayant que du sang de chez nous dans les veines et, par là, capables de comprendre les malheurs des pauvres gens ?

Même ceux qui n'aiment pas Dolioux reconnaissent qu'il a souvent raison.

— Le roi Louis nous amène une Autrichienne ! Peut-être bien que sa mère ne l'a expédiée à Versailles que pour tenter de démolir notre pays comme, avec ses amis prussiens et moscovites, elle a détruit la Pologne !

— C'est vrai qu'on en a assez de ces étrangères ! admet Herbaud.

— Je te le fais pas dire, Ange ! Notre Louis épouse son Autrichienne, son grand-père s'était marié à une Polonaise et l'arrière-grand-père de Louis XV avait installé une Espagnole chez nous ! Moi, les amis, je vous dis que, si ça continue de la sorte, nos rois ne seront bientôt plus français ! A ce moment-là, on n'aura plus besoin d'eux !

Un silence total suit l'énoncé de cette prophétie. Plus de rois ! Il en a de bonnes, le Dolioux ! Qu'est-ce qu'on deviendrait s'il n'y avait plus personne à Versailles ? Qui prendrait soin de la France ? A la seule façon dont ses auditeurs regardent par terre sans piper mot, Antoine devine qu'il lui faut se rattraper.

— Pour être juste, on doit reconnaître que notre jeune roi a l'air de prendre son métier à cœur. La preuve, c'est qu'il a appelé auprès de lui M. de Malesherbes, un homme plein d'excellentes idées et qui aime les humbles dont il entend soulager la misère. Vous devinez pourquoi ? Simplement parce qu'il sait que c'est nous, et non Versailles, qui sommes la force du royaume ! Il sait aussi que si les choses continuent ainsi que sous le défunt roi, on finira par se révolter et flanquer le feu aux châteaux !

Le grand Vermoyat donne un coup de poing sur la table.

— Là, tu y vas trop fort ! Moi, j'ai du respect pour M. le comte ! Son père et lui, ils se sont battus au service du roi ! Tu peux pas en dire autant !

— J'avais rien à défendre, pourquoi je me serais battu ? Pour Versailles et les putains du roi ?

Ils ne répondent pas et s'en vont, à la queue leu leu, après avoir payé leur écot. Lorsque Barthélemy Apinac demeure seul avec l'homme de loi, il remarque :

— Continue de cette façon, Antoine, et un de ces matins tu te réveilleras aux galères !

Ainsi que partout ailleurs, les hommes de Saint-Georges, le soir, quand ils sont couchés, racontent à leurs femmes, avant de s'endormir, ce qu'ils ont vu ou entendu d'intéressant dans la journée. Aucun ne manque de rapporter les propos de Dolioux et, le lendemain, elles sont plusieurs à demander à Noémie — leur confidente habituelle — s'il ne serait pas bon d'aller brûler quelques cierges pour que le Seigneur ait la bonté d'oublier les propos sacrilèges tenus par ce damné faux robin d'Antoine. La servante de M. Soulia rassure celle-ci, console celle-là, et se hâte d'aller porter sa provende de nouvelles à Armandine, qui la déverse toute chaude dans le giron de la comtesse. Adélaïde, à son tour, ne manque pas de mettre son mari au courant. M. de Champsauve donne son opinion en présence de la demoiselle de compagnie :

— Ce Dolioux est un homme intelligent et mauvais. Il feint d'ignorer que les amours des rois relèvent bien plus de la diplomatie que du cœur. Il use d'arguments grossiers qu'il sait devoir toucher les âmes simples de nos paysans.

— Le croyez-vous dangereux, mon ami ?

— Non, Adélaïde... du moins pas encore, mais le grave est qu'il y a des milliers et des milliers de Dolioux dans le royaume. L'autre jour, M. Merrey — celui qui vend des estampes près du vieux pont à Annonay — m'a appris que de plus en plus de libelles injurieux à l'égard du roi et de la reine circulent dans Paris. Il paraît que des centaines de Dolioux les font imprimer en Hollande.

— Ne peut-on imposer silence au nôtre, de Dolioux ?

— Hélas, ma chère femme, nous n'avons pas de Bastille et je vois mal notre cher procureur signant une lettre de cachet.

Armandine ne sait pas pourquoi les Champsauve rient car elle ne les écoute pas. Pour elle, la politique est histoire trop ardue. De toute sa foi, elle croit en la monarchie comme elle croit en l'Église. Le pape et le roi sont, à ses yeux, deux puissances tutélaires sans qui le monde ne pourrait vivre. Une pareille certitude résume ses opinions et, sur l'instant, au lieu d'apprécier le jugement de M. de Champsauve sur l'abominable Dolioux, elle pense à son petit Honoré, se demandant si, en ce moment même, il dort dans son berceau ou gazouille sur les genoux de la nourrice dont elle devient un peu jalouse. Cette jalousie instinctive, la comtesse en souffre aussi. N'ayant pas eu d'enfant, elle envie Mlle Versillac d'en avoir miraculeusement trouvé un. Chaque dimanche, après l'office, elle ne manque pas d'aller embrasser le filleul de son époux et d'admirer son corps dodu. Au fond, le bonheur d'Armandine l'irrite. Mais celle-ci ne s'en aperçoit pas. Elle est si heureuse et pleine d'une joie qu'elle retrouve chaque matin pour commencer la journée. La venue d'Honoré l'a transformée. Il lui semble que tout en elle, par suite d'une mystérieuse alchimie, s'est épanoui, sensibilisé. Cette réserve de tendresse qu'elle a au cœur depuis qu'elle est en âge de rêver à la maternité peut enfin se libérer, s'employer.

Tandis qu'Armandine redescend du château vers Saint-Georges, elle chantonne et, oubliant son âge, esquisse des pas de danse sur le sentier herbeux. Elle ne se soucie aucunement des préoccupations de ses amis de Champsauve touchant l'avenir du royaume (d'ailleurs, elle ne voit pas pourquoi on changerait quoi que ce soit dans ce qu'elle tient pour éternel), et les élucubrations d'Antoine Dolioux ne l'émeuvent en rien. Pour Mlle Versillac, une seule chose compte : elle va rejoindre Honoré, son fils ! Elle fait si parfaitement corps avec l'enfant qu'elle a fini par se persuader qu'il est physiquement à elle et, si elle ne vivait dans un coin où chacun la connaît, elle parlerait de ses douleurs au moment de l'accouchement et serait sincère.

Elle va entrer dans sa maison. Babette lui remettra le bébé avant de gagner la cuisine. Sa maman commencera alors par le couvrir de baisers, puis elle le démaillotera, nettoiera le petit bonhomme et demeurera en extase une minute ou deux devant cet attendrissant poupon qui essaie, vainement, d'attraper, avec ses mains malhabiles, des pieds qu'il ne sait pas encore lui appartenir. Ensuite, Babette reviendra avec le biberon et, quand Honoré aura pris son repas, Armandine, pour l'endormir, le bercera en chantant ce que sa propre mère lui chantait :

Dodo Nanette
Sainte Catherinette
Endormez-moi cet enfant
Jusqu'à l'âge de sept ans.
Dans une chambre
Pleine d'amandes,
Un marteau pour les casser
Et Nanette pour les manger.

***

Honoré atteint sa deuxième année quand on lui taille son premier costume pour accompagner sa maman à la messe et rendre visite à son parrain qui, en souvenir de cet événement mémorable, lui offre une montre. Armandine la lui remettra le jour de sa communion solennelle. Pour Mlle Versillac, ce sont là des événements importants. Ils estompent, à ses yeux, les nouvelles de Paris que le comte rapporte, chaque semaine, de sa visite à Annonay, des nouvelles assombrissant la vie à Champsauve. Son mari raconte à Adélaïde les erreurs du jeune roi, tombé sous la coupe d'un entourage frivole plus enclin aux dépenses qu'aux économies, à une heure où les finances se trouvent dans un état pitoyable. Le comte craint, si les choses continuent de la sorte, qu'on s'achemine irrévocablement vers la faillite. Une seule clarté dans la grisaille de ces propos : la volonté farouche des combattants américains voulant arracher leur indépendance aux Anglais. M. de Champsauve souhaite la défaite de Londres afin d'atténuer les vieilles humiliations françaises. Il convie sa femme et Armandine à prier et à demander ardemment au Seigneur d'aider ceux qui se battent pour être libres.

Il faut bien reconnaître qu'en ce printemps de 1776, à Saint-Georges-le-Jaloux, on se préoccupe assez peu des rebelles d'outre-océan tant, vers le mois de juin, les esprits ont été tourneboulés par l'annonce — invraisemblable — du remariage d'Antoine Dolioux. D'abord, on refuse d'y ajouter foi et quand, ayant bu sa chopine chez les Brénieux, il se lève de table et déclare :

— Les amis, je paie une tournée générale...

... il y a un instant d'incrédulité, mais quand il ajoute :

— ... afin d'arroser la grande nouvelle que je vous apporte : je me marie le mois prochain... — on s'esclaffe, jugeant que c'est là une farce. Pour être cru, Antoine doit donner des précisions :

— J'épouse une fille de Saint-Félicien, Fanchon Vassel... Elle a vingt-deux ans.

Pendant un moment, personne ne trouve quoi que ce soit à exprimer. Le robin ne s'offusque pas de ce silence. Il goûte l'étonnement de ceux qui l'entourent.

— Alors, les amis, ne boirez-vous pas à ma santé et à celle de ma future ?

Ils boivent avant que d'être remis de leur surprise.

— Vous verrez, c'est une brave fille et je suis sûr que vous l'aimerez.

Herbaud, clignant de l'œil vers ses amis, susurre :

— Elle a quand même plus de vingt ans de moins que toi...

— Ce n'est pas l'âge qui compte, et lorsque vous la verrez à mon bras vous ne noterez pas la différence.

— A ton bras, ça se peut, mais... au lit ?

Il y a des rires gras.

— Si tu espères que je t'appellerai à l'aide, Ange, n'y compte pas. Je me tirerai d'affaire tout seul !

L'annonce du prochain mariage d'Antoine Dolioux a vite fait le tour du pays. M. de Champsauve, commentant la nouvelle, remarque simplement :

— Espérons que cela lui adoucira le caractère.

Quant à Armandine, ayant rencontré Dolioux avant qu'il ne s'en aille convoler, elle estime de son devoir de le féliciter.

— J'ai appris le grand événement. Je suis ravie de vous complimenter et je vous souhaite d'être heureux.

En réponse, il la fixe, hargneux :

— Ne vous souciez pas de mon bonheur, mademoiselle Versillac. Vous auriez pu y contribuer, il y a quinze ans, quand j'aspirais à vous épouser. J'ignorais alors que vous apparteniez à cette catégorie de femelles à seigneurs, prêtes à tout sacrifier pour satisfaire une vanité imbécile, et ce n'est pas la présence de ce bâtard près de vous qui changera quoi que ce soit à mon opinion. Mon bonheur ou mon malheur ne vous regarde pas ! Je vous méprise et ne souhaite qu'une chose : vous faire payer, un jour, le mal que vous m'avez infligé !

Sur ce, Dolioux tourne les talons, plantant là Armandine,

tremblante, les yeux pleins de larmes, et se demandant si elle a réellement entendu ce qu'elle a cru entendre. Pour échapper à la curiosité des autres, elle court se réfugier chez elle et ne retrouve son calme qu'auprès d'Honoré. Tout en prêtant une oreille distraite au babil de l'enfant, Mlle Versillac revit la scène qu'elle vient de subir. Elle a, depuis longtemps, oublié cette fugitive ébauche d'aventure sentimentale. Quant à Antoine, il s'est montré profondément ulcéré lorsque Armandine a repoussé ses avances. Dès lors, son amour s'est mué en une haine solide, durement enracinée dans son cœur. Il guette avec patience l'instant où il pourra châtier Armandine pour l'humiliation jadis subie et dont rien ni personne ne lui fera jamais perdre la mémoire. Son hostilité envers les Champsauve tient plus à ce qu'ils comptent Mlle Versillac parmi leurs familiers qu'à une foi politique.

La nouvelle Madame Dolioux est une créature fraîche et rose que, du premier moment, le village prend en sympathie. Elle n'est pas jolie mais saine. Elle paraît jouir d'une santé que son apparence proclame. On s'étonne un peu qu'elle sache à peine lire et pas du tout écrire, cependant chacun convient qu'il vaut mieux avoir chez soi une femme vertueuse que trop instruite. Une fois apaisée l'émotion soulevée par le mariage de Dolioux, on recommence à prêter l'oreille aux nouvelles de Paris qui s'amenuisent ou s'enflent au fur et à mesure qu'elles courent de relais de poste en relais de poste au long de l'interminable chemin menant à la capitale. C'est ainsi qu'on apprend le renvoi de M. de Malesherbes et de Turgot vers le milieu de 1777 seulement. Toutefois, le souci qu'on éprouve de ce double départ est compensé par l'annonce de l'arrivée aux Finances d'un Suisse dont on dit le plus grand bien. A son habitude, Antoine Dolioux n'est pas d'accord et se répand en vociférations :

— Ce n'était pas assez que le roi épousât une étrangère, il faut encore qu'il aille chercher un étranger pour disposer de l'argent qu'on arrache au peuple ! Il méprise donc les Français à ce point-là, votre bon roi Louis ?

On ne sait que répondre et ceux qui l'écoutent se sentent gênés.

Armandine ne se préoccupe pas davantage des ministres renvoyés que de M. Necker dont la Cour attend un miracle. Elle ne regarde défiler les jours qu'à travers son bel enfant dont l'esprit s'éveille merveilleusement. A chaque étape de cette évolution, la maman savoure des joies qu'elle estime uniques. Peu à peu, les Champsauve s'attachent à ce bébé et, dans Saint-Georges, les commères affirment qu'Honoré n'aura, sans doute, pas à travailler beaucoup pour assurer son avenir.

***

Le jour de son quatrième anniversaire, Honoré est réveillé de meilleure heure que de coutume et habillé de vêtements solides qui ne tranchent nullement avec ceux portés par les autres gosses de Saint-Georges-le-Jaloux. Puis, la demie de sept heures ayant sonné, sa maman l'emmène vers le local où Mlle Fortunat, la Béate, enseigne le rudiment. Tandis qu'Honoré traverse la place, sa main dans celle de sa mère, il se redresse, se prenant pour un homme parce qu'il va à l'école. Armandine, plus sensible que la plupart de ses concitoyennes, souffre car elle sait que, lorsque se refermera la porte de la salle où les petits feront connaissance avec les lettres et les chiffres, une page sera tournée. Son petit garçon quittera le temps béni de son enfance où la maman et son fils vivaient dans une symbiose étroite. Mlle Versillac se sent, soudainement, plus âgée que la veille.

Mlle Fortunat attend ses ouailles sur son seuil. Il y a une sorte de passation de pouvoir lorsque Armandine abandonne la menotte d'Honoré pour la mettre dans celle de la Béate. Puis la mère regagne sa demeure où elle pleure tout son saoul.

Honoré est assis à côté de Philibert Tiranges, fils du menuisier. Lui aussi effectue ses débuts dans le monde sévère de l'étude. Un peu angoissés par ce qui se déroule autour d'eux, les deux bambins osent à peine respirer. Soudain Honoré a conscience qu'il ne se trouve plus dans son décor familier et l'absence, soudain réalisée, de sa maman le plonge dans un désespoir sans limite. Il se met à pleurer en silence. Son voisin, par contagion, s'abandonne aux larmes, à son tour. Probablement bouleversé par cette sympathie spontanée, Honoré prend Philibert dans ses bras. Ainsi naquit une affection que les années ne parvinrent pas à affaiblir. Mlle Fortunat, émue de voir ces deux gamins enlacés et mélangeant leurs chagrins, tente de les rassurer et de les distraire jusqu'au moment où l'Angélus libère les enfants prisonniers. Naturellement, Armandine est venue chercher son fils. Quand celui-ci l'aperçoit, un sourire radieux sèche ses larmes ; il se précipite vers elle et enfouit son visage dans les plis de sa robe.

Sur le court trajet du retour, Mlle Versillac s'enquiert :

— Ça te plaît d'aller avec les autres petits ?

— Non, je veux rester avec toi.

Si heureuse, Armandine...

— Ce n'est pas possible, mon lapin.

— Ah... J'irai longtemps à l'école ?

— Le plus longtemps possible.

— J'ai pas de chance !

— Tu as beaucoup de chance, Honoré.

— C'est pas parce que tu m'aimes plus que je dois aller à l'école ?

Elle le serre contre elle.

— C'est parce que je t'aime, au contraire. Tu comprendras quand tu seras grand.

Presque au même instant, alors qu'Honoré Versillac se risque sans enthousiasme dans l'antichambre du savoir, Marion Dolioux fait son entrée sur notre terre. Une superbe petite fille rose et blonde s'installe au foyer d'Antoine et, d'emblée, y accapare la première place. Cette naissance et ses conséquences suscitent pas mal de commentaires. D'abord, lorsqu'on voit le bébé, chacun se demande comment un homme aussi vilain que le robin et une brave créature aussi quelconque que sa Fanchon ont pu donner le jour à une pareille merveille, et il se trouve de méchantes langues pour mettre en doute la paternité d'Antoine. Mais, lorsque quelques semaines plus tard, la Dolioux se permet de venir chercher son mari à l'auberge, son apparition crée une certaine sensation. L'intrusion d'une femme dans un lieu réservé aux hommes n'est pas dans les mœurs du pays. Il est vrai que ce soir-là, l'Antoine a exagéré. Il en tient une, sévère. La demie de neuf heures a sonné lorsque Fanchon entre. Les plus observateurs remarquent que la douce épouse a changé. Toutefois, si on leur avait réclamé des explications, ils auraient été fort embarrassés d'en donner. La mère de Marion traverse la pièce dans un silence total et, s'approchant de son mari, elle le secoue en le tenant par une épaule :

— Alors, Dolioux, tu te décides à rentrer ? Tu crois qu'il est pas l'heure, pour un père de famille, de retourner auprès des siens ?

Peut-être Antoine admet-il, en son for intérieur, que sa compagne a raison mais, devant les autres, il ne peut accepter la défaite :

— Ma mie, tu me fatigues...

— Antoine, arrête de jouer les idiots et amène-toi !

— Fanchon, continue et je te vas bailler un de ces soufflets que tu n'oublieras pas !

— Essaie donc pour voir !

— Tiens, ma jolie !

Voilà la Dolioux qui encaisse une giroflée dont l'écho résonne jusqu'au dehors. Certains protestent que ce n'est pas chrétien de battre sa femme en public et, craignant que la malheureuse n'encaisse une punition plus forte, ils abandonnent leurs chaises pour se mettre entre Antoine et son épouse. Toutefois, ils n'ont pas le loisir d'intervenir car la paisible, la douce Fanchon, attrapant une chopine par le goulot, la fait péter sur le crâne de son mari qui s'effondre, du sang plein la figure.

— Et ça sera comme ça chaque fois que t'oseras lever la main sur la mère de ta fille ! — puis, elle ajoute — quand y sera revenu, soyez gentils de me le ramener.

Sur ce, elle sort, victorieuse et sûre de son bon droit, tandis que les assistants, inquiets, se demandent si elle n'a pas tué son Dolioux.

Elle ne l'a pas tué et, lorsque Antoine reprend conscience, il porte la main à sa tête bandée et met un certain temps à se rappeler ce qui s'est passé. Lorsqu'il se souvient qu'il a été assommé par sa compagne et sans doute transporté, inanimé, dans son lit, une fureur énorme le pousse hors de sa couche. Il se précipite, en chemise de nuit, à la recherche de Fanchon. Il la trouve dans la cuisine, en train de donner le sein à sa fille. Il n'ose la frapper de crainte d'atteindre son enfant et doit se contenter de l'accabler d'injures. Son épouse le contemple d'une façon qui, sans qu'il sache pourquoi, l'inquiète. Il la regarde placer Marion dans son berceau, se redresser et venir à lui, l'œil sévère :

— C'est à moi que tu parles de la sorte ?

— Tu as failli me tuer, carogne !

— La prochaine fois, je t'estropierai ! Je supporterai plus que tu me traites pas avec le respect que mérite une créature de Dieu qui a mis au monde un si beau bébé ! Maintenant, retourne te coucher... Tu vas prendre médecine.

— Moi ? Pas question !

— Tu prendras médecine que cela te plaise ou non, c'est le seul moyen de te chasser la méchanceté du corps !

Personne, à Saint-Georges, depuis ce jour-là, n'a encore compris comment la passion maternelle avait pu transformer Fanchon Dolioux en une sorte de gardienne du foyer aux muscles durs, à la volonté farouche, et faire de Dolioux un mari obéissant, un père attentif. Les uns crièrent au miracle et invoquèrent les voies étranges qu'empruntait la volonté du Seigneur pour réduire les pécheurs, les autres, plus simplement, déclarèrent que le village avait, jusqu'alors, tremblé devant un lâche et que sa compagne avait remis les choses au point.

Au château de Champsauve où l'on restait très proche des gens de la paroisse, on s'amusait des histoires que rapportait Armandine. Elles déridaient même le comte dont, par ailleurs, l'humeur s'éclaircissait chaque fois qu'il apprenait — avec des semaines, sinon des mois de retard — à quel point les choses allaient mal pour les Anglais aux Amériques où le jeune marquis de La Fayette faisait acclamer les couleurs du roi qui s'était enfin décidé à prendre ouvertement le parti des Insurgents. Les après-midi où M. de Champsauve revenait d'Annonay avec de bonnes nouvelles, la grande bâtisse sévère prenait un air de fête. Le lendemain remettait tout dans l'ordre quotidien, et si les hommes de la terre étaient trop occupés par leurs travaux pour se permettre de songer à l'avenir plus qu'au présent, le comte ne cachait pas ses inquiétudes à sa femme :

— Voyez-vous, Adélaïde, je ne parviens pas à comprendre comment le roi ne réussit pas à se débarrasser de ceux qui mènent son royaume à la ruine. Heureusement qu'il y a ce monsieur Necker, mais que peut-il contre les princes ?

***

Sans qu'on en pût exactement préciser les raisons, l'atmosphère à Saint-Georges était à l'angoisse. On redoutait un malheur sans que personne ne fût capable d'en définir la nature. On avait peur. Pourtant, dans ce petit pays où l'on apprenait les événements pas mal de temps après qu'ils se fussent produits, on recevait en vrac l'annonce de la victoire de l'amiral de Grasse, la capitulation des Anglais à Yorktown et le renvoi de Necker. Cette dernière nouvelle assombrissait les esprits. Évidemment, nul ne savait quoi que ce soit de ce Genevois, mais sa réputation d'excellent gestionnaire des deniers publics rassurait. Et voilà qu'on le congédiait pour donner son poste à ceux qui gaspillaient l'argent du royaume en fêtes scandaleuses ! Le bon sens affirmait que toutes ces péripéties ne pouvaient manquer de mal tourner. De plus, il y avait Antoine Dolioux. Depuis que la rébellion de sa femme l'empêchait d'être maître chez lui et de passer plusieurs heures au cabaret, il avait choisi la place du village où, à l'ombre des hêtres énormes, il vitupérait la Cour, la noblesse et l'Église. On l'écoutait, parce que savoir qu'il y avait des responsables de l'inquiétude latente assombrissant Saint-Georges soulageait.

Honoré était un beau petit garçon de sept ans dont le sérieux frappait quand il se rendait à la messe dominicale à côté de sa mère. Mlle Fortunat le disait intelligent. Il lisait parfaitement. Il écrivait avec un peu moins de facilité. Il avait la mémoire des chiffres et la vieille fille assurait à qui voulait l'entendre qu'avec la protection de M. de Champsauve Honoré irait loin. Quand on lui répétait cette prophétie, Dolioux ricanait :

— Il ira jusqu'au gibet ou à la roue... Une situation élevée, non ?

Il était le seul à parler de la sorte car on aimait beaucoup le fils d'Armandine à Saint-Georges.

Le gamin échappait souvent à la surveillance de sa nourrice. Il trottait vite sur ses jambes déjà solides et, n'ayant conscience d'aucun danger, il courait les collines avoisinant le village, liant connaissance librement avec la nature où il ne devait jamais cesser de se sentir chez lui. Ceux qui se rendaient compte de cette passion — notamment Justine et Barthélemy Apinac, les voituriers — riaient sous cape en pensant aux illusions nourries par les prophètes voyant plus tard le jeune Versillac installé dans un des bureaux de l'Administration royale. Après sa mère et sa nourrice, les Apinac occupaient le cœur de l'enfant qui ressentait un plaisir profond à se glisser dans les écuries où une quinzaine de chevaux, à l'odeur forte, regardaient de leurs gros yeux passer ce petit bonhomme qu'ils n'effrayaient pas. En grand secret — et en dépit des remontrances de sa femme —, Barthélemy avait commencé l'éducation équestre du bambin qui, au soir du jour où il était monté pour la première fois sur le dos de la vieille et sage Bella, avait dû se cramponner à sa promesse de ne parler de cette aventure à personne. Il aurait tant souhaité que sa maman partageât sa fierté.

A neuf ans, Honoré s'affirmait un cavalier aux qualités innées. Il ignorait la peur. Quelle que fût la bête qu'il enfourchât, son corps épousait à la perfection le dos de sa monture et, du premier moment, il avait eu une assiette remarquable. En bref, il y avait, entre les chevaux et le garçonnet, une sorte de compréhension mutuelle qui étonnait même quelqu'un d'aussi averti que Barthélemy Apinac, si bien qu'un jour celui-ci se décida à une démarche qu'il estimait indispensable. Il s'en fut trouver le comte et lui expliqua que son filleul était si parfaitement doué pour l'équitation que ce serait péché que de ne point l'aider à devenir un cavalier accompli. En foi de quoi, Barthélemy sollicita de M. de Champsauve la permission pour l'enfant de monter un de ses trois chevaux de selle.

Armandine ne comprit pas la raison de la demande du comte la priant d'amener son fils, le lendemain, au château. Elle crut que M. de Champsauve souhaitait simplement embrasser son filleul et elle s'en félicita. Le jour suivant, lorsque Mlle Versillac arriva avec le gamin, le parrain interrogea son filleul, en lui clignant de l'œil pour réclamer sa complicité :

— Dis-moi, Honoré, as-tu peur des chevaux ?

— Oh ! non, Monsieur.

— C'est vrai ?

— Oui, Monsieur.

— Nous allons nous en rendre compte !

M. de Champsauve ordonna que lui soit amené « Vent de Mars », l'animal que, d'ordinaire, montait la comtesse.

— Tu oserais monter dessus ?

— Oh ! oui, Monsieur.

— Dans ce cas, vas-y !

Le comte aide son filleul à s'asseoir, à cru, sur le cheval, lui met les rênes entre les mains et donne une claque vigoureuse sur la croupe de « Vent de Mars » qui part au trot allongé. Au moment où la bête s'élance, Armandine, affolée, veut se dresser et crier, mais la comtesse étend un bras apaisant :

— Ne craignez pas, ma chère, il ne lui arrivera rien. Le comte sait ce qu'il fait.

Pendant une demi-heure, sous le regard éberlué de sa mère, Honoré évolue dans la cour, passe du trot au galop, puis revient au trot et enfin au pas, sans qu'un seul instant il commette la moindre erreur ou donne l'impression de la plus légère appréhension. Lorsqu'il met pied à terre, M. de Champsauve déclare :

— Barthélemy a raison. Nous ferons de toi un vrai cavalier... — et il ajoute, en soupirant — si Dieu nous en laisse le temps...

Ses inquiétudes dissipées, Mlle Versillac réclame des explications et force est de lui révéler les visites secrètes de son fils chez les Apinac. Elle en est suffoquée.

— Mais... mais depuis combien de temps allais-tu là-bas ?

— Deux ans !

— Deux ans ? Et tu m'as menti pendant deux ans ! Pourquoi ?

— J'avais peur que tu m'empêches de monter à cheval.

La maman ne répond pas. Bouleversée, Armandine découvrait qu'Honoré — qu'elle se figurait incapable de vivre sans elle — pouvait mener une existence secrète. Obscurément, ce jour-là, Mlle Versillac prit conscience que quelque chose venait de finir.

Honoré et sa mère regagnaient, à pied, Saint-Georges-le-Jaloux.

Ils descendaient en silence. Pour la première fois, depuis neuf ans, il y avait une barrière entre eux. Ils abordaient le village lorsque Barthélemy Apinac eut la mauvaise idée d'apparaître sur le chemin, devant sa demeure. Il salua Mlle Versillac et son fils, mais Armandine se montra rien moins qu'aimable en lui répondant :

— Je ne m'attendais pas à une pareille méchanceté de votre part, Barthélemy.

— Méchanceté ?

— Ne faut-il pas être méchant pour pousser un petit enfant à mentir à sa mère ?

— Ah !... vous êtes au courant...

— Oui... et j'ai beaucoup de peine.

Elle sentit la main d'Honoré trembler dans la sienne et, malgré elle, en dépit de sa fâcherie, elle la serra légèrement pour le rassurer.

— Voyez-vous, Mademoiselle, vous devez essayer de comprendre. Votre garçon est doué. On pourrait croire qu'il est venu au monde en sachant monter à cheval... Je pense connaître les chevaux mais, dans peu de temps, Honoré en saura autant que moi ; c'est pourquoi j'ai prié M. le Comte de me donner un coup de main. Il possède des bêtes de qualité et, dans le domaine de l'équitation, il en connaît bien plus long que moi.

— S'il vous plaît, voulez-vous me dire à quoi lui servira d'être bon cavalier pour entrer dans l'Administration ?

— Sans vouloir vous vexer, Mademoiselle, ce garçon semble autant fait pour la vie de bureau que moi pour le couvent !

Exaspérée, Armandine répliqua sèchement :

— Le moment venu, il décidera lui-même de son avenir ! Bonsoir...

Honoré n'osa pas embrasser son ami ainsi qu'il en avait l'habitude et poursuivit sa route, le cœur gros, persuadé de la noirceur de sa vilaine action dont il ne comprenait pas exactement la nature.

Au dîner, tout en mangeant la soupe, Mlle Versillac conta à Babette — la nourrice — la duplicité dont le petit avait témoigné. La servante affecta d'approuver hautement sa maîtresse et fit honte au garçon d'avoir agi en secret de sa maman, mais sa voix manquait de conviction et Armandine en eut conscience, ce qui augmenta sa peine. Honoré, malheureux devant le silence de sa mère, demanda :

— Maman, quand je serai grand, est-ce que tu voudras encore qu'on se marie ?

Babette se mit à rire.

— Pourquoi tu ris ?

— Parce qu'on n'épouse pas sa maman, mon belou !

Incrédule, le petit se tourna vers l'intéressée.

— C'est vrai ?

Trop émue pour parler, Armandine opina de la tête. L'enfant parut d'abord troublé puis, se décidant brusquement, il déclara :

— Alors, je me marierai avec Marion.

Mlle Versillac, poussée par une obscure jalousie, s'emporta :

— Tu n'auras commis et dit que des sottises, aujourd'hui ! N'est-ce pas, Babette ?

— Dès qu'ils savent remuer les ailes, les oisillons souhaitent quitter le nid.

***

Le lendemain, Babette rencontra la Dolioux en sortant de la messe du matin. Elle ne put se tenir de lui rapporter la résolution prise par Honoré d'épouser Marion. Les deux femmes s'amusèrent beaucoup de cette précocité matrimoniale et, lorsque à midi son mari revint au logis pour manger la soupe, alors que la fillette jouait encore devant la porte, Fanchon lui annonça :

— Sais-tu, Antoine, qu'on n'aura pas de souci à se faire quand le moment sera venu d'établir notre fille ?

Sans lever le nez de son écuelle, Dolioux s'enquit :

— Parce que ?

— Parce que le jeune Honoré Versillac a déjà prévenu sa mère qu'il épouserait Marion.

Antoine lâcha sa cuillère et, regardant sa femme avec des yeux féroces, il s'écria :

— Ce bâtard ? Le fils de cette traînée !

— Antoine ! Qu'est-ce qui te prend ? Tu deviens fou ou quoi ? Honoré n'est pas un bâtard et Armandine Versillac, personne a jamais rien dit sur son compte !

— Parce qu'on n'est pas au courant !

— De quoi ?

— Ça ne te regarde pas !

— Peut-être que tu parles mal de cette honnête femme sous prétexte qu'elle t'a refusé dans le temps ?

Dolioux, qui s'était remis à manger sa soupe, manqua s'étrangler. Fanchon ajouta, narquoise :

— Tu te doutais pas que je connaissais l'histoire, hein ? Eh bien ! si tu veux mon avis, elle a drôlement été raisonnable de t'envoyer promener, l'Armandine, parce que plus mauvais mari que toi ça doit être difficile à trouver !

— Merci !

— En tout cas, j'estime que c'est flatteur pour notre Marion de plaire à un protégé du comte !

Hors de lui, Antoine se leva si brusquement que le banc sur lequel il était assis tomba. S'appuyant des deux poings sur la table, il se pencha pour crier dans le nez de sa femme :

— Protégé du comte ! Imbécile ! Et le comte, lui, qui le protégera ?

Rageur, il se coiffa de son tricorne râpé et quitta la maison. Fanchon, seule, réfléchit un moment puis haussa les épaules et confia à l'image de saint François Régis fixée au-dessus de l'âtre :

— Faut lui venir en aide, mon bon saint François. Ce pauvre Antoine, la bile a dû lui passer dans le sang. Il devient de plus en plus idiot !

2.

Honoré

Ils avaient des visages hâves, des yeux fiévreux et témoignaient presque tous d'une hargne agressive. Ils avaient faim. La France entière avait faim, en cette année 1782. A Saint-Georges-le-Jaloux comme ailleurs, on ne trouvait pas grand-chose à manger. Les greniers et les granges étaient vides, vides aussi les charniers. On avait abattu nombre de bêtes. Barthélemy Apinac et sa femme se relayaient, la nuit, pour surveiller les écuries. Les plus malheureux, les plus misérables, les plus courageux étaient le curé et sa servante. Les deux vieillards sentaient leurs forces s'amenuiser au fil des heures, en dépit des efforts de ceux qui les aimaient et se privaient souvent de leurs maigres rations pour les empêcher de mourir. Récoltes mauvaises, hivers terribles qu'on ne pouvait supporter par manque de provisions. Ange Herbaud n'écorchait guère de chèvres. Les quelques vaches qui tenaient encore sur leurs pattes donnaient très peu de lait. La forge de Vermoyat était déserte. On ne s'arrêtait plus pour bavarder avec lui en le regardant manier le marteau et les pinces. Cet hercule sous-alimenté se désespérait de voir ses fils maigrir. On se rendait, de temps à autre, chez Brénieux, parce que boire fait oublier, pour un moment, les crispations de l'estomac. Antoine Dolioux y pérorait sans cesse, accusant le roi et la Cour d'être responsables de la famine. Maintenant, on l'écoutait.

— Pendant qu'on regarde mourir nos femmes et nos gosses (personne — heureusement — n'était mort à Saint-Georges), le roi, la reine et les princes vont de banquet en banquet ! Avec ce qu'on gaspille chaque jour à Versailles, on pourrait nourrir Saint-Georges et toutes les paroisses environnantes !

On ne réclamait pas de preuves à Antoine, on le croyait car on avait envie de le croire. Pour ces âmes simplettes, Versailles devenait une sorte de pays de cocagne réservé à quelques privilégiés.

— Même ici ! Vous pouvez être sûrs qu'au château, on se goinfre pendant que nous, on n'a rien à se mettre sous la dent !

— Ça, c'est pas vrai !

Cette affirmation énoncée d'une voix forte et calme les obligea à se tourner vers Mathieu Vermoyat.

— Qu'est-ce que t'en sais ?

— Je suis été au château... Des fois qu'on y aurait eu un peu de travail pour moi. Mais bernique !... Les chevaux sont devenus des squelettes. Ils ont seulement pas la force de sortir de l'écurie... Le comte marche plus, il se traîne. Quant à la comtesse, elle a un teint de chandelle. Dans sa figure, à présent, on voit que ses yeux. Et puis, s'ils avaient eu de quoi, Mlle Armandine serait point dans l'état où qu'elle est et son fils ressemblerait pas à un grillon.

Dolioux ne voulait pas s'avouer vaincu.

— Ça n'empêche que, si ma petite meurt, j'irai foutre le feu au château !

Ils avaient tous conscience de l'injustice de cette haine, mais ils n'avaient pas le courage de protester contre quoi que ce soit. En cet instant, Armandine passa devant le cabaret, et narquois, Tiranges, le menuisier, remarqua :

— Pour une qui se gave, comme tu le prétends, Dolioux, elle a pas fière allure !

Fabien Boisset, un gros que la faim avait vidé de sa graisse, ajouta :

— Paraîtrait que ce qu'elle peut ramasser, elle le porte au curé et à sa bonne.

Antoine explosa :

— Deux parasites dont il faudra bien qu'on nous débarrasse, un jour !

Mélanie Brénieux, qui l'avait entendu, jaillit de sa cuisine où elle se tenait à longueur de journées, en revivant, par la mémoire, les fastes d'antan quand elle préparait des repas pour des quinze, vingt convives dotés de rudes appétits.

— Vous avez pas le droit ! Non, vous avez pas le droit de causer aussi mal de notre pauvre curé ! Et s'il disparaît, hein ? Et si qu'on reste sans personne, qui c'est qui vous aidera à passer de l'autre côté ?

Antoine Dolioux ironisa :

— L'autre côté ! Vous m'amusez avec vos contes de nourrice !

Alors, ça, on n'aimait pas. Voulant être certain d'avoir compris, Germain Vérines, le journalier, réclama des précisions :

— C'est-y que tu croirais pas que quand on sera mort, on sera récompensé ou puni selon nos péchés ?

Antoine haussa les épaules.

— Fariboles ! C'est les prêtres qui vous racontent ces histoires pour vous forcer à obéir et prendre vos sous !

Boisset protesta :

— Notre curé, il m'a jamais rien pris, tandis que toi, Dolioux...

— T'as remboursé ce que tu me devais, Fabien.

— Avec de drôles d'intérêts !

— Fallait pas emprunter !

Mélanie conclut le débat :

— En tout cas, j'interdis qu'on dise des choses impies et qu'on parle mal de la religion ! Lorsque le moment sera venu pour vous de partir, tout faraud que vous êtes aujourd'hui, Dolioux, vous serez content que quelqu'un vous aide à franchir le pas !

— Sottises ! Je n'aurai besoin de personne !

Auguste Geraise, le boucher qui présidait à l'Assemblée paroissiale, résuma l'opinion générale :

— Tu racontes n'importe quoi, Antoine, pour le plaisir d'être écouté. Seulement, tu devrais te méfier, tu risques d'en choquer plus d'un et notre curé, c'est un brave homme. S'il mourait, ça serait un grand malheur.

La cabaretière se signa et murmura :

— Dieu vous entende, Auguste !

Dolioux, qui tenait à avoir le mot de la fin, grogna :

— J'ai l'impression qu'à cette heure il n'entend pas tellement ses créatures, votre bon Dieu !

Il eut un rire qui fit penser au Malin.

***

Les seules victimes de la famine, à Saint-Georges, furent Noémie Cerzaguet et Herbaud le Vieux. La première finit à la façon d'une chandelle dont la flamme vacille longuement avant de s'éteindre. Elle resta des semaines au lit, refusant d'absorber la moindre nourriture pour n'en point priver le curé. Elle rendit le dernier soupir entre son maître et Armandine. Quant au vieil Herbaud, il mourut le plus simplement du monde. Un matin, étonnée de ce qu'il ne soit pas encore sorti de sa chambre, sa bru Lucie monta voir l'ancêtre. Il était déjà froid. Les souffrances qu'on endurait empêchèrent qu'on fît à ces vieillards les obsèques qu'ils méritaient. Quand la faim vous mord le ventre, on n'a pas le cœur de penser aux chagrins des autres.

A la fin du printemps de 1784, on vit refleurir toutes les espérances et Honoré Versillac, fier de ses dix ans, se prépara, avec ses camarades de son âge, à sa première communion. Ses heures de liberté, il les vivait en compagnie de Philibert Tiranges, le fils du menuisier. Depuis l'année précédente, Honoré ne pouvait plus se passer de Marion et, malgré la méchante humeur que lui témoignait le père de la fillette, il profitait de toutes les occasions (avec la complicité de Fanchon Dolioux) pour aller chercher la petite afin de l'emmener soit en promenade quand le temps était au beau, soit chez lui lorsque le ciel se montrait maussade. Babette, la nourrice, leur racontait alors de belles histoires.

Honoré était certain que le bon Dieu voulait qu'il devînt, plus tard, l'époux de Marion. A preuve, l'étrange aventure à laquelle il avait assisté, en compagnie de la gamine et de Philibert.

Ce jour-là — 5 juin, il se le rappelait —, avec Philibert et Marion, ils se baladaient tous les trois. La direction de la grand-route leur étant interdite (surtout avec la fille de Dolioux), ils avaient piqué vers le fond du vallon. La première joie des enfants tenait au franchissement du Cerasson — dont les cinq pieds de large leur paraissaient un océan — sur une planche qui ne tremblait guère sous leurs poids. Puis ils avaient grimpé jusqu'au sommet des collines dressant une barrière entre Saint-Georges, au nord, et le reste du monde. Dans le champ, où ils étaient parvenus, ils cueillirent ces fleurs auxquelles personne n'attache le moindre prix sauf les âmes sensibles et les enfants : le brome, le plumet, l'asphodèle, composant des bouquets qu'ils enrichirent d'autres plantes ramassées sur les rives du Cerasson : la canche, la populage, la renoncule. Honoré découvrit quelques pensées qu'il plaça dans les cheveux blonds de Marion. Lui prenant la main, il demanda :

— Tu veux que je t'embrasse ?

— Pourquoi que tu veux m'embrasser ?

— Parce que t'es jolie.

— C'est ce que dit maman.

— Et puis, parce que je t'aime bien.

— Moi aussi.

Philibert intervint :

— Vous devriez vous marier.

Le garçon parlait sérieusement et, non moins sérieusement, les deux autres écoutaient. La gravité des enfants a toujours quelque chose de religieux. L'héritier des Tiranges ajouta :

— On va faire comme pour de vrai. Donnez-vous la main.

Marion ayant placé sa menotte dans celle d'Honoré, leur copain, sans rire, baragouinant des onomatopées terminées en « us » et en « um », esquissa un simulacre de bénédiction et conclut :

— Maintenant que vous êtes mariés, vous pouvez vous embrasser.

Cependant, alors qu'Honoré se penchait vers Marion pour déposer un baiser sur sa joue, la petite se recula en poussant un cri d'effroi montrant, de son bras tendu, le ciel derrière les garçons, qui se retournèrent et demeurèrent figés de stupeur. Au-dessus de l'horizon d'Annonay caché par les collines, une énorme boule s'élevait vers les nuages. D'abord, ils eurent peur et furent sur le moment de détaler, ensuite la curiosité l'emporta. A plat ventre dans l'herbe, ils regardèrent se poursuivre l'ascension de l'étrange objet qui monta très haut, arrêta sa course et se mit à descendre. Quand il eut disparu, les enfants restèrent silencieux, tant ils étaient émus par le spectacle auquel ils venaient d'assister. Philibert chuchota :

— Qu'est-ce que tu crois que c'était, Honoré ?

— J' sais pas.

Marion tint à donner son avis.

— Des anges qui se promenaient.

Philibert protesta :

— Les anges, ils habitent au ciel, hein ? Alors, pourquoi ceux-là, ils seraient venus sur la terre ?

Confuse de son étourderie, la fillette baissa le nez. Honoré décréta :

— Te tracasse pas, Marion. Je vais vous expliquer. C'est un signe que le bon Dieu nous a envoyé pour qu'on comprenne qu'Il était d'accord pour notre mariage.

Une pareille preuve de l'intervention céleste réduisit Philibert au silence en étouffant dans sa gorge les objections.

Sa mère l'interrogeant sur sa promenade, Marion répondit :

— Tu vas avoir une grosse surprise.

— Ah ?

— Je me suis mariée.

— En effet, mon belou, pour une surprise, c'est une surprise. Mon gendre, ça serait pas Honoré, des fois ?

— Comment t'as deviné ?

— Mon petit doigt me raconte tout, mais toi, dis-moi de quelle façon a eu lieu ce mariage ?

Marion décrivit si sérieusement la cérémonie champêtre que sa mère en eut les larmes aux yeux et, quand la fillette parla du phénomène par lequel le Seigneur apprenait au jeune couple qu'Il approuvait leur union, Fanchon jugea que sa fille avait beaucoup d'imagination. Toutefois, à quelque temps de là, lorsqu'elle sut ce qu'était, en réalité, le miracle céleste ayant si fortement impressionné la gamine, elle jugea inutile de lui enlever ses illusions en lui expliquant que ce à quoi elle avait assisté n'était dû qu'aux extravagances de deux Annonéens, les frères Montgolfier, et non pas à une intervention divine.

Les jours qui suivirent la belle aventure des enfants furent consacrés à la préparation de la première communion.

***

Les poings sur les hanches, les pieds solidement accrochés au sol, dans une puérile attitude de défi, Honoré regardait couler le Rhône, fier de ses quatorze ans qu'il se figurait capables de vaincre tous les adversaires que le hasard dresserait sur sa route. Longtemps, Armandine avait réussi à lui interdire de s'approcher de la rive maudite, cependant, au fur et à mesure qu'il grandissait, elle s'était résignée. Le Rhône constituait, à lui seul, un univers mystérieux, dangereux et attirant. Lorsque l'enfant sut la légende de Mathieu Versillac, dit Noé, il ressentit un immense orgueil et fut poussé par le désir impatient de voir, de ses yeux, l'eau qui avait emporté le héros de Saint-Georges-le-Jaloux. Dès lors, l'adolescent se mit à appeler de tous ses vœux le moment où il serait assez fort pour se mesurer au Rhône. Au retour de ses escapades, il ne manquait jamais de passer au cimetière où, sur la tombe de Mathieu et d'Eugénie, il s'engageait en de solennelles promesses.

Honoré était un bon petit, dont le seul vrai chagrin avait été le départ de sa nourrice qui, jugeant sa tâche terminée, s'était retirée dans un couvent de Boulieu. Le garçon ne souffrait pas de n'avoir ni frère ni sœur puisqu'il avait Philibert et Marion. Celle-ci demeurait la bien-aimée. Les cinq années écoulées depuis leur mariage mystique (dont les mères avaient gardé le secret) n'avaient en rien altéré l'affection que se portaient les deux enfants. En bref, le jeune Versillac eût été très heureux de vivre à

Saint-Georges s'il eût pu répondre aux aspirations d'Armandine en ce qui touchait son futur état. Mais, dès qu'il sut lire, écrire et se tirer d'affaire avec les quatre opérations, on dut se rendre à l'évidence : il n'irait pas plus loin. L'école l'ennuyait. Il ne s'intéressait pas aux livres. En revanche, il adorait les courses dans la campagne et n'était jamais si pleinement heureux que lorsqu'il entrait dans la grande écurie des Apinac. L'odeur des chevaux le transportait, le jeu des muscles sous la peau de ces bêtes soigneusement entretenues le fascinait. Malgré sa jeunesse, il était devenu un cavalier accompli. Il fallut donc bien admettre que, contrairement aux prophéties de Mlle Fortunat, le fils d'Armandine ne serait jamais un Monsieur de l'Administration. Ce n'était pas pour déplaire au comte qui, au fond, ne prisait guère les bureaucrates. Il préférait les hommes d'action. En toute conscience, il estima que, le moment venu, son filleul deviendrait un magnifique sabreur. Cette éventualité désespéra Mlle Versillac qui, pour la première fois depuis quatorze ans, regretta que l'enfant abandonné et élevé par ses soins n'ait pas été une fille.

Quoique d'une force assez exceptionnelle pour son âge, Honoré témoignait d'une humeur pacifique. Il ne se battait que pour porter secours à Philibert, mais sans se mettre en colère. Il ne devenait furieux que si on levait la main sur Marion. Désormais, le temps des jeux était terminé. Quant à Philibert, il gagnait, au matin, l'atelier de son père où il s'initiait au maniement du marteau, de la scie et de la varlope. Chez les Apinac, Honoré menait une existence moins surveillée. Il apprenait à panser les chevaux, à les harnacher, à déceler leurs maladies, à les soigner. Toutes les semaines, il accompagnait son patron dans la vallée du Rhône ou à Annonay, aidant les clients à transporter leur bagage. De loin en loin, avec le comte, il parcourait la région et écoutait M. de Champsauve lui raconter les combats auxquels il avait pris part sous les ordres du maréchal de Saxe.

Qu'il retournât de ses brefs voyages à la ville ou de ses galopades équestres dans la campagne, Honoré rapportait à Armandine tout ce qu'il avait vu au cours de ses pérégrinations avant de l'aider dans le ménage de la maison. Marion avait également droit aux récits de son amoureux, récits dont elle ne comprenait pas toujours les détails.

— Quand je serai un homme, je deviendrai hussard ou dragon. J'aurai un beau costume, de grandes bottes et un sabre !

— Pourquoi un sabre ?

— Pour aller à la guerre, pardi !

— Qu'est-ce qu'on y fait, à la guerre ?

— On y tue les ennemis du roi !

— Et eux, ils disent rien, pendant ce temps ?

Honoré n'avait pas songé à cette éventualité. Après un moment de réflexion, il conclut :

— Peut-être qu'ils me tueront, moi aussi ?

— Alors, moi, je resterai seule ?

Le garçon balança un instant entre les charges de la cavalerie dont lui avait parlé, avec enthousiasme, M. de Champsauve, et Marion. Il se décida pour la fillette.

— Eh ben, j'irai pas à la guerre. Le roi se débrouillera seul.

***

Un dimanche de juillet de cette année 88, à la surprise générale, M. Soulia, sa messe achevée, remonta en chaire. Ceux et celles qui s'étaient (déjà) levés de leurs chaises ou de leurs bancs, l' « Ite missa est » prononcé, se laissèrent retomber sur leurs sièges. Malgré ses quatre-vingt-neuf ans, le prêtre avait gardé une voix forte dont le timbre continuait à émouvoir les fidèles qui avaient ou croyaient avoir sur la conscience quelque chose qui ne passait pas.

« Mes très chers frères, mes bien chères sœurs,

Notre bon roi Louis — que Dieu le protège —, souhaitant faciliter la vie de son peuple et lui demander de l'aider à gouverner le royaume, a décidé que l'an prochain, le 1er mai, les états généraux, si longtemps réclamés, s'ouvriraient à Versailles. En octobre de cette année seront choisis à Annonay — et par vos soins — ceux qui nous représenteront auprès du roi. Je vous invite donc, mes amis, à vous réunir dès aujourd'hui, pour énumérer par écrit tout ce dont vous vous plaignez, tout ce que vous désireriez voir changer. Il vous incombera, également, de désigner celui d'entre vous qui représentera la paroisse. Mes enfants, je pense qu'une aube nouvelle naît sur notre pays. Heureux les yeux qui la verront. Où que je sois alors, j'espère que le Seigneur m'accordera la grâce de veiller sur vous. Avant de nous séparer, je vous propose de prier pour le roi afin que le Saint-Esprit l'inspire. Amen. »

Les hommes éprouvaient une telle impatience à commenter la nouvelle que leurs chaises remuées, leurs pieds raclant le sol troublaient la foi attentive et docile des femmes. L'ultime bénédiction atteignit plus de dos que de visages. A peine libérés, ils se précipitèrent sur la place où, à l'ombre des arbres, par petits groupes, ils discutèrent passionnément de ce qu'avait annoncé le curé. Le comte de Champsauve lui-même — pendant qu'Adélaïde bavardait avec Armandine — ne craignait pas de montrer en public l'émotion qui l'agitait. Ayant glissé son bras sous celui de François Estalle, il rêvait à haute voix :

— Enfin, ils se sont décidés à Versailles ! Il était temps ! Grand temps ! Le roi Louis a fini par écouter la voix de la sagesse au lieu de celle des princes dont on est en droit de se demander s'ils ont bien la tête sur les épaules ! On sait qu'Artois est d'intelligence courte, mais Provence qu'on répute le plus finaud des trois frères !... Mon bon François, ne serait-ce pas merveilleux si les Français se réconciliaient ?

— Oh ! si, Monseigneur...

— Je suis certain que nous sommes à la veille de grands événements qui, une fois encore, rappelleront à tous les athées — et à tous les lecteurs de l'Encyclopédie — que Dieu n'a pas renié sa fille aînée qui peut encore donner des leçons au monde !

L'enthousiasme a toujours assoiffé les Français et lorsqu'on eut, en un premier moment, exhalé en discours se chevauchant les uns les autres la joie qui emplissait les cœurs, on se dirigea tout naturellement vers l'auberge où Brénieux — ayant alerté sa femme — s'empressait de tirer des chopines de vin. Antoine Dolioux — qui mettait un point d'honneur à choquer ses concitoyens, en se refusant d'entrer dans une église — était déjà au courant, par l'aubergiste, de ce qu'avait annoncé M. Soulia et attendait les ouailles du saint homme de pied ferme. Les Champsauve, prenant congé de leurs intimes, après avoir embrassé Honoré, remontaient vers le château, l'âme en fête, et le comte confiait à son épouse :

— Je pense, ma chère, que je suis aussi heureux qu'au soir de Fontenoy !

***

D'autres aussi savouraient le bonheur inespéré d'une liberté inattendue. D'ordinaire, le dimanche, les enfants, vêtus de leur plus beau costume, se sentaient contraints à une sagesse exemplaire, à une gravité inhabituelle et, de ce fait, passaient les heures dominicales en un ennui profond. En outre, ce jour-là, les mères se voulaient plus attentives que de coutume aux ébats de leur progéniture, à cause des vêtements qu'elles n'entendaient point voir salir et encore moins déchirer. Or, l'espèce de joyeuse folie qui agitait les esprits après l'annonce du curé, rendait vains les interdits, annihilait les traditionnelles surveillances. On était trop occupé à discuter, supputer, envisager, espérer pour se soucier des gosses. Après quelques moments d'hésitation (ils ne crurent pas tout de suite à leur chance) ils s'égaillèrent dans de multiples directions sans se soucier de leur vêture de gala.

Honoré, Philibert et Marion ne comprenaient rien à l'agitation des grandes personnes et, dans l'incertitude où ils se trouvaient de savoir si elle serait ou non bénéfique pour eux, ils éprouvaient une légère inquiétude. La fillette traduisit leur commun souci :

— Qu'est-ce qu'ils ont ?

Philibert haussa les épaules .

— Va-t'en deviner !

Honoré déclara :

— C'est à cause de ce qu'a dit monsieur le curé !

Marion rappela :

— Il a parlé des généraux... où qu'ils sont ?

— Près du roi, à Versailles.

— C'est loin, Versailles ?

— Très loin.

— Comment, loin ?

Honoré confessa :

— J' sais pas.

— Les généraux, ils vont défendre le roi ?

— Oui.

— Contre qui ?

— Ses ennemis.

— Tu l'as vu, toi, le roi ?

— Non... A Saint-Georges, personne l'a jamais vu.

— Alors, c'est pareil au bon Dieu. On en cause et on Le voit pas.

— Si tu veux.

Philibert, que cette discussion lassait, proposa :

— Si on allait voir le Rhône ?

Marion s'indigna :

— J'ai promis à maman de pas traverser la grand-route !

— Montons vers le château, par la coursière ?

— Avec nos beaux costumes ?

Paralysés par les vieilles mises en garde, les gosses ne savaient que décider. Sans en avoir le moindre soupçon, ils apprenaient que l'usage de la liberté est plus important que la liberté elle-même.

***

Les femmes ayant regagné leurs demeures pour préparer le repas s'aperçurent, brusquement, de l'absence de leurs rejetons. S'avançant jusque sur leurs seuils, elles placèrent les mains en porte-voix devant leurs bouches pour lancer, à tue-tête, des prénoms de filles et de garçons dont les syllabes sonores, emportées par le vent, se cognèrent aux murs des maisons, furent renvoyées de l'une à l'autre puis, gagnèrent les champs où elles s'éparpillèrent avant de s'éteindre. Les appels maternels filèrent traquer les gosses, quels que fussent les endroits (qu'ils se figuraient secrets) où ils se cachaient. Alertés par ces échos où ils entendaient des promesses de correction, ils se hâtèrent de réintégrer leurs foyers.

Les hommes avaient déjà beaucoup bu et à la fébrilité joyeuse des premiers instants, succédait une sorte d'atonie presque triste. Apinac secoua la torpeur quasi générale en posant la question que nul n'avait encore osé formuler :

— Ce cahier où on inscrira ce que nous voulons et ce que nous voulons pas, qui c'est qui va s'en charger ?

Chacun regarda le voisin, effrayé à l'idée qu'une pareille responsabilité pourrait lui incomber. Personne ne répondant à son interrogation, Barthélemy poursuivit :

— Moi, j'estime qu'il y a guère que Dolioux qui soit capable d'écrire tout ce qu'on racontera.

D'un élan, ils se tournèrent vers Antoine qui, flatté mais n'en voulant rien laisser paraître, montra un visage grave, presque indifférent.

— C'est possible, mes amis... cependant, je me demande si vous avez bien compris. D'après ce qu'on m'a rapporté, il faudra que nous tenions de nombreuses réunions et je propose qu'à partir de demain, nous nous retrouvions tous les soirs, pour dresser la liste de nos revendications. Quand nous en aurons terminé, je rédigerai l'explication de nos attitudes à l'égard de tous les points envisagés. Ce travail, une fois achevé, on le confiera à celui que vous désignerez comme étant le plus capable de soutenir nos idées à Annonay, là où seront élus les représentants de nos paroisses.

Dans les jours qui suivirent, le village se réinstalla dans son existence quotidienne avec, toutefois, ce rendez-vous vespéral à l'auberge que les femmes ne considéraient pas d'un très bon œil, mais on était si convaincu du proche avènement de l'âge d'or que les épouses étaient forcées de mettre une sourdine à leur grogne.

Si les plus intelligents de Saint-Georges — Dolioux, Estalle, Tiranges et Apinac — comprenaient que leurs vœux devaient avoir un caractère général et défendre les intérêts de la paroisse d'abord, des paroissiens ensuite, il y en avait qui s'entêtaient à exiger qu'on inscrivît des histoires sans importance mais qui les préoccupaient au premier chef : le prix des peaux de chèvre, le coût des transports, le droit de faire passer le troupeau par là plutôt que par ici, etc. Dolioux avait beau répéter qu'il fallait viser plus haut, ceux qui l'écoutaient ne cédaient pas et, de guerre lasse, on notait à la suite de la suppression du droit de chasse susceptible de ruiner les récoltes, le souhait de voir baisser le prix des guimpes que les femmes honnêtes portaient spécialement pour se rendre à la messe.

A l'écart de ces disputes qui s'envenimaient selon la quantité de vin absorbée, Armandine vivait, heureuse, avec son fils dans cet îlot un peu hors du siècle qu'était la maison de l'Agneau. Elle partageait l'illusion générale et, à elle aussi, la nature paraissait soudain plus accueillante, les hommes plus aimables. M. Soulia — qui n'avait pas complètement déserté l'univers de l'enfance — l'entretenait dans cette euphorie. Souvent, en le quittant, Mlle Versillac se demandait si son saint ami ne confondait pas le royaume promis par la réunion des états généraux avec le pays de Cocagne dont on parle dans les fables. Le soir, Honoré, imprégné de tout ce qu'il avait entendu au cours de la journée chez les Apinac, interrogeait :

— C'est vrai, maman, que l'an prochain, on pourra faire ce qu'on voudra ?

— Tu sais, il faudra toujours travailler pour gagner sa vie.

L'enfant, déçu et quelque peu incrédule, insistait :

— Tu crois ?

— J'en suis sûre.

— Alors, je vois pas pourquoi ils ont l'air si contents, eux autres ?

— Ce sont là des problèmes que tu ne peux pas encore comprendre. Nous sommes heureux, ensemble, n'est-ce pas ?

— Oh ! oui...

— Ne nous soucions donc pas du reste. Pour plaire à Dieu, nous devons apprécier chaque minute du bonheur qu'Il nous accorde sur cette terre et qui n'est, sans doute, qu'un apprentissage des joies que nous réserve le paradis. Peut-être que 1789 verra les hommes s'aimer ou, au moins, se supporter. Qui sait ?

— Est-ce que tu penses qu'il y a des chevaux au paradis ?

***

Armandine était soutenue dans ses apaisantes perspectives d'avenir par ses entretiens avec le comte qui lui faisait partager son optimisme renforcé par l'annonce du retour de Necker, le financier genevois.

— On avait raison, Armandine, d'avoir confiance dans notre roi. Au début, par suite de sa jeunesse, il a écouté ceux qui lui parlaient plus de ses plaisirs que de ses devoirs. Heureusement, il a réagi. Il a pris conscience qu'il était l'oint du Seigneur et qu'il lui incombait, sur cette terre, de travailler au bonheur de son peuple. Ou je me trompe fort, mon amie, ou nous devons nous préparer à vivre des heures extraordinaires.

L'été et le début de l'automne n'entamèrent pas l'euphorie de Saint-Georges-le-Jaloux. On s'aidait, on tombait presque toujours d'accord dans les discussions qui devenaient récréations. La nuit, dans leur lit, les couples, avant de s'endormir, bâtissaient des projets pour ces lendemains où la vie serait tellement plus facile. Ils fermaient les yeux, le sourire aux lèvres. Le lever matinal et l'approche de la mauvaise saison ne parvenaient pas à assombrir leurs humeurs ensoleillées par des songes dont ils emportaient aux champs les ultimes images.

La rédaction des doléances s'était muée en une sorte de divertissement qui n'en finissait pas. Antoine Dolioux n'avait pas ménagé sa peine et, lorsqu'en octobre on dut choisir celui qui irait à Annonay porter le cahier et prendre part au vote destiné à envoyer une délégation à Versailles, il pensait fermement devoir être désigné. Aussi fut-ce avec une belle assurance qu'un soir, il déclara :

— Mes amis, notre tâche est achevée. Il ne nous reste plus qu'à inscrire le nom de celui qui ira plaider notre cause. Qui proposez-vous ?

Il y eut un silence que nul n'osait rompre et puis Ange Herbaut donna son opinion :

— Moi, je me figure que celui qui peut le mieux parler de nos misères, c'est le comte.

Antoine sursauta :

— Quoi ? notre ennemi ?

Vermoyat gronda :

— Il est pas notre ennemi... Au contraire, il a toujours fait ce qu'il a pu pour nous aider.

— En te volant ton argent, imbécile !

— D'abord et d'une, personne peut me traiter d'imbécile sans encaisser mon poing sur la gueule, ensuite et de deux : les terres où nous sommes appartiennent aux Champsauve. Comment qu'ils vivraient si on leur donnait pas ce qui leur revient ?

Une partie des assistants estimaient que le maréchal-ferrant témoignait de réalisme et de bon sens tandis que d'autres jugeaient parfaitement justifiés les propos d'Antoine. La situation s'aggrava très vite, si vite que l'aubergiste — pour sauvegarder son matériel — conseilla aux antagonistes d'aller vider leur querelle sur la place. Ils s'y rendirent d'un élan, chacun persuadé qu'il défendait la justice et la vérité.

Apinac envenima la dispute en déclarant qu'il n'y avait pas meilleur homme que M. de Champsauve. Opinion soutenue par Florent Estalle et aussitôt combattue — pour des raisons de rivalités individuelles — par le boucher Geraise. Vérines se rangea, lui aussi, dans le camp de Dolioux alors que Tiranges affirmait partager le point de vue de Vermoyat et d'Herbaud. On commença par s'adresser mutuellement de belles injures, puis on alla, suivant une pente naturelle, de l'abstrait au concret. On appela le passé à la rescousse. On déterra de vieilles histoires où se trouvaient impliqués des hommes et des femmes morts depuis longtemps. Enfin, on en vint aux vivants et plus d'une habitante de Saint-Georges-le-Jaloux aurait pu entendre mettre en doute sa vertu. Au lieu de plaindre les maris pour leurs malheurs conjugaux vrais ou inventés, on les leur reprochait en les déclarant volontairement aveugles par lâcheté ou complices par un sordide esprit de lucre. Les épouses, que la colère de leurs concitoyens traînait dans la boue, étaient, pour la plupart, de pauvres créatures déformées par les maternités et vieillies avant l'âge par les travaux des champs auxquels s'ajoutaient ceux du ménage. Si on les avait mises au courant, elles n'auraient rien compris. Tant et tant d'années qu'elles avaient perdu la mémoire de ce que les gens, qui ont la bonne vie, appellent l'amour !

Dolioux avait eu la mauvaise idée d'insinuer que Vermoyat n'était peut-être pas le père de ses fils ; le maréchal-ferrant le frappa d'un coup de poing en pleine figure qui l'envoya rouler au sol. Aussitôt, Geraise et Vérines, deux hommes solides, s'attaquèrent à Vermoyat qu'Herbaud tenta de défendre. Estalle s'était sagement retiré de la compétition. Justifiant l'Évangile, celui qui avait frappé le premier était en passe de succomber sous l'assaut du boucher et du manouvrier, lorsque les deux fils du maréchal-ferrant, prévenus, rappliquèrent en grande hâte et se jetèrent d'un élan dans la mêlée. Les adversaires plièrent très vite. Geraise cracha une dent avant d'être aveuglé par la dureté d'un poing qui lui pocha l'œil droit. Quant à Vérines, attaqué par Vermoyat et son aîné, il encaissa une raclée qui l'obligea à chercher son salut dans la fuite.

Honoré, passionnément intéressé par cette distraction inattendue, demanda à l'aubergiste qui, en amateur éclairé, appréciait la qualité des horions donnés et reçus :

— Pourquoi qu'ils se cognent ?

Jules Brénieux cracha sur le sol avant de répondre :

— Ils ne sont pas d'accord sur la manière de faire leur bonheur.

Et, dégoûté, il rentra chez lui pour boire un verre.

***

Maintenant qu'ils étaient courbatus, saignants, vainqueurs et vaincus ne se rappelaient plus les raisons exactes qui les avaient poussés à se battre. Ils baissaient le nez en écoutant les remontrances de leurs compagnes. Celles-ci, qui avaient le sang moins chaud que leurs hommes, moquaient pour leur sottise ceux qui avaient pris le parti de Dolioux. Dans l'ensemble, elles tenaient, à peu près toutes, ce langage :

— A ton âge, te conduire comme un gamin ! Vous reprochez au roi et à la Cour de ne pas se soucier de vous et vous trouvez rien de mieux que de vous cogner ! A cause de qui ? D'un Dolioux qui vaut pas la corde qui le pendrait, ce maudit ! On n'a qu'un seigneur et c'est le comte ! Faut être fou pour crier contre lui, d'autant plus que c'est un brave homme. Il me semble que Saint-Georges devrait être fier d'être représenté par quelqu'un de sa qualité !

Bien qu'ils s'en défendissent, au fond d'eux-mêmes les vaincus étaient d'accord avec celles qui les gourmandaient, tout en les soignant. Aussi, le lendemain soir, dans la grande salle de l'Assemblée paroissiale, quand on vota pour désigner le représentant du village, Dolioux n'eut qu'une voix : la sienne. Il manqua en étouffer de rage et quitta la place en proférant des menaces.

***

Pour la première fois de son existence, Saint-Georges-le-Jaloux s'intéressait à la politique. Sans doute, au Jour de l'An 1789, on s'était souhaité une bonne santé et Honoré avait fait cadeau à

Marion de la moitié des friandises reçues de sa marraine, Laure Estalle, mais à la vérité les solennités traditionnelles pâlissaient devant ce 1er mai qu'on attendait avec une impatience fébrile. A cette date, le roi ouvrirait les états généraux et c'en serait fini de la misère, de la famine et des malheurs qui accablaient le pauvre monde depuis l'aube des temps.

Indifférent aux folles espérances entretenues par des imaginations qui croyaient encore aux fées, Honoré était devenu, à quinze ans, le meilleur cavalier à dix lieues à la ronde. Il avait gagné les courses auxquelles il avait pris part à Serrières, à Saint-Vallier, à Sarras, voire à Annonay où la femme du gouverneur — en visite dans cette ville — avait posé, sur la tête du garçon, la couronne de laurier réservée au vainqueur. Admiré par sa mère, toujours inquiète à l'idée d'un accident possible, applaudi par le comte heureux de constater les qualités naturelles de l'adolescent, vigoureusement soutenu par les Apinac, le jeune Versillac s'affirmait la gloire de Saint-Georges. Marion vivait dans son ombre, plongée dans une sorte d'admiration perpétuelle.

Cependant, au fur et à mesure que le printemps approchait, l'attention se détournait du petit centaure pour guetter fébrilement les échos de Versailles. Les premières nouvelles fortifièrent la conviction quasi unanime du triomphe populaire sur on ne savait exactement quoi. On ne saisit pas davantage les raisons poussant les nobles à quitter le royaume et parmi eux, Artois, frère du roi. Seul, Antoine Dolioux applaudit à la prise de la Bastille. Les autres ne comprirent pas pour quelles raisons des Français, ayant massacré des Français, s'en glorifiaient. Le 8 août, Honoré s'aligna dans une épreuve de course à travers la campagne, organisée par la paroisse de Satilleu. Il la gagna, mais quand il fut de retour à Saint-Georges, nul ne se soucia de lui. Durant son absence, on avait appris les événements de la nuit du 4 août qui marquaient la fin du régime féodal. Honoré, ulcéré, commença à détester ceux qu'on appelait déjà les Révolutionnaires.

Antoine Dolioux ne cessait plus de haranguer les habitants de la paroisse. Les travaux des champs étaient en retard parce qu'on se perdait en discussions infinies pour confronter ce que l'on croyait savoir à ce qu'on en disait. On était heureux de penser qu'on n'aurait plus à donner d'argent aux seigneurs et au curé et, pourtant, on ne pouvait se défendre d'une crainte vague : que deviendrait-on sans M. de Champsauve ? Pourquoi le roi avait-il laissé ruiner sa noblesse ? Seul, Dolioux exultait. Il tenait enfin sa revanche et souriait à la perspective de voir le comte obligé de vendre ses propriétés pour subvenir à ses besoins maintenant que la Constituante l'avait privé de ses revenus.

Honoré ne saisissait pas grand-chose à la peine de sa mère. Chaque soir, elle revenait du château, plus déprimée.

— Des gens si bons et qu'on dépouille, mon petit. Au nom de quoi ? Je crains qu'ils ne puissent rester sur leurs terres...

— Ils s'en iraient ?

— Peut-être... S'ils doivent vivre dans la gêne, ils préféreront que ce soit ailleurs qu'ici. Ce serait un grand malheur pour nous tous et plus encore pour nous deux.

***

Au début de l'automne, Dolioux effectua de nombreux voyages à Annonay dont on ne sut la raison qu'en décembre. Il soufflait un vent très froid lorsque des gendarmes à cheval pénétrèrent dans Saint-Georges, précédés d'un officier. Ils s'arrêtèrent sur la place et bientôt, toute la population se groupa autour d'eux, y compris les pêcheurs du bord du Rhône et les paysans des collines, au-delà du Cerasson. Sur un signe de son chef, le brigadier — un homme épais, à la moustache grise — cria :

— Silence et écoutez !

L'officier laissa passer encore quelques instants puis, sortant un rouleau de papier de ses fontes, il commença à lire :

« Habitants de Saint-Georges-le-Jaloux,

« Par ordre de l'Assemblée nationale, la paroisse est supprimée ainsi que le titre et les fonctions du procureur. La paroisse est, désormais, remplacée par la commune et les tâches qui incombaient à l'Assemblée paroissiale et à son président seront assumées par un conseil municipal que dirigera un maire. Feront partie du conseil municipal : Germain Vérines, journalier — Auguste Geraise, boucher — Jules Jaudrais, cultivateur — A été nommé maire de la commune de Saint-Georges-le-Jaloux : Antoine Dolioux. »

***

La pluie tomba pendant toute cette journée du triste mois de février 1790. Le temps était à l'image des habitants de Saint-Georges qui, depuis la nomination autoritaire de Dolioux, vivaient dans une incompréhension totale. Sous prétexte de les libérer, on avait brisé le cadre de vie auquel ils étaient habitués.

Ils en demeuraient désemparés. Désormais, le comte ne sortait guère de son château. On n'osait plus solliciter de conseils de Florent Estalle redevenu un homme comme les autres. Le curé priait pour l'âme de la France. Le maire jouait au despote mais avec une certaine prudence. Il se savait détesté du plus grand nombre et dans ces pays, quand on en voulait vraiment à quelqu'un, ni les chemins, ni les sentiers, ni les champs, ni les bois n'étaient sûrs. On commençait à redouter les nouvelles de Paris que, quelques mois plus tôt, on attendait avec tant d'impatience. Le maire et son conseil municipal trinquaient chez Brénieux à l'abolition des ordres monastiques. Ils gueulaient des chansons gaillardes où les moines jouaient de bien curieux rôles. Ces chansons mettaient le rouge aux joues des passantes et obligeaient la Mélanie Brénieux à se réfugier dans sa cuisine pour y prier le bon Dieu de pardonner à ces insensés qui compromettaient leur part de paradis.

Profitant de l'absence de son père, Marion, qui marchait sur ses douze ans, se faufila entre deux averses et courut rejoindre Honoré, beau garçon de seize ans, avec des muscles d'homme. Sa tendresse pour la petite était toujours aussi vive en dépit de la hargne que ne cessait de lui témoigner Dolioux. Assis sur les deux bornes marquant l'entrée de l'écurie, séparés du monde extérieur par un rideau de pluie avec derrière eux la chaleur épaisse des bêtes, les deux enfants goûtaient le plaisir inépuisable d'être ensemble.

— Mon père, il veut plus que je te cause, mais je te causerai quand même, et quand on sera mariés on fera ce qu'on voudra. Personne aura plus le droit de nous commander !

— On attendra.

— Et si on s'en allait tous les deux ? Pas tout de suite, bien sûr...

Honoré secoua la tête.

— C'est pas possible, ma Marion.

— Pourquoi ?

— Parce que je pourrais pas vivre ailleurs qu'ici... Les maisons, le Cerasson, le Rhône, c'est comme si c'était à moi. Je serais tellement malheureux de les quitter que je mourrais... Et puis, il y a ma mère...

— On pourrait l'emmener, avec la mienne ?

— Tu crois que ton père nous laisserait partir ?

Elle savait que non. Ils se turent, se laissant bercer par la chanson monotone de la pluie. Dans le silence, le cliquetis des chaînes résonnait allégrement et les mouvements des chevaux prenaient une ampleur démesurée. La paix. Le calme. Les minutes qui passent dans une quiétude sans défaut et qu'on ne retrouvera plus.

***

En février, sans émotion apparente, on apprit que la France était divisée en départements, chacun gouverné par un directoire. Dorénavant, les habitants de Saint-Georges seraient des Ardéchois, et leur capitale Privas, pour eux pratiquement inaccessible. Herbaud résuma l'opinion générale en déclarant :

— Eux autres de Privas, s'ils veulent quelque chose de nous, faudra qu'ils se dérangent.

Mais la région fut tout entière en émoi lorsqu'on sut que l'Assemblée nationale avait voté une loi sur « la Constitution civile du clergé », dans laquelle il était dit que « les prêtres devaient se soumettre aux hommes avant que d'obéir à Dieu ». M. Soulia, qu'aidait la Béate chassée de son école, réagit en affirmant qu'ayant été appelé par Dieu il n'obéirait qu'à Sa seule volonté. En réponse, le maire réunit ses amis dans la grange-mairie pour leur proposer d'expulser ce réfractaire de curé, de transformer le presbytère en mairie et de redonner à la grange qu'ils occupaient sa destination d'école. Il se heurta à une opposition des plus vives, menée par le boucher ne pouvant oublier qu'il avait longtemps présidé l'Assemblée paroissiale.

— Attention, Dolioux, tu vas trop loin ! Si tu tiens à te mettre le pays à dos, t'as qu'à continuer comme ça. M. Soulia est un brave et honnête homme qui nous aime et que nous aimons même si on partage pas toutes ses idées. De plus, c'est un vieillard de nonante et un ans qui mange rarement à sa faim. Alors, si tu veux faire croire que c'est là un prince de l'Église, on rigolera d'abord, on criera ensuite, et nous sommes déjà pas tellement populaires...

— A cause ?

— A cause des sottises des Parisiens !

— Et moi, Auguste, je dis que tu ne t'es pas encore dépouillé de ta mentalité d'esclave. Tu es heureux d'obéir au curé et au seigneur.

Vérines soutint l'opinion d'Antoine. En réplique, il s'entendit dire qu'il n'était qu'un gueux n'ayant pas à se mêler de ce qui ne le regardait pas. Jules Brénieux, sentant que la discussion s'envenimait, rappela à ses amis que la « Déclaration des Droits de l'Homme » indiquait que chacun pouvait exprimer son opinion.

Assise devant sa fenêtre, à travers laquelle elle voyait couler le Cerasson entre les flancs herbeux de deux collines, Armandine avait toujours peur, mais non de quelque chose ou de quelqu'un. Il s'agissait plutôt d'une peur latente qui l'habitait depuis le moment où, sur la place, un officier de gendarmerie avait annoncé que Dolioux commanderait à Saint-Georges. La gorge nouée par des sanglots, elle se rappelait l'enthousiasme fraternel qui régnait dans le village deux ans plus tôt après que M. Soulia eut annoncé la réunion des états généraux. Alors, on avait cru à la grande réconciliation des sujets du roi. Au lieu de cela, on s'en prenait aux prêtres, aux moines, on dépouillait l'Église, la noblesse, tandis que le souverain était pratiquement prisonnier et empêché de se faire obéir. Mlle Versillac s'inquiétait de ce qui allait advenir d'elle et de son fils avec un Dolioux tout-puissant. Pour l'heure, Honoré ne se souciait guère du maire et de ses hypothétiques mauvais desseins. Étendu sur une botte de paille, au-dessus de l'écurie, il rêvassait. Quand Marion n'était pas à ses côtés, il n'aimait pas songer à elle, car cela lui apportait des images bien agréables, mais dont il avait honte ensuite. Marion constituait, à ses yeux, un domaine à part auquel nul, sauf lui, n'avait le droit de penser. Son très jeune âge protégeait la fillette des vilaines idées que sa fragile beauté pouvait susciter.

Dans les instants de liberté que lui accordait Apinac, lorsqu'il ne pouvait rejoindre ni sa mère, ni Marion, Honoré s'en allait se promener dans les champs ou errer par d'étroits sentiers où il goûtait la cruelle et merveilleuse impression d'être seul au monde. L'arbre et lui, l'herbe et lui, la bête et lui... Honoré se perdait, se fondait dans le paysage qui l'entourait et sans lequel il se persuadait qu'il ne pourrait vivre. Parfois, il se couchait à plat ventre sur le sol, fermait les yeux, humait l'odeur montant vers son visage et faisait corps avec la terre qu'il aimait. Il regrettait que sa mère n'ait pas les moyens d'acheter une ferme où il mènerait l'existence de cultivateur qui lui semblait la plus passionnante qu'un homme puisse souhaiter. Il était heureux chez Apinac au milieu des chevaux mais ces bêtes ne lui appartenaient pas, il n'en pouvait disposer à son gré. Honoré nourrissait un instinct atavique de propriétaire.

***

Au mois de février, on apprit que, par ordre de l'Assemblée nationale, tous les titres de noblesse étaient supprimés et qu'il serait interdit, dorénavant, de posséder des armoiries et donc d en user. Sur le moment, on ne se rendit pas exactement compte de ce que cela signifiait. Il fallut un malheur pour que Saint-Georges prît soudain conscience de ce que voulait dire la disparition de ces titres auxquels on était depuis si longtemps habitué. L'aimable, la joyeuse Fanchon Dolioux accoucha, au début de l'automne, d'un enfant mort-né et fut emportée en trois jours par une fièvre puerpérale.

Le village ressentit cruellement cette perte inattendue. Quant à Marion, son désespoir mettait des larmes aux cœurs les plus secs et Antoine, de deux jours, ne sortit pas de chez lui. Lorsqu'il se montra, on fut unanimement frappé par sa mine ravagée, son poil un peu plus gris et son air plus mauvais que jamais.

Pour ne point choquer ses administrés, Dolioux consentit à laisser célébrer des obsèques religieuses. Un peu avant le début de la cérémonie, sous les regards stupéfaits des villageois déjà à leur banc, le veuf et Marion s'installèrent sur les sièges jusqu'ici réservés aux seigneurs et dont les noms étaient gravés sur des plaques de cuivre. On guetta l'arrivée des Champsauve. Lorsqu'ils entrèrent, chacun retint son souffle. Le comte marqua un temps d'arrêt en constatant que ses chaises étaient occupées. Antoine et lui se regardèrent, un instant, en silence, puis M. de Champsauve battit en retraite, entraînant les siens vers un autre coin de l'église. Saint-Georges réalisa alors le sens exact du décret pris par l'Assemblée nationale.

Sur le seuil de l'église, hommes et femmes présentèrent leurs condoléances aux Dolioux. Honoré prit Marion dans ses bras et la petite pleura sur son épaule. Antoine arracha l'enfant à l'étreinte de son ami et gronda à l'adresse de ce dernier :

— Fous le camp !

Cela à voix basse, ainsi qu'il convenait à la sainteté des lieux

***

L'année suivante, en janvier, le maire envoya Vérines et Boisset chercher le pauvre M. Soulia qui, malgré son grand âge, conservait la cure de Saint-Georges. Un jeune prêtre — l'abbé Villadin — venait d'Annonay pour célébrer les offices. Les émissaires de Dolioux, après la messe, entraînèrent les deux ecclésiastiques sur la place où le conseil municipal les attendait. La foule des fidèles se rassembla autour d'eux. Geraise souffla à l'oreille d'Antoine :

— Attention à ce que tu vas dire...

— Je remplis seulement les devoirs de ma charge... Mes amis !

Aussitôt, le silence régna, impressionnant.

— Je dois lire, au nom de l'Assemblée nationale, le texte du serment que l'on exige, désormais, des prêtres pour qu'ils soient autorisés à célébrer le culte. Écoutez bien ! « Je jure de veiller avec soin sur les fidèles du diocèse qui m'est confié, d'être fidèle à la nation, à la loi et au roi et de maintenir de tout mon pouvoir la constitution décrétée par la Constituante et acceptée par le roi. » Vous avez compris ? Alors, maintenant, c'est à vous. Vous devez déclarer, devant tous, si vous acceptez ou refusez de prêter ce serment. Monsieur Soulia ?

— Je refuse.

— Monsieur Villadin ?

— Je refuse.

— Je m'en doutais. Monsieur Villadin, à partir de cet instant, vous êtes interdit sur le territoire de la commune de Saint-Georges. Monsieur Soulia, il faudra que demain matin vous ayez quitté la cure où s'installera votre successeur. Vous n'aurez plus le droit de pénétrer dans l'église, sauf pour y prier en silence.

Vermoyat s'avança vers le vieux curé.

— Mes fils et moi enlèverons votre mobilier, cet après-midi. Vous logerez chez nous.

— Merci, mon enfant.

Estalle prit la parole à son tour :

— Puisque au nom de la liberté, on n'est plus libre d'agir à son idée, Mlle Fortunat, vous vous installerez dans ma maison, dès ce soir.

On applaudit. On embrassa les expulsés et Ange Herbaud confia à haute voix au maire :

— C'est pas beau ce que t'as fait là, Antoine !

— J'applique la loi !

— Eh ben, si tu veux mon avis, ta loi, c'est de la merde !

Un murmure approbateur souligna la définition laconique du chevrier. Irrité, Dolioux entraîna ses amis à l'auberge. A peine s'étaient-ils assis que Geraise déclara :

— Je suis pas d'accord, Antoine.

— Et alors ?

— Tu t'es mis beaucoup de monde à dos, tout à l'heure.

— M'en fous !

— Pas moi.

— Ça signifie ?

— Que je te donne ma démission.

— D'accord ! Va-t'en !

— Avec plaisir ! Salut, la compagnie !

Après le départ du boucher, personne ne prononça le moindre mot jusqu'à ce que le maire grognât :

— Ces calotins, ils ont beau jouer aux révolutionnaires, ils restent toujours des calotins !

Un des cultivateurs qui, d'ordinaire, assistait aux séances du Conseil sans prononcer une syllabe — Alfred Jaudrais, un homme d'une cinquantaine d'années, lourd, massif, taciturne et qui, à ce qu'on murmurait, s'entendait mieux avec les cochons qu'il élevait qu'avec ses contemporains — remarqua :

— Les gens, ils sont attachés à M. Soulia... J'entends causer dans le pays.

Antoine ricana :

— Ils devront se détacher !

Vérines s'enquit :

— Y aura donc plus de messe chez nous ?

Dolioux, exaspéré, crut discerner une sorte de panique dans la voix du journalier. Il ironisa :

— Ça te manquerait tant que ça, à toi, un mécréant ?

Vérines haussa les épaules :

— Pas à moi, bien sûr, mais à la Suzanne.

— Tu pourras la rassurer. J'avais prévu le coup et, dès le mois prochain, l'abbé Octave Celon, un prêtre assermenté, nous arrivera de Bourg-Saint-Adéol.

— Et en attendant ?

— Quoi, en attendant ? Vous n'aurez qu'à réciter des prières et à vous confesser les uns les autres !

Le maire fut le seul à rire. Les âmes simples qui l'entouraient, même si elles ne fréquentaient plus l'église, toléraient mal qu'on moquât la religion.

***

Un mois plus tard, Dolioux entra dans une colère folle en apprenant que M. Soulia, chaque dimanche, célébrait la messe dans la grange de Vermoyat. Il s'y précipita, accompagné de Vérines et de Boisset. A travers la porte, le chant d'un cantique vint au-devant du trio. Le village — presque entier — était rassemblé là, attentif à l'office, debout. Ayant perdu toute mesure, le maire cria :

— Est-ce que vous allez vous foutre longtemps de la loi ? Cessez tout de suite vos singeries !

Ils s'étaient retournés et le fixaient. Dolioux et ses deux acolytes pensèrent à un troupeau sur le point de se lancer dans une charge furieuse. Boisset, conscient du danger, tira Antoine par la manche, en chuchotant :

— Attention !... Ils ont des gueules d'assassins !

Affolé, le maire, tournant sur ses talons, s'enfuit précipitamment.

***

Armandine atteignait la soixantaine. Physiquement, elle était encore belle et provoquait, comme jadis, une forte impression sur ceux qui l'approchaient pour la première fois. C'est moralement que les choses n'allaient plus. Elle ignorait à peu près tout de ce qui se passait à Paris sauf que le roi et la reine y étaient en danger, menacés par des impies semblables, sans doute, à Dolioux. Qu'on ait pu interdire à M. Soulia et à son vicaire de célébrer la messe non seulement la bouleversait, mais de plus brisait le cadre où elle avait vécu, où elle espérait mourir. Autour d'elle, prenant les jours comme ils venaient, les gens du village paraissaient accepter, résignés, les événements. Toutefois, ils savaient qu'on leur avait menti et que les belles espérances, un moment nourries, s'étaient soldées par de graves blessures infligées à l'Église et à la noblesse par de lourdes injures à l'adresse de Dieu et du roi. A présent, le petit salon de Champsauve où, jadis, Mme Adélaïde déchiffrait menuets et rondeaux, s'était mué en une sorte de crypte silencieuse où l'on guettait les coups du destin. Presque septuagénaire, le comte — accablé par les rhumatismes — ne se déplaçait plus qu'avec peine et Mme Adélaïde ne lui était pas d'un bien grand secours. Sortie de l'univers où elle avait été élevée, où elle s'était mariée, elle se sentait perdue. Au château, les heures se traînaient, longues, grises, difficilement supportées par les uns et par les autres. A travers le couple ami, Armandine regardait se décomposer un univers qu'elle imaginait éternel. Honoré, moins proche que sa mère d'une civilisation agonisante, semblait ne pas comprendre les changements s'opérant sous ses yeux et qui le déconcertaient. Mais, heureusement, sa maman, Marion, Philibert et les Apinac — avec les chevaux — assuraient son bonheur sans qu'il se posât d'inutiles questions.

Le malheur, pour la paix de Saint-Georges, voulut qu'on ait connaissance du bref pontifical, stigmatisant les prêtres jureurs, avant l'arrivée du nouveau curé, sans cesse annoncée et toujours remise. Enfin, vers la fin mars, on avertit la population que le dimanche suivant, l'exercice du culte reprendrait dans l'église, comme par le passé. On n'en marqua aucun contentement et Laure Estalle fut approuvée de tous, en déclarant :

— Un prêtre-jureur, c'est pas un vrai prêtre !

La Pauline Tiranges renchérit :

— Ces faux curés appartiennent plus au diable qu'à Dieu !

Cet état d'esprit fit que, lorsque M. Celon arriva pour prendre possession de sa cure, il ne trouva personne pour l'aider à emménager et le premier gamin à qui il s'adressa s'éloigna en courant, simulant la peur, se tenant le nez et criant :

— Attention ! Celui-là, il sent le soufre !

Il fallut que le maire et ses adjoints se décident à prêter eux-mêmes main-forte au nouveau venu pour qu'il pût, ce soir-là, dormir à l'abri. M. Celon était un colérique, s'emportant pour un rien. Dès le début de son installation, il eut beaucoup d'occasions de céder à son naturel brutal. Aucune femme ne voulut lui tenir son ménage. Quant à sa nourriture, il semblait que la perspective de voir le curé Celon mourir de faim ne troublât personne. L'aubergiste dut céder aux menaces du maire, mais eut du mal à convaincre son épouse de préparer les repas de celui qu'elle tenait pour un hérétique. Les choses se corsèrent le dimanche suivant où, bien après l'appel des cloches, le curé-jureur ne comptait en son église qu'une dizaine de fidèles et encore cette dizaine était-elle composée d'incroyants notoires tels que Dolioux et Vérines. Le prêtre, profondément humilié, cria au maire :

— Mais enfin, où sont-ils ?

Antoine le convia à le suivre et le Conseil municipal, remorquant l'abbé, se dirigea vers la grange de Vermoyat. Devant la porte, Dolioux annonça :

— Vous souhaitez savoir où se trouvent vos ouailles, Monsieur l'Abbé ? Regardez !

Et il ouvrit. A la vue du vicaire célébrant l'office divin sous l'œil attentif de M. Soulia, le curé Celon hurla :

— Arrêtez ! Je vous défends de continuer, impies !

Les villageois se retournèrent. Une femme cria :

— Le diable !

D'un élan, le pieux troupeau se rua en avant. Jamais le maire n'avait couru avec autant de vélocité et le halètement épouvanté de Brénieux, galopant à son côté le poussait à dépasser ses forces pour échapper aux furieux les poursuivant. Le prêtre-jureur, gêné par sa soutane, ne pouvait aller vite. Il fut rattrapé. On l'entendit appeler au secours et puis sa voix fut couverte par un concert de vociférations. Une demi-heure plus tard, Dolioux et ses complices, réfugiés au café, n'avaient pas retrouvé leur calme. Vérines remarqua :

— Ça devient grave, Antoine...

Le maire donna du poing sur la table.

— J'appellerai les gendarmes !

Boisset soupira :

— Les gendarmes passeront, tu le sais, et nous, nous resterons...

Brénieux renchérit :

— Tu serais sage d'y penser.

— Mais Bon Dieu, que voulez-vous que je décide ?

Vérines dit :

— Fallait pas se mêler de ces histoires de curé et t'as, publiquement, pris parti contre le pape.

— Mais pour l'Assemblée nationale !

Brénieux hocha la tête :

— J'ai comme une idée que l'Assemblée nationale, tant qu'ils sont, ils s'en foutent !

Un piétinement continu jeta les amis sur le seuil. Tiranges avertit Dolioux :

— Monsieur le maire, on ramène ce mauvais prêtre chez lui.

— Vous l'avez tué ?

— Quand même pas ! Il a reçu la correction qu'il méritait pour avoir troublé le saint office.

Antoine écarta ses concitoyens pour découvrir le blessé. M. Celon lui parut en fort mauvais état : les lèvres fendues, le nez saignant, les pommettes éclatées, le blessé se plaignait, en outre, de douleurs internes. La Béate s'offrit à le soigner, en spécifiant :

— Un aussi méchant homme m'inspire de l'horreur. Pourtant, je soignerai l'apostat, laissant à Dieu qui, le moment venu, nous jugera tous, le soin de traiter cet ennemi de la religion comme il le mérite.

D'une seule voix, les fidèles répondirent :

— Amen !

Et la Béate en tête, le cortège s'ébranla en direction de la cure.

***

Le châtiment infligé à l'abbé Celon ne mit pas fin à l'antagonisme des deux clans. Après une semaine ou deux de répit, la petite guerre recommença. Des mains inconnues brisèrent à coups de pierre les carreaux du presbytère et le prêtre imposé faillit se casser les jambes en glissant sur la bouse de vache dont on avait, nuitamment, enduit les trois marches qui précédaient son seuil. Chacune de ses courtes promenades dans la nature se muait en une aventure dramatique. De guerre lasse, l'ecclésiastique s'enferma chez lui. Pendant ce temps, des fissures se produisaient dans le parti du maire. Le premier à déserter fut Vérines, qui ne trouvait plus de travail. Puis Boisset, parce que depuis longtemps on ne lui apportait rien à réparer. Quant à Brénieux, il confiait à Dolioux qu'il serait bientôt en faillite s'il devait continuer à avoir pour seuls clients le maire, Boyer, Jaudrais, et à ne cuisiner que pour le seul type que le village tenait pour pestiféré. Antoine dut capituler et pria l'évêque de Valence de rappeler son abbé s'il ne tenait pas à apprendre sa mort, le pays étant particulièrement monté contre lui.

Le jour où M. Celon s'en alla, ils furent plusieurs à l'aider à vider les lieux et, de sa fenêtre, bien avant dans la nuit, le maire entendit les crincrins et les chansons qui saluaient le départ de l'hérétique. Toutefois, Antoine eut sa revanche quand, quelques jours plus tard, on apprit — tout ensemble — la fuite du roi et son arrestation à Varennes. On sut aussi que le comte de Provence avait franchi la frontière.

***

Le temps était superbe en ce matin de juillet où Honoré conduisit, en voiture, sa maman au château. Mlle Versillac n'avait plus ses jambes d'autrefois et, le plus souvent, elle priait Apinac de permettre à Honoré de la monter à Champsauve. Ce jour-là, le comte et la comtesse, revêtus de costumes de voyage, reçurent leurs hôtes avec une certaine solennité. Ils les invitèrent à s'asseoir dans le salon où la maman d'Honoré avait vécu tant d'heures paisibles.

— Mes bons amis... Je crois que maintenant, il n'y a plus d'espoir pour la famille royale. Si j'étais moins vieux, j'irais mourir à Paris, en défendant notre roi. Hélas !... Comme je ne puis me résigner à vivre dans un pays dirigé par des individus tarés, ma femme et moi nous partons. Là où règne un Dolioux, un Champsauve ne saurait trouver sa place. Le cœur me fend à l'idée de ne plus voir ce décor que j'ai toujours eu sous les yeux depuis que je suis né. Vous direz à Apinac que je lui offre, en témoignage d'estime et d'amitié, toutes mes voitures. Les chevaux sont pour toi, Honoré. J'ai rédigé un contrat de vente que mon ami, maître Verlans, a légalisé.

Honoré baisa la main de M. de Champsauve qui ajouta :

— Vous direz à Florent Estalle que je le charge de veiller sur le château et sur le domaine, dans la mesure du possible.

Puis le comte se dirigea vers Mlle Versillac qui, assise à côté de la comtesse, pleurait :

— Armandine... Ne plus vous avoir près de nous constituerait une épreuve que la comtesse et moi supporterions mal... Voulez-vous que nous vous emmenions ? Honoré n'a plus, physiquement, besoin de vous... Les Apinac s'occuperont de lui... Nous vous proposons une existence d'aventures qui, à nos âges, sera pénible... Peut-être connaîtrons-nous la gêne, sinon la misère... Toutefois, il nous restera l'affection pour nous aider à tenir. Qu'en pensez-vous ?

— Monsieur le Comte... Je crois que votre départ me vieillira d'un coup, cependant Honoré n'a que dix-sept ans, et puis... je ne peux abandonner mes morts.

— A votre guise. Nous aurions souhaité vous garder, cependant je comprends vos raisons... Voici une bourse de cent louis. Acceptez-la, je vous prie, non pas comme une rétribution, mais bien en tant que gage d'une amitié profonde.

Cette nuit-là, les vieux qui dormaient mal, intrigués par le bruit de chevaux allant au pas et d'une voiture roulant à la vitesse d'un homme à pied, se levèrent de leur lit pour regarder, par la fenêtre, passer l'équipage du comte que, dans l'obscurité, ils ne reconnurent pas. Ils se recouchèrent sans se douter que Saint-Georges-le-Jaloux avait perdu son seigneur et que, bientôt, plus rien ne subsisterait ce qu'ils avaient révéré ou craint, de ce qu'ils avaient aimé ou détesté.

Ce ne fut que trois jours plus tard, lorsqu'on vit Apinac revenir avec quatre chevaux de trait, qu'on comprit. Le maire arrêta le voiturier :

— Une longue course, Barthélemy ?

— Quatre-vingts lieues, aller et retour d'ici à Avignon.

— Qui donc emmenais-tu chez le pape ?

— Le comte et la comtesse de Champsauve.

— Enfin ! Nous en sommes débarrassés !

Le départ de son seigneur ne plongea pas la population dans le désespoir, mais dans un morne abattement. Elle ne comprenait pas. Hier, c'était le roi, aujourd'hui, le comte. Que craignaient-ils donc ? Mijotait-on, à Paris, des horreurs dont les malheureux paysans ignoraient tout, mais dont les Messieurs seraient au courant ? Cette incompréhension que M. Soulia ne pouvait éclairer par ses prières, ni le maire par ses railleries et ses injures à l'adresse de ceux qui s'en étaient allés, créait une angoisse collective s'affirmant chaque jour davantage. Cette peur se révélait d'autant plus forte qu'on en ignorait l'objet. Jusqu'en cet été de 1791, on n'avait cru qu'à des modifications de surface affectant seulement le comportement, pas l'essentiel. La manière, somme toute facile, dont on avait chassé le méchant prêtre donnait à penser qu'au fond, on n'avait pas grand-chose à redouter. Désormais, l'optique devenait autre. Que craignait si fortement le comte pour avoir abandonné ses gens, son château et ses terres ? Ce fut ce jour d'été, lors du retour d'Apinac, que, pour Saint-Georges-le-Jaloux, l'Histoire changea de visage.

***

« La Pernette se lève
Trois heures devant le jour
Elle prend sa quenouillette
Avec son petit tour. »

On est au plein de l'été. Marion, agenouillée dans la caisse que lui a fabriquée Tiranges, trempe le linge paternel dans l'eau rapide du Cerasson. Pour se donner du courage, elle chante la vieille chanson forézienne que lui a apprise sa mère qui la tenait de sa mère. Celle-ci lui assurait que la « Pernette » lui avait été enseignée par sa propre grand-mère qui l'avait, elle-même, reçue d'une grand-tante habitant du côté de Veauche. Ça fait loin. Au moins jusqu'au règne du bon roi Henri. Avec son battoir vigoureusement manié, la petite scande le rythme de la chanson.

« A chaque tour qu'elle vire,
Fait un soupir d'amour.
Sa mère lui vient dire :
Pernette, qu'avez-vous ? »

Dans la lumière du soleil jouant dans ses cheveux blonds, Marion a l'air d'une fée champêtre. A quatorze ans, elle est presque une jeune fille qu'au bal les garçons commencent à contempler avec des yeux de loup. Elle s'en moque.

« Avez-vous le mal de tête,
Ou bien le mal d'amour ?
N'ai pas mal à la tête,
Mais bien le mal d'amour. »

Son cœur est pris depuis toujours, depuis qu'elle a rencontré Honoré. Tous peuvent bien lui faire la cour, c'est Honoré qu'elle aime, c'est d'Honoré qu'elle sera la femme, plus tard... Puis son regard s'assombrit. Elle pense à l'hostilité incompréhensible de son père pour Armandine et son fils. La petite sait que Dolioux rêve, pour elle, d'un bel établissement, maintenant qu'il est maire.

« Ne pleurez pas, Pernette
Nous vous marierons.
Vous donnerons un prince,
Ou le fils d'un baron. »

Si Antoine se figure que sa fille se laissera mener par le bout du nez, il se trompe ! Elle épousera Honoré, personne d'autre. Elle reprend de plus belle :

« Je ne veux pas un prince,
Ni le fils d'un baron,
Je veux mon ami Pierre,
Qu'est dedans la prison ! »

Elle joue à la fiérote, quand elle est seule. Lorsque son père n'est pas loin, elle est moins assurée. Antoine a beau être son papa, elle sait qu'il est mauvais et qu'il combinera les plus méchants tours contre Honoré. Sa voix a quelques fêlures quand elle chante :

« Tu n'auras mie, Pierre,
Nous le pendolerons ! »

Toutefois, elle retrouve son ardeur naturelle pour lancer :

« Si vous pendolez Pierre,
Pendolez-moi itou
Au chemin de Saint-Jacques
Enterrez-nous tous deux. »

— T'as tellement envie de mourir, Marion ?

— Ah ! Honoré... Comment t'es arrivé ?

— Je t'ai entendue.

— Non, j'ai pas envie de mourir... du moins, tant que tu seras là...

— Je serai toujours là... Seulement, nous devrons patienter pendant des années.

La petite soupire :

— Ce que ça peut être long de vieillir...

Puis sa jeunesse reprend le dessus.

— T'es fort, toi... Alors tu vas porter ma lessive.

Ils remontent la pente à pas lents, un peu pour ne pas s'essouffler, beaucoup pour rester ensemble le plus longtemps possible. Le garçon tient la corbeille sous son bras gauche en l'appuyant contre sa hanche. Dans sa main droite, il a la main de sa compagne. Comme ils débouchent sur la place, le couple se trouve face à face avec le maire qui discute en compagnie de Herbaud. A la vue des jeunes gens, Dolioux gronde :

— Marion, pourquoi es-tu avec ce bâtard ?

— Il m'aide à ramener mon linge.

— Et il était en bas, près de toi, hein ?

— Mais...

Honoré écarte Marion et se plante devant Antoine.

— Peut-être que j'ai plus le droit d'aller où je veux ?

— Fournis-m'en l'occasion et je te fous en prison, toi et ta salope de mère !

Le garçon devient blême, le regard de ses yeux effraie. Doucement, lentement, il lève les avant-bras à la hauteur de sa poitrine et le maire recule. Marion crie :

— Non ! non ! Ange, empêchez-les !

Herbaud n'est plus jeune mais il a encore une grande force. Il encercle Honoré dans ses bras tandis qu'il conseille à Dolioux :

— Rentre chez toi, Antoine. Ça vaudra mieux pour tout le monde.

— Pour quelles raisons, je...

— Rentre, je te dis !

La fillette tire son père par sa veste.

— Viens, papa, je t'en prie.

— Écoute-la, Antoine, sacré Bon Dieu !

Le maire hésite, puis :

— C'est bien pour vous !

Il se retire à pas lents avec Marion. Herbaud attend que le couple ait refermé, derrière lui, la porte de la maison pour lâcher Honoré. Le fils d'Armandine sue à grosses gouttes. Ange demande :

— Tu l'aurais tué, hein ?

— J' sais pas.

— Moi, je crois que si.

— Peut-être... Y a des moments, quand on me fait tort exprès, où je me connais plus. Je peux pas me retenir. C'est comme si j'étais plus moi. Je comprends pas ce qui se passe.

— Moi, mon garçon, je peux te dire qu'une chose : si tu te soignes pas, tu risques de devenir un assassin et on te coupera le cou.

***

Cette année-là, à Saint-Georges-le-Jaloux, Noël fut le plus triste Noël que le village ait connu depuis des générations. Pourtant, on n'avait pas l'excuse de la disette pour s'enfermer chez soi sitôt la messe de minuit célébrée dans la grange d'Ange Herbaud. Point de chanson au cours des mornes réveillons qui suivirent et dans la semaine, on se souhaita la bonne année du bout des lèvres. On n'avait pas le cœur à l'aise dans le pays. On y vivait dans un perpétuel souci. On se faisait du mauvais sang en pensant au roi prisonnier, à Dieu qu'on tentait de chasser de Ses églises, au comte aussi dont on se sentait un peu orphelins, enfin à cause de l'argent depuis que les gens de Paris entendaient remplacer les louis et les écus par du papier qui n'inspirait pas confiance. Que l'Assemblée législative ait remplacé la Constituante ne dérangeait ni n'intéressait personne.

La plus atteinte était Armandine. On eût pu se figurer, à la voir, que son garçon trapu, solide, puisait sa force dans la vie même de sa mère adoptive. Des vieilles radoteuses chuchotaient que si Honoré n'était pas né du sang de Mlle Versillac, c'est cependant avec ce sang qu'il devenait un homme. Les gens sérieux leur imposaient silence en les traitant de sorcières. Toutefois, s'il était vrai qu'en ce début de 1792, Honoré s'acheminait gaillardement vers l'avenir, Armandine s'affaiblissait semaine après semaine. Au lendemain du départ des Champsauve, elle ne fut plus la même. Elle n'avait le goût à rien. Son fils mangeant chez les Apinac, elle demeurait quasi tout le temps dans sa vieille bergère — don du comte Régis à la veuve de Noé —, devant la fenêtre ouvrant sur le fossé où coulait le Cerasson. Elle restait là, des heures, oubliant le plus souvent de manger pour regarder la course des nuages dans le ciel. Elle était ailleurs. Elle seule savait où. Parfois, des amies de toujours venaient lui tenir compagnie — Laure Estalle, Germaine Vermoyat, Hortense Fortunat (qui lui donnait des nouvelles du curé), Mélanie Brénieux — et lui apportaient, selon la saison, des fruits, des légumes, du fromage ou quelque pâtisserie cuisinée par leurs soins. Réunies, ces femmes simples se confiaient mutuellement leurs déceptions : les impôts, s'ils avaient changé de noms, étaient aussi lourds que ceux payés jadis au curé et au seigneur, le coût de la vie ne cessait d'augmenter. Armandine écoutait plus qu'elle ne parlait et, souvent, elle s'endormait dans son fauteuil avant le départ de ses visiteuses. La première qui s'apercevait de la chose portait un doigt à ses lèvres et les femmes, avec le moins de bruit possible, se retiraient sur la pointe des pieds, refermant doucement la porte après un dernier regard apitoyé sur la dormeuse que le temps semblait détruire de l'intérieur.

Honoré, qui se rendait compte mieux que personne de la lente dégradation physique de sa mère dont il pouvait suivre l'inéluctable déroulement, s'en fut — avec la permission d'Apinac — chercher un médecin d'Annonay. L'homme ausculta soigneusement Armandine et repartit en racontant à la malade que ses nerfs lui jouaient un mauvais tour, qu'elle devait s'alimenter avec des bouillons de viande et des fromages frais sans négliger le vin dont un verre à chaque repas lui paraissait une dose suffisante pour triompher d'une anémie sournoise.

Sur le chemin du retour, Honoré interrogea son passager :

— C'est vrai ce que vous avez expliqué à ma mère ?

— Non.

Le docteur Bonnet, un personnage d'une pièce, âgé d'une soixantaine d'années, avait en qualité de chirurgien militaire servi sous les ordres du maréchal de Richelieu durant la Guerre de Sept ans. Il avait vu tant de scènes horribles qu'il en avait rapporté, tout à la fois, un grand mépris et une grande pitié pour ses semblables.

— Ce qu'elle a, c'est grave ?

— Je le crains.

— Mais, enfin, quelle est sa maladie ?

— Je ne sais pas.

Interloqué, le garçon en resta quelques secondes sans répliquer, puis il cria :

— C'est pas possible que vous, vous ne sachiez pas !

— Si... Parce qu'elle n'a pas de maladie, à proprement parler.

— Alors ?

— Elle n'a plus envie de vivre... Tu vois que c'est simple.

C'était peut-être simple, mais Honoré ne comprenait pas, n'acceptait pas. De retour chez lui, il s'agenouilla près du fauteuil qu'Armandine ne quittait guère.

— Il faut que tu fasses un effort, maman. Tu dois manger, sortir !

— Je n'en ai plus la force !

— Pense à moi. Tu veux pas me laisser !

Mademoiselle Versillac passa sa main amaigrie dans les cheveux de son garçon.

— Je ne t'ai pas abandonné il y a dix-huit ans, pourquoi le ferais-je maintenant ?

— Tu ne regrettes pas de m'avoir recueilli ?

— Bien sûr que non, mon chéri. Tu as été la joie de mon existence et tu m'as apporté un bonheur que je désespérais de connaître jamais... Seulement, tu es un homme, aujourd'hui, tu as moins besoin de moi, et puis il y aura Marion, bientôt.

— C'est pas la même chose ! Je veux pas que tu me quittes ! Je t'en supplie, promets-moi de te soigner !

— Je te le promets.

Mais comment se cramponner à la vie en un temps où l'on voit mourir ou s'écrouler tout ce en quoi on avait foi ? Enfoncée dans sa solitude, tandis que son fils travaillait chez Apinac, Armandine repensait à tous les malheurs qui accablaient le royaume depuis 1789. Elle en pleurait parce qu'elle sentait que quoi qu'il puisse arriver, plus rien ne serait comme avant et c'était pendant toutes les années de cet « avant » qu'elle avait été heureuse.

En dépit de ses tentatives pour tenir la parole donnée à Honoré, Armandine fut brisée le jour où elle apprit que Paris — ce repaire de monstres — avait décidé de déporter les prêtres qui refuseraient de prêter le serment hérétique.

A l'auberge, lorsque le maire — qui, désormais, est le premier à recevoir les nouvelles de Paris — rapporte à son conseil cette histoire de déportation, Vérines demande :

— Ça veut dire quoi, au juste ?

— Qu'on les enverra en Afrique ou ailleurs.

— Les vieux aussi ?

— Y a des chances !

Boisset remarque :

— Les vieux sont pourtant pas bien dangereux...

— Tu crois ça ? Avec leur langue, ils font autant de misères que d'autres avec un fusil !

Jaudrais, qui vient de l'autre côté du Cerasson, secoue la tête :

— Monsieur Soulia a plus de nonante et trois...

— Et alors ? La loi est égale pour tous, non ?

— N'empêche que ceux d'ici, ils risquent de mal prendre la chose, pas vrai, Paul ?

Boyer, son copain, opine :

— Ça se pourrait...

Dolioux s'irrite :

— Qu'ils grognent ou pas, je m'en fous !

Il se fait un long silence auquel Boisset met fin, en conseillant :

— T'as peut-être tort, Antoine. Paraîtrait que dans le bas-pays, il y a des gars de la montagne qui tuent les Jacobins quand ils en rencontrent et aussi les prêtres-jureurs.

— Foutaises !

Pourtant, Antoine est au courant de l'existence de ces brigands dont Boisset vient de parler et il déteste qu'on s'y permette une allusion. D'une part, il se doute que, si les gendarmes viennent enlever M. Soulia, il y aura du grabuge et, d'autre part, s'il laisse les soldats être maltraités, on ne le lui pardonnera pas, en haut lieu. Le pire serait qu'un de ses administrés soit tué dans une hypothétique bagarre ; la vie de Saint-Georges lui deviendrait alors difficile. Dolioux retourne dans sa maison, la bouche amère, et querelle Marion sous prétexte que la soupe n'est pas encore prête.

Lorsqu'on vient rapporter à M. Soulia le danger qui le menace, il sourit et répond :

— Ne vous inquiétez pas, j'échapperai aux gendarmes.

— Comment ?

— Il y a déjà quelque temps que le Seigneur m'a alerté. Je pense qu'il ne va pas tarder à m'appeler.

Trois jours après, assisté de l'abbé Villadin qu'Honoré était allé chercher, le vieux prêtre mourut de la plus sainte façon, ses meilleurs amis, à genoux, entourant l'agonisant et suppliant, à tout hasard, Dieu de pardonner ses péchés à un homme qui n'en avait jamais commis.

Les gens de Saint-Georges n'auraient pas accepté que leur pasteur ne partît pas de son église pour gagner le cimetière. Aussi, bravant la loi et ses interdictions, l'abbé Villadin célébra le service funèbre devant tout le village. Même Armandine s'était résolue à quitter son fauteuil pour adresser un dernier adieu à son ami de toujours qu'on enterra près de Noémie Cerzaguet, sa servante. Trop content de n'avoir pas dû appeler les gendarmes, le maire n'intervint pas.

***

Le printemps était arrivé à l'heure et ses douceurs ainsi que ses promesses poussaient à oublier les soucis du moment. Honoré jouait au bouchon sur la place, avec d'autres jeunes gens, lorsque Philibert Tiranges surgit. Il semblait surexcité.

— Qu'est-ce t'as ?

— Un gars qu'arrive d'Annonay !

— Alors ?

— Il dit qu'on a déclaré la guerre à l'empereur d'Autriche.

— Pourquoi ?

— Comment veux-tu que je sache ?

Gustave Vermoyat haussa les épaules.

— Ça faisait un temps que les militaires s'étaient pas entretués, ils devaient s'ennuyer.

— Où c'est qu'ils se cognent dessus ?

— Au fin bout du royaume, dans le Nord.

Rassurés, ils se remirent à leur jeu.

Le printemps s'acheva, les travaux pénibles de l'été ne donnèrent guère envie de bavarder à ces hommes et ces femmes, chaque soir harassés. Pourtant, plus que les nouvelles de la guerre — qui n'étaient pas bonnes —, les échos de ce qui se passait à Paris bouleversaient les paysans. Ils se demandaient si ces Parisiens n'avaient pas perdu la raison pour s'assassiner mutuellement, ainsi qu'ils semblaient en avoir désormais l'habitude. A peine un nom de politicien parvenait-il à Saint-Georges, avec son cortège de louanges pour ses vertus, qu'on apprenait sa mort par décision du peuple. Quel peuple ? Une crainte sourde leur tenaillait le ventre à l'idée que ce peuple-là pourrait, un jour, rappliquer chez eux.

Les élections à la Convention laissèrent Saint-Georges indifférent. Mais, en septembre, l'annonce de l'abolition de la royauté le stupéfia. Quand les habitants se rencontraient dans le village ou aux champs, ils se confiaient mutuellement leurs préoccupations.

— Paraît qu'on n'a plus de roi, François.

— C'est vrai, mon pauvre Barthélemy. Je me suis même laissé dire qu'on n'en aurait plus jamais.

— Que Dieu nous préserve ! Qu'est-ce qu'on aura à la place, parce qu'il faut bien quelqu'un pour commander ?

— La République.

— Ah ! C'est quoi, la République ?

— Faut demander à Antoine. Il tient une réunion, ce soir, sur la place, pour nous expliquer.

Sous les vieux arbres, tandis que les ombres de la nuit envahissaient peu à peu le paysage, Antoine Dolioux, éclairé par la torche que tenait Vérines, tentait de persuader ses administrés qu'un bonheur total serait leur lot après la disparition de la monarchie et la fuite des seigneurs. Vermoyat protesta :

— Alors, comment c'est possible qu'on paie toujours autant d'impôts maintenant qu'il y a plus de roi, plus de seigneurs et qu'on donne plus un sou à l'évêque ?

— Parce qu'à présent, c'est à l'État que tu verses tes impôts.

— Et ça change quoi ?

— Au lieu de te réclamer tes écus pour le profit d'un seul, c'est au profit de tous.

— De toute façon, on me prend mon argent et je vois pas ce que j'y gagne.

Un murmure approbatif courut dans l'assistance et le maire devina que la République aurait du mal à s'installer dans Saint-Georges-le-Jaloux.

Au lendemain de cette mémorable soirée, Honoré, ayant obtenu la permission de s'absenter, courut rejoindre Marion dans un coin secret du côté de Champsauve où elle cueillait de l'herbe pour ses lapins. Dolioux, persuadé que l'amoureux de sa fille était au travail, se plongea sans inquiétude dans les paperasses dont le département l'accablait.

Honoré et Marion — qui oubliaient de plus en plus souvent de convier Philibert à les accompagner —, se tenant par la main et heureux d'être ensemble, ne parlaient pas. A travers des sentiers où il fallait écarter les branches pour avancer, ils gagnèrent un petit promontoire qui se dressait dans une saignée du bois de Champsauve, éperon rocheux d'où l'on dominait l'étroite faille du Cerasson et tout Saint-Georges-le-Jaloux. Après un long silence, Honoré affirma :

— Notre village... Nous nous y marierons, nous y baptiserons nos enfants et nous y mourrons, le moment venu.

— Si Dieu le veut.

— Pourquoi le voudrait-Il pas ?

— J'en sais rien.

Il la prit dans ses bras et la serra contre sa poitrine.

— Quand je serai riche... j'achèterai la plus belle ferme du pays, j'y élèverai des vaches et quelques chevaux... On mangera son pain, on prendra l'eau de sa source et l'air qu'on respirera ne ressemblera guère à celui qu'on a à Annonay. Je me lèverai très tôt et j'irai doucement pour pas te réveiller. Tout juste si je te poserai un baiser, là, sur ta tempe. Tu dois être encore plus jolie quand tu dors...

— T'es bête...

— Je prendrai un bout de lard et du pain pour calmer la première faim en attendant que t'aies préparé la soupe. Ensuite, j'irai dire bonjour aux chevaux et leur apporterai un peu de foin. Après, j'entrerai dans l'étable. O Marion ! Tu peux pas deviner ce que je ressens lorsque je me trouve dans cette ombre où l'on n'entend que le souffle des vaches. Je les trairai et je boirai un peu de ce lait bourru [1].

— Et tu viendrais m'embrasser avec des lèvres pleines de crème ! Je me demande si, alors, je serais pas mieux inspirée de te donner un biberon, plutôt que ta soupe au chou ?

— Je me rendrai aux champs avec les journaliers que nous aurons engagés. A midi, je t'entendrai nous appeler et le soir, au moment de l'Angélus, je verrai ta silhouette se détacher sur le ciel pendant que tu nous hucheras pour le souper. Oui, je te le jure, ma Marion, ça sera la plus belle des fermes !

Elle passe la main sur le front de son bien-aimé et murmure :

— Grand fou que j'aime... où prendras-tu l'argent pour acheter ton domaine, tes vaches, tes chevaux ?

— Je sais pas... mais on y arrivera et, si c'est pas moi, ce sera notre fils ou le fils de notre fils ou plus loin encore... Marion, je suis sûr qu'un jour viendra où quelqu'un de notre race entrera en maître dans la ferme dont je rêve...

Perdus dans leurs songes, ils revinrent à Saint-Georges où, dès les premières maisons, ils remarquèrent une effervescence inhabituelle. Apinac cria :

— Vous savez pas la nouvelle ? On a rossé les Prussiens !

— Où ça ?

— Un village ou une ville qui s'appelle Valmy.

— Et ça va changer quoi ?

— Peut-être que les Parisiens feront plus de misères au roi ?

1. Lait qu'on vient de traire.

Honoré abandonna son amie pour courir auprès d'Armandine afin de lui parler de cette victoire qui sauverait, sans doute, Louis.

***

En entrant dans la cuisine, Marion découvrit son père assis sur une chaise et qui n'avait pas l'air content. Ingénument, elle s'étonna :

— Tu es là ?

— Oui, je suis là à t'attendre, et depuis pas mal de temps !

— Je suis allée à l'herbe pour les lapins.

— Toute seule ?

— Oui.

Antoine se leva, menaçant, un bâton à la main.

— Tu oses mentir à ton père, malheureuse !

— Je ne...

— Tais-toi, effrontée ! On t'a vue avec ce vaurien d'Honoré !

— C'est pas un vaurien !

— Tu me tiens tête, à présent ?

Ne se connaissant plus, Dolioux se mit à frapper sa fille avec une violence qui arracha de véritables hurlements à Marion. La porte s'ouvrit brusquement et Geraise s'arrêta sur le seuil, stupéfait du spectacle qu'il avait sous les yeux puis, se reprenant, il se jeta sur le maire et le désarma :

— Tu deviens fou, Antoine ?

— Elle refuse de m'obéir !

— C'est pas une raison, surtout pour un Républicain comme toi ! A cause d'Honoré ? Tu peux rien contre, ils s'aiment.

— Jamais elle n'épousera ce gueux ! Je la tuerai plutôt !

— T'étais parti pour et t'aurais fini à la guillotine ou à la potence pendant qu'ils se seraient mariés ! La jeunesse est plus forte que nous, compère, et Honoré est un brave garçon, bon travailleur.

— Je le déteste !

— T'as la rancune tenace, Antoine.

— Mêle-toi de tes affaires !

— Après que tu m'auras aidé à porter la petite sur son lit. J'enverrai ma femme la déshabiller et la soigner.

Pour se calmer les nerfs, Dolioux s'en fut à l'auberge où il but une chopine ou deux, en compagnie de ses fidèles. Brusquement, la conversation s'arrêta. Honoré entrait. Le maire voulut crâner.

— Qu'est-ce que tu viens foutre ici ?

Vérines posa sa main sur le bras de Dolioux.

— Laisse... Antoine.

Le père de Marion se dégagea brutalement.

— Ça ne te regarde pas, Germain !

Il revint à Honoré.

— Alors, t'espères quoi, voyou ?

On jugeait que Dolioux insultait injustement un jeunot qui ne pouvait se défendre, n'ayant pas la langue aussi bien pendue, et puis la différence d'âge qui oblige à un respect paralysant. Le fils d'Armandine ne bougeait pas, il se contentait de fixer, dans les yeux, le père de Marion. Cette immobilité qui intriguait, finit par inquiéter. Dans un silence total, le garçon se mit en marche à pas lents et s'approcha d'Antoine, toujours assis. A cet instant, quelques-uns virent, en pleine lumière, la figure d'Honoré et ils eurent peur. On entendait la lourde respiration du maire. Le fils d'Armandine s'arrêta devant Dolioux et, se penchant, amena son visage près de celui de son adversaire. D'une voix rauque, il constata :

— Vous l'avez frappée...

— Et je recommencerai tant que je lui aurai pas sorti le vice de la peau !

Comme s'il n'avait pas entendu, Honoré répéta :

— Vous l'avez frappée...

— Rentre chez toi, enfant de putain !

Des deux mains, Antoine repoussa le jeune homme, mais celui-ci l'agrippa par le col de sa blouse et le souleva de sa chaise :

— Retirez ce que vous avez dit... Retirez-le ou je vous brise le cou !

Dolioux commençait d'étouffer. Il se débattit un peu. Honoré le laissa retomber sur son siège.

— Alors ?

— D'accord... Je ne pensais pas ce que j'ai dit.

— Bon. Pour Marion, vous y toucherez plus jamais.

— Tiens donc ! Peut-être qu'il faudra que je te demande la permission ?

— Vous feriez sagement parce qu'autrement...

— Parce qu'autrement ?

— Je vous tuerai.

Tous, le regardant quitter l'auberge, n'éprouvaient aucune envie de se moquer car, au fond d'eux-mêmes, ils savaient qu'il tiendrait sa promesse.

Le maire essaya d'estomper sa défaite en s'emportant :

— Vous l'avez entendu, ce merdeux ? Oser me menacer ! Vous avez tous été témoins. Je le traînerai en justice !

Le calme Fabien Boisset répliqua :

— T'aurais tort, Antoine.

— Tort ? Elle est bonne celle-là ! Tu ne l'as peut-être pas entendu, toi ?

— Si, mais je t'ai aussi entendu traiter sa mère de putain et ça, c'est des choses qu'un fils peut pas accepter.

Vérines ajouta :

— Le garçon est dangereux, Antoine ; à ta place, je me méfierais.

Jaudrais renchérit :

— Surtout qu'on l'aime bien, ce petit.

Boyer conclut :

— Oublie pas qu'en cas de coup dur, il aura tout le village derrière lui.

En somme, en même temps qu'on apprenait la victoire des soldats français, Dolioux, lui, avait été publiquement humilié. Honoré avait failli commettre un meurtre et Marion avait encaissé une mémorable raclée, ce qui lui fit dire plus tard :

— A cette époque, y a pas que les Prussiens qui ont été rossés.

***

L'année 1792 s'était achevée dans un effort tenté par les habitants de Saint-Georges pour se replier sur leur village et pour ne plus s'intéresser en quoi que ce soit aux luttes que les hommes politiques se livraient à Paris, toutes s'achevant sur l'échafaud, dans un roulement de tambour. Le décret ordonnant que les appellations de citoyen et citoyenne remplaçassent celles de monsieur et madame amusa. Ainsi que l'expliquait Apinac :

— Ici, on s'est jamais dit monsieur et madame, alors pourquoi qu'on parlerait de citoyen et de citoyenne ? On préfère s'appeler par nos prénoms, à la manière de nos pères et de tous ceux qui étaient avant.

Seuls, pour s'amuser, les gosses se hélaient d'une maison à l'autre :

— Hé ! citoyen Jean-Pierre, viens jouer à la marelle !

— Attention ! citoyenne Antoinette ! Si tu rentres pas dare-dare, tu vas recevoir une de ces fouates que t'en auras les fesses rouges pendant un mois !

Malgré la vigilance de son père, Marion retrouvait Honoré pour discuter de la grande ferme qu'ils habiteraient peut-être un jour. La vie du village allait son train et le fils d'Armandine se reprit à espérer que, contrairement au sombre pronostic du docteur, sa mère accepterait de vivre.

L'atmosphère changea, à Saint-Georges, dans les tout premiers jours de l'année suivante, quand on sut, par des Annonéens bavards, que les biens des émigrés mis en vente, mais pour lesquels personne encore n'avait osé faire d'offre, excitaient l'envie de plus en plus de gens. Cependant, on fut indigné d'apprendre qu'Antoine Dolioux s'était porté acquéreur du château de Champsauve, de ses dépendances et des terres le jouxtant. Un d'Andance achetait les magnaneries. La colère gronda. Ange Herbaud s'emportait :

— Vous voyez, à présent, pourquoi qu'on a chassé nos seigneurs et mis le roi en prison ? Pour que M. Dolioux puisse finir dans un château !

On en riait, on le brocardait, on l'insultait quand le vin produisait son effet mais, au fond, on jalousait Antoine qui, toutes portes closes, confiait à sa fille :

— Ils peuvent raconter ce qu'ils veulent, ils n'empêcheront pas que tu sois devenue la plus riche héritière du canton !

— Ça m'est égal !

— Sotte ! Tu ne sais pas de quoi tu parles ! Tu ne penses qu'à ce misérable qui s'est permis de menacer ton père !

— Si tu m'avais pas battue...

— Tais-toi ! Sinon, je prends ma canne !

Doucement, Marion réplique :

— Alors, il te tuera.

***

Toutefois, ces histoires d'argent et de querelles familiales furent emportées au vent de la terrible nouvelle qui, fin janvier, toucha Saint-Georges : le roi avait été condamné à mort ! D'abord, on refusa de croire à cette monstruosité. On répétait : « Ils n'oseront pas ! Ce n'est pas possible, ma commère, ils n'oseront pas ! » Ils osèrent et, quelques jours plus tard, on sut que Louis était mort sur l'échafaud, comme un criminel. Quel était donc ce nouveau régime politique qui assassinait les fils de Saint Louis ? Même Dolioux ne trouvait pas d'arguments pour défendre le crime des Parisiens et, quoique n'ignorant pas que le service funèbre proposé par M. Villadin à la mémoire de tous les défunts de la commune ne le serait qu'à la mémoire du roi, il n'osa pas s'y opposer.

Du moment où elle sut la mort ignominieuse de Louis XVI, Armandine comprit que le monde où elle avait vécu venait de finir avec lui. Alors, elle se laissa aller, malgré les supplications de son fils, les adjurations de ses amies. Durant l'avant-veille du soir où elle devait fermer les yeux pour toujours, Mlle Versillac prit la main d'Honoré dans les siennes :

— Mon petit... tu as été la vraie raison de mon existence terrestre... je t'ai aimé autant que si tu étais né de ma chair... Maintenant, je ne peux plus... Ne pleure pas, je vais rejoindre ceux qui m'attendent et qui m'ont aimée comme je t'aime... Conduis-toi en honnête homme... Ne m'oublie pas et ne pardonne jamais aux Jacobins qui ont plongé le royaume dans le sang.

***

Durant l'office, au cimetière, Barthélemy et Justine Apinac encadrent Honoré pour témoigner que le jeune homme n'est pas orphelin. Philibert est là, lui aussi, tout près de son ami qu'il ne quitte guère. Un à un, les villageois, sauf Dolioux, serrent Honoré dans leurs bras. Marion, échappant à son père, pleure sur la poitrine de son bien-aimé. Le maire veut se précipiter, mais Boisset le retient en lui soufflant :

— Si tu tiens à te faire écharper...

***

Dans la nuit de cette triste journée, sous un ciel froid, mais étoilé, Marion se glisse hors de sa chambre et, se dissimulant dans l'ombre plus profonde des arbres sur la place, elle s'en va gratter à la fenêtre de la pièce où, dans la maison de l'Agneau, désormais, Honoré vit sans sa mère. Il ouvre et, surpris, chuchote :

— Toi !

— Laisse-moi entrer...

Il obéit et tout de suite, elle est dans ses bras. Elle explique :

— Je voulais pas que t'aies personne pour t'aider à supporter ta peine.

— Elle m'a dit que, du ciel, elle continuerait à veiller sur moi.

— Je suis sûre qu'elle le fera.

— Moi aussi.

— Et puis, je serai là...

— A jamais ?

— A jamais !

Il l'amène devant la fenêtre où Armandine a passé de si longues heures et, montrant les astres illuminant le ciel :

— Tu aimes les étoiles ?

— Oh ! oui.

— Alors, jure devant elles que tu m'aimeras toujours.

— Je le jure... et toi !

— Je le jure.

Mais, depuis l'aube du monde, les étoiles savent que les hommes ne sont pas maîtres de leur destin.

3.

Marion

Après la mort de sa mère, Honoré vécut plusieurs semaines dans un état quasiment léthargique. Sans doute continuait-il à assurer son service chez Apinac, mais il ne parlait à personne et ne répondait aux questions que par des grognements plus ou moins intelligibles. Il fuyait la compagnie et, sitôt libre, courait s'enfermer dans sa maison. Là, assis dans la bergère qu'Armandine avait si longtemps occupée, à son tour il demeurait des heures à regarder la petite faille du Cerasson, évoquant tous ceux qui le protégeaient et qu'il avait perdus. Quand elle parvenait à s'échapper, Marion venait lui faire un peu de cuisine afin que, de temps à autre, il mangeât chaud. Fidèle au rendez-vous de l'amitié, Philibert frappait à la porte d'Honoré, chaque soir, apportant quelque chose de bon, préparé par Pauline Tiranges. Les deux amis restaient ensemble jusque vers dix heures. Derrière Philibert regagnant sa demeure, le fils Versillac tirait le verrou.

Depuis l'enterrement d'Armandine, Dolioux n'était pas à l'aise. Intelligent, il sentait l'hostilité du pays lui coller à la peau. Il en rendait Vermoyat responsable. Le maréchal-ferrant était un esprit libre, fortement attaché, cependant, à des croyances et à des traditions dont nul, ni par force ni par persuasion, ne parviendrait jamais à le faire démordre. Sa disparition n'avait pas apaisé la haine du maire contre Mlle Versillac et, depuis qu'elle n'était plus, il reportait son aversion, avec une violence accrue, sur Honoré qu'il accusait d'avoir ensorcelé Marion. Enfin, après que — pour satisfaire à un orgueil démesuré — Antoine se fut installé au château de Champsauve, acheté pas cher grâce à des complicités dans le directoire départemental et payé à l'État avec des assignats, il sut que, dans tous les foyers, on le tenait pour un voleur. La nuit, couché dans le grand lit à baldaquin du comte, il ne parvenait pas à trouver le sommeil et berçait son ennui en rêvant de revanches impossibles.

Jamais le maire de Saint-Georges-le-Jaloux ne pourrait oublier cette merveilleuse journée de la fin août où une circulaire lui apprit qu'il devait réquisitionner les hommes de dix-huit à vingt-cinq ans, en vue d'une période d'instruction militaire au chef-lieu du département, Privas en l'occurrence. De bonheur, Antoine en avait les larmes aux yeux. Malheureusement, le village ne comptait guère d'hommes en état d'aller se battre. Mais, au fond, peu importait au maire. Tout ce qui comptait pour lui, c'était cette décision de la Convention qui lui permettrait de se débarrasser légalement d'Honoré et de porter un rude coup à Vermoyat. Jamais Marion n'avait vu son père d'aussi belle humeur. Elle n'était pas assez futée pour s'en inquiéter.

Honoré, assis dans sa bergère, mangeait un bout de pain et de saucisson, lorsque le maire entra. Le garçon ne se leva pas de son fauteuil, et se contenta de demander d'un ton rogue :

— Qu'est-ce qui vous prend de venir chez moi ? Vous n'ignorez pas que vous et moi n'avons rien à nous dire !

— Je sais... mais je suis le maire de ce village et, comme tel, astreint à des démarches qui me coûtent sans pouvoir, pour autant, m'en décharger sur quelqu'un. Je suis donc là pour t'apprendre que le 23 août, la Convention a décrété que dans la France entière, les jeunes gens de 18 à 25 ans, normalement constitués, devaient partir aux Armées. Tu dois te présenter à Privas sous quatre jours. Voilà ta feuille de route. Je l'ai remplie avec plaisir, je ne te le cache pas.

— A cause de Marion ?

— A cause de Marion et de ta mère.

— Que cela vous plaise ou non, j'épouserai Marion à mon retour.

Antoine se glissa une prise dans le nez, éternua, se moucha dans son mouchoir à carreaux et, au bout de cet exercice, conclut :

— Tu n'es pas prêt d'emprunter le chemin du retour, Honoré, et quand tu reviendras, si tu reviens, Marion aura, depuis longtemps, épousé un brave garçon.

— C'est un mensonge ! Elle m'a juré qu'elle aimerait jamais que moi !

— Croire aux serments d'une jeune fille de quinze ans ! Faut-il que tu sois bête ! En tout cas, si tu es encore là dans quatre jours, j'appellerai les gendarmes.

— Foutez le camp !

— D'accord ! Je tiens, de plus, à te préciser ceci : ne t'amuse pas à venir rôder autour de ma maison sous prétexte de dire adieu à ma fille, je serai trop heureux de te flanquer un coup de fusil.

Les célibataires de dix-huit à vingt-cinq ans n'étaient pas nombreux sur la commune de Saint-Georges-le-Jaloux et, vers le soir, Dolioux n'avait pu dresser qu'une liste de six noms : Honoré Versillac, Gustave Vermoyat, Athanase Boyer, Julien Jaudrais et deux jeunes gens de la communauté des pêcheurs du bord du Rhône, Maurice Ignaux et Fernand Vesly. Le maire s'était réservé pour la fin de sa tournée sa visite à Vermoyat. Dans ce foyer aussi, on montra de l'étonnement à la vue d'Antoine. Lorsque ce dernier eut expliqué la raison de sa démarche, Fanchon, la mère, se mit à pleurer sans bruit et, quand Dolioux eut ajouté qu'il avait choisi Gustave, le cadet, la maman ne put maîtriser ses sanglots. Son mari se fâcha et convia le maire à sortir en sa compagnie. Dehors, le maréchal-ferrant remarqua doucement :

— Ça t'arrange bien que mon fils s'en aille, hein ?

— Pourquoi ? Lui ou son voisin...

— Je te demande pas si Honoré est dans le lot...

— Je l'ai inscrit le premier !

Après un court silence, Vermoyat constata :

— T'es quand même un fier salaud, Antoine.

— Je ne tiens pas à me disputer avec toi, alors, si tu n'as rien à ajouter ?

— Si, j'ai quelque chose à ajouter... voilà : si, par malheur, mon fils devait mourir à la guerre, je laisserais à personne le soin de te tuer, à ton tour.

***

Quelle que soit la vigilance des geôliers, quel que soit le nombre de barreaux aux fenêtres, les princesses amoureuses parviennent toujours à rejoindre leurs princes charmants. Ce qui est vrai pour les puissants l'est aussi pour les humbles et c'est pourquoi, cette nuit-là, Marion Dolioux attendit les petites heures du matin, celles qui viennent à bout des surveillances les plus obstinées, pour rejoindre son amoureux dans une combe qui avait entendu leurs premiers serments. Ils pleurèrent beaucoup et s'embrassèrent tout autant. Quand ils furent rassasiés de larmes et de caresses, ils en arrivèrent aux promesses car les coqs n'allaient pas tarder à chanter.

— Marion, je pars... j'y suis obligé. Ton père m'a menacé des gendarmes et tu sais qu'il les appellerait. Je veux pas moisir en prison ou crever au bagne.

— Tu reviendras, dis ?

— Je reviendrai. Marion, n'importe quoi qu'on te racontera sur mon compte, tu devras pas le croire, sauf si c'est Philibert. Jure-moi que tu m'attendras, Marion ?

— La vie entière, s'il le faut !

Honoré, avec deux bouts de bois, composa une croix qu'il offrit à sa compagne.

— Jure sur le Christ Sauveur que t'en aimeras pas un autre ?

— Je le jure !

Le jeune Versillac prit un ton enjoué pour déclarer :

— Maintenant, me voilà rassuré. Pendant que je serai loin de toi, je dessinerai le plan de notre future ferme.

Et, repris par le rêve dont il ne cessait de se nourrir, il répéta une fois de plus ce que serait le monde enchanté où, avec Marion, il bâtirait une vie heureuse, leur ferme de la Désirade.

***

Les hommes réquisitionnés quittèrent leur maison et leur village sans la moindre appréhension. Au vrai, ils ne voyaient pas très bien en quoi ces histoires avec les Prussiens, les regardaient. Quand ils eurent laissé Saint-Georges derrière eux, ils prirent la grand-route qui suit la rive droite du Rhône et se mirent à chanter :

« Quand Pierre partit pour l'armée sept ans demeurer,
A laissé s'amie à Grenoble, que fait que pleurer. »

La voix de basse d'Athanase Boyer vous noue les tripes.

« Pierre a envoyé une lettre qu'est pleine d'amours ;
La belle a fait une réponse qu'est pleine de plours. »

Lorsqu'ils passent dans les villages, les femmes se signent et récitent vite une prière pour ces bons garçons à qui leurs maris versent du vin. Eux, flattés de ces attentions, crient à pleine voix :

« S'en va trouver son capitaine « Donnez-moi congé
D'aller voir m'amie à Grenoble, qui meurt de regret. »

Bientôt, la fatigue tue la gaieté. Un peu après midi, ils s'arrêtent pour casser la croûte, du côté du Vion. Les provisions en partie mangées, au moment où les compagnons s'apprêtent à faire un somme, Gustave Vermoyat dit :

— Pourquoi que l'Honoré, il est pas avec nous ?

***

Dans Saint-Georges aussi, on commente l'absence d'Honoré et les graves conséquences que peut entraîner, pour lui, son refus d'obéir à la réquisition.

A l'auberge, le maire se déchaîne :

— Ce voyou ne veut pas accomplir son devoir ! Il entend laisser les amis se battre pour lui ! Mais, il n'est pas tiré d'affaires ! Pas plus tard que tout à l'heure, je me rendrai à la gendarmerie d'Annonay et on lui courra aux fesses à ce salaud ! Vous savez ce que ça va lui coûter de jouer les malins ? Le bagne ou la guillotine !

— Et à toi ?

Dolioux regarde Herbaux qui lui pose cette question saugrenue.

— A moi... quoi ?

— Qu'est-ce que ça te coûtera à toi, de faire d'Honoré un bagnard ou un guillotiné ?

— Je ne comprends pas !

— C'est pourtant facile, Antoine. A force d'emmerder le monde, il s'en trouvera bien un, le moment venu, qui te fera passer le goût du pain.

— Elle est raide, celle-là ! Ce n'est quand même pas moi qui ai pris la décision de réquisitionner les garçons ! Y en a-t-il un seul parmi vous capable de justifier la conduite d'Honoré ?

Ironique, le boucher propose :

— Pourquoi que tu y demanderais pas à lui ? Ça serait plus simple, non ? Il est justement sur la place... avec ta fille.

Le maire pousse un cri farouche et se précipite dehors, suivi par tous. Dolioux se jette sur sa fille qu'il arrache des bras d'Honoré, en criant :

— Catin ! Salope ! T'as pas honte ?

— Et pourquoi que j'aurais honte ? Et pourquoi tu me lances des mots affreux ? Honoré et moi, on s'aime et on se mariera !

— Jamais !

— Et le droit des gens à disposer d'eux-mêmes, qu'est-ce que t'en fais ?

Vermoyat remarque :

— Dans un sens, elle a pas tort. Antoine, tu nous as sans cesse rabâché que depuis qu'il y avait plus ni roi ni seigneurs, chacun a le droit d'agir comme il veut.

— Mais, Bon Dieu ! C'est ma fille !

— Ça change rien... ou alors, pourquoi qu'ils ont pris la Bastille, tes copains ?

Forte de ce secours, Marion annonce à ceux et à celles que la discussion a attirés sur la place :

— J'épouserai Honoré sitôt qu'il sera de retour !

Le maire explose :

— Espèce d'idiote, pourquoi veux-tu qu'il revienne puisqu'il n'a pas l'intention de partir, ce lâche !

Dans le silence qui suit, on attend la réaction d'Honoré. A la surprise générale, le garçon répond avec calme, presque avec douceur, ainsi qu'on le fait lorsqu'on s'adresse à de vieux amis qu'on aime.

— N'écoutez pas ce que raconte Dolioux. C'est un homme méchant et haineux. Il se plaît que dans le mal et dans la peine des autres. Contrairement à ce qu'il dit, je m'en vais, mais pas pour rejoindre l'armée des Jacobins.

Il y a un remous parmi les auditeurs. On ne comprend pas.

— J'ai réfléchi... D'abord, je m'étais résigné à l'idée d'accompagner les garçons, puis j'ai pensé aux misères que ces Jacobins nous ont faites. Je pouvais pas défendre ceux qui ont chassé le comte de Champsauve auquel je dois tout et qui, par leurs crimes, ont tué ma mère. Je pars pour pas tomber entre les mains des gendarmes. Avant de m'en aller, je veux vous dire à tous que Marion est ma fiancée. Je vous la confie et lorsque je reviendrai, je vous demanderai des comptes. Que nul n'y touche. Adieu, amis ! J'ai confiance en vous.

Ils s'écartent et il passe. Ils le regardent entrer chez lui et en ressortir avec un sac de toile qu'il porte sur l'épaule. A cet instant, échappant à son père, Marion se précipite vers Honoré et les deux amoureux échangent un long baiser tandis que les témoins se serrent, épaule contre épaule, pour faire obstacle à un Dolioux vociférant. Lorsque Honoré s'est éloigné d'un bon pas en direction de la grand-route, le maire attrape sa fille par le bras et la secouant brutalement, la menace :

— Traînée ! Tu t'es prostituée en public ! Honte de ma vie ! A la maison, vite, que la main me démange de te flanquer une raclée dont tu te souviendras !

Apinac se mêle au débat :

— A ta place, Antoine, je me calmerais.

— Tu vas me donner des leçons, à présent ?

— Seulement un conseil : tape pas la petite.

— Parce que ?

— Parce qu'elle nous a été confiée et que si tu la frappes, je t'en mettrai dix fois plus.

Une voix de femme crie :

— Et t'auras raison, Barthélemy !

Quelqu'un ajoute :

— Des affreux de cette espèce, le Seigneur devrait pas les laisser vivre !

Apinac conclut :

— Te voilà prévenu, Antoine !

***

Philibert, tenant le cheval d'Honoré par la bride, guette l'arrivée de son ami. Quand ce dernier survient, les deux garçons s'étreignent. La gorge un peu serrée, le fils Versillac avoue à son copain :

— Phil... j'ai joué au malin devant Delioux mais je peux te le dire : j'ai une grosse peine de m'en aller.

— S'il y avait pas le père et la mère, je serais parti avec toi.

— Et qui c'est qu'aurait protégé Marion ? Veille bien sur elle.

— Comme sur ma propre sœur. De quel côté, tu vas ?

— J' sais pas... Je me glisserai par les chemins et j'irai dans la montagne, là d'où on voit venir les gendarmes de loin.

— T'es sûr que tu reviendras ?

— Oui, si la mort m'attrape pas en route.

***

Honoré a avoué à son ami qu'il avait le cœur lourd. A dix-neuf ans, on n'a pas encore la force de caractère d'un homme fait. Au fur et à mesure qu'il s'éloigne de Saint-Georges-le-Jaloux, les souvenirs écrasent le fugitif. Il a le sentiment que son village appelle le passé à la rescousse pour tenter de retenir celui qui s'en écarte, à chaque pas, un peu plus. Plusieurs fois, le fils d'Armandine manque tourner bride tant il lui semble abominable d'abandonner la tombe de sa mère et les vieux amis qui ont veillé sur lui depuis l'instant où il a ouvert les yeux sur la vie. Quand les reverra-t-il ? Et puis, Marion... Elle a promis de l'attendre, tiendra-t-elle sa promesse ? Il s'en veut aussitôt de cette vilaine pensée. Il est aussi sûr de Marion qu'il est sûr de lui. Pendant quelques instants, enfoui dans ses songes aimables, bercé par l'allure régulière du cheval, le cavalier perd la notion du temps. Il est rappelé brutalement à la réalité, près de Cancé, par des cris, des jurons, des commandements. Il se jette dans une sente herbeuse, s'enfonce entre les poiriers et se dissimule pour regarder passer ceux qui mènent ce tapage. Il s'agit d'insoumis, attachés les uns aux autres et qui échangent des injures avec les gendarmes les emmenant. Honoré frissonne en réalisant qu'il aurait pu se trouver parmi ces malheureux et que, bientôt, on le recherchera. Il comprend à quel point il a été imprudent de suivre la grand-route à la façon d'un propriétaire regagnant son domaine. A Sarras, il tourne brutalement à droite et s'enfonce dans les collines sans plus se soucier des chemins. Une certaine angoisse chasse les tendres images d'un autrefois déjà perdu. Pour rien au monde, il n'accepterait de renoncer à sa liberté. Sa jeunesse reprenant le dessus, il se sent envahi par une résolution farouche et prêt à tout tenter pour mener la vie qu'il voudra mener. Vers le soir, il fait halte dans un bois en bordure d'un champ de blé où les chaumes remplacent les beaux épis dorés. Honoré desselle son cheval, le bouchonne, le laisse manger de l'herbe mêlée de sainfoin, gardant l'avoine emportée pour les rudes chevauchées montagnardes. Quant à lui, il avale un peu des provisions préparées par Marion et boit du vin dont Philibert a rempli sa gourde. Ensuite, il s'enroule dans le manteau qu'il endosse l'hiver ou par les temps de pluie, lorsqu'il conduit les voitures d'Apinac, et s'endort. La fraîcheur de l'aube réveille le garçon. Il examine sa monture, la juge en bon état et se remet en selle. Ayant traversé le bois à la lisière duquel il a dormi, le fils d'Armandine aperçoit, sur sa gauche, un village qu'il ne sait pas être Saint-Jeure-d'Ay.

Le soleil se lève quand Honoré franchit le col de Juvenet. Ayant découvert une ferme isolée, il s'y arrête. Un vieux, assis devant la porte, redresse le fil d'une faux à légers coups de marteau. Il regarde par en dessous celui qui approche. Quand Honoré est à le toucher, le paysan relève brusquement la tête.

— Qu'est-ce que vous voulez, l'homme ?

— Un bol de soupe, si c'est possible, et un verre de vin.

— Du vin, on n'en a pas... de la soupe, peut-être..

— J'ai de quoi payer, vous savez.

Le faucheur se lève, l'air mauvais.

— Quand on me demande, je donne, je vends pas.

Sa voix s'adoucit pour ajouter :

— Si t'étais pas si jeune, je te dirais de passer ton chemin. Entre.

Honoré pénètre dans une salle basse, plongée dans une pénombre où l'on ne distingue d'abord que des reflets. Près de l'âtre, une femme est assise, surveillant le feu.

— Maria, si t'as un restant de soupe pour celui-là ?

Elle tourne vers le nouveau venu un visage où le regard pétille à la façon d'une flamme entêtée que les cendres ne parviennent pas à étouffer. Sans un mot, elle se redresse, empoigne une louche et un bol. Avec un chiffon, elle ôte le couvercle de la marmite et sert l'hôte inattendu qui mange voracement. Le paysan s'est placé en face de lui et le surveille.

— Quel âge tu as ?

— Dix-neuf ans.

— T'es seul dans la vie ?

— Oui.

— T'as pas de maison ?

— Si.

— Alors, pourquoi tu pars ?

Le jeune homme ne répond pas. Le vieux ricane :

— J'ai compris... Et ça explique que tu voyages en dehors des chemins... des chemins où l'on risque de mauvaises rencontres... Tu devrais penser à ton cheval, maintenant que toi, tu as mangé. Je peux te vendre — parce que ça, c'est du commerce — un demi-boisseau d'avoine. Ta bête en aura besoin si t'es obligé de galoper longtemps, mais ta monture est meilleure que les leurs.

Le cheval nourri et abreuvé, Honoré resserre ses sangles et se remet en selle.

— De quel côté tu vas ?

— La montagne.

— Prends garde ! Paraît qu'il y a des brigands qui rôdent par là... — le vieux eut un petit rire rouillé — mais t'as sûrement plus peur des gendarmes que des brigands, hein ? Écoute-moi, tu files droit devant toi. A une demi-lieue, y a Vaudevant, un village. Passe loin, parce que j'ai dans l'idée que les gendarmes y tendent des pièges. Quand t'auras coupé la route de Saint-Félicien, tu continueras toujours droit devant. Évite la route de Pailharès. Ça sera plus dur car tu trouveras de sacrées pentes, mais il y a des bois. Tu te féliciteras d'avoir donné de l'avoine à ton cheval. Ensuite, je peux pas te renseigner, je connais pas.

Après avoir chaleureusement remercié son hôte, Honoré reprend son chemin, bien résolu à ne plus s'abandonner à des rêvasseries pouvant être dangereuses dans leurs conséquences. De loin, il aperçoit Vaudevant et ne se décide à franchir au galop la route joignant la Louvesc, à Saint-Félicien, qu'après avoir longtemps guetté l'écho d'un sabot ou d'un soulier. A la suite d'une agréable chevauchée à travers collines et prairies, le cavalier s'écarte à l'écart de Pailharès et, ayant laissé souffler sa monture, il entreprend de grimper vers les hauteurs lui barrant l'horizon.

En fin de journée, le fils d'Armandine parvient au col du Buisson où lui est offert un panorama dont la majestueuse beauté l'impressionne. Il emprunte un sentier qui s'arrête dans un hameau — Molière — où il décide de passer la nuit. Les gens qu'il y rencontre ressemblent à des animaux perpétuellement effrayés et parlant un patois dont il est impossible de comprendre un mot. Honoré se perd en discussions inutiles, entouré d'hommes et de femmes en haillons, avançant des doigts pareils à des serres pour toucher le harnachement du cheval et les bottes du cavalier, lorsqu'un personnage, correctement vêtu, qui paraît la cinquantaine, s'approche :

— Que désirez-vous, monsieur ?

— La permission de passer la nuit dans la paille et un peu de fourrage pour mon cheval.

— Permettez-moi de vous inviter dans la grange où je loge.

— Vous êtes trop bon... Je m'appelle Honoré Versillac.

— Je suis Jacques Féron... du moins pour l'instant.

Tirant sa monture par la bride, Honoré suit son guide jusqu'à une grange pleine de foin dont l'odeur revigore ceux qui vivent dans la nature.

Le jeune homme et son mentor mangent les charcuteries et le gâteau épais, nourrissant, que l'amphitryon sort d'un sac. Bien que de mise médiocre, mais en parfait état, et en dépit du ballot de colporteur qu'un âne transporte, Honoré est persuadé que son compagnon aux manières distinguées, à l'aisance seigneuriale, n'a absolument rien à voir avec le petit commerce. Lorsqu'ils ont achevé leur frugal repas, l'inconnu déclare :

— Monsieur, il n'est point d'usage de poser des questions entre gens qui voyagent de façon un peu singulière, aussi vous demanderai-je seulement la direction dans laquelle vous comptez partir.

— Vers le Mézenc.

— Je me rends plus au sud, les Vans, Bannes où des amis m'attendent... Prenez soin d'éviter les auberges et estaminets, ces messieurs de la maréchaussée ne sauraient voir un de ces établissements sans y pénétrer aussitôt.

— Je me méfierai.

— Un dernier conseil auquel m'autorise votre jeunesse : allez doucement en prenant par les parties les plus désertes. Ayez toujours une monture assez reposée pour répondre à une sollicitation brutale.

— J'y veillerai. Maintenant, je vais m'occuper de mon cheval.

— Quant à moi, je me propose de dormir. Bonsoir, monsieur, heureux de vous avoir rencontré.

— Moi de même. Bonsoir, monsieur.

Avec quelques sous, Honoré a un solide picotin pour son compagnon à quatre pattes. Lorsque le garçon revient s'allonger, à son tour, dans le foin, son aimable guide dort. Au matin, quand Honoré s'éveille, son voisin est parti sans faire le moindre bruit et il replonge dans une solitude qui, soudain, lui pèse.

***

Au-delà de Molière, s'étend une sorte de désert vert où rarement apparaissent des fermes. Les petits villages y peuvent être facilement évités. Le temps est au beau fixe et Honoré ne tarde pas à oublier qu'il s'est mis hors la loi, pour s'imaginer sous les traits d'un jeune homme fortuné, se promenant au gré de son plaisir. Cependant, il a été élevé trop près des réalités de la nature pour en nier l'existence et ses règles. Il est rappelé au bon sens par la sévérité du paysage l'entourant. Jamais encore, il n'a vu ces hauts plateaux rabotés par un vent qui, bien qu'on soit en été, est froid. Quoique naturellement courageux, le fils d'Armandine se sent un peu oppressé par ce vent, ce silence, cette vastitude autour de lui. Il éprouve la pénible impression d'être perdu, impression qui — parce qu'il est jeune — l'effraie. Pour retrouver son calme, il s'efforce de penser aux gendarmes qui le cherchent. Il prend conscience que, sur ce plateau, où le regard porte très loin, il ne risque guère d'être surpris mais il peut être repéré par des gens passant à une lieue de lui. En bref, l'enfant de Saint-Georges-le-Jaloux ne retrouve pas sa quiétude des jours précédents. Il lui dure de se glisser dans des vallées étroites, s'il en rencontre sur sa route, de se réfugier parmi les arbres s'il en pousse dans ces régions sauvages.

La forêt, Honoré ne tarde pas à la rejoindre. Il s'y perd avec joie. Parfois, à travers une éclaircie, il repère un pauvre hameau aux toits bossués ou une ferme isolée qui semble flotter au milieu des collines à la façon d'une bouée sur l'océan. Une fumée fragile montant d'une cheminée entraîne l'esprit du cavalier vers la maison abandonnée à Saint-Georges et vers Marion qu'il a laissée là-bas. Pourvu qu'elle soit assez forte pour résister à son père... Heureusement que Philibert est là pour l'aider dans son combat.

Au milieu de la journée, Honoré chevauche à l'ouest d'une petite ville — Saint-Agrève — dont il ignore le nom. Il presse son cheval pour s'écarter au plus vite de ces passages dangereux. Commençant à sentir la fatigue, il hésite entre des chemins plus faciles et les rudes pentes herbeuses qui s'offrent à lui. Le réflexe de sécurité l'emporte et il entreprend de gravir les hautes terres se dressant sur sa route. Le froid devient plus vif au fur et à mesure que le soleil baisse. Honoré, parti sans but précis, se demande jusqu'où et jusqu'à quand il va devoir poursuivre son voyage. Au crépuscule, il atteint la région des Vastres. Rendu confiant par les accueils amicaux reçus jusque-là, le fils d'Armandine s'approche d'une ferme assez rébarbative d'aspect. La porte et les volets clos peuvent laisser croire à l'abandon. Honoré n'est plus qu'à une cinquantaine de mètres de la maison, quand un coup de feu claque. Le cheval fait un écart qui manque désarçonner le cavalier. Affolé, le jeune homme crie :

— Ne tirez pas ! Ne tirez pas ! Je viens en ami !

Une voix rauque répond :

— Y a plus d'ami quand la nuit tombe ! Fous le camp !

Un nouveau coup de feu précipite la fureur du voyageur. Honoré met plusieurs minutes à recouvrer son sang-froid et à arrêter sa monture lancée dans un galop furieux. Craignant la chute, il décide de faire halte dans le premier abri naturel qu'il rencontrera. Ce refuge se réduit à une sorte de faille où la bête et son cavalier passent une nuit difficile. A l'aube, ils sont, tous deux, transis. C'est dans un état d'esprit plutôt désespéré que le fils d'Armandine repart. Seul, le cheval, bourré d'avoine, file d'un pas guilleret. Quand l'équipage arrive au pied du Mézenc, le cavalier se croit au bout du monde. Tout ici l'effraie. Cette herbe rare, ces rochers épars, l'absence apparente du moindre signe de vie impressionnent profondément le jeune homme. Puis une idée — gratuite parce que ne reposant sur rien — le convainc qu'au-delà de cette formidable barrière il sera pour toujours protégé contre les rigueurs de la loi. Rassemblant son courage et ses forces, Honoré s'engage sur le sentier difficile qui, en se nouant et se dénouant au flanc de la montagne, doit l'amener au col d'où il espère découvrir le pays qui l'acceptera.

La montée est pénible, le cheval bronchant sur les cailloux qui roulent sous ses sabots. Lorsqu'ils parviennent au passage, un vent violent les enveloppe et Honoré a le sentiment d'être déshabillé. De plus, à son grand désappointement, ce qu'il voit est un misérable village où l'existence n'est sûrement pas facile. Comme il ne peut revenir en arrière, le garçon pousse sa monture dans la pente et, village étant synonyme pour lui de rencontre possible avec les gendarmes, il oblique sur sa gauche. Il franchit un ruisseau à l'eau rapide et claire puis s'enfonce, résigné, dans un paysage de désolation. Lorsqu'il a mangé ses dernières provisions et donné à son compagnon les ultimes poignées d'avoine contenues dans le sac, il sait que, de gré ou de force, il lui faudra mettre un terme à son aventure. Un berger crasseux, surveillant des moutons, lui apprend que le village dont Honoré s'est écarté se nomme les Estables et que s'il continue à avancer droit devant, il traversera la forêt de Bonnefoy. La science du bonhomme ne va pas au-delà. Le cheval d'Honoré descend lentement, précautionneusement, des prés en pente raide où l'herbe mouillée empêche la fermeté de l'appui. Peu à peu, les ombres de la nuit nivellent le paysage, effaçant les creux, comblant les failles. Tout devient mensonge et traîtrise. Le garçon, sans s'en douter, passe à moins de trois cents mètres de la Chartreuse de Bonnefoy dont les moines sont déjà couchés. Le sentier qui suit l'amène à l'orée de la forêt. Il a peur de cette masse d'arbres qui se dresse sur son chemin et que la nuit transforme en barrière apparemment infranchissable. La bête frémit sous le cavalier. Elle aussi hésite. Honoré se fie à son instinct pour avancer dans les ténèbres. Il lui semble que sa chevauchée n'aura pas de fin. Il sue d'angoisse.

L'air devient plus vif quand Versillac émerge d'entre les arbres. Instruit par la dure expérience de la veille, il n'ose pas s'arrêter à la ferme trapue, basse, sur laquelle il arrive inopinément et qui semble arc-boutée sur le sol. Honoré sursaute lorsqu'une voix dans l'ombre remarque :

— Un pas tellement bon temps, ni une tellement bonne heure pour voyager...

Le garçon tire sur la bride de son cheval.

— Non.

— Vous y êtes obligé ?

— Pas précisément.

— Eh bien, descendez donc et venez discuter de ce qu'on peut faire.

Pendant que le fils d'Armandine met pied à terre, une voix féminine s'enquiert :

— A qui c'est que tu causes, Jean-Marie ?

— A quelqu'un qui va partager notre soupe.

— Tu devrais te méfier par les temps que nous vivons !

Honoré doit attendre d'être à l'intérieur de la maison pour découvrir ses hôtes. Lui, un homme aux cheveux blancs, un peu cassé par l'âge. Elle, on devine que les travaux l'ont plus vite vieillie que les ans. Il y a aussi une fille, grande, brune, pas laide mais l'air brutal. Le garçon lui donne plus d'une vingtaine d'années. Le patron prend la lampe posée sur la table et l'approche du visage du voyageur :

— Seigneur Dieu !... Marthe, Marie, venez voir, il est tout jeune.

Elles s'approchent et joignent leurs mains, brusquement apitoyées.

— Tu t'es sauvé ?

— Oui.

Ils se regardent, gênés.

— De ta maison ?

— J'ai une maison... mais il y a plus personne dedans...

— D'où tu viens ?

— De loin, des bords du Rhône.

— C'est au-delà du Mézenc, hein ?

— Et derrière bien des montagnes encore.

— Alors, c'est vraiment loin, approuve la grande fille brune.

— On va t'apporter du lait, du fromage, du pain et du beurre. Je fais le pain, elles font le fromage et nos vaches donnent le lait.

Tous prennent place autour d'Honoré pendant qu'il mange. Le patron se lève :

— Je vas mettre ton cheval à l'étable... Je le panserai... N'aie pas de souci, j'ai été dragon durant sept ans.

A peine le vieux est-il sorti que la fille pose sa main sur celle de l'hôte. Sa mère la gronde :

— Allons, Marthe, tiens-toi tranquille ! Vous comprenez, il y a jamais personne qui vient nous visiter. Comment voulez-vous qu'on la marie ?

C'est là une question à laquelle le fils d'Armandine ne peut vraiment pas répondre. Lorsque le maître des lieux réapparaît, il dit simplement :

— Tout est en ordre.

On devine que cet ordre ne dépend que de lui et puisqu'il assure que l'ordre règne, on pourra dormir tranquille.

— Si on t'interroge, mon gars, c'est pas pour la curiosité mais plutôt pour t'entendre parler. Tu comprends ?

— Il me semble.

— On a une chambre. Ça sera mieux que la paille. Seulement on peut pas laisser coucher dans la maison quelqu'un en qui on n'aurait pas confiance. Tu comprends ça, aussi ?

— Je comprends.

— Alors, tu peux nous raconter si tu te sauves à cause des gendarmes ?

— A cause des gendarmes. S'ils me rattrapent, ils m'enverront au bagne ou à la guillotine.

— T'as tué ?

— Non.

— Volé ?

— Non plus. Je fuis pour pas me battre dans l'armée des Jacobins.

— Pourquoi ?

— Parce qu'ils ont assassiné le roi et que ma mère, elle est morte en apprenant cette horreur.

Ils se taisent pendant quelques instants puis la fermière se penche sur Honoré, l'embrasse sur les deux joues et de son ongle griffu dessine le signe de croix sur son front. Le père tape affectueusement sur l'épaule de son hôte.

— Tu coucheras dans la chambre. Montre-la-lui, Marthe.

La fille précède Honoré dans l'escalier de bois, en tenant la lanterne derrière son dos pour éclairer le pas de celui qui la suit. La chambre, meublée de façon sommaire d'une paillasse, d'un coffre et d'une chaise, paraît un paradis au garçon éreinté.

— Je te laisse la lanterne pour que tu puisses te déshabiller en plaçant tes affaires sur le coffre. Je viendrai la reprendre tout à l'heure. Mes parents ont la leur.

Ôtant ses bottes, Honoré estime qu'il a beaucoup de chance. Il est vrai que ce n'est peut-être pas de la chance. Armandine ne lui a-t-elle pas promis de veiller sur lui et tant qu'il a vécu à ses côtés, elle n'a jamais manqué à ses promesses. Il se couche, les larmes aux yeux et, malgré sa peine, s'endort aussitôt. Marthe entre sans bruit. A la lumière de la lampe, elle regarde longuement le dormeur et sourit. Elle ressort en évitant de faire craquer le plancher.

***

Honoré a dormi neuf heures d'une traite. En chaussettes, il regarde par la fenêtre. On ne saurait affirmer que le paysage soit aimable. Un immense plateau à l'herbe rare que creusent des ravins. Des ruisseaux courent à fleur de terre. Une impression d'immensité déserte. Au loin, on distingue la forêt que le jeune homme a traversée la veille. Pour l'heure, sous le ciel bas et gris, la campagne paraît hostile et le garçon se demande de quel côté il doit diriger ses pas. La réponse est d'autant plus difficile qu'il ignore où il veut se rendre. Le fils d'Armandine a appris à se laver soigneusement tous les jours, habitude qu'à Saint-Georges-le-Jaloux les uns tenaient pour imprudente, les autres pour de l'esbroufe. La toilette quotidienne — affirmaient ces derniers —, c'est bon pour les gens qui ne travaillent pas, les seigneurs par exemple. Antoine Dolioux, lui-même — pourtant le plus au courant des mœurs citadines —, ne se lavait à fond qu'une fois par semaine, et ne changeait de linge que le dimanche.

En arrivant, la veille, dans l'obscurité, Honoré a entendu chanter de l'eau qui coulait sans arrêt. Muni d'une serviette et d'un morceau de savon, il descend l'escalier, traverse la cuisine, par hasard vide, et découvre, sur le terrain précédant la ferme, une auge de pierre où se déverse, de façon continue, une eau limpide tombant d'un gros morceau de bois taillé en gouttière. Le froid de l'eau surprend le garçon et lui donne la chair de poule. Il doit serrer les dents pour placer son buste sous le canal rustique. Quand il se redresse, il sent une présence derrière lui. Il se retourne. Marthe lui sourit. Il rougit. Elle dit :

— Vous devez être très fort... et puis, vous êtes propre... Venez déjeuner.

A table, ils sont groupés comme la veille au soir. Marthe conte à ses parents qu'elle a vu Honoré (il leur a confié son prénom) se lavant dehors, le torse à l'air. Ils s'étonnent :

— Avec ce froid ?

Le père demande :

— Tu te laves souvent de cette façon ?

— Tous les jours... et tout nu quand il n'y a pas de dame.

Ils se consultent du regard et le patron conclut :

— Tu as de drôles de manières...

Marie renchérit :

— Sans compter que c'est pas sain de s'enlever la graisse du corps. Elle nous protège.

— Quelle idée ! Je suis sûr que si vous essayiez...

Marthe coupe :

— Non, on peut pas se laver partout.

— Pourquoi ?

— Mais parce que le curé le défend !

Le voyageur hausse les épaules. Des arriérés qu'il ne saurait convaincre. Il repose son bol.

— Quand j'aurai bouchonné mon cheval, qu'il aura mangé, je repartirai.

— Vers où ?

— Ma foi, je ne sais pas trop.

— Écoute, fils : tu seras jamais mieux à l'abri des gendarmes qu'ici. D'abord, parce qu'ils viennent pratiquement pas, ensuite on les voit arriver de loin. Alors, je te propose de rester avec nous. Je peux pas te payer, j'ai pas d'argent, mais tu seras comme le fils qu'on a pas eu. Qu'est-ce que t'en penses ?

— Je reste.

— Bon. Je suis content. Je m'appelle Jean-Marie Tousière. Elle, c'est Marie, ma femme. L'autre, c'est la fille. On lui dit Marthe.

— Moi, c'est Honoré Versillac.

***

L'apprentissage fut difficile. Honoré mit beaucoup de temps pour s'habituer à vivre dans un décor, parmi des gens et en compagnie de bêtes dont la rusticité le déconcertait. La nuit, enfermé dans sa chambre, il baissait les paupières pour se retrouver dans la douceur de Saint-Georges, pour réentendre la voix des vivants qui l'attendaient, celle de Marion, de Philibert, et aussi celle des morts que l'exil rendait plus nette : Armandine, M. Soulia. Parce qu'il n'avait pas vingt ans, le garçon s'endormait souvent le cœur gros.

Rien, ici, ne ressemble à ce qu'il connaît, à ce qu'il a appris à aimer. Sans doute y a-t-il des bois à Saint-Georges, mais ils sont aimables et n'ont pas grand-chose à voir avec cette forêt épaisse qui barre l'horizon quand on regarde vers le nord. Des loups doivent y errer encore et seule la cloche de la Chartreuse de Bonnefoy écarte — avec l'aide de Dieu — les fauves du chemin des hommes. Il a eu de la chance de naître dans un bon pays. Chez lui, le garçon se plaisait aux écuries et dans les étables. Il était heureux parmi ces animaux avec lesquels il lui semblait ressentir de mystérieuses affinités. A la ferme Tousière, ce n'est pas pareil. Un seul cheval aux membres épais qui paraît peser deux fois le poids de celui qu'a chevauché le fils d'Armandine. Et puis, des vaches énormes qui, aux premiers jours de l'automne, commencent — sur le garrot, le poitrail, les flancs — à se couvrir d'une espèce de toison. Elles ont un corps de couleur feu, la tête et le cou noirs. Des bêtes impressionnantes dont — sans trop oser se l'avouer — le garçon a un peu peur. Enfin, les gens... A dire vrai, Honoré, qui ne sort jamais le dimanche pour ne pas éveiller la curiosité et déclencher les bavardages des habitants du Béage, le village le plus proche, ne les connaît pas. Quand, par hasard, les Tousière reçoivent une visite, le fugitif grimpe dans sa chambre où il demeure immobile, allongé sur le lit, attendant que Marthe vienne le délivrer.

Jean-Marie, le père, est usé jusqu'à la corde. Il ne craint pas de mourir, convaincu de la justice de Dieu et persuadé qu'il sera jugé en fonction des misères endurées sur cette terre. Marie, sans être idiote, est simplette. Prisonnière des gestes quotidiens, d'habitudes qu'elle n'oserait modifier en quoi que ce soit au cas, fort improbable, où elle en éprouverait l'envie. Reste, Marthe... Cette grande fille, dont les travaux d'homme ont musclé le corps, est belle avec son opulente chevelure noire, son regard sombre, ses traits remarquablement proportionnés. Elle évoque un de ces animaux hantant les forêts et dont la force n'exclut pas la grâce. La jeune fille fait songer davantage à un dix cors qu'à une biche. Sa sympathie qui se traduit par des frôlements, des attouchements, de tendres pinçons, une jambe cherchant la sienne sous la table, gêne Honoré qui craint que les vieux ne s'aperçoivent du manège de leur fille et ne l'en rendent responsable.

Et puis, c'est la mauvaise saison, la vraie. Une espèce de panique s'empare d'Honoré quand il voit ce ciel gris d'ardoise répandant une lumière de fin du monde. En regardant au loin, on se persuade que la terre rejoint la voûte céleste. Les rares nuages, de couleur un peu plus claire, donnent l'impression de ramper sur le sol. Mais ce qui, par-dessus tout, angoisse le garçon, c'est la neige. Jamais il n'aurait pu imaginer qu'il puisse en tomber de telles quantités, et les batailles qu'il faut livrer chaque matin pour creuser des passages vers l'eau dont on doit casser la glace. Avec le froid qui règne en maître, l'existence se complique. Au matin, Honoré a les nerfs mis à rude épreuve quand, à travers la fenêtre, jour après jour, il assiste à cette chute silencieuse et sans fin des flocons. Il pense à l'aventure de son grand-père et du Rhône. Il se demande si la maison ne va pas être ensevelie par cette épaisseur blanche qui étouffe tous les bruits. Dès qu'on sort, la burle[1] vous empoigne et vous taillade le corps avec ce que l'on pourrait prendre pour des lames glacées. Le seul endroit où l'on a chaud, c'est l'étable. Perdues dans une sorte d'absence, avares de leurs mouvements, les vaches ruminent dans une tiédeur paisible. Ces masses vivantes rassurent Honoré. Il pose sa tête sur le cou de Germaine (appelée ainsi pour se venger d'une voisine avec qui on était fâché, dans le temps, mais la tradition s'est conservée) et respire cette odeur forte qui le revivifie. Il passe ses mains glacées entre les cuisses, près des pis. Les Tousière semblent supporter très bien l'infernale saison. Simplement, ils ne se lavent pratiquement plus. Il y a des moments où cela devient pénible.

Sur les conseils de Jean-Marie, on a vendu le cheval d'Honoré à un maquignon peu curieux. Le jeune homme a partagé l'argent entre ses hôtes et lui. Un après-midi de novembre où il était, à nouveau, étendu sur son lit, il a entendu un pas lourd dans la chambre de Marthe. Il a entrebâillé sa porte et a vu un costaud sortir de chez sa voisine. Pendant quelques secondes, il a entr'aperçu la pièce où dort Marthe. La fille des Tousière remettait son caraco. L'indiscret aurait été incapable d'expliquer pour quelles raisons la conduite de la jeune femme l'irritait, mais elle l'irritait, et ce soir-là, il fut presque grossier envers elle. Il ne lui adressa pas la parole et quand elle lui posait une question ou lui demandait son avis, il répondait par un grognement hargneux. Contrairement à son habitude, Honoré refusa de veiller et monta se coucher sitôt la soupe avalée. A peine s'était-il glissé sous ses couvertures que Marthe entra et s'assit sur le lit.

— Qu'est-ce que tu as ?

— Ça ne te regarde pas !

— Si, parce qu'on vit tous ensemble... Allons, raconte ?

— Je t'ai vue, cet après-midi.

— Ah ?...

— Ça m'a fait mal.

— Pourquoi ?

— Je sais pas.

— Serais-tu jaloux ?

— Non.

1. La burle, ou sibère, le vent glacé du nord.

— Alors ?
— Alors, je trouve que c'est sale... et puis, tes parents...
— Ils sont au courant.
— Ah ?
Elle sourit.
— J'ai vingt-six ans, tu sais.
— Qui est cet homme ?
— Un homme...
— Il vient souvent ?
— Quand j'en ai envie.
— Bon. Ce sont tes affaires...
— Ça pourrait être les tiennes, si tu voulais.
— Moi ?
— J'aimerais mieux coucher avec toi qu'avec lui.
— Laisse-moi, Marthe.
— Tu en aimes une autre ?
— Oui.
— Comment est-elle ?
— Jeune, blonde, propre, et elle a juré de m'attendre.
— Blondes ou brunes, nous avons toutes commencé par être jeunes et propres. L'hiver qui n'en finit pas, la neige, le vent, la solitude... ça vous transforme vite.
— Dommage...
— Sans doute, mais qu'est-ce qu'on peut y faire ?

***

Le dernier dimanche de l'Avent, alors qu'ils mangent, Jean-Marie, revenant du Béage, annonce :

— J'ai rencontré Mathieu Farges — à l'intention d'Honoré, il ajoute : le charron. J'y ai raconté qu'on avait eu la visite d'un fils de ma sœur qu'est mariée du côté de Villefort, dans le sud, et que je voudrais bien que ce jeune homme, il assiste à la messe de minuit. De cette façon, je suis sûr que mon Mathieu, il va en parler à tout le monde, parce que plus bavard que lui, y en a pas. Personne s'étonnera de te voir à l'église, mon neveu, et après, on dira que t'es reparti chez toi. Je m'occuperai du grand traîneau, cette semaine.

Lorsqu'ils sortirent de la ferme, vers onze heures, Honoré crut qu'ils allaient geler tant le froid était terrible. Dans cette nuit glacée, un ciel pur, constellé d'étoiles, donnait à penser que vous n'étiez plus sur la terre à laquelle vous étiez habitué. Sous les gros souliers, la neige crissait. On s'était enveloppé du mieux qu'on avait pu dans des chandails de laine brute qui sentait encore le suint et, une fois qu'on eut pris place dans le traîneau, on empila les couvertures d'écurie sur les jambes. Marie et Marthe ressemblaient à d'énormes paquets mal ficelés.

Dès son entrée dans l'église, Honoré fut étrangement oppressé. Il se trouvait dans ce pays perdu mais ne voyait ni le décor ni les gens qui l'entouraient car il se figurait être à Saint-Georges et Armandine se tenait à son côté. En se penchant un peu, il apercevait les cheveux blonds de Marion... Marion... la chère Marion... Elle aussi devait être malheureuse... Quand le bon Dieu permettra-t-il que les deux fiancés se retrouvent ? Devinant qu'il se perdait dans des songes d'où ils étaient tous exclus, Marthe tira Honoré par sa veste pour le ramener parmi eux.

Sous la conduite d'une demoiselle visiblement avancée en âge, les petits garçons et les petites filles rassemblés autour d'elle entonnent un Noël très ancien que soutiennent trois ou quatre instruments de musique rudimentaires. Les enfants chantent juste, ou presque. Honoré les écoute avec un plaisir qu'il ne songe pas à dissimuler.

J'ai ouy le chant d'un ange
Le plus doux que j'ouy
Volant sur notre grange
Qui m'a tant réjouy.
Or, sus, sortez Bergers,
Bergers, sortez d'ici !

Honoré, que le chœur d'enfants emporte ailleurs, est sûr d'avoir entendu la voix de Marion. Tout comme autrefois, il se penche pour tenter de la distinguer dans la foule.

En Bethléem Judée
Allez voir Jésus-Christ
Né dans cette nuitée
Comme il était écrit.
Or, sus, sortez Bergers,
Bergers, sortez d'ici !

Le petit garçon qui chante un couplet sur deux en solo a le timbre de voix de Philibert.

Il est né d'une Pucelle
Pucelle et mère aussi
La bonne Damoiselle
A beaucoup de soucy.

Marion, dans sa jolie robe, et ses cheveux d'or que la flamme des cierges nimbe d'une lumière irréelle... Madame de Champsauve, dont la coiffure cache le prêtre à ceux qui sont derrière elle... M. le Comte dans son bel habit blanc brodé d'argent... M. Soulia qui, à l'autel, a de plus en plus de mal à se relever quand il s'agenouille... Le père Herbaud dont les ans creusent et affinent le visage, le faisant ressembler à un soc de charrue...

Quand j'ouy la nouvelle
Je fus tout réjouy
Je chante, saute et danse
Et huche à l'étourdy,
Or, sus, sortez Bergers,
Bergers, sortez d'ici !

Sa douce marraine, Laure Estalle, dans sa belle parure de soie prune... Le bloc que forme la famille Vermoyat et qui semble indestructible... Auguste et Aglaé Geraise qui, en dépit de leurs atours et grâce à la complicité d'un vitrail placé juste au-dessus d'eux, paraissent imprégnés du sang des bêtes qu'ils ont tuées... Barthélemy et Justine Apinac qui lui sourient et, sitôt qu'Honoré lève les yeux, il voit, par en dessous, le visage si fin, si pur de sa maman et il se serre contre elle pour être, plus encore, à l'abri de tout. Marthe, qui ne comprend pas cet attouchement subit, le regarde de côté, surprise. Il ne peut s'en rendre compte, il est trop loin.

Le long d'une grand-rue
Je vis trois rois venir
Courant bride abattue
Or, myrrhe, encens tenir.
Or, sus, sortez Bergers,
Bergers, sortez d'ici !

Les trois messes basses sont dites. Marthe doit passer son bras sous celui d'Honoré pour l'entraîner et qu'il se réveille. Le garçon est tellement persuadé qu'il va déboucher sur la petite place de

Saint-Georges qu'il est tout éberlué de se trouver dans un décor inconnu. C'est le froid qui, de façon brutale, l'arrache définitivement à ses songes.

Les Tousière ont fait de leur mieux pour que cette nuit de Noël ne ressemble pas aux nuits ordinaires. Dans la soupe aux choux, on a mis un saucisson au lieu du lard habituel. Une omelette aux champignons (des petits gris) et une épaule de mouton avec des pommes de terre sautées au saindoux constituent ce repas de gala. On le termine par une pâtisserie épaisse qui permet de boire de bonnes rasades. Jean-Marie parle du passé, du « comment c'était avant », des souvenirs que lui seul se rappelle, ce qui lui permet de les enjoliver. Marie raconte — en riant autant que la première fois qu'elle y a fait allusion — la façon dont Jean-Marie l'a demandée en mariage, vers 60 ou 62, elle ne se souvient plus très bien. En revanche, elle est sûre qu'alors le roi était Louis le Bien-Aimé. Marthe ne parle pas. Que pourrait-elle dire ? Elle est née à la ferme et, de toute sa jeune existence, elle n'a vu que ce qu'on voit à travers la fenêtre. Honoré reste silencieux. Il sent qu'il perdrait son temps à tenter d'expliquer à ses hôtes à quoi ressemble le pays d'où il vient. Il a une peine profonde en dépit des efforts des vieux pour que naisse une gaieté qui n'est pas encore là lorsqu'ils montent se coucher.

Honoré est si désespéré dans sa solitude qu'il ne proteste pas quand Marthe, sans bruit, se glisse dans son lit.

***

Au printemps, la neige disparut, le vent s'apaisa, le ciel devint bleu et la forêt perdit son aspect rébarbatif pour devenir la porte ouverte sur toutes les aventures imaginaires que les hommes se figurent souhaiter. Ses rendez-vous nocturnes avec Marthe équilibraient l'humeur d'Honoré qui commençait à apprendre à vivre dans ce dur pays. Il pensait toujours à Marion. Elle était si différente des femmes qu'il côtoyait, elle eût été si peu à sa place dans le décor austère de la ferme-forteresse, que l'y évoquer devenait grotesque, sinon cruel. La fille de cette terre sans pitié, c'est Marthe, Marthe avec ses muscles durs, ses longues jambes, son ventre ferme et plat, ses reins puissants et son calme que rien ne peut altérer.

Doucement, l'année 1794 passe et Honoré fête son vingtième anniversaire. L'amant de Marthe n'est pas revenu parce qu'il n'a pas été appelé et qu'il n'aurait pas osé désobéir à la fille des

Tousière. Honoré serait heureux s'il oubliait Saint-Georges mais, à aucun prix, il ne voudrait l'oublier. Lorsqu'il s'assied sur une pierre, devant la ferme, au soleil, c'est un autre soleil dont il sent les rayons, un autre soleil qui le réchauffe et qu'il découvre en fermant les yeux. Quand il est « absent », Marthe le laisse tranquille et ne lui pose pas de question. A quoi bon, d'ailleurs ? Elle sait que lorsqu'il n'est pas là, il est dans son village, près de sa poupée blonde que Marthe méprise sans la connaître. La fille des Tousière n'ignore pas qu'un matin, Honoré s'en ira et que personne ne pourra le retenir. Elle ne nourrit aucune illusion : elle ne peut pas lutter contre celle que son absence rend plus sûre de vaincre. En outre, elle est plus âgée qu'Honoré. Dès lors, Marthe prend le temps comme il vient, il sera toujours assez tôt pour pleurer.

Le dimanche, lorsque la loi du Seigneur vous oblige à quelques heures de repos, Marthe et Honoré montent vers la forêt de Bonnefoy et s'asseyent à l'orée sur la mousse afin de profiter du soleil, jamais trop chaud dans ces coins-là. Ils se tiennent la main sans parler. Que pourraient-ils se dire ? Parfois, la jeune femme demande :

— Tu crois que ces guerres finiront un jour ?

— On voit tout finir quand on demeure en vie.

— Qu'est-ce que tu feras lorsque la paix sera revenue ?

— Je retournerai chez moi.

— Pour épouser Marion ?

— Pour épouser Marion et puis, je travaillerai dur.

— Pour ta femme ?

— Oui, mais surtout dans l'espoir d'acheter ma ferme, la Désirade.

— Où est-elle ?

— Je ne sais pas encore.

— Je suis sûre, pourtant, que tu la vois déjà.

Alors, Honoré part à nouveau dans ses rêves et, ainsi que jadis avec Marion, il décrit l'image qu'il porte dans son cœur, l'image du domaine, de son domaine qu'il ne possédera peut-être jamais. Silencieuse, Marthe écoute son amant lui peindre sous les plus belles couleurs le royaume dont elle sera exclue.

Peu à peu, le fils d'Armandine s'est habitué à la nature brutale qui l'environne. Aidé par la tendresse de Marthe, par la gentillesse des Tousière, il se laisse glisser au long de l'année. La venue de l'hiver ne l'affole plus. Il commence même à trouver un certain charme à ces grandes étendues blanches perdues dans un silence que rien ne trouble. C'est le moment où l'on se calfeutre chez soi, où l'on entretient des rapports presque humains avec les bêtes traquées par le froid comme les hommes. Peut-être est-ce le silence extraordinaire de la nature qu'Honoré apprécie le plus. Pas le moindre cri, pas le moindre écho d'une fuite ou d'un vol. On dirait que tout ce qui vit est, à l'image des paysans, terré dans des abris sûrs.

Ainsi, on arrive à la messe de minuit de 1794 et, à l'église, l'exilé ne connaît pas le désespoir muet de l'année précédente. De retour à la ferme, il chante avec Jean-Marie, fait largement honneur au repas et, au moment de se coucher, c'est lui qui rejoint Marthe.

***

A Saint-Georges, la vie continue comme avant. Paisible, sans éclat. De très loin en très loin, Vermoyat reçoit une lettre de son cadet où le garçon conte l'enthousiasme ressenti à culbuter l'ennemi partout où il se présente. Il décrit en quelques mots, et plutôt mal, les villes où il est entré en vainqueur : Ostende, Bruxelles, Amsterdam, Aix-la-Chapelle, Maastricht, etc... Au village, on s'interroge pour décider si Gustave exagère ou non.

Chaque fois que parviennent des nouvelles du fils du maréchal-ferrant, Dolioux, en tête-à-tête avec sa fille, en profite pour dauber sur Honoré :

— Tu te rends compte à présent que ton amoureux n'est qu'un lâche ?

— C'est pas vrai !

— Et où est-ce qu'il est pendant que ses camarades sont au combat ? Il se cache !

— Il voulait pas combattre pour ces impies, pour ces monstres qui ont assassiné le roi et la reine !

— Je te défends de parler ainsi de ceux à qui nous devons notre fortune !

— En dépouillant les Champsauve !

— Ils n'avaient aucun droit à la possession de ces terres !

— Et toi ?

Une dispute qui reprenait sans cesse jusqu'au moment où, avant de quitter la pièce, Marion, qui avait atteint ses dix-sept ans, déclarait :

— Au fond, mon pauvre papa, malgré tes discours, t'es aussi voleur que les autres.

Antoine était assez intelligent pour admettre que sa fille avait raison et cette constatation l'exaspérait encore plus. Il attribuait — tout à fait gratuitement — la lucidité de Marion à l'influence pernicieuse d'Honoré. Heureusement que celui-là, on ne le reverrait sans doute plus. Le maire, chaque fois qu'il pensait au fils d'Armandine, se félicitait de la manière dont il s'y était pris pour se débarrasser du jeune homme. Avec un peu de chance, il est vrai. Comment aurait-il pu supposer que ce bâtard préférerait l'état de hors-la-loi à celui de soldat ? C'était trop beau ! En effet, s'il arrive qu'on revienne de la guerre, on n'échappe pas, pendant toute une vie, aux gendarmes qui vous recherchent. Si jamais, un jour, ce vaurien osait pointer son nez aux environs immédiats de Saint-Georges, la maréchaussée prévenue le collerait dans la première chaîne en partance pour le bagne. A cette perspective, Dolioux se frottait les mains et s'offrait une prise.

Toutefois, le maire n'avait pas le temps de s'attarder à un problème pratiquement résolu. Il avait bien des soucis, sa position personnelle ne s'améliorant pas à Saint-Georges-le-Jaloux. Les Vermoyat le croisaient sans le voir comme s'il eût été transparent. Les Herbaud, les Apinac, les Estalle ne lui pardonnaient pas son attitude vis-à-vis d'Honoré. Même ses amis au début — les Jacobins ainsi qu'on les nommait — se montraient de plus en plus réticents.

— Tu comprends, Antoine — expliquait Vérines —, tu nous as entraînés sur de foutus chemins. Tu nous avais promis que tes Républicains allaient nous transformer en hommes importants ! Et où qu'ils sont, à cette heure, tes Républicains ? Ils se sont assassinés les uns les autres ! Y en reste autant dire plus un ! Tu crois pas qu'il y a eu une fausse manœuvre quelque part ?

— J'y suis pour rien dans ce qui se passe à Paris — se défendait Dolioux —, on a été trahis !

— Par qui ? s'enquit le placide Boisset.

— Par tout le monde !

— Alors — ricana Jaudrais —, ça serait pas que tout le monde aurait raison ?

— Tu tournes ta veste, Alfred ?

— J'en ai assez de voir les amis d'hier me montrer grise mine !

— T'as qu'à pas t'occuper d'eux !

— Un ordre plus facile à donner qu'à exécuter !

— Surtout — renchérit Boyer — qu'on nous attaque jamais par-devant.

— Des idées que vous vous faites !

— T'as pas eu connaissance, Antoine — reprit Vérines — que

dans le bas-pays, y avait des bandes de royalistes qui poursuivaient les prêtres-jureurs, malmenaient les administrateurs ? Des villes entières qu'ils ont saccagées !

— Sans compter — ajoutait perfidement Jaudrais — qu'ils pendent les acheteurs de biens nationaux.

Dolioux n'ignorait pas qu'on ne lui racontait ça que pour essayer de lui flanquer la frousse. Pourtant, ce ne sont pas des choses agréables à entendre et elles vous empêchent — qu'on y croit ou pas — de dormir la nuit...

***

Pendant les mois d'été de 1795, nombreux étaient les gens qui jugeaient qu'on allait retrouver le bel autrefois et que le comte de Provence devenu Louis XVIII — le pauvre petit dauphin étant mort au Temple à la suite des mauvais traitements infligés par des geôliers ignobles — rentrerait à Paris et expédierait à la guillotine les derniers Jacobins traînant encore dans les rues de la capitale. C'en serait fini de ces guerres imbéciles qui, sous prétexte de défendre nos frontières, envoyaient nos soldats en Hollande et au Piémont. Le roi, enfin, ferait rendre gorge aux misérables qui s'étaient enrichis des dépouilles de la noblesse et du clergé. En bref, la France entière s'avouait fatiguée de l'expérience républicaine. Antoine Dolioux, ayant oublié ses anciennes certitudes, admettait, en son for intérieur, que ce gouvernement où le discours l'emportait sur la réalité ne pourrait poursuivre sa route pendant encore des années. Dans ce cas, qu'adviendrait-il de lui et de Marion ?

Pour l'heure, la très belle jeune fille qu'était Marion maintenant se promenait — ainsi qu'elle en avait l'habitude chaque jour — en compagnie de Philibert sitôt que ce dernier pouvait abandonner l'atelier paternel. Entre les deux amis, le thème des entretiens ne variait guère. Ils ne parlaient que d'Honoré. Marion affirmait :

— Il doit s'ennuyer là où il est... Sûrement, il s'inquiète pour moi comme je m'inquiète pour lui...

— Il va y avoir deux ans qu'il est parti.

— Quelle importance ? Je l'attendrai toute ma vie, s'il le faut !

— Et s'il ne revenait pas ?

— Phil ! Tu tiens à me voir pleurer ? Serais-tu méchant ?

— Non, et tu le sais bien.

— C'est vrai.

— Seulement, je suis malheureux...

— Parce que tu m'aimes ?

— Tu t'en es aperçue ?

Elle eut un joli rire.

— Je suis pas aussi maligne que les filles de la ville, mais je suis quand même pas aveugle !

— Ris pas, ça me fait peine.

— Enfin, Phil, tu me connais depuis trop longtemps pour espérer que je pourrais me détacher d'Honoré.

— Bien sûr.

— Alors, t'espères quoi ?

— Que tu me gardes près de toi.

— Mon pauvre Phil... Je te garderai parce que t'es un frère pour moi... Je te garderai à mon côté jusqu'au jour où t'en trouveras une qui...

— Tais-toi ! T'as pas le droit de dire des choses pareilles. Ça sera toi ou personne et comme ça peut pas être toi, il y aura personne. Voilà, c'est tout. On n'en parle plus.

Ils n'en parlaient plus jusqu'à leur rencontre du lendemain. Souvent, en regagnant la demeure paternelle, Marion trouvait son père qui l'attendait.

— Tu es en retard, ma petite fille...

— J'ai qu'à réchauffer la soupe... J'étais avec Philibert.

— Je crois qu'il t'aime.

— Je suis au courant.

— Et toi ?

— Moi ? Papa, tu veux m'entendre répéter que j'aime Honoré, que nous nous sommes engagés l'un à l'autre ?

— Ouais, ouais, mais qui peut, raisonnablement, prédire l'avenir ?

Ce genre de discussion se terminait toujours de façon identique. Marion demeurait ferme en sa foi et son père se creusait la tête pour découvrir le moyen d'obliger sa fille à changer d'avis. Il se trouvait dans cette disposition d'esprit lorsque, son repas pris, il sortit sur la place pour y fumer son cigare avant d'aller boire sa demi-tasse à l'auberge. Il y rencontra Philibert.

— Seul, mon garçon ?

— Je suis toujours seul, monsieur le Maire.

— Veux-tu que nous fassions quelques pas, ensemble ?

— Ensemble ?

— Je souhaiterais avoir ton sentiment sur une affaire qui me préoccupe.

Ils se mirent en marche, côte à côte.

— Il s'agit de ma fille... Je crois que tu tiens beaucoup à elle ?

— Plus qu'à tout au monde !

— Tant mieux ! Ainsi, tu comprendras plus facilement mon souci. Je ne t'apprendrai rien en te disant qu'elle est stupidement attachée à ce voyou qui a fui son devoir ?

— Elle l'aime.

— Foutaise ! Elle se figure l'aimer !

— Pourtant, il va y avoir deux ans qu'Honoré est parti et elle l'aime toujours autant.

— Je te répète : foutaise ! Elle se joue la comédie ! D'ailleurs, les femmes ne savent rien de l'amour.

— Ah ?

— Elles se racontent des histoires qui ressemblent sans cesse à des histoires qu'elles ont lues ou qu'elles ont entendues. Marion est pareille aux autres. Il faudrait — comment t'expliquer ? — la réveiller, qu'elle reprenne contact avec la vie. Entre nous, Philibert, son soupirant n'avait pas le sou. Alors, hein, qu'a-t-il pu devenir, sans un liard, et traqué par les gendarmes ? Sans doute, la vente de son cheval l'a-t-elle aidé un peu, et puis après ? A mon idée, s'il était vivant, en deux ans, il aurait trouvé le moyen de te faire passer un billet pour que tu rassures Marion. L'a-t-il fait ? Non. Et pourquoi qu'il ne l'a pas fait alors qu'il n'est pas aux armées ? Parce que les gendarmes l'ont pris et qu'il est en train de crever au bagne ou parce qu'il est mort.

— Mort !

— Les vagabonds, tu sais... Sinon, comment tu pourrais admettre son silence ?

— Je vois pas.

Les deux hommes avancèrent encore de quelques pas avant de s'arrêter de nouveau.

— Au fond, cet Honoré aurait rendu son âme au diable que ça m'arrangerait bien.

— Tout de même, monsieur le Maire, tout de même !

— Je ne cache pas ce que je pense, mon garçon... surtout avec un ami. Est-ce que tu te doutes que j'ai une grosse estime pour toi, Philibert ? Peut-être parce que ma fille t'aime beaucoup ?

— Elle m'aime de la façon qu'on aime un frère.

— Tu n'ignores pas que je suis riche, Philibert ? Marion est mon seul enfant, elle aura ma fortune...

— Pourquoi que vous me racontez tout ça ?

— Une supposition que Marion n'ait plus d'espoir de voir revenir Honoré et qu'elle devienne assez intelligente pour se rendre compte que tu vaux cent fois celui qui a foutu le camp, je serais heureux de bénir votre union.

— Mais...

— Je tenais à te mettre au courant, un point c'est tout.

***

Philibert regardait Dolioux s'éloigner. Il le savait assez méchant homme pour ne reculer devant rien afin d'empêcher sa fille d'épouser Honoré. Cependant, malgré lui, Philibert était enclin à donner raison à Antoine. Le fiancé de Marion serait-il mort ? Cela seulement justifierait un silence qui n'en finissait pas. Le garçon ressentait une vraie peine en envisageant l'éventualité de la disparition de son ami. Cependant, au fond de son cœur, dansait une petite flamme cruelle : la mort d'Honoré débarrasserait le chemin menant à Marion. Le maire avait accompli sa tâche. Philibert éprouvait un peu de honte d'envisager l'élimination d'un rival, pour lui plus qu'un frère, mais il était amoureux et, à partir de cet instant — sans en prendre clairement conscience —, il commença à souhaiter qu'Honoré ne revînt jamais.

Marion s'aperçut vite du changement d'humeur de son compagnon. Le lendemain du jour où Antoine et Philibert avaient eu cette conversation à propos du sort d'Honoré, Marion, au cours de sa promenade quotidienne et vespérale avec son ami, demanda :

— Qu'as-tu, Philibert ? Tu fais une tête d'un pied de long !

— C'est à cause d'Honoré...

Inquiète, elle s'écria :

— T'as appris quelque chose ?

— Non.

— Tu me jures ?

— Je te jure.

— Je te crois. Alors, qu'est-ce qu'il y a ?

— Tu trouves pas bizarre, toi, qu'Honoré, il écrive jamais ? Pour se renseigner comment tu vas ?

— Si... un peu. Sans doute il a pas le temps ?

— Pendant deux ans, il aurait pu trouver un moment pour écrire ?...

— Tu as raison, Phil, mais je t'en veux d'avoir raison.

— Pardonne-moi, Marion... Moi aussi, j'ai de la peine. Ils restèrent un instant sans parler, chacun perdu dans des songes qui ne se ressemblaient guère.

— Marion... j'ai l'âge d'Honoré...
— Belle nouveauté !
— Il faut que je pense à mon avenir...
— Marie-toi ! Je devrai bien m'habituer un jour ou l'autre à la solitude.
— Je peux pas me marier.
— Pourquoi ?
— Parce que c'est toi que j'aime et que toi, tu aimes Honoré.
— Mon pauvre Phil...
— As-tu pensé quelquefois qu'il pourrait ne pas revenir ?
— Qu'il revienne ou pas, je l'attends et je l'attendrai.
— Ta vie entière ?
— Ma vie entière !

Elle prit la main de Philibert dans la sienne et l'entraîna.

— Viens. Marchons un peu. Tu dois pas m'en vouloir. Je souhaite pas te mentir. J'ai juré à Honoré de l'attendre. Je peux pas renier mon serment, même si j'en avais envie, et je n'en ai pas envie. Si j'avais pas rencontré Honoré, c'est sans doute toi que j'aurais aimé. Seulement, Honoré est venu. J'avais quatre ans quand il m'a déclaré son amour. Quatre ans, tu te rends compte ? Et il a jamais changé au cours des années qui ont suivi... C'est pas merveilleux, Phil ?

***

Remontant vers l'atelier de son père, Philibert témoignait d'une méchante humeur. Il croisa la Justine Apinac — qu'il admirait pourtant — sans lui lancer un petit bonjour, sans la saluer. C'était si peu dans ses habitudes que la brave femme en fut bouleversée. Elle ne pouvait se douter que le garçon, plein de sa rancune, ne l'avait pas vue.

Le jour suivant, Marion monta dans la voiture d'Apinac pour aller faire des emplettes à Annonay. Antoine guetta le passage de Philibert pour l'avertir qu'il avait à lui parler et qu'il le recevrait chez lui, sitôt qu'il aurait terminé son repas. Il lui recommanda d'entrer par le jardin, pour éviter les regards indiscrets.

— Je voudrais te parler au sujet de Marion.

Philibert haussa les épaules.

— Pour ce que ça servira...
— Laisse-moi faire.

Le garçon était amoureux et donc toujours prêt à chevaucher de nouvelles espérances pourvu qu'on lui en donnât l'occasion. A l'étonnement de ses parents, la dernière bouchée avalée, Philibert se leva de table en annonçant qu'il entendait s'offrir une petite promenade avant de regagner l'atelier. Bonne âme, Pauline Tiranges s'exclama :

— Je croyais que Marion s'était rendue à Annonay ?

— Et alors ? Je pense que j'ai pas besoin de sa permission pour agir à mon idée ?

Leur fils parti, Pauline demanda à son mari :

— A ton avis, ça signifie quoi, cette rogne ?

Albert hocha la tête :

— Qu'est-ce que tu veux que je te réponde ? Si c'était vrai qu'il se soit sorti Marion de l'esprit, je serais foutrement content !

— Pourquoi ?

— Parce qu'on peut pas être heureux en convoitant la femme d'un autre !

— La femme ! La femme ! T'as vite dit ! D'abord, ils se sont jamais fiancés officiellement, et puis il y aura bientôt deux ans qu'on est sans nouvelles d'Honoré... — et comme son mari ne répondait pas, elle ajouta : ... peut-être qu'il est mort ?

Le menuisier cogna du poing sur la table.

— Et alors ? Chez les Tiranges, on trahit pas plus les morts que les vivants !

***

Antoine suivait attentivement le récit de l'échec de Philibert auprès de Marion, que lui contait le malheureux.

— Voyez-vous, monsieur le Maire, quoi qu'il ait fait, quoi qu'il fasse, Marion demeurera fidèle à Honoré. C'est perdre son temps que d'espérer la persuader de plus y penser.

— C'est quelqu'un de bien, ma fille, même quand elle se trompe.

— Comment voulez-vous que je l'aime pas ?

— Mais il faut l'aimer, mon petit Philibert, et le plus fort possible !

— Pour être encore plus malheureux ?

— Pour être plus heureux, au contraire ! Réfléchis : tu aimes Marion ?

— Vous le savez !

— Donc, tu souhaites l'épouser ? L'amour, dans un ménage, c'est déjà un gage de réussite, mais quand s'y ajoute l'argent, hein ? Et de l'argent, vous en aurez à ne pas savoir comment le dépenser, tous les deux. Je veux que vous les fassiez crever d'envie, tous ces culs-terreux ! Tu n'es pas de ces écervelés qui méprisent l'argent, j'espère ?

— Oh ! non !

— Parfait ! Nous sommes d'accord que Marion attendra Honoré tant qu'il aura une chance de revenir ?

— Sûr !

— Et si elle apprenait sa mort ?

— Quoi !

— Dame ! Je suis le maire ! C'est à moi que les gendarmes signalent tout ce qui concerne notre village. Il est donc normal que je sois le premier averti de la disparition d'un habitant de Saint-Georges, sans compter que le garçon est peut-être mort depuis longtemps. Alors, suppose qu'un jour les gendarmes d'Annonay viennent frapper à ma porte et me disent : « Monsieur le Maire... le citoyen Versillac, Honoré Versillac, il serait pas de chez vous, des fois ? » Et moi, hein, qu'est-ce que je peux leur répondre, à part la vérité ? Donc, je leur réplique : « Si, mais il a foutu le camp du pays, pour échapper à la réquisition, il y a deux ans. » — Parce que, dans cette affaire, Philibert, je suis obligé de leur en causer, vu que je suis maire. Eux, ils me retournent : « On est au courant. On y a couru après votre homme. A présent, c'est plus la peine. » Je demande : « Pourquoi donc ? » — « Parce qu'il est mort. Il s'est fait tuer par des brigands de son espèce, du côté d'on ne sait pas trop où. Dans la montagne. Voilà. Vous avertissez la famille et nous, on rentre à la caserne. Salut ! » — Ce n'est pas croyable, ça, Philibert ?

— Si.

— Bon. Dans quelques jours, on tente le coup. Prends garde de paraître malheureux et parle pas tout de suite d'amour à Marion. Tu devras attendre l'occasion. Je te signalerai quand ça sera le moment. D'accord ?

— D'accord, mais c'est une grande saloperie.

— Bah ! Une vie réussie est pleine de saloperies, grandes ou petites.

Lorsqu'il prit place à la table familiale, la sombre humeur de Philibert ne s'était guère éclaircie et le soir, dans son lit, il supplia Dieu de lui pardonner la vilenie qu'il allait commettre. Il aimait tellement Marion... et il ne voyait pas un autre moyen d'espérer l'avoir pour femme.

L'été s'achevait. Les aubes devenaient plus fraîches. A Saint-Georges, les feuillus revêtaient leur parure d'or. Les brouillards matinaux s'attardaient sur les prés. Les oiseaux migrateurs se rassemblaient pour s'envoler vers des cieux plus cléments. Maintenant, il y avait deux ans passés qu'Honoré était parti. Marion, qui tenait un compte exact de la durée de l'absence, aurait pu préciser combien on devait ajouter de semaines, voire de jours, aux deux années écoulées. Elle se plaignait à Philibert qui la consolait en évitant de la regarder. La nuit, il pensait à l'histoire de Caïn et d'Abel.

***

En arrivant à la mairie, Vérines est frappé par le visage défait de Dolioux. Dans la figure pâlie, aux traits creusés, le nez ressort, énorme. De loin, Vérines a vu les gendarmes remonter à cheval.

— Des ennuis, Antoine ?

Le maire hoche la tête sans répondre. L'autre insiste :

— Les gendarmes ?

— Oui.

— Qu'est-ce qu'ils voulaient ?

— Tu comprends, Vérines, je m'enrageais contre lui parce qu'avec sa mère, ils avaient l'air de se foutre de moi ! de me mépriser ! A force de fréquenter les Champsauve, ils se prenaient, eux aussi, pour des seigneurs !

Instinctivement, Vérines baisse la voix :

— Ils t'ont apporté des nouvelles d'Honoré ?

— Hélas...

— Ils l'ont pris ?

— Il est mort.

— Mort !

— Paraîtrait qu'il était avec une bande de brigands que les gendarmes ont attaquée. Il a été des premiers tués.

— Pauvre gars !... Ça s'est passé où ?

— Du côté de Viviers... Ils essayaient d'entrer dans la ville pour massacrer les patriotes.

— Heureusement qu'Armandine est plus là... Un pareil coup... Mais te ronge pas les sangs, Antoine, t'y es pour rien... T'as fait ton devoir et pas plus.

— Difficile à expliquer... Tu sais combien j'ai été amoureux de sa mère, dans le temps... Il me semble que je la perds à nouveau, aujourd'hui.

Toutes ces histoires sont un peu subtiles pour le tâcheron. Il a recours au remède suprême :

— Viens donc boire un canon.

— Merci, Germain, tout à l'heure, laisse-moi le temps de me remettre.

— Comme tu voudras. Tu me trouveras à l'auberge.

Une si grosse nouvelle, Vérines ne peut la garder pour lui seul. Sous le sceau du secret, il se confie au premier rencontré et bientôt Saint-Georges bruit sous le remous soulevé par la mort d'Honoré. Les vieux du genre d'Herbaud crachent par terre, méditent un instant et concluent :

— Eh bien...

Puis ils se referment dans un silence les écartant de ceux qui sont trop vivants pour les rapprocher d'ombres familières. Les femmes, le moment de surprise passé, se mettent à pleurer, les plus vieilles avec discrétion, les plus jeunes avec éclat parce que, mieux que les autres, elles proclament l'injustice d'un pareil événement. Leurs aînées, elles, ont vu ou subi tant d'injustices au cours de leur vie qu'elles ne jugent plus utile de s'en indigner. De ruelle en ruelle, de ferme en ferme, on se répète :

— Vous savez ?

— Oui... si c'est pas une honte !

— Un si jeune homme !

— Heureusement qu'Armandine est plus là...

— ... ni M. Soulia...

— Et les Champsauve...

— Quel malheur ! Paraît que la Justine Apinac est dans tous ses états.

— Pensez ! Honoré, c'était quasiment un fils pour elle !

— Ah ! ma bonne, après de pareils coups, faut avoir la foi chevillée au corps pour pas douter du bon Dieu !

Il y en a aussi quelques-uns — dont Vermoyat — pour déclarer que si ce salaud d'Antoine n'avait pas collé Honoré sur la liste des réquisitionnés, il ne serait pas parti et peut-être qu'il serait encore vivant. Mais, tous, quand ils savent la nouvelle, demandent :

— Et Marion ?

Dolioux a projeté de l'avertir par paliers afin de la ménager et d'éviter une crise possible. Il comptait sans les bavardages et sans l'affection dont la jeune fille est entourée à Saint-Georges. D'abord, elle n'a rien compris aux élans inattendus de la Suzanne Vérines qui s'est précipitée sur elle, l'a prise dans ses bras, en pleurant :

— Ma pauvre petite... mon belet... Tu dois pas te laisser aller... il faut te faire une raison.

Étouffée, subjuguée, Marion en perd le souffle. De plus, elle est à des lieues de deviner la vérité. C'est l'arrivée de Marguerite Boisset et de Pauline Tiranges qui, pour Marion, résout le problème. La première lui caresse les cheveux tandis que la seconde sanglote :

— Le pauvre Honoré... Qui c'est qui aurait pensé ?

Marion se dégage brutalement, en criant :

— Quoi, Honoré ? Qu'est-ce qu'il a, Honoré ?

La Marguerite Boisset — qui ne brille pas par le tact — s'exclame :

— Malheureuse !... On t'a pas appris qu'il est mort ?

La fille du maire pâlit et tombe, évanouie. Alors, c'est un beau remue-ménage. Tous parlent à la fois, chacun donne des conseils que personne n'écoute et l'on propose des solutions auxquelles nul ne prête attention. En désespoir de cause, on va chercher Philibert qui ramène Marion chez elle où Mélanie Brénieux la couche.

Pendant les semaines qui suivirent, on se relaya au chevet de Marion, pour tenter de lui redonner le goût de vivre. Elle refusait de se nourrir et ne s'arrêtait guère de pleurer ou alors, elle demeurait des heures, les yeux dans le vague, absente au monde qui l'entourait. Philibert, étreint par le remords, résistait de plus en plus difficilement à l'élan le poussant à avouer l'abominable complot. Mais Dolioux veillait et ne cessait de répéter au garçon :

— Tu ne peux plus reculer. Songe à ce qu'on penserait de toi ? Tu serais obligé de quitter le pays et Marion te haïrait.

— Oh ! Maître Dolioux, sur quel chemin vous m'avez entraîné !

— Sur le chemin du bonheur et de la fortune, imbécile ! Quand tu en auras fini avec tes vapeurs de femmes nerveuses, tu me remercieras !

Parce que la jeunesse triomphe de tout, peu à peu, Marion refit surface. Un jour, elle cessa de pleurer. Un autre jour, elle s'inquiéta du temps qui régnait au-dehors. Un autre encore, elle prit la main de Philibert dans la sienne et lui chuchota :

— Toi seul peux comprendre ma peine... Nous parlerons de lui... Nous nous souviendrons ensemble.

Philibert approuva d'un hochement de tête. Sa gorge serrée ne lui permettait pas de répondre. Marion se montra plus dure avec son père qu'elle rendait responsable du départ et donc de la mort d'Honoré. Lorsque, pour la première fois, la jeune fille sortit au bras de Philibert, Saint-Georges respira mieux. Et ainsi, de misères en joies, d'aventures extraordinaires en événements quotidiens, on atteignit le terme de 1795.

***

Pour la troisième année consécutive, Honoré assistait à la messe de minuit. Comme les précédentes, il avait attelé le cheval au traîneau et en compagnie des Tousière, abandonnant la ferme solitaire, ils avaient glissé doucement sur la neige que le gel durcissait. Au village, on avait serpenté entre les maisons anarchiquement plantées ici et là. Les unes avançaient et transformaient le passage en un goulet, tandis qu'il y en avait d'assez reculées pour créer de petites places où les gosses jouaient à la belle saison. En arrivant devant les marches montant à l'église, Honoré — ses patrons descendus — conduisit le cheval dans une écurie où, pour vingt sous, on le gardait au chaud pendant que ses propriétaires grelottaient en écoutant les trois messes basses.

Les gens du Béage ne s'occupaient plus d'Honoré. Après lui avoir prêté toutes sortes d'identités, ils avaient admis qu'il n'était qu'un valet particulièrement soigné par Marthe dont on connaissait les ardeurs. Engourdi par l'encens, les flammes des cierges, les chants, le murmure des prières, le fils d'Armandine prit soudain conscience qu'il s'enlisait. Il commençait à se demander s'il n'aurait pas mieux agi en partant pour l'armée. Il serait peut-être de retour au pays, maintenant. Cette hypothèse lui rendait plus présente l'image de Marion. Ses nombreuses nuits avec Marthe lui faisaient désirer de manière quasi douloureuse la présence de la jeune fille. Soudain, au moment où l'enfant de chœur agitait, avec vigueur, sa sonnette lors de l'élévation de la deuxième messe basse, Honoré décida de regagner Saint-Georges et de revoir sa bien-aimée.

Dans le traîneau, sous un ciel lumineux et dans un silence d'avant le monde, on n'ouvrait pas la bouche de crainte de se geler l'intérieur de la poitrine. Même le vent semblait paralysé par le froid. Le cheval ayant retrouvé la chaude compagnie des vaches, Honoré gagna la salle basse où la soupe aux choux fumait dans les écuelles. Après, on mangea du boudin et des pommes de terre sautées dans la graisse de porc, un rôti et un clafoutis aux pommes séchées. On monta se coucher le ventre plein.

Quand ils eurent fait l'amour, Honoré annonça :

— Tu sais, Marthe, je m'en irai au printemps.

— Pour toujours ?

— Je crois, oui.

Tu veux retrouver ta Marion ?

— Et mon pays.
— Moi, qu'est-ce que je deviens ?
— Je t'avais prévenue dès le début.
— Seulement, je me suis attachée à toi. J'ai besoin de toi, Honoré. Tu peux pas m'abandonner.
— Et Marion ? Je l'ai pas abandonnée, non ?
— Je m'en fiche !
— Prends ça comme tu voudras, mais je partirai à la belle saison.
— Non. Tu partiras que si je le veux et je le veux pas !
— On verra.
— C'est ça, on verra.

***

Peu à peu, à Saint-Georges, le souvenir d'Honoré s'était enfoncé dans ce coin de la mémoire où disparaissent les défunts que nous avons aimés. Seuls, Marion et les Apinac ne pouvaient s'habituer à l'idée de cette absence sans fin. On sut, sans y attacher beaucoup d'importance, que la révolte des Vendéens et des Bretons était matée et leurs chefs fusillés. Il n'y eut guère que Vérines et Dolioux pour en montrer une bruyante satisfaction. Les autres estimèrent que ces braves paysans, et les messieurs qui les commandaient, étaient tombés pour Dieu et pour le roi. Quelques vieilles dévotes n'hésitèrent pas à ajouter Charette et Stofflet à la liste des saints qu'elles invoquaient chaque soir avant de s'endormir, au cas où la mort les prendrait pendant leur sommeil. Ensuite, les victoires de ce général — dont le nom incitait à rire — en Italie occupèrent assez les esprits pour qu'on ne pense plus aux histoires d'hier.

Depuis l'annonce de la mort d'Honoré, Marion ne riait plus et ne se vêtait que de couleurs sombres. On eût dit une veuve. On respectait sa fidélité, étonnante chez une enfant de dix-huit ans.

Antoine venait de féliciter sa fille pour l'excellence du repas qu'elle lui avait servi, repas où les légumes printaniers tenaient la place d'honneur.

— Sais-tu, Marion, que depuis un certain temps, je me sens vraiment devenir vieux ? Quand je te regarde, je regrette de m'être marié si tard... A l'heure qu'il est, je verrais mes petits-enfants jouer dans la cour. A qui reviendra le château lorsque ni toi ni moi ne serons plus là ? Et puis, tu t'imagines, seule, dans cette énorme bâtisse ?

— Non.

— Hélas !... Mais le bon Dieu n'a, sans doute, pas voulu que je rencontre plus tôt ta sainte mère...

— Chacun vit avec ses regrets, père.

— Attention ! A mon âge, c'est normal et si je parlais de me remarier, on me moquerait avec raison, mais toi, Marion, tu n'as pas le droit de rester vieille fille.

— Tu sais parfaitement que j'ai engagé ma foi à Honoré. Lui seul pourrait me relever de mon serment et puisqu'il n'est plus là...

— Mais enfin, Marion, c'est d'un égoïsme monstrueux ! Si vraiment Honoré t'aimait, comment peux-tu imaginer qu'il te condamnerait au célibat et, du coup, qu'il réduirait au désespoir deux hommes qui t'aiment ? Oh ! je n'ignore pas qu'il ne me portait guère dans son cœur, cependant tu ne me feras jamais croire qu'il souhaiterait gâcher la vie de Philibert, son meilleur ami !

— Je n'aime pas Philibert d'amour.

— Qu'importe, si tu as de l'estime pour ses vertus et ses qualités ! Tu ne peux nier qu'il t'est profondément attaché et ce, depuis toujours ?

— C'est vrai, mais est-ce que je peux épouser un homme en pensant à Honoré ?

— Bien sûr que oui ! D'ailleurs, va parler au curé et explique-lui ce qui t'embarrasse. Ça m'étonnerait qu'il t'approuve.

Le prêtre consulté assura la jeune fille que la vie était beaucoup plus simple qu'elle ne semblait le croire et qu'il ne fallait surtout pas la compliquer à loisir. En revenant de la cure, Marion déclara à son père que dès le lendemain, elle parlerait à Philibert.

***

Les uns (en particulier les hommes) étaient contre, les autres (la majorité des femmes, surtout les plus jeunes) étaient pour. Les premiers eussent souhaité, pour la gloire du village, que Marion restât fidèle à l'engagement pris et que la mort ne pouvait briser ; les seconds décrétaient qu'on ne pouvait sacrifier sa vie à un amour de tête. Ceux-là blâmaient la fille du maire, ceux-ci l'approuvaient hautement. Quant à Philibert, les opinions s'affirmaient plus nuancées. On connaissait sa constance, on se rappelait l'affection fraternelle qui l'avait lié à Honoré Versillac. En vérité, celui qui montrait le visage le plus renfrogné était justement le garçon qui aurait dû témoigner d'un bonheur sans mélange : Philibert. Quand quelqu'un l'interrogeait sur sa maussaderie, il haussait les épaules et plantait là son interlocuteur. Son père insinuait que son manque d'enthousiasme tenait à sa mauvaise conscience d'épouser une fille qui ne lui était pas destinée. Sa mère prétendait que ça le gênait de s'enrichir par mariage. Philibert les écoutait tous et, sans piper mot, sitôt qu'il pouvait quitter l'atelier, il filait rejoindre Marion ou montait s'enfermer dans sa chambre.

Le fils unique des Tiranges comprenait les incertitudes que faisait naître sa conduite, même chez ceux qui l'aimaient le plus. Allongé sur son lit, il versait des larmes de rage en pensant aux raisons qui lui fermaient la bouche. De quelle façon aurait-il dû s'y prendre, en effet, pour avouer qu'il était un menteur doublé d'un hypocrite ? Non seulement il avait menti à tout le monde, mais encore à Marion qu'il obtenait par ruse. Il savait qu'il ne se pardonnerait jamais. Et qui admettrait que Marion, la première, avait parlé mariage ? Pourtant, ce jour-là, lorsqu'il l'avait retrouvée, après son travail, elle ressemblait à la jeune fille qu'il rencontrait tous les jours depuis plus de deux ans, à peine plus grave, peut-être. Sitôt qu'ils eurent pris leurs places habituelles au revers d'une colline où nul ne pouvait les découvrir, elle avait dit :

— Toi, Phil, tu n'as pas rêvé de devenir plus tard propriétaire d'un domaine qui ne serait pas un château mais une grande et belle ferme aux murs épais, solidement implantés dans la terre ? Il y aurait des tâcherons qui t'aideraient dans les travaux quotidiens, de vastes granges et des étables où des vaches saines donneraient un merveilleux lait tandis que, dans l'écurie voisine, des chevaux taperaient des sabots dans leurs bat-flanc ? Une ferme qui s'appellerait la Désirade ?

Que répondre à une question aussi folle et surtout à une personne qui vous connaît depuis toujours et qui sait qu'on éprouve une certaine aversion envers les vaches et les chevaux ? D'ailleurs, Marion n'avait pas attendu sa réponse, pour ajouter :

— Non, bien sûr que non. C'est Honoré qui parlait de cette ferme et il me l'a si souvent décrite que je suis certaine de la connaître. Cette ferme dont il a rêvé et qu'il aurait fini par bâtir, je la bâtirai à sa place avec tout l'argent que me laissera la vente du château et de ses terres.

— Tu veux vendre Champsauve ?

— Bâtir la ferme qu'Honoré voulait bâtir, c'est la seule condition que je mets à notre mariage.

— Notre... ô Marion...

— Je tiens à être loyale envers toi, Phil. Avant de m'épouser, il faut que tu sois au courant. C'est Honoré que j'aime et si on me laissait libre, je resterais fille. Mon père m'a démontré qu'après sa mort, j'aurais toutes les difficultés du monde si je n'étais pas en puissance d'époux. Parmi les hommes qu'il choisirait, tu es le seul que j'aime comme un frère. Je remplirai mon rôle de femme et si Dieu le veut, je te donnerai de beaux enfants. Nous appellerons le premier garçon Honoré. Je te serai fidèle et je te promets que tu n'auras jamais honte de moi, mais ne me demande pas plus que je peux t'offrir. Alors, Phil, désires-tu toujours que nous nous mariions ?

— Est-il besoin que je te réponde ? Depuis ma plus petite enfance, je t'aime.

— Embrasse-moi, puisque nous sommes fiancés.

Quand il la tient dans ses bras, Philibert estime qu'un pareil bonheur peut être payé de n'importe quels remords.

***

Averti le premier, Dolioux se frotte les mains : qu'Honoré soit mort ou vivant, Marion lui échappe ! Lorsque Philibert pousse la porte de la maison de ses parents, ce soir-là, ils sont en train de manger la soupe. Tiranges remarque sèchement :

— Je tiens à ce qu'on soit à l'heure.

— J'étais chez le maire.

— Pour quoi y faire ?

— Pour solliciter la main de Marion.

De surprise, les vieux lâchent leurs cuillères, puis Pauline interroge, anxieuse :

— Qu'est-ce qu'il t'a répondu ?

— Qu'il était d'accord.

La mère s'exclame :

— Tu vas être le plus riche du pays ! T'entends, Albert ? Notre fils va être le plus riche de Saint-Georges !

Le père ne répond pas tout de suite et quand il s'y décide, c'est pour affirmer :

— Ça me plaît pas.

Sa femme sursaute

— T'es fou, mon homme, ou quoi ? Ça te plaît pas que notre fils, il échappe aux misères que nous avons endurées ?

— Non, ce qui me plaît pas c'est qu'il épouse une fille qu'est vouée à un autre !

— Elle y est pas tellement vouée puisqu'elle a accepté d'avoir Philibert dans son lit.

Têtu, Albert s'obstine :

— N'empêche que ça me plaît pas... Et d'abord, est-ce qu'on est vraiment sûr qu'il soit mort, Honoré ?

Le garçon, la voix chevrotante, feint de s'étonner :

— Pourquoi que tu dis ça ? Pour me faire chagrin ?

— Chagrin ? Mais je croyais que t'aimais Honoré ?

— Sans doute, pourtant je préfère Marion.

Albert secoue la tête.

— J'y peux rien... Ça me plaît pas... Et des fois qu'il serait pas mort ?

Pauline s'emporte :

— Dieu du Ciel, qu'est-ce qui te prend, Albert, d'être si mauvais, aujourd'hui ?

— J'avais beaucoup d'estime pour Honoré et je suis fâché de voir mon propre fils le dépouiller de ce à quoi il tenait plus qu'à sa propre vie.

— Mais enfin, puisqu'il est mort ?

— Qu'est-ce qui le prouve ? T'as entendu, toi, Pauline, les gendarmes l'annoncer ?

— Le maire...

— Je sais... Et s'il avait menti ? L'Antoine, il en est pas à une canaillerie près, hein ?

Craignant de ne pouvoir s'empêcher d'avouer son crime, Philibert sort en pleurant et sa mère pique une colère dont on ne l'aurait pas crue capable.

— Tu es content, espèce de malfaisant ? Tu penses qu'il a pas été assez malheureux de la mort de son ami ? Faut que t'essaies de lui gâcher ce bonheur qu'il attend depuis si longtemps ?

— Tu peux raconter ce que tu veux, mais ce mariage, il me plaît pas.

— Bon ! Puisque c'est ainsi, je vas te dire une bonne chose : notre fils épousera Marion que ça te plaise ou non.

***

Au vrai, il y en a plusieurs, dans Saint-Georges-le-Jaloux, pour partager l'opinion d'Albert Tiranges. D'abord, les Apinac. Quand ils ont appris la nouvelle du mariage, la Justine, rencontrant Marion, lui a lancé brutalement en présence des commères qui les épiaient :

— Je te jugeais plus propre que t'étais, ma belle. Faut croire que chez les filles d'aujourd'hui, y a que le cul qui compte !

Et Barthélemy, se rendant chez les Tiranges, déclare devant le père et la mère :

— J'avais de l'estime pour toi, Philibert, et j'aurais pas supposé qu'un jour viendrait où tu détrousserais un mort.

Apinac est reparti sans un mot et sans qu'Albert ni son fils ne protestent. Quant à Pauline, étouffée par une indignation sans limites et ne parvenant pas à exprimer ce qu'elle ressent, elle bégaie :

— Chez nous !... Il a osé... chez nous !...

Placide, Albert conseille à son fils :

— Verses-y un canon, qu'elle va s'encoucourler !

***

Ils n'ont plus reparlé de départ. Marthe accompagne Honoré aux champs et au bois, le seconde dans les travaux intérieurs, le rejoint la nuit quand elle en a envie, à moins que ce ne soit lui, et ils mènent ensemble la vie sans souci apparent de grands animaux forts et paisibles.

A la fin août, au terme d'un repas, Honoré repousse son assiette et déclare :

— Je partirai demain en huit.

Le ton indique qu'il ne servirait à rien de discuter.

— Je vous laisse pas dans l'embarras... Le blé est rentré...

Marie soupire :

— Tu nous manqueras...

— Vous me manquerez aussi... Je reviendrai vous voir.

Marthe ricane :

— Avec ta femme ?

— Pourquoi non ?

— Ça m'étonnerait pas d'un salaud de ton espèce ! Seulement moi, je la recevrai à coups de fourche !

Sur cette menace, la fille des Tousière monte dans sa chambre et s'y enferme. Après son départ, il y a un silence gêné. Honoré soupire :

— Je l'avais prévenue.

Jean-Marie hausse les épaules.

— On n'entend jamais ce qui fait pas plaisir... On te regrettera, mon garçon. J'espère que tu pourras retourner chez toi sans ennui. Garde-toi bien !

— Je suis obligé de rentrer... Marion m'attend et elle a déjà si longtemps attendu, la pauvre !

Le hasard voulut que ce même jour, Mathieu Vermoyat — sacristain, fonction qu'il occupait pour aider le curé et à cause de la force terrible de ses bras — fît sonner les cloches à toute volée pour annoncer le mariage de Marion Dolioux et Philibert Tiranges.

***

Dans la semaine qui précède le départ d'Honoré, nul — à la ferme — n'y fait allusion. On s'applique à vivre comme si les choses devaient continuer de la sorte. Marthe n'exhale pas la moindre plainte, ne se permet aucune récrimination. Enfin, le moment tant redouté, arrive. Avant de se mettre à table, l'hôte des Tousière descend son baluchon. Marie dit simplement :

— Alors, c'est décidé, tu t'en vas...

— Je m'en vais.

La brave femme hoche la tête. Elle n'a guère eu que des malheurs au cours de son existence, pourquoi cela changerait-il ? Sorte de bête de somme asservie au joug du temps, elle remplit les écuelles ainsi qu'elle le fait depuis son enfance, ainsi qu'elle le fera jusqu'à l'heure où elle se couchera pour ne plus se relever.

On n'y pensait plus et, quand on entend les sabots des chevaux dans la cour, on ne pense pas davantage à eux. Marthe grimpe dans sa chambre, avec un mauvais sourire au coin des lèvres. Quand ils frappent à la porte, on continue à ne pas penser à eux et Jean-Marie crie : « Entrez ! » mais, lorsqu'ils apparaissent sur le seuil avec leurs bicornes, leurs bottes, leurs buffleteries blanches, leurs visages tannés par l'air des hauts plateaux, leurs carabines, il faut bien admettre la réalité de leur présence. Les gendarmes !... Les Tousière et Honoré béent d'étonnement. Le plus vieux des deux cavaliers s'approche d'Honoré.

— Vous êtes Honoré Versillac de Saint-Georges-le-Jaloux ?

A quoi bon nier ? Le garçon se contenta d'incliner la tête.

— Vous êtes recherché depuis septembre 1793 pour avoir échappé à vos obligations militaires. En foi de quoi, vous êtes condamné, par le Tribunal des Armées, au bagne à perpétuité. Firmin, mets-lui les chaînes.

Marie pleure quand elle voit Honoré les poignets immobilisés et lorsque le brigadier ordonne à son gendarme d'attacher aussi les chevilles du malheureux, elle s'écrie :

— Je vous en prie ! C'est pas un assassin !

— La consigne !

— Si vous y laissez les jambes libres, je vous donnerai, à chacun, un saucisson et un fromage.

Le gendarme remarque :

— On pourrait le tenir, lié par chaque bras à nos selles... Je vois pas comment il pourrait s'échapper.

— D'accord !

Le marché est conclu et lorsque les cavaliers ont glissé la nourriture dans leurs fontes, le brigadier souligne :

— On aurait le droit de vous causer des misères pour avoir abrité un insoumis... Heureusement pour vous que quelqu'un a racheté votre faute en le dénonçant... En route, mon garçon. Quatorze lieues pour arriver à Privas où t'attendras, en prison, le passage de la chaîne de Toulon.

Avant qu'Honoré ne s'éloigne, Marie l'embrasse et le bénit. Le trio parti, la vieille s'indigne :

— Cette Marthe, tout de même ! Pourquoi qu'elle est pas descendue lui dire au revoir ?

— Parce qu'elle a honte...

Dans la nuit qui suit, Marie ne parvient pas à trouver le sommeil. Elle ne peut détacher sa pensée d'Honoré trébuchant sur la route entre les chevaux et, à travers le plancher, elle entend les sanglots de Marthe. Elle se lève. Jean-Marie demande :

— Où vas-tu ?

— C'est notre fille. Je vas pas la laisser pleurer jusqu'au jour !

— Recouche-toi !

— Mais, c'est mon devoir d'essayer de la consoler !

— Tu le pourrais pas.

— Parce que ?

— Parce que personne a pu consoler Judas.

Elle met un certain temps à comprendre et, quand elle croit avoir compris, elle chuchote, terrifiée :

— Tu penses que c'est elle qui l'a dénoncé ?

— Oui.

— Alors, nous sommes maudits...

4.

Les deux pendus

Honoré ne se rend pas tellement compte. Il trotte au pas des chevaux qui, par ses mains liées aux troussequins des selles, l'entraînent. Les gendarmes sont des paysans qui ont déserté la terre et ses pénibles travaux pour revêtir un uniforme qui les met, le plus souvent, à l'abri des hasards de l'existence. Ils ne pressent pas l'allure de leurs bêtes pour que le prisonnier puisse suivre sans courir et quand il lui arrive de trébucher sur une pierre, ils retiennent leurs montures. De braves gens. Honoré avance dans une sorte de brouillard. Il n'a pas encore pris conscience du malheur qui le frappe. Peu à peu, il réalise qu'il va au bagne et qu'il n'en reviendra, peut-être, jamais. Il ne reverra plus Saint-Georges et le Cerasson, Marion et ses cheveux d'or, Philibert et ses éternelles inquiétudes avant leurs sottes entreprises de gamins. Il ne bâtira pas la ferme, sa ferme, la Désirade. Un lourd sanglot lui arrache la gorge. Le plus vieux des deux gendarmes se retourne, une main posée à plat sur la croupe de son cheval.

— Ça va pas ?

Le garçon secoue la tête.

— Faut reconnaître que t'as pas eu de chance... Qu'est-ce qui lui a pris à cette garce ?

— La jalousie.

— Ah ?...

Le cavalier secoue la tête.

— Les femmes, pour y comprendre quelque chose... T'as des sous sur toi ?

— Un peu.

— Alors, à midi, on s'arrêtera dans une ferme et si t'as de quoi payer, tu pourras manger.

Le second gendarme déclare, avec gravité :

— Les femmes — pour pas avoir des ennuis avec elles — on sait pas s'il vaut mieux qu'elles vous aiment ou qu'elles vous aiment pas.

Le trio poursuit sa route au bout de laquelle Honoré devra renoncer aux rêves qui, depuis si longtemps, lui tiennent compagnie et qui, jusqu'alors, lui avaient permis de vivre loin de Marion et de Saint-Georges.

***

Les gendarmes et leur prisonnier sont partis depuis deux ou trois heures lorsque Marthe sort de sa chambre. Au bas de l'escalier, dans la salle commune, elle se heurte à sa mère qui, levant vers elle son vieux visage baigné de larmes, se contente de dire :

— Ma pauvre petite...

Farouche, elle refuse le remords.

— Il avait qu'à pas s'en aller !

Marie soupire :

— Les hommes, ma pauvre petite... Tu veux prendre quelque chose ?

— J'ai pas faim. Où est le père ?

— Il s'est rendu à Issarlès.

— Pourquoi ?

— Il voulait parler au cousin... Il est allé avec le cheval... Il essaiera de rentrer pour le souper... Faudrait tuer un lapin au cas où ton père ramènerait le cousin.

— Y a pas de raison qu'il le ramène !

— Tu devrais pas causer de cette façon, Marthe, après ce que t'as fait...

La jeune femme s'emporte :

— Ce que j'ai fait ! Ce que j'ai fait ! Penserait-on pas, à t'entendre, que j'ai commis un crime !

Marie, en train de couper le pain, suspend son geste et, fixant sa fille, réplique gravement :

— Mais c'est un crime que t'as commis, Marthe, en dénonçant ton hôte.

— Il aurait pas dû me quitter !

— Tu crois que tu seras plus heureuse en le sachant au bagne ?

— Au moins, il vivra pas avec l'autre !

***

Le cousin Jérémie Jalades achève ses jours à Issarlès où, perclus de rhumatismes, il est soigné par la Béate du coin. Il a atteint ses quatre-vingts ans et possède encore de beaux restes de l'esprit de qualité qui a été le sien. Curé, il a, pendant un demi-siècle, assuré son ministère au Monastier-sur-Gazeilles où ces messieurs de l'abbaye le tenaient en haute estime. L'âge venu, il s'est retiré à Issarlès auprès d'une de ses cousines dont la pieuse réputation a franchi les limites du canton. Le vieillard est bien surpris par l'arrivée de Tousière, le fils de sa tante.

— Ma foi, en voilà une bonne ! Qu'est-ce qui t'amène, mon Jean-Marie ? Pas des ennuis, j'espère ?

— Oh ! si... et un gros.

— Vas-y, je t'écoute.

Le père de Marthe raconte. Quand il a terminé, Jérémie réclame des précisions :

— Ta fille forniquait avec ce garçon ?

Jean-Marie hausse les épaules.

— Que veux-tu... On vit isolé de tout et de tous... Marthe a besoin d'un homme.

— Pourquoi ne la maries-tu pas ?

— A qui ? Et si elle s'en allait, comment on tiendrait la ferme avec la Marie ?

— Ouais... et qu'est-ce que tu attends de moi ?

— Que tu viennes parler à Marthe...

— Dans l'état où je suis ?

— Y a guère plus de deux lieues et j'ai préparé des couvertures. Tu coucheras chez nous et, demain matin, je te ramène. Je t'en prie, Jérémie... Il faut que tu apprennes à Marthe ce qu'elle devra réciter comme prières pour échapper à l'enfer qui lui est promis !

— Qu'en sais-tu ?

— Elle a vendu celui qui avait confiance en elle ! Jamais on n'a vu un crime aussi noir !

Sans répondre, le cousin Jérémie attrape sa Bible et trouve, immédiatement, — en vieil habitué du Livre Saint — le passage qu'il cherche. Chaussant ses bésicles, il annonce :

— Écoute, Jean-Marie : « Et aussitôt, comme Jésus parlait encore, survient Judas, l'un des Douze, et avec lui une bande armée de glaives et de bâtons, venant de la part des grands-prêtres, des scribes et des anciens. » Or, le traître leur avait donné ce signe convenu : « Celui à qui je donnerai un baiser, c'est lui, arrêtez-le et emmenez-le sous bonne garde. » Et aussitôt arrivé, il s'approche de lui en disant « Rabbi » et lui donne un baiser. « Les autres mirent la main sur lui et l'arrêtèrent. » Jérémie referme sa Bible et regarde le cousin par-dessus ses lunettes. Tu vois que ta fille n'a pas inauguré, en la matière ?

***

Honoré commence à avoir mal aux jambes et aux poignets toujours liés. Depuis la ferme des Tousière, les gendarmes et lui ont parcouru près de deux lieues. Le chef annonce :

— On passe par Sainte-Eulalie. Un détour de rien du tout et le père Flavien a un de ces sacrés petits vins qui, en deux ou trois verres, vous requinque un bonhomme !

— On le lui apporte du Midi, renchérit le second gendarme.

Alors qu'ils empruntent le chemin, un cavalier, immobile, se dresse sur leur route sans paraître décidé à leur céder le passage. Le brigadier arrête sa monture et demande :

— Et alors ?

— Quel est cet homme ?

— Un réfractaire.

— Clerc ou laïque ?

— Laïque ! Un jeune citoyen qui a refusé de défendre la République !

L'inconnu s'adresse à Honoré :

— Pourquoi ?

— Parce que les Jacobins ont assassiné le roi !

Le chef gronde :

— Cesse de débiter des sottises, et vous, citoyen, écartez-vous de notre chemin.

— Pas avant de savoir où vous emmenez ce garçon.

— En quoi ça vous regarde ? Vous commencez à m'échauffer les oreilles ! J'ai bien envie de vous inviter à suivre notre prisonnier, à Privas d'abord, au bagne ensuite !

— Ça serait difficile.

— A cause ?

— A cause de mes compagnons.

— Quels compagnons ?

— Ceux-là...

D'un geste large, le cavalier montre la troupe qui, sortant des taillis ou surgissant de derrière la colline, menace les représentants de la loi. Le brigadier s'exclame :

— Les brigands !

Il sort son pistolet. Celui qui commande s'enquiert avec douceur :

— Vous tenez vraiment à mourir pour la République ?

Le chef hésite puis, rengainant son arme, convient :

— Pas tellement.

— Dans ce cas, mettez pied à terre. Nous ne vous ferons aucun mal.

Les gendarmes s'exécutent.

— Enlevez vos sabres.

Ils hésitent mais finissent par obéir.

— Et maintenant, partez.

— A pied ?

— Je le regrette pour vous, nous avons besoin de vos chevaux et de vos armes.

— On risque gros...

— Alors, vous n'avez qu'à vous joindre à nous.

Honoré regarde s'éloigner ceux dont il était, quelques minutes plus tôt, le prisonnier. Deux hommes abandonnent leurs montures et viennent couper les liens du garçon qui, après s'être frotté les poignets, se dirige vers son sauveur.

— Merci, Monsieur, je vous dois, sans doute, la vie.

— Je le pense aussi.

C'est à cet instant que le fils d'Armandine reconnaît son sauveur.

— Oh ! Monsieur Féron !

— Pardon ?

— Rappelez-vous ? Molière... la grange où nous avons dormi côte à côte !

— Attendez... oui... ce cavalier... Ainsi, c'est vous ? Eh bien, mon ami, je suis heureux que le hasard m'ait permis de vous venir encore en aide. En souvenir de notre première rencontre, permettez-moi de vous offrir un de ces chevaux de gendarmes.

— Merci.

— Puis-je vous demander ce que vous avez l'intention de faire ?

— Je ne sais pas... J'étais parti pour regagner mon village sur le bord du Rhône, pas loin d'Annonay... Trois ans que j'ai quitté mon pays... Je me figurais que les gendarmes se souciaient plus de moi...

Féron sourit.

— Les gendarmes n'oublient jamais... On ne le leur permet d'ailleurs pas.

— Je ne sais plus que décider.
— Et si vous veniez avec nous ?
— Où cela ?
— Quelque part, vers le sud.
— Pour quoi faire ?
— Vous battre... pour le roi.
— Pour le roi ? D'accord !
— Parfait !... Jacques ?

Un homme, court et trapu, s'approche. Honoré ne l'a pas vu descendre de cheval.

— Prends l'un des chevaux et donne l'autre à notre nouveau compagnon.

Ce fut de cette façon qu'Honoré échappa au bagne et prit place parmi les « chouans » du Vivarais qui, depuis plusieurs années, combattaient âprement les Républicains.

***

Le cousin Jérémie a beaucoup de mal à venir à bout de l'obstination farouche de Marthe, murée dans son bon droit inventé. En tête-à-tête avec l'ancien prêtre, elle fanfaronne, se vante d'avoir agi au nom de la justice et de n'avoir écouté que son devoir de bonne citoyenne. Jérémie la laisse aller son train et, quand elle se tait, épuisée, il prend la parole sans élever la voix, sur un ton de confidence.

— Tu essaies, en vain, de te mentir à toi-même, ma pauvre fille. Tu as horreur de ce que tu as fait et tu tentes de trouver des raisons qui justifieraient peu ou prou ton crime, car c'est un crime, Marthe, que de vendre son prochain et plus grave lorsque celui-ci a confiance en vous. Souviens-toi de Judas dont le nom a été voué à l'exécration dans la suite des temps.

Alors, désespérée, elle gémit :

— Pourquoi voulait-il rejoindre cette Marion, alors que moi, je l'aimais ?

— Ni l'homme ni la femme ne sont maîtres de leurs sentiments. Le domaine de l'amour terrestre m'est quelque peu fermé, cependant, je pense qu'on ne saurait y atteindre quelque chose de solide par la violence...

— Je l'ai supplié de pas partir...
— Il ne lui appartenait plus de décider.
— C'est injuste ! Je l'aimais !
— Ce serait trop facile si ceux que nous aimons nous aimaient

toujours... Ma pauvre enfant, tu es enfermée dans le péché et si la mort venait te chercher tout à l'heure, tu te présenterais devant Dieu avec cet acte horrible sur la conscience.

— Ma peine ne le touchait pas !

— Parce qu'il pensait à la peine de celle qu'il aimait. Tu as déjà vu passer la chaîne des forçats ?

— Non.

— Tant mieux ! C'est affreux. Ces hommes enchaînés, couverts de vermine et de plaies et qui n'ont plus grand-chose d'humain sinon leurs souffrances et leurs folles injures à l'adresse du Seigneur. Ces gardiens qui frappent sans pitié sur ces malheureux qui sont, pourtant, leurs frères... Je ne connaîs pas de spectacle plus ignoble. Naturellement, au terme de ces misères avilissantes, il n'y a que la déchéance et l'abomination. Était-ce vraiment là ce que tu souhaitais pour celui que tu as aimé ? Parce que tu l'as aimé, Marthe...

— Je me doutais pas... Je suis damnée, n'est-ce pas ?

— Non, car il reste la miséricorde de Dieu. On n'y fait jamais appel en vain. Prie, mon enfant, pour celui qui marche sur la route de douleurs et prie, davantage encore, pour le salut de ton âme car l'enfer est pire que le bagne.

Le cousin Jérémie sort de la chambre de Marthe, laissant celle-ci à genoux, le visage baigné de larmes. Quand il regagne la salle basse, Marie l'interroge, anxieuse :

— Pourra-t-elle se racheter ?

— Cela dépend d'elle, désormais.

Marthe ne se montre pas au dîner et passe la nuit entière à supplier l'Éternel de la prendre en pitié et de sauver celui qu'elle a perdu. Le cousin Jérémie, au matin, prend congé de Marthe, de Marie, et s'apprête à monter dans la carriole qui le ramènera à Issarlès, lorsqu'une voiturette, attelée d'une mule, s'arrête dans la cour de la ferme. C'est un des rares plaisirs dans l'existence des Tousière que d'accueillir, pendant une heure ou deux, à chaque changement de saison, Florimond Aubignas, le colporteur, qui arrive des bons pays du Midi. Non seulement il offre un grand choix de marchandises où les femmes goûtent, en les regardant ou en les touchant, des instants délicieux, mais il apporte aussi des nouvelles fraîches des villages traversés où, souvent, on a de la parentèle. Grâce à lui, on est au courant des décès, des mariages, des naissances, des promesses de fiançailles, des accidents et des maladies. Un petit homme noir de poil et de peau qui n'a pas la langue dans sa poche et que chacun aime bien. Même les malfaisants n'osent s'en prendre à lui de crainte d'être pourchassés par les paysans, en plus des gendarmes.

— Salut, tout le monde !

On s'embrasse, on se salue comme il est d'usage entre vieux amis. Le cousin Jérémie apprécie également ce Florimond dont nul ne sait rien. A-t-il une femme ? des enfants ? un foyer ? On ignore tout de sa vie privée. On sait seulement que les anciens se souviennent de ses passages saisonniers, mais ne se rappellent pas s'il s'agissait de lui ou de son père. Personne n'est capable de dire l'âge du colporteur.

— J'ai de quoi enchanter les dames, les demoiselles et les messieurs ! Cependant, il me semble, mes bons amis, que vous avez l'air triste ? Presque aussi triste que les deux gendarmes que j'ai rencontrés hier, en fin d'après-midi, du côté de Lachamp.

Ils dressent l'oreille et Jérémie s'enquiert :

— Deux gendarmes ?

— Oui, figurez-vous qu'ils avaient été arrêtés par des brigands qui leur avaient pris leurs chevaux et leurs armes... Et puis, j'oubliais, leur prisonnier en plus.

Marthe, frémissante, interroge :

— Ils vous ont renseigné sur cet homme ?

— Un réfractaire, je crois... Il a eu de la chance, le gars. Il était mûr pour le bagne.

Le cousin Jérémie s'adresse à Marthe :

— Il faudra te souvenir ta vie entière, mon enfant, que le Seigneur a exaucé ta prière.

— Je m'en souviendrai, cousin.

***

Féron, qui semble avoir pris Honoré en amitié, chevauche à son côté et lui explique les raisons de son combat. Il est persuadé que les Français en ont assez de la République et qu'ils n'attendent que l'occasion pour l'envoyer promener cul par-dessus tête. Toute la paysannerie est contre les Jacobins qui veulent déchristianiser la France. On souhaite que le Directoire ne soit qu'un prologue au retour du roi. Les rebelles, eux, espèrent aider à la manœuvre, voire la précipiter, en attaquant les municipalités jacobines.

La troupe pique vers le sud-ouest sans paraître se soucier d'être repérée ou non. Au soir, elle s'enfonce dans la forêt de Mazan où les moines de l'abbaye leur permettent de se désaltérer et d'abreuver leurs chevaux. Ils repartent à la nuit. A la lisière de la forêt de Bauzon, ils sont accueillis rudement par des hommes armés de fusils. Féron s'étant fait reconnaître, ses cavaliers se glissent parmi les arbres. On désigne à Honoré une tente qu'il partagera avec l'homme qui l'a délivré de ses chaînes et dont il ne sait que le prénom : Jacques. Dieu ! que le fiancé de Marion se sent loin de tout ! Dans cette forêt pleine de bruits vivants où passe un incessant va-et-vient d'ombres furtives, il imagine avoir pénétré dans un monde différent de celui où il a accoutumé de vivre, un peu comme s'il se promenait dans un rêve. Au matin, nul ne paraissant s'intéresser à lui, il part à la découverte. Il rencontre d'abord des hommes que des gradés — sans grade bien défini — obligent à manœuvrer, le fusil au poing. Plus loin, dans une clairière, de solides gaillards, torse nu, s'affrontent, sabre au poing, sous l'œil attentif d'arbitres sévères. Ailleurs, dans des hangars de bois et de branchages, des femmes et des fillettes s'affairent à la cuisine tandis que des palefreniers s'occupent des chevaux abrités par des feuillages et des fougères. Enfin, dans d'autres abris, des femmes, des vieillards et des enfants fabriquent des munitions.

— Vous n'avez jamais porté les armes, n'est-ce pas ?

Honoré se retourne. Féron lui sourit.

— Non... sauf à la chasse.

— La nôtre est plus dangereuse. A tort ou à raison, je fonde beaucoup d'espoirs sur vous, mais vous devez commencer par apprendre le métier. Ce sera dur, moins dur cependant que le bagne.

— Je suis prêt.

— Très bien. Vous vous initierez d'abord au maniement du fusil. Je me réserve de vous enseigner l'art de se battre au sabre. Je suis convaincu que d'ici quelques semaines, vous serez capable de conduire une charge, pour Dieu et pour le roi.

— Pour Dieu et pour le roi !

***

L'année 1796 s'achève sans calamités exceptionnelles à Saint-Georges. On n'y a pas plus confiance dans le Directoire qu'on en a eu dans les gouvernements précédents. La flamme révolutionnaire de Dolioux et de ses amis s'éteint doucement. La majorité des hommes du village n'adresse la parole à Antoine qu'à propos des formalités administratives qu'on leur impose et qu'ils comprennent mal. Le maire en souffre et, contrairement aux espoirs nourris, il ne trouve guère de réconfort auprès de sa fille et de son gendre qui, eux non plus, ne sont pas heureux. Marion ne peut oublier Honoré. D'ailleurs, au cas où elle l'aurait désiré, le village ne le lui aurait pas permis. On ne manque jamais de rappeler le souvenir du disparu, de sa mère ou des Champsauve qui les ont protégés. Tout est occasion à des retours dans le passé, à des célébrations, plus ou moins abusives, de la part de gens qui n'ont point apprécié l'ordre républicain. Marion évite, le plus possible, les commères mais quand elle n'y réussit pas, quel que soit le sujet de l'entretien, inévitablement, on finit par lui demander :

— Et alors, ce ménage, ça va ?

— Oui, merci.

— C'est vrai que Philibert, y a pas plus brave — et on ajoute, perfide — bien sûr, c'est pas Honoré mais quoi, ma pauvre, le bon Dieu l'a pas voulu, pas vrai ? Et on peut pas exiger de la jeunesse qu'elle soit fidèle aux morts. A quoi ça servirait, hein ? On a assez à faire avec les vivants !

Gonflée de larmes, la fille de Dolioux rompt l'entretien pour s'écarter et pleurer à son aise, laissant son interlocutrice savourer sa méchante victoire. Non pas que les femmes de Saint-Georges soient mauvaises, ni qu'elles n'admettent pas l'attitude de Marion, simplement, on lui en veut de n'avoir pas accepté un sacrifice qu'elles auraient, elles-mêmes, peut-être refusé. A Saint-Georges, comme ailleurs, on est toujours plus intransigeant pour autrui que pour soi. Marion sanglote parce qu'elle se reproche d'avoir cédé aux prières de son père, de n'avoir pas tenu la parole donnée. En partageant, chaque soir, le lit de Philibert, elle a l'impression de tromper le seul homme qui ait jamais compté pour elle. Par là, elle accepte le mépris vrai ou feint que d'aucunes lui témoignent et se montre encore plus dure quand elle juge sa propre conduite. Depuis qu'elle est devenue sa femme, elle a perdu l'affection fraternelle la liant à Philibert, autrefois. Elle refuse de se rappeler sa tendresse pour ne se souvenir que de sa complicité avec Dolioux, en vue de l'arracher à son devoir, pour la détourner d'Honoré. Elle sent que, d'ici peu, elle haïra un époux qui s'est abusivement glissé à une place qui n'est pas la sienne.

De son côté, Philibert souffre de plus en plus des railleries — apparemment amicales mais où vibrent une amertume et une envie trop faciles à entendre — qu'on lui inflige jour après jour. Il en arrive à fuir ses amis de jadis pour s'enfermer dans ce château qu'on ne lui pardonne pas d'habiter. Son père n'y a jamais mis les pieds. Seule, la maman est heureuse et ne craint pas d'afficher son bonheur. En parlant d'elle, les bavardes disent la « princesse Pauline » et la moquent sans pitié, ce qui met son époux en rage, et puis, il s'en trouve sans cesse un pour interroger Tiranges :

— Ton fils, le châtelain, comment qu'il va ? On le voit quasiment plus.

— J'en sais rien et je m'en fous !

On n'insiste pas parce qu'Albert est un nerveux qu'il ne faut pas embêter longtemps. Les plus vieux, de leur voix cassée, remarquent :

— Cet Antoine, il a toujours été pourri et parce qu'il est pourri, il pourrit ceux qui l'approchent. Il s'est conduit de façon affreuse avec la pauvre Armandine, avec ce saint homme de M. Soulia et avec nos seigneurs. Il a réussi à voler et à duper tout le monde. Il a obligé sa fille à se marier avec Philibert et, du coup, ces deux-là qui s'aimaient comme frère et sœur ne s'aiment plus. Tiranges ne parle pratiquement pas à son fils, tellement il a honte. Y a que cette innocente de Pauline qui ne prend pas la peine de cacher sa joie d'avoir ses entrées au château, mais on ne peut pas lui en vouloir, le bon Dieu s'étant montré chiche pour elle lors de la distribution de l'intelligence. Une vraie mamie...

***

En un mois de leçons quotidiennes, Féron a fait d'Honoré — servi par la force exceptionnelle de ses bras — un sabreur redoutable. L'habitude de la chasse l'a aidé dans l'utilisation du fusil. Versillac apprécie cette existence libre qui lui rappelle ses jeux d'enfants. Un jour d'automne, au terme de leur exercice, Féron annonce :

— Ce soir, j'organise une expédition à Bannes pour chatouiller quelques-uns de ces coquins qui ont acheté des biens nationaux. Vous serez des nôtres. Je ne pense pas qu'il y aura de la troupe. S'il y en a, vous la chargerez. Essayez de ne pas tuer. Faites peur, surtout.

Vers trois heures de l'après-midi, ils se mettent en route. Une trentaine d'hommes à cheval que conduit Féron. Ils émergent de la forêt de Bauzon et gagnent tranquillement le col de Mayrand. Par des sentiers difficiles, ils descendent sur Bannes. Ils se rassemblent devant la petite ville vers les sept heures. Une demi-heure plus tard, Féron donne le signal de l'attaque. En poussant des hurlements, les agresseurs lancent leurs montures en avant. L'effet de surprise joue à plein. D'abord, les gens stupéfaits demeurent sur place, ensuite la peur les pousse à s'égailler dans toutes les directions. Bientôt, sur la petite place, les quelques gardes, accompagnés de deux gendarmes, font front. Féron les montre à Honoré, en criant :

— A vous !

Le garçon, suivi d'une dizaine de cavaliers, fonce sur ces valeureux qui, en dépit de leur bonne volonté, lâchent pied en voyant les chevaux arriver sur eux. De son sabre, Versillac enlève bicornes et chapeaux et n'abandonne son gibier que lorsqu'il en a récolté les armes. Féron arrache l'arbre de la liberté planté par la municipalité jacobine et force les bourgeois royalistes qui l'applaudissent à arborer une ganse blanche semblable à celle que ses hommes et lui-même portent. Tandis qu'une partie des assaillants pillent les demeures des acheteurs de biens nationaux, les autres se rendent chez les Républicains, connus comme tels, et leur infligent de lourdes amendes qu'ils doivent payer sur l'heure. Les rebelles ne quittent Bannes qu'au milieu de la nuit. Honoré est enclin à considérer cette aventure comme une sorte de jeu où il a beaucoup crié et beaucoup ri. La troupe réintègre la forêt de Bauzon au petit matin alors que tombent les premiers flocons de neige de l'année.

***

Antoine Dolioux, de sa belle écriture appliquée, remplit un état sur les maigres ressources de sa commune. Il ne voit guère qu'Apinac qui puisse encore fournir deux ou trois bêtes pas trop vieilles, mais le bonhomme va sûrement protester que le maire lui en veut. Antoine regrette ce goût des honneurs l'ayant poussé à réclamer une charge qui, désormais, lui pèse. De plus en plus souvent, au fur et à mesure que l'âge lui montre la vanité de ses calculs et de ses ambitions, il dresse le pitoyable bilan de sa vie. Il n'a pu obtenir la seule femme qu'il ait vraiment aimée : Mlle Armandine. La gentille et douce compagne qu'il a rencontrée est morte prématurément et parce qu'il n'approuvait pas les amours de Marion, celle-ci lui est devenue, peu à peu, hostile. Des amis, des vrais, de ceux sur lesquels on peut compter en cas de coups durs, il n'en a pas. De quelque côté qu'il regarde autour de lui, c'est le désert. Quant au château des Champsauve où il a été si fier de s'installer, il le prend en horreur et envisage de l'abandonner pour retourner habiter dans son vieux logis. Dolioux, perdu dans ses réflexions moroses, ne prend pas garde au bruit devant sa porte et quand les gendarmes entrent, il sursaute. Le brigadier, un solide gaillard à grosse moustache, plaisante :

— Auriez-vous peur de nous, Monsieur le Maire ?

— Oh ! j'étais loin d'ici, mon brave ! Vous m'apportez des paperasses ?

— Dame ! On n'est pas toujours en train de courir après les malfaiteurs, hein ? Le nommé Gustave Vermoyat, il est bien de chez vous ?

Antoine sent la respiration lui manquer.

— En effet.

— Faudra le rayer de vos registres, le pauvre diable.

Dolioux ne questionne pas parce qu'il connaît la réponse et parce qu'il lui semble que, plus il tarde à poser la question, plus longtemps il échappera à la réalité qui le menace. Inconscient du drame que vit intérieurement son interlocuteur, le brigadier poursuit :

— Il a été tué en Italie... en novembre, dans un coin appelé Arcole. Vous vous chargez de prévenir la parenté, hein ? Notre tournée est pas terminée. Allez, à un de ces jours et dans de moins tristes circonstances. Du moins, espérons-le, pas vrai ?

Le maire ne voit pas sortir ses visiteurs... Gustave Vermoyat... Antoine se rappelle les menaces du père. Tiendra-t-il parole ? Encourra-t-il le bagne pour venger la mort de son garçon tué par les Autrichiens ? Et puis, Dolioux s'en fout... Il en a assez de tout... des gens et de la vie. Seulement, il faut annoncer à Mathieu la mort de son cadet. Il est délicat d'envoyer un des conseillers municipaux, le maréchal-ferrant serait capable de l'abattre d'un coup de fusil. Antoine se rend chez Florent Estalle. Ce dernier le reçoit sans enthousiasme.

— Tiens, Monsieur le Maire !

— Je peux entrer ?

— Pourquoi pas ?

Dolioux pénètre dans la maison, en disant :

— Je ne m'assieds pas, ce n'est pas la peine... J'ai un service à te demander.

— A moi ?

— Je crois que tu es le plus qualifié pour une mission difficile.

— Ah ? Quel genre de mission ?

— Annoncer à Vermoyat que son fils Gustave est mort.

— Oh ! non !

— Malheureusement, si. Les gendarmes viennent de me prévenir.

— Ce pauvre gamin...

— Je peux compter sur toi ?

— J'ai jamais reculé devant mon devoir et puis j'avais de l'affection pour Mathieu.

***

Vermoyat travaille dans sa forge, avec Jean-Marie, son aîné. Estalle aime voir jouer les muscles puissants de ces deux mâles dont les torses luisent de sueur. Le visiteur attend que Mathieu ait remis au feu la pièce que son fils martèle.

— Salut, les amis !

Jean-Marie, de son avant-bras, essuie ses paupières mouillées par la transpiration. D'un geste, qui lui est familier, le père remonte son pantalon.

— Quel bon vent t'amène, Florent ?

— Ben, c'est pas un bon vent, mon pauvre...

Tout de suite, Vermoyat se tend dans l'attente du coup qu'il devine devoir le frapper.

— Une mauvaise nouvelle ?

— La plus mauvaise.

— Ah... Gustave ?

— Les Autrichiens l'ont tué, il y a une semaine ou deux.

Les Vermoyat ne sont pas des hommes à pleurer. Mathieu vacille légèrement à la façon du bœuf qui, frappé par le merlin du boucher, met quelques secondes avant de tomber. Jean-Marie se place un peu en retrait de son père et pose la main sur son épaule. Le vieux s'enquiert, d'une voix rauque :

— Comment t'as su ?

— C'est Antoine... Les gendarmes ont été lui parler.

— Je comprends... Je te dis merci, Florent... Si tu veux, tu préviendras le curé. Il faut qu'il vienne.

L'annonce de la mort de Gustave Vermoyat rappelle celle d'Honoré Versillac et plonge Saint-Georges dans une tristesse profonde. Le village, bien que se figurant très loin des histoires parisiennes, s'aperçoit que la politique et ses séquelles se glissent jusqu'à lui. Par suite d'une sorte de réflexe de prudence, on n'ose plus parler haut et fort — comme en ont l'habitude ceux qui passent une bonne partie de leur vie dans les champs — mais à mi-voix. Nul, d'ailleurs, n'aurait su expliquer pourquoi. Peut-être parce que les gens ont le sentiment que cette puissance invisible envoyant certains d'entre eux à la mort est partout et les entend.

De trois jours, les Vermoyat n'ont pas ouvert leurs volets et n'ont entrebâillé leur porte, matin et soir, que pour laisser entrer et sortir le curé. Ensuite, une nouvelle réquisition accapare les esprits et l'on est trop occupé de ses propres misères pour se soucier longtemps de celles des autres.

Se rappelant les menaces anciennes de Vermoyat, Dolioux reste près d'une semaine enfermé dans son château et lorsqu'il se décide à aller à Saint-Georges, c'est avec un pistolet passé dans la ceinture, sous sa veste. On ne lui reproche rien, on se contente de soupirer avec lui sur la disparition de ce pauvre Gustave. Le cœur d'Antoine se met à battre la chamade quand il rencontre le maréchal-ferrant et, sitôt qu'il l'aperçoit, il glisse la main sous son vêtement pour empoigner la crosse de son arme. Mais Mathieu le croise sans paraître le voir. Allons, le bonhomme s'est lancé jadis dans des menaces extravagantes, uniquement pour extérioriser la colère le secouant !... Maintenant qu'il se trouve au pied du mur, le chagrin lui rend son sang-froid et lui ôte l'envie stupide de se venger. Seule, Marion ose accuser son père d'avoir envoyé Gustave à l'armée. Sans s'en douter, les larmes qu'elle verse sur le cadet des Vermoyat baignent le visage d'Honoré qu'elle garde en son cœur.

Chacun soignant ses plaies, certains en mourant lentement, regarde finir l'année 1796.

***

C'est un étrange Noël que celui auquel assiste Honoré. Il se figure qu'il a la chance de vivre un de ces contes de fées que sa mère lisait le soir, en échange de la promesse solennelle du bambin de s'endormir sitôt la lecture achevée. Dans la forêt enneigée, les hommes et les femmes, emmitouflés jusqu'aux yeux, s'affairent sans bruit à dresser, sous un toit de branches de sapin entrelacées, un autel rustique où le chapelain de la troupe — un prêtre réfractaire — a posé un crucifix qui ne le quitte jamais et une statue (façonnée grossièrement par un artisan dont la foi naïve ne s'appuie pas sur un grand savoir) de la Vierge, plus proche de l'idole que de la mère de Jésus. A part une demi-douzaine de sentinelles que l'on relève toutes les heures à cause du temps et pour ne pas les priver de leur part de réjouissances, tout le monde écoute, debout et tête nue, la messe de minuit. Après quoi, on va s'installer dans une clairière soigneusement débarrassée de la neige et on se met à ripailler avec les viandes qui cuisent depuis le crépuscule et les flacons de vin du Rhône, volés à Bannes. A ceux qui se plaignent d'avoir le derrière un peu trop au frais, on réplique que ça rétablit l'équilibre avec ceux qui ont la tête échauffée par la boisson. Une nuit qu'Honoré n'oubliera jamais tant elle se situe à la limite du rêve et de la réalité. Il abandonne soudain ses compagnons avant la fin des agapes. Il a envie d'être seul au moment où l'on célèbre, à travers un enfant-dieu, la fête de l'espérance. Dans ce décor où le vrai le dispute au songe, Honoré se sent brusquement perdu. Est-ce bien lui qui patauge dans la neige parmi les arbres ? Pourquoi se trouve-t-il là ? Au fond, s'il a suivi Féron, ce n'est pas pour favoriser l'hypothétique retour du roi ni pour le rétablissement de la puissance matérielle de l'Église, mais pour se venger de ceux qui, avec l'aide de leurs amis parisiens, ont banni les Champsauve, fait mourir Armandine et l'ont chassé, lui, de sa propre maison en le séparant de Marion qui l'aime. Chère Marion... Penser à la jeune fille met une douce chaleur au cœur du garçon. Il calcule qu'elle doit avoir dix-huit ans. Trois ans qu'ils se sont quittés, trois ans qu'ils sont sans nouvelles l'un de l'autre. Il a, certes, une confiance solide en elle, mais elle est encore jeune et demeure soumise à l'influence entêtée de son père. Combien de temps résistera-t-elle pour ne pas trahir ni son amour ni l'engagement pris ? Trébuchant sur des racines qu'un tapis blanc dissimule, Honoré évoque, pour lui seul, les Noëls d'antan. Il se revoit, à demi sommeillant, sur les genoux de Babette, la nourrice, en attendant le premier appel des cloches annonçant à toutes les fermes alentour, y compris à celles cachées dans le creux des collines, que Jésus allait naître et qu'on se hâte pour assister à l'événement. Versillac se sent étrangement secoué en se rappelant l'émotion — faite d'enthousiasme, d'un peu de crainte et de la conviction d'assister à une cérémonie mystérieuse — qui l'étreignait lorsque, tenant avec force la main d'Armandine, il entrait dans l'église illuminée. Il n'était vraiment rassuré que lorsqu'il avait découvert la frimousse rieuse de Marion, à demi cachée dans l'ample jupe de sa mère, refuge où elle ne tardait pas à s'endormir.

Plus proche, le rappel des Noëls passés auprès de Marthe agitait le sang de Versillac. On l'eût surpris si on lui avait expliqué qu'en se conduisant comme il l'avait fait, avec la fille des Tousière, il avait rompu l'engagement pris envers Marion. Il était un homme, que diable ! Et selon les idées de son époque, un mâle était autorisé à satisfaire, en dehors de tout sentiment, des besoins que les femmes étaient réputées ne pas éprouver. C'est la raison pour laquelle, tout en rêvant à Marion, Honoré n'était en rien gêné d'évoquer Marthe. Qu'il serait à son aise s'il était couché, en cette nuit froide, auprès de son grand corps chaud au lieu d'errer dans une forêt quasiment inconnue ! Hélas ! il y avait des années qu'il ne se sentait plus responsable de son destin.

***

Les Vermoyat ont repris leur travail à la forge, d'autres garçons sont partis aux armées. On leur a souhaité bonne chance, puis Saint-Georges est retombé dans le quotidien de ses travaux. On fête Noël parce qu'on ne peut faire différemment, mais le cœur n'y est plus. Les plus vieux commencent à se demander s'il leur sera permis de goûter à nouveau, avant de mourir, la joie de vivre d'autrefois.

Rassuré par la sagesse des Vermoyat dont le chagrin paraît avoir tué jusqu'au souvenir de leur colère ancienne, Antoine Dolioux retrouve goût à l'existence, organise un réveillon exceptionnel où il convie quelques-uns de ceux n'ayant pas un des leurs à la guerre. Il a donné rendez-vous aux Estalle, aux Geraise, aux Herbaud, aux Brénieux, aux Tiranges, aux Boisset, aux Apinac, aux Boyer et aux Jaudrais pour une heure du matin. A la cuisine, travaillent six femmes engagées pour la circonstance. Des valets, loués à Annonay, assurent le service. On mangera et boira dans la vaisselle que les Champsauve n'ont pas eu le loisir d'emporter. Toutefois, cette soirée, dont le maire espère qu'elle sera sa soirée de réconciliation avec Saint-Georges, commence mal par la faute de ceux-là mêmes qui eussent dû être le plus près de lui, en cet instant solennel : Marion et son époux. L'un promène parmi les ors et les cristaux cette mine triste et renfrognée devenue son visage habituel depuis la mort d'Honoré. L'autre ne cesse de bâiller en regardant la pendule et quand ses yeux croisent ceux irrités de son père elle hausse les épaules, en disant :

— Pourquoi t'impatientes-tu ? Tu sais très bien qu'ils ne viendront pas...

— Tu deviens complètement folle, ma pauvre enfant ! Pour quelles raisons ne se rendraient-ils pas à une invitation qui les flatte ?

— Parce qu'ils ne t'aiment pas.

— Si tu n'étais pas mariée, je te flanquerais le soufflet que ta sottise et ton insolence méritent.

Indifférent à la querelle opposant son beau-père et sa femme, Philibert remarque :

— Il n'empêche qu'il va être une heure et demie !

— Et alors ? Il n'y a que chez les gens du commun qu'on se fait une obligation d'arriver à l'heure dite ! Décidément, mon pauvre ami, vous n'étiez pas doué pour la vie de château !

— Qui m'a persuadé du contraire ?

— Il me semble me rappeler que vous vous êtes laissé convaincre très vite, non ?

— Une folie que je paie : une épouse qui ne m'aime pas, un beau-père qui me méprise, un village qui me déteste... Je peux, en effet, me vanter d'avoir réussi le meilleur des marchés !

Ce fut au tour de Marion de préciser :

— Deux heures bientôt !

— Ah ! Taisez-vous, tous les deux ! Vous m'exaspérez !

Ils se turent et au cours de la demi-heure qui suivit, Antoine se rendit dix fois sur le terrain pour tenter d'attraper, dans le silence de la nuit, le grincement de la roue d'une charrette, le bruit d'une chaussure sur les cailloux du chemin, l'écho de rires et de bavardages joyeux. Toutes les dix minutes, une fille de cuisine se présentait au maître de maison pour annoncer que le retard des hôtes mettait de plus en plus en péril l'ordonnance et la qualité du repas.

A trois heures, les fourneaux éteints, les domestiques repartis chez eux, Marion et Philibert dans leur chambre, Dolioux demeure seul dans la grande pièce où la lumière du lustre fait chanter le cristal. Une haine folle le bouleverse. Ils ont osé — même ceux qu'il tenait pour ses amis, voire ses complices — lui infliger un affront aussi cruel ! Ils allaient connaître de quel bois se chauffe un Antoine Dolioux ! Ah ! ils le renient ! Ils l'attaquent à visage découvert, maintenant ! Ils n'oublient qu'une chose, c'est qu'il représente l'autorité et tous ces crétins s'en apercevront bientôt ! Dès aujourd'hui, il reprendra les circulaires entassées sur son bureau et quelque peu négligées jusqu'ici. Il faudra fournir le poids exact de ce qui est réclamé par la commission départementale de réquisition et il ne sera plus question, sous peine de graves sanctions, de tricher sur le nombre et la qualité des bêtes et des graines livrées. Une ère nouvelle, en cette aube du 25 décembre, se lève sur Saint-Georges qui ne s'en doute guère.

***

A la belle saison de 97, on apprend, par des paysans, que le général Motte, avec ses troupes, se propose de détruire ce nid de rebelles qu'est la forêt de Bauzon. Mais les soldats de la République ne peuvent emprunter le moindre chemin sans qu'aussitôt Féron en soit prévenu, si bien que lorsque l'armée de répression se faufile, sans enthousiasme, parmi les premiers arbres, s'attendant qu'on lui tire dessus de tous les côtés, elle est surprise de ne rencontrer personne et de pouvoir atteindre Saint-Étienne de Lugdarès, de l'autre côté de la forêt, sans avoir essuyé un coup de fusil. La patrouille d'avant-garde interpelle un homme qui donne à boire à son cheval :

— Eh ! citoyen, où sont passés les brigands ?

— Quels brigands ?

— Ceux qui luttent contre la République.

— Ah ! Vous voulez dire eux autres qui vivaient, là-haut, dans la forêt ?

— Oui. On les cherche pour leur flanquer une rossée !

— Alors, vous aurez du mal parce qu'il y a belle lurette qu'ils ont foutu le camp.

— Vers où ?

— J'y ai pas demandé et, si je l'avais fait, y a des chances qu'y m'auraient pas répondu ou qu'y m'auraient foutu sur la gueule... C'est pas des tendres, ces gars-là, vous savez !

— Nous non plus, vieux ! Vous les avez vus filer ?

— En partie... Des chariots, des chevaux, des vaches, des moutons et puis des types armés de fusils qu'avaient pas l'air commode, vous pouvez me croire !

— De quel côté qu'ils sont partis ?

— En direction de Langogne ou de Villefort. Comment deviner ? Mais à mon idée...

— A votre idée ?

— Ils seraient allés donner la main aux brigands — comme vous les appelez — qui se battent du côté du Puy, que ça m'étonnerait pas.

Une fois encore, les troupes gouvernementales perdent la partie dans ce jeu les opposant aux tenants de l'Ancien Régime. Le général Motte, craignant sans cesse les surprises cruelles de cette bataille de guérillas, se retire en laissant une arrière-garde — composée de douze hommes et d'un sergent — pour protéger ses équipages. Féron charge Honoré, avec six cavaliers, de surveiller le repli de ses ennemis. L'opération se passe le mieux du monde jusqu'à la hauteur de Thueyts où les rebelles, profitant du couvert des arbres, surveillent leurs adversaires qui s'éloignent tandis que leurs amis se réinstallent dans leur refuge de Bauzon. Cependant, les choses se gâtent parce que le sergent commandant l'arrière-garde est un soldat plein d'expérience. A plusieurs reprises, il lui a semblé que d'étranges lueurs apparaissent durant de courts instants sur les pentes boisées dominant sa route, comme si le soleil tapait sur des pièces métalliques. Alors qu'ils parviennent à la hauteur de la Gravenne de Montpezat, le sous-officier appelle un de ses hommes, réputé excellent marcheur et bon braconnier.

— Albon... parles-en pas à tes camarades mais je me demande si on n'est pas suivis.

— Par les brigands ?

— Pas par de jolies filles, andouille ! Tu vas grimper tout droit en prenant soin de pas te laisser repérer. A mi-pente, tu avanceras sur ta droite. Nous ferons un détour par Meyrac et nous t'y attendrons. Va !

La malchance d'Albon tint à ce que ceux qu'il a pour mission de découvrir sont aussi rompus que lui aux approches silencieuses et possèdent, dans l'ensemble, une expérience plus grande. Lorsque Honoré repère le soldat qui grimpe, il ordonne de mettre pied à terre et dissimule ses cavaliers autour de la nasse tendue au présomptueux Albon. Versillac se porte en avant et s'installe sur une pointe de rocher émergeant d'entre des fougères et des arbrisseaux. De son poste d'observation, le cavalier du roi suit d'un regard sympathique la montée du défenseur de la République. Celui-ci paraît très jeune. Honoré rit silencieusement en songeant au visage ébahi du malheureux qui, au terme de son ascension, se verra entouré par un comité d'accueil inattendu.

Maintenant, Versillac distingue les traits du soldat qui approche. Sa figure intelligente ressemble à celle de Philibert. Ce rapprochement touche le guetteur qui se promet de veiller à ce qu'aucun mal ne soit infligé au jeune homme. Celui-ci se faufile sous les derniers arbres le séparant de l'endroit où l'on épie sa venue.

Alors qu'Albon, parvenu au lieu même de l'embuscade sans qu'il s'en doute, reprend haleine tout en s'efforçant de saisir la nature des bruits qui, dans la touffeur de l'air, l'assaillent, il sursaute, en entendant une voix demander :

— On va aux myrtilles, militaire ?

Albon se retourne d'un élan, le fusil au poing, prêt à faire feu, et voit un homme qui lui sourit. Ne sachant plus de quelle façon agir, il crie :

— Êtes-vous un brigand ?

— Je suis aux ordres de Sa Majesté, le roi Louis XVIII !

— Foutaise ! Vous êtes un brigand et je vous arrête !

— Et nous, pendant ce temps, à quoi jouerons-nous ?

De nouveau, Albon pivote pour constater qu'il est encerclé. Son premier interlocuteur remarque :

— Je crois que c'est vous qui êtes notre prisonnier, qu'en pensez-vous ?

— Jamais !

Et le jeune sot, en proie à une vive indignation, tire — très vite — un coup de feu sur Honoré que, naturellement, il manque. Avant que Versillac ait pu esquisser un geste pour sauver son agresseur, les hommes de sa troupe, bondissant hors de leurs cachettes, abattent l'impétueux Albon à coups de sabre et de baïonnette. Le fils d'Armandine éprouve un vrai chagrin de la mort de cet inconnu. Il ne peut détacher ses yeux de ce cadavre et sur ses joues où glisse l'ombre des feuilles il découvre des images du bel autrefois enfui. L'un des siens arrache Honoré à ses pensées moroses en précisant :

— Le coup de feu a dû alerter les autres. Ça m'étonnerait pas qu'ils rappliquent. Faudrait s'arranger pour les recevoir.

— Ils n'ont peut-être rien entendu ?

Ils avaient entendu. Le sergent s'est arrêté net.

— Albon a levé le gibier. Il doit avoir besoin d'un coup de main.

Ils retournent sur leurs pas pour emprunter le chemin suivi par l'éclaireur et, ayant mis la baïonnette au canon, ils partent au trot sous le couvert. Honoré a deviné qu'ils en décideraient ainsi et, descendant avec ses cavaliers, il s'est embusqué à l'endroit où les Républicains seront dans l'obligation de défiler, leurs armes en bandoulière pour s'aider des mains dans l'escalade, un endroit où les chevaux auront un sol ferme et à peu près plat sous leurs sabots.

A peine les Républicains parviennent-ils au bas de la montée qu'un tir ajusté en couche cinq au sol. Sous l'effet de la surprise, le sergent perd deux ou trois secondes. C'est assez pour que les cavaliers se jettent sur le reste de la troupe régulière et la sabrent. Quelques minutes après le début de l'action, il ne demeure plus un homme de l'arrière-garde du général Motte qui, longtemps, se demandera ce que sont devenus ses soldats. En définitive, il admettra qu'ils avaient dû passer aux rebelles puisqu'on ne retrouva aucune trace d'eux, les paysans du coin s'étant hâtés —

par crainte de représailles — d'enterrer les morts dans une fosse commune au cœur de la Gravenne de Montpezat.

De son premier combat, Honoré, remontant vers la forêt de Bauzon — revient écœuré. En vérité, il ne comprend pas exactement pour quelles raisons on a abattu ces pauvres gens. Quand les militaires — ou apparentés — commencent à se poser des questions, c'est qu'ils sont sur le moment de renoncer à leur tâche. Sans doute Versillac éprouve-t-il une profonde reconnaissance envers Féron qui l'a sauvé du bagne, mais est-ce un motif suffisant pour que lui, Honoré, continue à tuer et à risquer d'être tué ? Déjà, en lui-même, il répond par la négative. Et puis, ce jeune homme qui, mort, ressemblait tellement à Philibert !

***

A Saint-Georges-le-Jaloux, on vit dans un état de tension constant par suite des incessantes tracasseries du maire qui n'a plus l'appui d'un conseil municipal trop timoré pour prendre ouvertement parti contre lui et forcer les autorités départementales à destituer Dolioux qui ne jouit plus de la confiance de ses concitoyens. Les séances du conseil tournent à la bataille et, deux ou trois fois, on a failli en venir aux mains. Ses anciens amis — Boyer et Jaudrais — adjurent Antoine de se calmer :

— Voyons, pourquoi veux-tu ennuyer les Herbaud ? Tu trouves qu'ils ont pas assez de soucis avec leur fils aux armées et qu'on en a pas de nouvelles ? Et leur bru qu'a une maladie qu'on sait pas ce que c'est ?

— Je m'en fiche ! Les Herbaud m'obéiront comme les autres ou je leur enverrai les gendarmes !

Jaudrais proteste :

— Tu deviens fou, Antoine, ma parole ! Les gendarmes, on voit plus qu'eux par chez nous !

— Si tu n'es pas content, tu n'as qu'à démissionner et ce que je te dis est valable pour tous. Collez-vous dans le crâne que je ne tolérerai aucune entorse aux directives que le département me transmet ! Pas question que je laisse glisser une vieille vache épuisée à la place d'un bœuf ou que je paie un cheval cornard au prix d'un étalon ! On ne s'offrira plus ma tête, je vous le jure !

Vérines demande :

— Où ça va nous mener, ces idioties ?

— Nom de Dieu ! Prends garde à ce que tu dis !

— C'est mon devoir de conseiller de te signaler tes imbécillités !

— Toi, tu auras de mes nouvelles, un de ces jours !

— Par les gendarmes !

— Pourquoi pas ?

Au château, Dolioux ne change pas d'attitude. Depuis l'affront subi à Noël, il en veut à sa fille et à son gendre de n'avoir point partagé son humiliation, sa rancœur et de ne pas approuver la guerre qu'il mène contre le village. Si l'attitude de Marion l'exaspère (il considère son éternelle tristesse comme un reproche latent), il ne peut plus supporter Philibert qu'il tient pour un ingrat. A propos de tout et de rien, des querelles sans fin mettent les deux hommes aux prises. Il suffit que son gendre se permette une observation quant à ses agissements pour qu'aussitôt son beau-père, fou de rage, éclate en imprécations vengeresses. On a le sentiment que Philibert éprouve un malin plaisir à mettre son interlocuteur dans tous ses états.

Antoine revient, encore bouillant de sa dispute avec Vérines, lorsque son gendre l'attaque dans la belle cour sablée où, jadis, les carrosses conduits avec maîtrise décrivaient des courbes harmonieuses avant de s'arrêter au bas du perron.

— Est-ce vrai que vous avez envoyé les gendarmes chez Geraise ?

— Et alors ?

— Mais qu'est-ce qui vous a pris ?

— L'envie de faire mon devoir, figure-toi !

— En tentant de déshonorer un de vos plus vieux amis ?

— Je n'ai plus d'amis !

— A qui la faute ?

— A des gens de ta race qui tentent de mordre la main qui les nourrit !

— Vous me dégoûtez !

— Prends-le de moins haut et souviens-toi que j'ai le moyen de rabattre ton caquet, escroc !

Aux figures qu'ils montrent en arrivant à table, Marion comprend que son père et son mari se sont de nouveau disputés. Elle ne pipe mot et le repas a lieu dans un silence glacial qui gêne les domestiques.

Dolioux a réussi à faire l'unanimité contre lui. Il n'est pas jusqu'aux gendarmes eux-mêmes que cette étrange fureur du maire de Saint-Georges inquiète. En poussant la porte de la pièce où se tient Antoine, le brigadier ne salue plus, il se contente de demander :

— Qu'y a-t-il, cette fois ?

Le maire répond par la lecture des infractions constatées depuis la dernière visite de la maréchaussée. Le chef écoute et conclut :

— Vous aimez les histoires, hein ?

— Le département m'a accordé sa confiance !

— Vos électeurs aussi.

— Je suis en train de la mériter.

— C'est un point de vue.

Sur ce, les représentants de la loi s'en vont chez les uns et les autres procéder à des enquêtes, proférer des menaces, multiplier les avertissements et mises en garde en n'omettant pas de confier aux visités le nom de celui auquel ils sont redevables de leur venue. L'atmosphère devient irrespirable à Saint-Georges-le-Jaloux et le brigadier prophétise à son gendarme :

— Crois-moi, Aubenois, tout ça finira mal.

***

Honoré rentre de la chasse lorsque Féron le fait appeler.

— Nous sommes au mois d'août, les nuits sont claires et permettent de longs voyages nocturnes. Je me promets de frapper un grand coup qui emplira nos ennemis de stupeur.

Versillac ne paraît guère intéressé. Son chef remarque :

— Ça n'a pas l'air de vous passionner ?

— Je ne sais plus.

— Qu'est-ce qui se passe ?

Le jeune homme hausse les épaules.

— J'ai l'impression que nous menons un combat sans issue.

— Ce n'est pas son issue, mais le combat qui importe.

— Pourquoi ?

— Montrer aux Républicains que leur pouvoir n'est pas solide.

— Vous le croyez vraiment ?

— Et comment ! Sinon, je ne me risquerais pas à attaquer Pont-Saint-Esprit.

— Pont-Saint-Esprit !

— Ce n'est pas à côté, bien sûr, et la garnison y est forte. Cependant, nous avons des intelligences dans la place et ils sont certainement très éloignés de s'attendre à notre venue. Vous commanderez notre cavalerie. Cent chevaux. Votre tâche essentielle sera de protéger la troupe à pied.

Le premier mouvement d'Honoré est de refuser en expliquant, tout simplement, qu'il en a assez de cette existence de bohémien et qu'il n'a pas suffisamment foi dans les buts de son action pour se pardonner des tueries qui ne sont, à ses yeux, que des crimes. Mais, s'il part, où ira-t-il ? Il ne pourra échapper longtemps aux gendarmes et plutôt que de mourir au bagne, il préfère, tout compte fait, mourir dans une bataille qui ne sera, peut-être, qu'une échauffourée.

Féron avait jalonné son chemin de points où Honoré, parti en éclaireur avec ses hommes, devrait attendre le passage de la troupe rebelle avant de reprendre la route. On irait par Valgorge, Joyeuse, Lablachère, Grospierre que l'on traverserait de nuit. De là, par des sentiers où des paysans amis les guideraient, les royalistes se glisseraient par Labastide de Virac, Malataverne, Issirac, Saint-Paulet-de-Caisson. Là, on se rassemblerait pour lancer l'attaque contre Pont-Saint-Esprit.

Le programme se déroule comme prévu. Sitôt les portes de Pont-Saint-Esprit ouvertes par des complices, Honoré et ses cavaliers se ruent à l'intérieur de la cité rhodanienne tandis que l'infanterie suit en courant et en poussant des cris épouvantables. Ces charges et ces hurlements déclenchent une panique qu'aucune autorité ne parvient à maîtriser. La garde lève le pied et pendant deux jours, la ville est traitée en cité conquise. On saccage les maisons des Républicains et on inflige à ceux-ci de lourdes contributions. Féron ne se retire qu'après avoir fusillé quatre ou cinq anti-royalistes notoires. Au retour, Honoré est chargé de l'arrière-garde. On emprunte les chemins suivis à l'aller. Cependant, à Joyeuse, les soldats gouvernementaux, en trop petit nombre pour une opération d'envergure, ont tendu une embuscade aux cavaliers et ils réussissent à en abattre plusieurs, avant d'être eux-mêmes massacrés. Dans l'affaire, Honoré a reçu un biscaïen dans le flanc. Avec un pansement sommaire, il repart avec ses hommes vers la forêt de Bauzon, mais bientôt l'hémorragie, entraînant une faiblesse croissante, l'oblige à ralentir le pas de son cheval et à ordonner à ses compagnons de gagner seuls la forêt refuge. Il leur promet de les rejoindre plus tard. Peu à peu, sous l'emprise de la douleur, Honoré perd à demi connaissance mais reste cramponné à sa monture qui, ne se sentant plus dirigée, s'en va à l'aventure, au hasard des sentiers ou d'une belle touffe de foin sauvage aperçue sous le couvert. Seule, l'allure nonchalante de la bête préserve Versillac de la chute.

***

Perdu dans ses haines et ses rancunes, Dolioux sombre dans la maladie de la persécution. Il découvre des ennemis partout et montre ses pistolets aux réunions du conseil municipal. Rasant les murs, quand il se décide à mettre le nez hors du château, il n'adresse plus la parole à personne. Il a pris Philibert en grippe plus que tout autre et l'accable de menaces voilées qui intrigueraient Marion si elle prêtait attention aux propos fumeux de son père. Antoine — à la manière des empereurs romains de la décadence — entend, avec l'aide de la maréchaussée, régner en maître sur Saint-Georges-le-Jaloux où l'on commence à grogner sérieusement. Estalle et Geraise se sont rendus auprès des autorités départementales à Annonay pour se plaindre. On les a éconduits en leur affirmant qu'il serait souhaitable que tous les citoyens témoignent d'autant de zèle que le maire, contre qui les visiteurs portaient des accusations sans fondement. Toutefois, Estalle et Geraise s'étant retirés, le secrétaire départemental, par acquit de conscience, envoie chercher le brigadier de gendarmerie responsable de Saint-Georges et lui conte les détails de la visite reçue.

— Je connais Florent Estalle et Auguste Geraise. Ce sont de bons citoyens.

— Et le maire ?

— Je le crois un peu fou. Il nous appelle sans cesse pour des bêtises et ruine notre autorité en même temps qu'il nous fait détester de la population.

— Ah ?... Vous n'avez pas de grief personnel contre lui ?

— Monsieur le Secrétaire, je suis gendarme et seulement gendarme !

— Bon, bon, ne vous fâchez pas ! Que pensez-vous qu'il puisse se produire ?

— Tout.

— Mais encore ?

— Il est capable aussi bien de tuer quelqu'un que de foutre le feu au village ou de se suicider.

— Dans ce cas, il serait peut-être utile de le convoquer et de le montrer à un médecin.

— J'en suis convaincu.

— Faites savoir à M. Dolioux que je l'attends dans mon cabinet demain en huit.

Dès que le gendarme a transmis l'invitation, le maire de Saint-Georges paraît plein d'une ardeur nouvelle. Persuadé qu'on l'appelle pour le féliciter, il ne se souvient plus de ses angoisses précédentes et se répand dans le village, confiant, à qui veut l'entendre, la série de mesures qu'il proposera au département afin de mettre à la raison une bourgade qui, à ses yeux, incarne la contre-révolution et devient un danger pour la République.

L'erreur incompréhensible d'Antoine — qui, pourtant, les connaît parfaitement — est d'avoir oublié que les gens de la terre savent garder leurs rancunes secrètes et attendre le moment propice afin d'assouvir des vengeances, si différées qu'elles soient. Les Vermoyat, eux, n'ont pas oublié celui qui a envoyé leur fils et frère à la mort.

La veille du jour où Dolioux doit se rendre à Annonay, Philibert tente une ultime démarche :

— N'allez pas à Annonay, père !

— Pourquoi ? Tu as peur que j'en revienne avec des pouvoirs plus étendus encore ?

— A moins qu'on ne vous enferme !

— Moi ? Elle est raide celle-là ! Et pourquoi m'enfermerait-on, je te prie ?

— Parce que d'aucuns vous réputent fou.

— Tiens donc !

— Il paraîtrait que les gendarmes sont de leur avis.

— Pas possible ? C'est toi qui fais courir ce bruit dans l'espoir de te débarrasser de moi ! Ça te gêne que je partage ton secret, hein ? Tu sais que si je raconte la vérité à Marion, elle te quittera !

— Taisez-vous ! Mais taisez-vous donc, Bon Dieu !

— Je me tairai si je le veux !

Philibert gémit :

— Vous voulez donc nous perdre tous les deux ?

— Je veux que tu m'obéisses, que Marion m'obéisse, que tout le monde m'obéisse ! Sinon, tant pis !

En rejoignant sa femme, Tiranges la prévient :

— Je crois que ton père est vraiment fou.

— Vous vous êtes encore querellés ?

— Le moyen d'agir autrement avec lui ?

Marion, occupée à un travail de broderie, demande :

— Philibert, je suis ta femme... Pourquoi ne te confies-tu pas à moi ? Pour quelles raisons ne m'apprends-tu pas ce qu'est le secret qui semble vous lier, mon père et toi ?

— Mais...

— Vous criez si fort, par moments, que ce que vous souhaitez taire s'entend jusqu'au village !

— C'est rien.

— Tu mens à ton épouse ?

— Mon épouse ! Mon épouse ! Faudrait voir ! Tu n'es pas ce qu'un mari peut désirer comme compagne !

— Je m'efforce, pourtant, d'obéir à toutes tes volontés.

— Mais en ayant l'esprit ailleurs !

— Ce sont des idées !

— Allons donc ! Nous vivons avec une ombre !

— Qui était ton ami !

— Et alors ? C'est pas une raison !

Marion hausse doucement les épaules, en soupirant :

— Je t'avais prévenu, Philibert.

Les scènes de cette sorte se multiplient et le ménage bat de plus en plus de l'aile. Seule, la pauvre et inconsciente Pauline Tiranges demeure persuadée que son fils est heureux puisqu'il possède la plus jolie fille du pays et qu'il a la réconfortante perspective d'hériter du domaine et du château des Champsauve.

***

Honoré est revenu à lui et son regard vacillant ne réussit pas à s'accrocher à un objet familier pour se haler vers la réalité. Ses yeux croient reconnaître une serpe accrochée à un mur, de là ils descendent vers une sorte de table grossière sur laquelle repose un pichet. Un banc. Aussitôt, apparaît dans son champ visuel une tête pleine de poils gris. Il doit s'imposer un effort d'attention pour admettre qu'il s'agit d'un homme dont l'âge a sculpté la figure, la faisant ressembler à ces visages de faunes qu'Honoré a vus sur des gravures chez son parrain. Le nez, énorme, recourbé, évoque le soc d'une charrue, les yeux disparaissent sous la broussaille des cheveux, des sourcils et de la barbe. Le blessé croasse :

— Qui êtes-vous ?

— Hippolyte Elséguire, berger de mon état, pour te servir, mon gars !

— Vous... vous me soignez ?

— Je pense même que je t'ai sauvé la vie.

— Où sommes-nous donc ?

— Ça, on le verra plus tard. A présent, j'espère que t'es tiré d'affaire. Tu sais ce que c'est, ça ?

Il montre un petit bloc de métal.

— Ma foi...

— Ce que je t'ai retiré du corps... un biscaïen, à mon idée... un biscaïen que, seule, la troupe régulière utilise. Tu devais pas être au mieux avec elle, hein ? Mais c'est une histoire dont on parlera quand tu seras sur pied. En attendant, tu vas boire le bouillon que je t'ai préparé et dormir à nouveau. Y a pas meilleur remède que le sommeil.

***

Dolioux riait en conduisant le cheval traînant sa carriole. Il lui a drôlement rabattu le caquet à cet imbécile de Philibert ! Ce petit merdeux qui se figure pouvoir lui donner des ordres ! S'il voulait parler, Antoine, ça en boucherait un coin à plus d'un et tous seraient obligés de reconnaître qu'il est le plus fort. Cet Honoré aurait été un véritable poison... et puis, pourquoi Armandine avait-elle refusé de l'épouser ? Il était le plus intelligent du pays et elle la plus instruite des femmes de Saint-Georges. En sa compagnie, la Révolution aidant, il serait devenu autre chose que le maire d'un village de l'Ardèche ! Mais elle n'avait pas voulu, la sotte !

Tout en soliloquant, Antoine, ayant dépassé Ozas, traverse le boqueteau qui mène vers Midon lorsque, brusquement, un homme jaillit devant le cheval et l'attrape par la bride. Dolioux reconnaît Jean-Marie Vermoyat dans celui qui entraîne l'équipage sous le couvert et il se dresse sur son siège pour crier :

— Tu es fou ou quoi, Jean-Marie ?

L'autre ne répondant pas, Antoine se laisse aller à une colère furieuse.

— Nom de Dieu de saloperie de canaille ! Tu lâches mon cheval ou je t'assomme à coups de fouet !

Dans le dos du maire, on ordonne sèchement :

— Tais-toi !

Dolioux se retourne et découvre Mathieu Vermoyat qui le menace d'un fusil.

— Ça veut dire quoi, ton théâtre, espèce d'andouille ?

— Qu'on baisse le rideau. La pièce est finie. Descends !

— Pourquoi ?

— Parce que je te le dis !

— Et pour quelles raisons je t'obéirais ?

— Pour ne pas recevoir du plomb dans les tripes !

Alors, Antoine prend peur. Il comprend qu'il ne s'agit pas d'une plaisanterie d'un goût douteux. Il saute sur la route et se plante, arrogant, devant son agresseur.

— T'es content, à présent ?

— Je le serai lorsque je t'aurai tué.

Sur l'instant, le maire ne le croit pas. Cependant, lorsqu'il se rend compte de la dureté implacable des yeux du père et du fils, il admet qu'il est possible qu'il soit en danger de mort.

— Tu as perdu la raison, Mathieu ?

Vermoyat secoue doucement la tête.

— Rappelle-toi ce que je t'avais promis au cas où Gustave...

— Je ne suis pas responsable de sa mort !

— T'as fait exprès de les désigner, lui et Honoré. Gustave, pour m'atteindre, Honoré en souvenir d'Armandine qui t'avait pas voulu pour mari ! Et maintenant, c'est à tout le monde que tu t'en prends. Il est temps qu'on arrête tes méchancetés. Même les gendarmes, ils disent que t'es devenu un malade dangereux.

Dolioux éclate d'un rire bizarre qui gêne Vermoyat.

— Tu sais ce qui les pousse, les uns et les autres, à débiter des stupidités sur mon compte ? Ils me jalousent ! Ils savent qu'ils ne peuvent rien contre moi, parce que je suis plus malin qu'eux.

Jean-Marie grogne :

— Facile à dire !

— Oui ? Eh bien, écoute ça : personne ne pensait que je pourrais empêcher ma fille d'épouser Honoré, pas vrai ? Et tu as pourtant constaté qu'elle s'est mariée à Philibert, non ?

— Après la mort du pauvre Honoré !

— Justement pas ! Je l'ai fait croire à Marion pour qu'elle cesse de l'attendre et qu'elle accepte Tiranges ! Et vous avez tous marché !

Vermoyat empoigne Dolioux par le devant de sa chemise et le secoue :

— Ignoble salaud ! Où il est Honoré, à cette heure ?

— Il est peut-être mort, mais je me figure plutôt qu'il est au bagne ! Pas mal joué, hein ? Oh ! j'ai eu du mal à convaincre Philibert. Il avait des scrupules, l'imbécile ! Toutefois, entre la fidélité à son ami et ma fortune plus ma fille, il n'a pas hésité très longtemps ! Je suis le plus fort ! Je réussis tout ce que j'entreprends et je balaie ceux qui se mettent en tête de m'empêcher d'avancer ! Bientôt, je dirigerai le département et peut-être que l'an prochain, on me convoquera à Paris !

Et sur ce, sifflant la Carmagnole, le maire de Saint-Georges-le-Jaloux improvise une danse qui laisse les Vermoyat pantois. Quand il revient de son ébahissement, Jean-Marie confie à son père :

— C'est vrai qu'il est fou !

— Il l'était pas lorsqu'il a commis ses crimes. Amène la voiture sous une grosse branche autour de laquelle tu passeras la corde. Moi, je mettrai le nœud coulant au cou de cette canaille. Je tiens à porter seul le poids du péché.

***

Pour la première fois depuis qu'il a été blessé, Honoré peut s'asseoir et, comme son hôte, manger des nourritures fortes. En même temps que le garçon reprend goût à la vie, la curiosité le tenaille.

— Et si vous me disiez, maintenant ?

— D'abord, où as-tu récolté ce biscaïen ?

— Du côté de Joyeuse, il me semble.

— Où c'est ça, Joyeuse ?

Honoré se met à rire.

— Un Ardéchois qui vit à quelques kilomètres d'une ville et qui n'en connaît pas le nom !

— Rigole tant que tu voudras, gamin, mais faut que je te donne mon opinion : t'as un sacré cheval...

— Un... pourquoi diable me racontez-vous ça ?

— Parce que c'est pas moi, mais lui qui t'a sauvé en arrivant quasiment fourbu, à l'aube, devant ma porte et toi recroquevillé sur son dos...

Le vieux prend un temps avant d'ajouter :

— La bête a dû marcher la nuit entière... Autant que tu le saches, t'es pas dans l'Ardèche ici, mais dans la Lozère et quand tu mettras le nez dehors, tu verras que de l'herbe et des cailloux. Les autres assurent que c'est un pays perdu. C'est vrai. On n'y voit pas souvent l'homme. Moi, je m'y plais. Il y a trente-deux ans que j'y habite avec mes moutons. Je descends une fois par trimestre à Pont-de-Montvert, j'y couche et je me saoule. Une manière de me purger, tu comprends ? Je fais mes provisions et je remonte pour trois mois. Je vends la laine, le fromage et les agneaux, je vis tranquille, je suis heureux. Là où on est, on dit les Bouzèdes. Ça m'étonnerait que les gendarmes viennent t'y chercher.

— Pourquoi vous me parlez des gendarmes ?

— Parce que, ce que je t'ai retiré du corps, on l'attrape pas en cueillant des cerises.

— Ce sont pas les gendarmes.

— Comme tu veux. Si ça te soulage de me confier ton histoire, tu causes, si tu préfères te taire, tu te tais, c'est pas moi qui te poserai des questions.

— Je vous expliquerai... Je voudrais pas que vous me preniez pour un bandit...

— Tu sais, petit, dans des pays du genre de celui-ci, on n'a ni le goût ni le temps de distinguer entre les canailles et les honnêtes gens. Je vais t'apprendre une chose, fils : quand tu es pris par l'hiver sur ces plateaux et que la burle souffle, que tu sois un brave type ou un salaud, tu crèves. Sans doute que le bon Dieu, il a pas appris au vent à connaître la différence.

— Ça me soulagera de parler.

— Alors, vas-y, je t'écoute.

Honoré, pour lui-même autant que pour le vieux, recommence tout à partir de son arrivée insolite chez les Tousière jusqu'à son départ du Béage entre deux gendarmes, sa délivrance par M. Féron, son enrôlement parmi les rebelles, sa blessure.

Pendant le récit de son hôte, Hippolyte n'a pas bougé, ni prononcé un mot. Sans le feu du fourneau de sa pipe, auquel l'ombre montante de la nuit donne une importance à chaque instant renforcée, on pourrait penser que le vieux s'est endormi. Lorsque son compagnon se tait, il demeure encore une minute ou deux silencieux puis, ayant vidé sa pipe dans l'âtre, il conclut :

— T'as eu pas mal d'ennuis à ce que je comprends, fils... Mais si t'as eu affaire à des mauvais, t'as aussi rencontré du brave monde. A présent, tu dois dormir, demain nous attend...

Honoré obéit et s'étend parmi les peaux de mouton où il plonge dans un sommeil profond. Au matin, le berger lui montre le recoin où il trouvera quelque nourriture et file rejoindre son troupeau en compagnie duquel il passe la journée sur le Plateau de la Croix de l'Ermite. Le soir, quand il entre dans la cabane, une épaisse odeur de suint y pénètre avec lui. Honoré, assis, rêvasse. Le vieux s'enquiert.

— Alors ?

— Alors, rien.

— Je vois, tu t'ennuies. Moi, je me suis jamais ennuyé dans ma montagne.

— C'est pas la montagne qui m'ennuie mais de pas travailler.

— Patience, fils... Celui qui se presse fait pas un bon ouvrage.

— Quelle date sommes-nous ?

— L'année tire à sa fin... La neige n'est pas loin, le vent en a déjà le goût. Elle serait là cette nuit que j'en serais pas étonné.

— Il y a combien de temps que je suis arrivé ?

— Un mois.

— Curieux qu'on puisse perdre un mois de son existence sans s'en rendre compte.

— Il y a tant d'autres choses que les hommes perdent, petit à petit, sans s'en apercevoir.

— Quoi, par exemple ?

— Mais, la liberté...

— La liberté ? C'est la Révolution qui, paraît-il, nous l'a rendue !

— Seulement à ceux qui l'avaient perdue, ceux qui sont dans les villes et qui obéissent aux lois. Ici, personne m'a jamais dit ce que je pouvais faire et ce que je pouvais pas faire. Y a pas de gendarmes dans mon désert d'herbes et de pierres. Seul, Dieu me surveille et je m'entends bien avec lui.

— Pourquoi vous vous êtes installé dans ce coin sauvage ?

— Parce que j'aime pas les hommes, leurs vices, leurs méchancetés, ce souci de l'argent qui les quitte plus du jour où ils savent compter. Mes parents étaient commerçants à Florac. Mon père m'a appris le métier de marchand drapier. Tant qu'il a vécu, j'ai couru les foires et les marchés. Lorsqu'il est mort, je lui ai succédé ; du jour au lendemain, je suis devenu patron. J'ouvrais et je fermais les volets de la boutique. Le dimanche, ma mère me préparait un casse-croûte et, chaussé de souliers ferrés, armé d'un solide bâton, je m'offrais de longues marches sur les flancs du mont Lozère ou sur le causse Méjean ou le Sauveterre. Quelles belles heures j'ai passées là tandis que les garçons de mon âge ne se souciaient que de courir les bals et les auberges ! Chaque fois qu'il me fallait abandonner mes belles solitudes pour redescendre à Florac, j'étais malheureux et cela jusqu'au soir où je me suis posé la question que j'aurais dû me poser depuis longtemps : « Pourquoi reviens-tu là où t'es pas heureux ? » J'ai attendu que ma mère soit allée rejoindre mon père pour vendre mon commerce. J'ai placé le plus gros de mes sous chez le notaire et avec le reste, j'ai acheté des moutons ainsi que cette cabane que j'avais repérée au cours de mes promenades. Le notaire, je le rencontre une fois l'an, au Pont-de-Montvert. Il me dit la façon dont se porte ma fortune et moi, je lui paie un fameux repas avec les sous qu'il me remet. Voilà. J'ai eu la chance de comprendre assez tôt où était mon chemin. J'ai dans l'idée que la plupart des hommes se trompent quand ils choisissent leur route. C'est pourquoi tout va de travers en ce monde.

— Et les femmes ?

— Elles seraient parfaites si elles vieillissaient jamais. Je les aime trop pour assister à leur décrépitude et leur offrir le spectacle attristant de la mienne.

— Si vous connaissiez Marion...

— La plupart des hommes ont une Marion dans un coin de leur mémoire. Il y a combien de temps que tu l'as pas vue ?

— Cinq ans.

— Tu dois être d'une nature optimiste et ton ambition ne se contenterait sûrement pas d'une cabane comme celle-ci.

— Non, je rêve d'une ferme... Elle s'appellera la Désirade. Elle aura trois corps de bâtiments.

Hippolyte, amusé, écoute son compagnon décrire son futur domaine avec une précision prouvant qu'il y pense souvent et depuis longtemps.

— Et naturellement, tu l'habiteras et la gouverneras avec ta Marion... si elle t'a attendu.

— Pourquoi qu'elle m'aurait pas attendu puisqu'elle a promis ?

— Les femmes, petit, promettent plus qu'elles tiennent.

— On voit bien que vous connaissez pas Marion.

***

Un cultivateur de Midon avait remarqué l'attelage où manquait le cocher. Après avoir attaché le cheval à un arbre, il était parti au hasard, dans le bois, et n'avait pas tardé à découvrir le pendu. Les gendarmes prévenus se convainquirent qu'Antoine Dolioux, donnant depuis quelques mois des signes de dérangement cérébral, avait amené sa carriole sous la branche choisie. Une fois qu'il s'était passé la corde au cou, il avait dû crier : « Hue ! » et la bête, obéissante, était partie, entraînant la voiture et laissant Antoine gigoter inutilement au-dessus de la mousse. L'enquête fut aussitôt close et le curé de Saint-Georges enterra le maire en terre chrétienne, acceptant l'excuse de la folie. Jean-Marie Vermoyat prit la place laissée vacante par Dolioux et choisit Apinac comme premier adjoint ; Tiranges, Brénieux, Octave Herbaud complétèrent le conseil municipal.

***

Honoré profitait de la moindre accalmie du temps pour se refaire une santé, en s'aventurant dans des promenades qu'Hippolyte balisait avec soin pour son protégé. Sur ces plateaux, plus désertiques encore que ceux du Béage, Versillac, qui avait fêté ses vingt-quatre ans, reprenait goût à la vie. Avec la logique absurde des simples, il se persuadait que, puisqu'il n'y prenait plus part, les batailles étaient terminées. Maintenant, il était sûr — sans pouvoir dire pourquoi — qu'il ne risquait rien des gendarmes et qu'on lui permettrait de se réinstaller à Saint-Georges dans sa maison de l'Agneau où Marion, que cela plût ou non à son père, remplacerait Armandine. Les illusions d'Honoré tenaient à ce que, depuis 1793, il vivait pratiquement hors du monde.

Pour la nuit de Noël, Hippolyte avait tué un jeune mouton et préparé un gigot comme plat de résistance. Il l'accompagna d'un ragoût où se retrouvaient les abats de la bête. Des pommes de terre sautées à la graisse de porc complétaient le menu. Le dessert se composait de nèfles d'hiver. Le berger veillait à ne jamais manquer de vin. Avant de passer à table, le vieux s'enquit :

— Tu crois en Dieu, fils ?

— Je sais pas...

— Tu me dis ça parce que t'oses pas répondre oui... Moi, je crois, et à mesure que je vieillis, je suis plus sûr de ma foi. Dans cette solitude, vois-tu, je demeure sous le regard de Dieu. Alors, on a le temps de se causer. Je pense que c'est ce qui manque aux hommes trop préoccupés de l'argent, de leur santé, de leur famille : arriver, un jour, ne fût-ce que pendant quelques heures, à demeurer en tête-à-tête avec Dieu. Peut-être comprendraient-ils ? Ils sont sourds et aveugles. Puisqu'il n'est pas possible d'aller à la messe de minuit, j'ai l'habitude — au lieu du « Benedicite » habituel — de lire, cette nuit-là, un passage de l'Évangile selon saint Matthieu qui s'accorde aux circonstances du moment.

Le bonhomme mit des lunettes aux verres étroits et à la monture de fer. Honoré s'était levé. Hippolyte commença :

— « Quand le Fils de l'homme viendra dans sa gloire, escorté de tous les anges, alors il prendra place sur son trône de gloire. Devant lui seront rassemblées toutes les nations et il séparera les gens les uns des autres, tout comme les bergers séparent les brebis des boucs. Il placera les brebis à sa droite et les boucs à sa gauche. Alors, le Roi dira à ceux de droite : venez les bénis de mon Père, recevez en héritage le Royaume qui vous a été préparé depuis la fondation du monde. Car j'ai eu faim et vous m'avez donné à manger, j'ai eu soif et vous m'avez donné à boire, j'étais un étranger et vous m'avez accueilli, nu et vous m'avez vêtu, malade et vous m'avez soigné, prisonnier et vous êtes venus me voir. Alors, les justes lui répondront : Seigneur, quand nous est-il arrivé de te voir affamé et de te nourrir, assoiffé et de te désaltérer, étranger et de t'accueillir, nu et de te vêtir, malade ou prisonnier et de venir te voir ? Et le Roi leur fera cette réponse : En vérité, je vous le dis, dans la mesure où vous l'avez fait au plus malheureux de mes fils, c'est à moi que vous l'avez fait. »

Hippolyte referme sa Bible et regarde Honoré par-dessus ses lunettes.

— Tu comprends que t'as pas tellement besoin de me remercier puisqu'en te portant secours, je sauvais mon âme. Tu partiras au printemps ?

— J'ai pas encore décidé.

— Mais si, seulement tu crains de me le dire. D'ailleurs, les jeunes s'en vont toujours au printemps, peut-être parce qu'ils se figurent que la belle saison risque de durer toujours, tandis que les vieux, sans illusion, partent à l'automne. Si tu étais plus âgé, fils, tu devinerais que la vraie vie est ici. Savoir si tu ne seras pas content de revenir un jour ? En attendant, il te faut retrouver des forces puisque tu as de nouveau envie de courir le monde.

A Pâques de 99, Honoré avait oublié sa blessure. Il se sentait aussi solide qu'avant et cela le démangeait de reprendre la route. Depuis la fonte des neiges, il s'obligeait à de longues marches dont il revenait épuisé mais content de lui. L'observant, Hippolyte remarquait :

— Tu me fais penser aux oisillons qui s'entraînent pour le vol qui les emportera hors du nid.

Lorsqu'il n'était pas disposé à entreprendre une course, Honoré se mettait au soleil et rêvait, le nez dans les nuages. Ses songes se ressemblaient tous : d'abord Marion, ensuite sa future ferme, la Désirade. Il ne lui venait pas à l'esprit qu'après six années, la jeune fille pouvait s'être lassée d'attendre un fiancé dont elle ne savait rien, sauf que son beau domaine n'existait que dans ses rêves. Peu à peu, le garçon s'acheminait vers le moment où il ne pourrait plus différer son retour à Saint-Georges, quels que soient les périls susceptibles de le menacer. Son amour montait au rythme d'une impatience qu'il était de moins en moins capable de maîtriser. Le matin où il dit au revoir à Hippolyte baignait dans une douceur merveilleuse.

— Alors, c'est décidé, tu pars...

— Je pars... sinon, je deviens fou.

— A mon idée, tu as tort... Où tu vas ?

— Chez moi, à Saint-Georges-le-Jaloux.

— Si les gendarmes...

— Là où je passerai, personne ne me connaîtra.

— Ouais, mais il faudra expliquer pourquoi, à vingt-cinq ans et bâti comme tu l'es, tu portes pas l'uniforme ?

— Bah ! on verra bien !

— Rien ne te fera revenir sur ta décision, hein ? Dans ce cas, bonne chance, petit, t'en auras besoin.

— Un grand merci pour tout. J'oublierai jamais que je vous dois la vie.

— Ça va, ça va... Pars pendant qu'il y a encore de la fraîcheur dans l'air.

Longtemps, le vieux berger regarda décroître la silhouette du cavalier en direction de Coucourles.

***

Pour ne pas ruiner le foyer de Marion et aussi pour qu'on ne les soupçonne pas de meurtre, les Vermoyat n'ont pas soufflé mot — même aux femmes de la maison — de la confession de Dolioux. Ils se contentent de tourner la tête quand ils rencontrent Philibert et refusent de lui serrer la main. Un jour, le jeune homme s'en offusque et arrête Jean-Marie qui, une fois de plus, l'évite :

— Pourquoi t'agis comme ça ?

— Ça... quoi ?

— Semblant de pas me voir ?

— Tu t'en doutes pas ?

— Je vois pas...

— Eh ben ! t'es un sacré menteur !

Sur ce, Vermoyat s'écarte, laissant Philibert désorienté. L'époux de Marion ne comprend pas l'hostilité soudaine qu'on lui témoigne. Il ne peut deviner, maintenant que son beau-père n'est plus, que quelqu'un soit au courant de leur secret.

***

L'éternelle illusion de ceux qui s'en vont, c'est de penser qu'en leur absence, le monde n'a pas changé, ne pouvait pas changer. A les écouter, on a le sentiment que dans l'attente de leur retour, le cadre social où ils vivaient s'est immobilisé, négligeant le temps qui passe. Honoré, sans en prendre clairement conscience, appartient à cette catégorie d'égoïstes aveuglés par leurs souvenirs sans cesse réinventés. Au fur et à mesure qu'il approche de Saint-Georges, il oublie les épreuves subies, les souffrances endurées, pour ne se rappeler que les heures vécues près de Marion, les heures qu'il revivra sitôt qu'il entrera dans la demeure du maire et prendra sa bien-aimée par la main pour l'emmener, quoi qu'en puisse dire son père. Cependant, son appétit de bonheur ne pousse pas Versillac à des imprudences dont le bagne pourrait être le prix. Il suit des itinéraires aussi secrets que ceux empruntés six ans auparavant pour échapper à la réquisition. En outre, il ne voyage que la nuit et demeure, le jour, caché dans les bois rencontrés. Au crépuscule, il frappe aux portes des fermes isolées et, moyennant quelques francs, se restaure, nourrit son cheval et achète des provisions. Lorsqu'il est fatigué de rêver à Marion et au bonheur qui sera le leur, il songe à ceux qui, au cours de ces dernières années, l'ont aidé. Marthe... Féron... Hippolyte, tous, il les a abandonnés. Pourtant, il devait la paix du cœur et du corps à Marthe, la liberté à Féron, la vie à Hippolyte, mais les joies promises effacent les joies savourées et l'envie de demain étouffe les échos d'hier. Il s'arrête deux jours, du côté de Préaux, peut-être parce qu'à la veille de toucher au but une angoisse confuse s'empare de lui, mais il triomphe vite de cette faiblesse passagère et se remet en route parmi les paysages de plus en plus familiers.

Pour éviter Ardoix, Honoré a, selon sa prudente habitude, passé par les collines. Il ne peut, cependant, s'écarter à temps d'un homme qui travaille dans son champ. Alors qu'il le croise, le paysan salue le cavalier.

— Belle journée, hein ?

— Très belle.

— Des fois, vous vous seriez pas égaré ?

— Non, pourquoi ?

— C'est tellement rare de rencontrer quelqu'un, par ici. La route est juste au-dessous de nous et elle mène à Sarras au levant, à Quintenas au couchant... C'est plus facile. Où c'est que vous allez ?

— A Saint-Georges-le-Jaloux.

— Saint-Georges, j'y ai travaillé trois ans, chez Vermoyat, pendant que ses gamins étaient encore trop jeunes pour l'aider... On me dit Jean-Baptiste Deyras.

— Vulcain !...

— C'est ça ! M. l'abbé Soulia m'appelait Vulcain. J'ai jamais compris pourquoi et personne a pu m'expliquer.

Renvoyé, par ce nom, au passé, Honoré voit la forge de Vermoyat et ce compagnon aux muscles noueux dont la poigne valait une pince. Il avait la poitrine et les avant-bras couverts de poils.

— Et vous, comment c'est votre nom ?

— Versillac.

— Le même que celui de Mlle Armandine !

— Je suis son fils.

— Son fils, Honoré ? Mais on m'a raconté que vous étiez mort ?

— Alors, on s'est trompé, heureusement pour moi.

— Je suis foutrement content ! Le petit Honoré... Votre mère, c'était une sainte créature... Paraît qu'Antoine Dolioux, il lui en voulait...

— Celui-là, je suis venu pour régler mes comptes avec lui !

— Dans ce cas, l'ami, vous arrivez un peu tard. L'Antoine est mort et enterré depuis plusieurs mois. On raconte qu'il s'est pendu.

— Et sa fille, Marion ?

— Ça, j' sais pas. Pour Dolioux, je l'ai appris par les gendarmes. Je me plaisais bien à Saint-Georges.

— Pourquoi vous êtes parti ?

— Les garçons de Vermoyat étaient devenus des hommes. Plus de travail. Un fermier d'Ardoix, qui était resté veuf, vivait avec sa fille. Pour mener seul l'affaire, il était plus assez jeune et la Rosalie était pas suffisamment forte. Il m'a pris à son service, il y a une dizaine d'années. Le patron est décédé et j'ai marié la fille. C'est pas qu'elle était belle, mais je devenais propriétaire. La grande ferme, là-bas, juste derrière les fayards.

— Vous êtes heureux ?

L'homme haussa les épaules.

— J'ai des sous, mais je regrette Saint-Georges. Tenez, si vous vouliez me faire un grand plaisir et si vous êtes pas pressé, venez casser la croûte à la maison, vous y dormirez et demain, en fin de matinée, vous arriverez chez vous frais comme un gardon.

Rosalie n'avait effectivement pas été gâtée par la nature et Honoré comprenait le manque d'enthousiasme de Jean-Baptiste quand on lui parlait de son bonheur. Deyras et Versillac passèrent la journée à évoquer un Saint-Georges qui — sans qu'ils s'en doutassent — n'existait plus. Le soir, quand il fut couché dans un lit dont les draps sentaient la saponaire qui avait servi à faire la lessive, Honoré s'étonna d'avoir accepté une hospitalité qui retardait ses retrouvailles avec Marion. Il ne voyait pas ce qui l'avait poussé à agir de la sorte. Il n'était pas assez habile aux jeux de l'esprit pour deviner qu'inconsciemment, au moment de retrouver Marion, il reculait l'instant de leur rencontre, la minute où, la prenant dans ses bras, ils effaceraient, ensemble, six années de séparation. Même si on lui avait expliqué le mécanisme de sa pensée, il n'aurait pas saisi la raison profonde de son comportement qui n'était que le reflet de l'éternelle inquiétude de l'homme sur le point de voir, enfin, se matérialiser son rêve.

***

Ils sont en train de faire une manille chez les Brénieux. Octave Herbaud et Jean-Marie Vermoyat jouent contre Albert Tiranges et Fabien Boisset. A cheval sur leurs chaises, Barthélemy Apinac et Germain Vérines regardent la partie qui se déroule en silence, sans gros mots parce qu'on vient juste de quitter l'église où a été célébré l'office dominical et qu'il faut attendre encore un peu pour se permettre de jurer. Il n'est pas loin de midi lorsque Paul Boyer, essoufflé, entre en courant à l'auberge. Les joueurs lèvent la tête et Apinac dit :

— T'aurais-t'y le diable au train, Paul ?

— Presque...

Intrigués, ils posent leurs cartes et contemplent leur ami qui a du mal à reprendre haleine. Vérines demande :

— Et alors ?

Boyer les fixe avec des yeux de bête traquée.

— Vous allez pas me croire, mais...

Il s'arrête de nouveau et Tiranges tape du poing sur la table, en criant :

— Tu vas-t'y te décider, nom d'un chien !

— Voilà, y en a un qui s'amène et qui sera ici avant que vous ayez fini votre sieste !

— Et qui c'est, celui-là ?

— Honoré de l'Armandine !

Une bombe aurait éclaté sous leur table qu'ils ne seraient pas plus stupéfaits. Réagissant le premier, Apinac proteste :

— C'est pas possible, puisqu'il est mort !

Vérines ajoute :

— Et les fantômes, ils se baladent pas en plein jour, vingt dieux !

Jean-Marie Vermoyat donne son avis :

— Ça m'étonne pas... Je sais que Dolioux a menti pour persuader sa fille d'épouser Philibert. Je sais aussi qu'Honoré avait autant de chances d'être vivant que mort.

Brénieux s'exclame :

— Et tu nous en as pas parlé ?

— J'aime pas me mêler des affaires des autres.

L'aubergiste secoue la tête.

— Ça fait rien, t'es un drôle de corps, Jean-Marie.

Boisset ne parvient pas à ajouter complètement foi à la nouvelle.

— C'est pas croyable qu'Antoine, il aurait pu faire une saloperie pareille !

Vermoyat ricane :

— Oh ! si... parce que ton ami, Fabien, c'était une foutue canaille !

Tiranges réclame des précisions :

— S'il était pas mort, l'Honoré, où donc qu'il se trouvait ?

— Faudra le lui demander.

Le menuisier ne lâche pas.

— Et comment que t'es au courant, Paul ?

— Je suis été à Ozas, chercher des fagots. J'en ai rencontré un des Balais. C'est lui qui m'a appris qu'Honoré avait passé la nuit chez le Jean-Baptiste Deyras qui a aidé ton père dans le temps, Jean-Marie.

— Je me le rappelle bien. Un costaud qui avait du poil partout. Il foutait la frousse au pauvre Gustave et à moi.

Tiranges s'entête :

— Tant que je l'aurai pas vu, j'y croirai pas, au retour d'Honoré.

Furieux d'entendre mettre sa parole en doute, Boyer s'emporte :

— C'est à cause de ton Philibert que tu veux pas me croire ?

— Pourquoi, Philibert ?

— Parce que si l'Honoré revient, ça risque de mal tourner !

— Pour quelles raisons ?

Apinac explique :

— Il avait juré à son ami de veiller sur Marion !

Boisset susurre :

— Pour veiller, il a veillé ! Personne pourra prétendre le contraire !

Il y a des rires vite étouffés. Tiranges s'énerve :

— Mais bon Dieu ! Puisqu'il croyait l'Honoré défunt !

Vermoyat insinue :

— A moins qu'il ait été au courant de la malice de son futur beau-père et qu'il ait sauté sur l'occasion de prendre la fille qu'il désirait.

Herbaud ajoute :

— Sans oublier une dot qu'était la plus belle du pays !

Tiranges se lève.

— Tous des salauds ! Voilà ce que vous êtes ! Vous insultez mon fils parce qu'il peut pas vous cogner dessus. Philibert aime Marion qui l'aime et...

— T'en es sûr, Albert ?...

— Jean-Marie, j'avais une grosse amitié pour toi. Après ce que t'as dit, c'est fini. Je te causerai plus, je trinquerai plus avec toi et, quand tu me tendras la main, je te tournerai le dos.

Au moment où Tiranges s'apprête à sortir, Vermoyat l'avertit :

— Albert, ça va être une mauvaise journée pour toi, et j'en suis pas heureux.

Le menuisier hausse les épaules et s'en va.

***

Il semble que la vie se soit arrêtée à Saint-Georges-le-Jaloux depuis qu'on est au courant du retour d'Honoré. Dans l'ensemble, on éprouve une joie sincère à l'idée que le fils d'Armandine n'est pas mort. Cependant, il y en a pour craindre les heures qui vont suivre. La promesse faite et trahie, la parole donnée et non tenue. On connaît déjà les propos de Jean-Marie Vermoyat et peu à peu, la peur gagne les maisons les unes après les autres. Réfugiés dans leurs demeures aux fenêtres ouvertes, les villageois restent immobiles, l'oreille tendue. Ce jour-là, le repas de midi est absorbé dans une telle hâte que la plupart ne prennent même pas le temps de s'asseoir.

Vers deux heures, la population de Saint-Georges se fige quand on attrape, dans le silence particulier de la campagne, l'écho des pas d'un cheval. On sait qu'Honoré arrive. Le premier qui le voit et le serre dans ses bras, c'est le fils Herbaud.

— Honoré ! Quelle joie de te revoir ! On racontait que t'étais mort ou au bagne.

— On se trompait.

— J'en suis bougrement content ! Tu viens à la maison ?

— Plus tard. Où est Marion, maintenant que son père n'est plus là ?

— A Champsauve.

— Elle y vit seule ?

— Je sais pas.

— Comment ça, tu sais pas ?

— Depuis ton départ, on la rencontrait guère et depuis la mort de son père, on l'aperçoit plus.

— La pauvre... Faut que je me dépêche.

— Honoré... On t'aime bien ici... Alors, si tu encaisses un coup dur, on est là pour t'aider.

— Pourquoi tu me dis ça ?

— Pour rien... enfin, pour te montrer que tu peux compter sur nous.

Honoré remonte sur son cheval et, traversant Saint-Georges de bout en bout, il est surpris de ne rencontrer personne. Derrière lui, des portes s'ouvrent et on le suit de loin. En entrant dans la cour de Champsauve, Versillac, assailli par les souvenirs, a les larmes aux yeux. Ce petit monde qu'il chérissait et qui avait été bousculé, balayé par le vent impie de la Révolution...

Marion coud, assise dans le fauteuil qu'occupait jadis Armandine. Lorsque la porte s'ouvre, elle demeure paralysée d'effroi : le fantôme d'Honoré pénètre dans le petit salon. Elle se signe et baisse les paupières pour se concentrer en une courte prière. Elle tressaille quand elle sent deux mains se poser sur ses épaules, des mains chaudes, pesantes, qui ne peuvent appartenir à un revenant, tandis qu'une voix murmure tendrement :

— Je suis venu te chercher, ma chérie.

Elle écarquille les yeux et chuchote :

— T'es donc pas mort ?

— T'as l'air déçue ?

— Non, je suis heureuse de te revoir... Je t'aime toujours... comme autrefois... Mais mon père et Philibert m'ont assuré que t'étais plus de ce monde, alors...

— Alors ?

— Pour pas rester seule...

Elle se tait, n'osant pas avouer à celui qu'elle aime qu'elle appartient à un autre. Honoré insiste :

— Qu'as-tu fait ?

— Elle est devenue ma femme.

Sans bruit, Philibert est entré. Versillac sourit.

— Phi... Mais répète voir ? J'ai mal compris...

— On te croyait disparu pour toujours... T'as jamais donné de tes nouvelles... Marion et moi, nous nous sommes mariés.

— Mariés ?

— Et nous formons un ménage heureux.

La jeune femme proteste :

— C'est faux ! Il sait très bien que je l'aime pas. D'ailleurs, avant de consentir au mariage, je l'ai averti que j'aimerais jamais qu'un homme, toi.

— Et pourtant tu vis avec lui, tu dors avec lui...

— Je pouvais pas me douter...

— Tu m'avais donné ta parole de m'attendre. Tu t'es parjurée.

Philibert s'écrie :

— Et si t'étais pas revenu ?

— Toi aussi, Philibert, tu t'es parjuré. Un conseil, ne parle plus parce que je serais capable de t'étrangler. Marion, tu me crèves le cœur. Durant tout ce que j'ai subi pendant ces années passées loin de toi, je n'ai eu la force de lutter que parce que je pensais à toi et tu m'as trahi. Ah ! tu es bien la fille de ton père...

— Non ! Je t'en supplie ! Honoré, tu dois m'écouter : j'aime que toi et j'aimerai jamais que toi !

Sans plus réfléchir, elle se jette dans ses bras. Philibert hurle :

— Faut plus vous gêner !

Il court décrocher un pistolet dont il relève le chien avant de le braquer sur son ex-ami.

— Fous le camp ! Ou je t'expédie dans l'autre monde, pour de bon, cette fois !

Alors, ils entrent, ceux qui ont suivi Honoré. En tête, les Vermoyat. Mathieu demande :

— Tu vas pas commettre un meurtre devant tant de témoins, Philibert ?

— Il essaie de me voler ma femme, nom de Dieu !

Jean-Marie remarque :

— Tu la lui avais volée avant.

— De quoi tu te mêles ? J'ai obtenu Marion de son père et elle m'a donné son consentement sans que personne l'y ait forcée !

Le vieux Vermoyat se détache du groupe et, tournant le dos aux protagonistes du drame, déclare :

— Il importe maintenant que vous soyez tous au courant : la veille de son suicide, Dolioux est venu me trouver pour me prier de lui pardonner les misères qu'il m'avait faites et, comme je refusais, il a ajouté que tous les gens de Saint-Georges étaient des imbéciles qu'il avait roulés en leur assurant qu'Honoré était mort. Mis au courant de son mensonge, Philibert a préféré la dot de Marion à la parole donnée à son ami et, se voulant complice d'Antoine, il a aidé celui-ci à persuader la petite que son amoureux était mort. J'aurais pas parlé si Honoré était pas revenu. C'est vrai ou non, Philibert ?

Philibert n'est pas un combattant. Il se reconnaît tout de suite vaincu et gémit en s'adressant à sa femme :

— Ce qu'il a raconté est vrai mais j'ai agi de la sorte que parce que je t'aimais, Marion.

Elle se cabre :

— T'approche pas ! Me touche plus jamais ! Tu m'inspires que du dégoût et de la haine !

Il se creuse un long silence où chacun semble dresser le bilan d'un malheur commun. Dans le fauteuil où elle s'est laissée tomber, Marion pleure. Philibert, blême, ne sait que décider. Les gens du village, venus au château, regardent Honoré, convaincus que, désormais, la suite des événements dépend de lui et de lui seul. Lentement Versillac paraît émerger de la torpeur où l'ont plongé les révélations de Vermoyat. Sans détourner les yeux du plancher qu'il fixe, il déclare :

— J'avais confiance dans l'amour de Marion et elle m'a trahi. J'avais confiance dans l'amitié de Philibert et il m'a trahi. J'avais confiance en vous tous, pour veiller sur ma fiancée et vous aussi, vous m'avez trahi. Alors, que voulez-vous que je fasse, sinon m'en aller ? Je pars, je ne maudis personne. Vivez avec vos remords. Vous ne me reverrez plus. Adieu.

Il se dirige vers la porte et ils s'écartent tous pour le laisser passer. Quand il est loin, Herbaud déclare :

— Philibert, t'as de la chance que j'ai pas su plus tôt, sans ça je t'aurais flanqué un coup de fusil. A cause de Marion, qu'est une victime dans toute cette saloperie, je t'avertis : quitte le pays au plus vite, sinon tu t'en prendras qu'à toi de ce qui pourra t'arriver.

Ils abandonnent le château sur cet avertissement. Philibert rattrape Tiranges :

— Père...

— Fous-moi la paix ! J'ai plus de fils !

— J'irai chez nous, tout à l'heure, et j'expliquerai à ma mère.

Albert s'arrête net.

— Écoute bien, Philibert, si tu oses mettre le pied dans ma maison, je t'étends raide sur le seuil. J'ai tellement honte que j'ai plus qu'à essayer de me persuader que j'ai jamais eu d'enfant.

L'esprit complètement tourneboulé, Philibert regagne le salon où Marion, ayant séché ses larmes, annonce :

— Je m'en vais à mon tour. Heureusement que nous avons pas d'enfant, cela simplifiera le problème. Je te laisse ce domaine et ce château pour la possession desquels tu as vendu ton âme au diable. Pour ma part, je me propose d'entrer chez les cloîtrées d'Annonay, comme sœur converse et, le temps que j'userai pas à servir mes compagnes, je l'emploierai à prier pour celui que j'aimerai jusqu'à mon dernier souffle. Adieu.

Longtemps, Philibert demeure immobile, tassé sur sa chaise. Il ne sait plus où il en est, les événements se déroulent trop vite. Le retour d'Honoré... le départ de Marion... l'aveu auquel Vermoyat l'a contraint... son propre père qui le repousse... En dépit de son désespoir, le garçon se sent presque soulagé de ce que les autres connaissent ce qui le torturait et qui l'eût à jamais empêché d'être vraiment heureux. Au fond, c'est sans doute pour les mêmes raisons qu'Antoine a mis fin à ses jours. Lui aussi ne pouvait plus supporter.

Philibert se lève pesamment. Il a soudain l'impression d'être vieux comme le monde. La vie vaut-elle d'être vécue sans Marion, dans le mépris unanime de Saint-Georges ? Il traverse la cour, passe devant la sellerie et l'homme qui aide à tous les travaux, tourne le dos quand il est à sa hauteur. Philibert ramasse la corde qui traîne à l'entrée des communs. Il se demande où Dolioux a trouvé celle dont il s'est servi. Il s'enfonce dans le parc et en gagne la partie sud d'où l'on aperçoit les premiers toits du village et l'alignement des collines, au-delà du Cerasson. C'est dans ces collines qu'il jouait avec Honoré et Marion. Il jette la corde par-dessus une maîtresse branche. Il entend des enfants qui crient et rient. L'enfance et sa pureté... Philibert passe son cou dans le nœud coulant pour rejoindre le temps où Marion, Honoré et lui s'aimaient sans arrière-pensée. Il meurt sur un air de ronde que les enfants chantent au loin.

***

Honoré, en quittant Champsauve, a foncé droit devant lui au galop de son cheval. Perdu dans une douleur qui l'occupe tout entier, il ne se préoccupe pas de la direction prise par sa monture. Quand, enfin, il reprend nettement conscience du monde l'entourant, il se rend compte que, refaisant en sens inverse le chemin suivi au matin, il revient sur Ardoix. Il évite le village. Il ne tient pas à conter son échec à Jean-Baptiste Deyras. La nuit venue, Versillac, qui souhaite ne parler à personne, s'arrête dans une combe où court un ruisseau. Une herbe fraîche nourrit son compagnon. Il ne parvient pas à trouver le sommeil, obstiné à remâcher sa peine. Tant d'années gaspillées pour rien... Il ne se soucie pas des gendarmes. Maintenant que Marion est perdue, tout lui devient égal. Pourtant, il doit se décider car il n'a guère envie de passer au bagne le reste de sa vie. Alors, où aller ? Où le recevra-t-on encore avec amitié ? D'abord, il opte pour Hippolyte, bien à l'abri des hommes, sur son plateau des Bauzèdes, mais il recule à l'idée de confesser au vieux berger qu'il avait raison en ce qui concernait son indifférence à l'égard des femmes. Ensuite parce qu'il souffre à cause d'un amour malheureux, il songe au Béage où il a été heureux et à Marthe qui l'aimait. Il décide de rejoindre la ferme des Tousière.

***

Sortant du bois de Bonnefoy, lorsque Honoré atteint le sommet de la pente herbeuse surplombant le creux où se cache la Chartreuse et découvre le toit de la ferme des Tousière, il reprend goût à la vie et pousse son cheval.

Marie Tousière ouvre la porte et cligne des yeux pour essayer de reconnaître le visiteur. Versillac demande doucement :

— Vous me remettez pas ?

Peu à peu, au fur et à mesure que le son de cette voix pénètre son cerveau, éveillant sa mémoire, le visage ridé de la bonne femme s'éclaire. On eût dit des rayons d'un soleil levant illuminant un par un les différents plans d'un paysage arraché à l'ombre.

— Sainte Vierge ! Honoré !

Elle écarte les bras et ils s'étreignent. A cet instant, Jean-Marie entre, venant de l'étable. Il grogne, mi-sérieux, mi-amusé :

— Dis donc, ma femme, en voilà des façons ! Recevoir un galant dès que j'ai tourné le dos !

Radieuse, Marie se dégage pour crier à son mari :

— Regarde un peu qui c'est qui nous arrive !

Le vieux — qui n'y voit plus très bien — vient mettre son nez sous celui de Versillac.

— Cré nom ! Que je sois pendu si c'est pas notre Honoré !

Nouvelles embrassades auxquelles le garçon s'arrache pour demander :

— Et Marthe ?

— Tu viens de loin, comme ça ?

— De mon pays. La femme que j'aimais, celle qui avait juré de m'attendre, je l'ai retrouvée mariée à mon meilleur ami.

D'un geste maternel, Marie effleure la joue de son hôte.

— Mon pauvre gars...

— Ça m'a fichu un coup... Je m'en remettrai... Et Marthe ?

— T'es juste passé pour nous voir ?

— Non, je souhaitais savoir comment vous alliez.

— Ça devient trop dur... Nous sommes trop vieux.

— Si vous êtes fatigués, Marthe et moi, on peut vous remplacer et vous laisser vous reposer.

Marie, la gorge nouée par des sanglots, chuchote ·

— C'est pas possible, mon petit...

— Pourquoi ?

Jean-Marie se charge de la réponse.

— Parce que Marthe nous a quittés, il y a six mois.

— Elle est morte ?

— Y aurait peut-être mieux valu ! Elle a foutu le camp au Béage chez une amie à elle et puis un jour, elle s'est mariée avec un étranger qui passait par là. On sait pas où elle est, elle a jamais donné de ses nouvelles.

5.

Les batailles

Ramassé sur sa monture, dodelinant du chef à la façon d'un ivrogne, tenant les rênes d'une main molle, Honoré se laisse emporter, une fois de plus, au gré de la fantaisie de Marco, le cheval auquel il doit la vie. Il n'a une notion exacte ni de l'heure, ni du temps, ni du lieu. Perdu dans une souffrance que nul ne pourrait calmer, incapable de mettre bout à bout deux idées sensées, il n'est que douleur et rage. Il en veut à la terre entière et au Ciel à qui il reproche de lui avoir infligé tant d'épreuves pour rien. Il se juge l'homme le plus misérable de France et souhaite mourir très vite pour échapper à une société où règnent le mensonge et l'injustice. Pourtant, bercé par l'allure paisible de sa monture, Honoré émerge lentement de cette espèce de léthargie où il a sombré en quittant la ferme des Tousière. A travers son corps, le garçon sent battre la forte et grosse vie du cheval.

Peu à peu, dans l'esprit de Versillac, la colère l'emporte sur le chagrin. Il en arrive à se demander s'il n'aurait pas dû tuer Philibert et le punir ainsi de sa félonie avant d'emmener Marion, de gré ou de force. Qui aurait osé l'en empêcher ? Maintenant, il s'interroge pour décider s'il ira ou non à la recherche de Marthe afin de lui dire ce qu'il pense d'elle. Honoré n'a pas encore assez vécu pour savoir que peu de cœurs — sauf, peut-être, celui des mères — résistent à l'absence. Il oublie, dans un égoïsme naturel, qu'il a trompé Marion avec Marthe et que sa petite fiancée d'autrefois n'a jamais eu de nouvelles de son amoureux parti cinq ans plus tôt. Il en veut à Marion de n'avoir pas deviné, seule parmi les gens de Saint-Georges, qu'il était vivant. Parce que cet impossible miracle n'a pas eu lieu, il hait la jeune fille d'avoir accepté de ressembler aux autres.

Honoré se dresse sur sa selle. En somme, des femmes qu'il a connues, en qui il a placé sa confiance, seule Armandine méritait son amour, par suite de la tendresse qu'elle n'avait cessé de lui prodiguer et dont le souvenir, même en cette heure difficile, le réchauffe, l'apaise. Avec cet emportement de l'âge qui, toujours, pousse aux extrêmes, le garçon décide que, désormais, plus aucune créature appartenant au sexe féminin ne troublera son existence. Il vivra en étroite collaboration de pensée avec sa mère, disparue pour le monde, mais qui demeurera éternellement présente pour lui.

Ragaillardi par une décision qui se veut, à la fois, vengeance et consolation, le cavalier arrête son cheval pour tenter de se rendre compte de l'endroit où il se trouve. Il s'efforce de se rappeler les paysages jadis traversés et, au bout d'un moment, il reconnaît des horizons qui lui furent, un temps, familiers, quand il fuyait la conscription et les gendarmes. Marco l'emmène vers le sud, en direction du pays cévenol et du mont Lozère. A peine Honoré a-t-il établi sa certitude que la silhouette d'Hippolyte se met à danser dans sa mémoire. Que n'a-t-il écouté le vieux berger ! Parce qu'il ne fréquentait pas les femmes, Hippolyte ne pouvait se laisser influencer par leurs manigances et, de ce fait, les connaissait sans doute mieux que quiconque.

Maintenant, le jeune Versillac revit les heures douloureuses, puis exaltantes, vécues aux côtés de l'ermite. Sa manière étrange de savourer la solitude, de goûter la qualité du grand silence des plateaux déserts, de parler des bêtes comme d'amis discrets... Hippolyte avait donné à Honoré des leçons dont celui-ci n'avait pas su profiter puisque, faisant fi de la sagesse de son ami, il était retourné vers les hommes. Le garçon estime avoir couru déjà assez de dangers pour mériter une paix qui ne serait troublée que par les caprices du ciel. Brusquement, sa certitude d'un bonheur possible le rend plus humain. S'il ne pardonne pas encore, il commence à comprendre les agissements de Philibert, de Marion, de Marthe. A cet instant, il lui semble que dans le fond du vent, il discerne la froidure descendue de Lozère. Il presse son cheval afin d'arriver plus vite au rendez-vous qu'il ne veut plus différer. Il imagine la joie du berger quand il poussera la porte de sa cabane et lui annoncera son intention de ne plus le quitter.

Revigoré par cette nouvelle résolution, qu'il se figure sans appel — et pour toutes les années qu'il lui reste à vivre — alors qu'il ne s'agit, en vérité, que d'un remède immédiat appliqué sur une plaie vive pour en calmer la douleur — Versillac est si heureux qu'il néglige toute prudence, si bien que lorsqu'il les voit devant lui, au détour du chemin, il en demeure tout à la fois saisi et dépité. Il avait oublié que, depuis cinq ans, les gendarmes le recherchent.

Lorsque Honoré, s'étant repris, se décide à fuir, il est trop tard, ils lui arrivent dessus. Ce ne sont pas des gendarmes, mais des cavaliers bizarrement vêtus. La manière qu'ils ont de se tenir en selle trahit le militaire. Le plus grand — qui paraît commander — monte un énorme bai brun dont l'encolure et le poitrail portent les traces blanches de cicatrices anciennes. Il s'arrête devant Versillac et ses deux compagnons se rangent à ses côtés, formant ainsi un mur infranchissable.

— Salut, citoyen !

Le grand cavalier a une voix sonore malgré une épaisse moustache rousse qui filtre l'éclat des mots. Du moment qu'il n'a pas affaire à des gendarmes, Honoré retrouve son aplomb.

— Salut, citoyen !

— Une belle journée, pour se promener.

— En effet.

— Vous voyagez ?

— Je voyage.

Le chef jette un coup d'œil rapide à ses acolytes.

— Vous avez là un beau et bon cheval... plus très jeune, hein ?

— Plus très jeune.

— Ouais... Citoyen, puis-je savoir pourquoi un gaillard aussi solidement bâti que vous n'est pas en train de combattre les ennemis du pays ? Vous n'auriez pas déserté, par hasard ?

— Je n'ai jamais été soldat.

— Voilà un malheur auquel il serait facile de remédier. Le Premier Consul va avoir besoin d'hommes pour combattre les Autrichiens en Piémont.

— Je ne connais pas ce consul dont vous parlez et j'ignore où est le Piémont.

Prenant appui de sa main droite sur le pommeau de sa selle, l'interlocuteur de Versillac se tourne vers celui de ses camarades dont la monture se tient un peu en retrait de la sienne.

— Tu entends ça, Joseph ?

— J'en ai mal au ventre !

Ils s'esclaffent largement et Honoré s'énerve.

— Très heureux de cette rencontre, citoyens, maintenant laissez-moi passer.

— Dès que vous nous aurez confié le prix que vous demandez de votre cheval.

— Il n'est pas à vendre.

— Dommage... car nous en avons besoin.

— Vraiment ?

— Permettez que nous nous présentions.

Gonflant le torse, l'inconnu déclare :

— Auguste Marchepoil, maréchal des logis au 1er Dragons de la Garde consulaire ! — montrant celui qu'il avait appelé Joseph — Joseph Dubilard, brigadier au même régiment — et désignant le troisième cavalier au visage morose — Antonin Bourrelet, notre récente recrue.

— Il n'a pas l'air tellement content ?

— Parce qu'il n'a pas encore admis quel honneur nous lui avons fait en acceptant son engagement.

L'autre s'écrie :

— Ils m'ont forcé à signer en me cognant dessus !

Le maréchal des logis remarque à l'adresse de Versillac :

— Lui aussi n'avait pas deviné quel était son devoir... Mais je ne veux pas vous retenir plus longtemps, citoyen. Vous connaissez notre état et je suis sûr que vous ne ferez plus de difficulté pour nous céder votre monture.

— Jamais !

— C'est ennuyeux... N'est-ce pas que c'est ennuyeux, brigadier.

— Très ennuyeux, maréchal des logis... Notez qu'il y aurait bien un moyen pour que ce citoyen gardât son cheval...

— Il faudrait qu'il souscrive un engagement au 1er Dragons ?

— Tout juste !

Versillac proteste :

— Je n'ai absolument pas envie d'être soldat !

— Attention, jeune homme ! Vous êtes en passe de nous insulter...

— Ce n'est pas dans mes intentions.

— J'en prends note. Résumons la situation : vous refusez de me vendre cet animal et vous ne voulez pas entrer dans la carrière des armes. Exact ?

— Exact !

— Dans ce cas, il ne nous reste plus qu'une solution : vous le prendre de gré ou de force

— Impossible !

Tiens donc ! Et pour quelles raisons ?

— Parce que vous êtes des soldats et non des voleurs.

— Excellent raisonnement, mais qui nous oblige à vous tuer pour avoir votre monture.

— Un assassinat ?

— Oh ! citoyen !... Nous sommes des soldats comme vous l'avez si justement remarqué. Donc, ni meurtre ni vol, mais un combat loyal avec le cheval pour enjeu. D'accord ?

— D'accord.

Antonin Bourrelet crie :

— Prenez garde, Monsieur, ce sont des bretteurs redoutables. Ils vont vous embrocher en moins de temps qu'il n'en faut pour le dire.

Honoré hausse les épaules.

— A la volonté de Dieu !

Marchepoil s'exclame :

— Voilà qui est d'un brave, citoyen ! Permettez que je vous salue... Joseph, auras-tu le courage de tuer ce courageux garçon qui aurait pu être un excellent dragon ?

— Avec votre permission, maréchal des logis.

— Près de ce bosquet qui nous dissimulera aux yeux d'éventuels curieux, l'herbe doit être fraîche et tendre. Allons-y !

Ils s'installèrent dans un champ qui ressemblait à une pelouse. Marchepoil décida qu'on ne saurait trouver meilleur emplacement et, désignant le bois, il demanda à Versillac :

— Vous plairait-il, citoyen, d'être enterré parmi ces arbres ?

— On doit y être tranquille.

— Je le crois aussi. Pied à terre !

Chacun descendit de cheval.

— Torse nu ! Joseph, tu t'arrêteras au premier sang et si, alors, ton vaillant rival accepte de s'enrôler ou de nous vendre sa monture, tu le laisseras aller quand nous l'aurons pansé.

Dénudé, Joseph montrait un torse épais, couvert de poils, aux muscles courts et saillants. Une force animale semblait couler de ce guerrier qui — Honoré en était certain — n'écouterait pas les recommandations de son chef et tuerait son adversaire parce qu'il aimait tuer. Cependant, notre garçon avait eu le meilleur des professeurs en la personne de M. Féron et il savait de quelle façon combattre ces impétueux. Le maréchal des logis s'approcha de Versillac et lui tendit son sabre.

— Fais-en bon usage, mon garçon. Je ne pense pas qu'il te servira à grand-chose, mais l'honneur, hein ?... — Mettant le doigt sur la large cicatrice ornant le flanc de Versillac et qui ressemblait à une fleur de centaurée — Tiens, où as-tu récolté ça ? On dirait que quelqu'un a voulu t'expédier dans l'autre monde ?

— Des brigands... Ils m'ont laissé pour mort... Un vieux berger m'a recueilli et sauvé.

— Bougre de bougre ! Ton berger était un sacré bonhomme ! Écoute, je ne tiens pas à ce que Joseph foute par terre le travail de ce chirurgien sauvage, engage-toi chez nous !

— Non.

— Alors, vends-nous ton cheval !

— Non.

— Palsambleu ! Tête de mule, fais-toi tuer puisque tu y tiens !

Auguste s'écarta des combattants en criant :

— Allez-y !

Joseph, un impulsif, se rua sur son adversaire, le sabre haut. Grâce à M. Féron, Honoré connaissait bien ce genre de bretteurs, car c'est ainsi que se battaient les paysans qu'on avait transformés en rebelles. Versillac ne tenait absolument pas à massacrer le pauvre Joseph. Deux ou trois parades déconcertèrent son rival, quelques feintes l'amenèrent à se découvrir et de la pointe de son sabre, le fils d'Armandine lui traça un sillon sanglant de l'épaule à la hanche. Marchepoil hurla ·

— Ça suffit !

Joseph protesta :

— Je veux continuer !

— Imbécile ! Tu n'as donc pas compris qu'il t'expédiera au moment qu'il choisira ? Antonin, mets de l'eau-de-vie sur sa coupure...

Le maréchal des logis rejoignit le vainqueur qui remettait sa chemise.

— Tu nous as bien eus, petit ! Je suis sûr que, si tu l'avais voulu, tu le tuais !

— Sûrement !

— Où as-tu appris à jouer du sabre de cette façon ?

— Dans les bois.

— Tu ferais un magnifique dragon.

— Je...

— Bon, bon ! Si tu n'y tiens pas, n'en parlons plus. Seulement, tu ne peux m'empêcher de le regretter. En tout cas, on ne saurait se quitter comme ça, il faut qu'on mange et qu'on boive à la même table. Où te rends-tu ?

Honoré montra l'espace devant lui

Par là

Marchepoil l'examina longuement avant de remarquer :

— Toi, mon bonhomme, t'aurais des peines de cœur que j'en serais pas étonné.

— Si j'en avais, ça regarderait que moi.

— Juste.

A cet instant, Joseph rejoignit son chef et s'adressa à son vainqueur :

— T'as un sacré poignet ! T'aurais pu m'estropier, tu l'as pas fait, je te dis merci. Mais j'aimerais recommencer une autre fois.

Le maréchal des logis prit, affectueusement, son compagnon par le cou :

— Ce sont toujours les entêtés qui se font tuer les premiers, imbécile ! Il est plus fort que toi, et alors ? Serrez-vous la main et allons vider un verre à notre amitié !

***

Ils étaient attablés tous les quatre dans la première auberge rencontrée sur le bord de la route. Ils avaient beaucoup mangé et bu. Honoré n'était pas ivre. Il flottait dans un monde sans pesanteur. Ayant oublié ses chagrins, il riait de bon cœur aux histoires stupides de ses compagnons. Il aimait ces hommes rencontrés deux heures plus tôt au point que, le vin aidant, il leur ouvrit son cœur et leur confia la félonie de Marion, l'indifférence de Marthe. Ils l'écoutèrent religieusement. Joseph soupira :

— Les femmes...

Auguste renchérit :

— Y en a quelques-unes de braves, à ce qu'il paraît, mais j'en ai jamais vu.

Il posa sa grosse main sur l'épaule de Versillac.

— Si tu venais avec nous, tu ne t'occuperais plus des femmes.

— Pourquoi ?

— Parce que ce sont elles qui te courraient après !

— Pour quelles raisons ?

— A cause de ton uniforme. Non, ne hausse pas les épaules... Quand les filles nous voient avec nos habits verts, nos vestes et nos culottes blanches, elles se pâment ! Quant à nos casques de cuivre entourés d'une bande en peau de veau marin et cette crinière noire qui nous pend entre les épaules, c'est simple : ça les fait tourner de l'œil !

Le silencieux Joseph s'anima soudain et se mit à crier :

— Si tu les avais vus, nos dragons, lorsque avec les cuirassiers, les carabiniers, ils fonçaient sur les Autrichiens à Mondovie, à Arcole, à Rivoli...

Les yeux au ciel, extasié, on eût dit que le brigadier regardait passer entre les nuages la ruée des cavaliers victorieux.

— ... Une vague énorme de chevaux, d'hommes, devant laquelle personne n'avait envie de rester ! Tu te souviens, Auguste, de cette batterie sur laquelle nous sommes tombés à Arcole ! Les artilleurs autrichiens étaient tellement cloués au sol par la peur que nous les avons sabrés comme à l'exercice.

Le maréchal des logis conclut :

— Dans ces moments-là, on se sent plus grand que n'importe qui, et je te jure qu'on ne pense pas aux femmes. Ce sont des histoires où elles ne fourrent pas leur nez !

Il sortit un papier de sa poche, l'étala sur la table.

— Tu sais écrire ?

— Bien sûr !

— Alors, signe là, et tu deviens dragon !

— Non.

On entendit des piétinements de chevaux à l'extérieur et, presque aussitôt, la porte s'ouvrit devant deux gendarmes dont l'un demanda :

— A qui appartiennent ces bêtes-là, dehors ?

Marchepoil se leva.

— A moi et à mes amis.

— Vous êtes soldats ?

— Dragons en permission. Nous remontons sur Dijon où l'armée se rassemble.

— Vous avez vos papiers ?

Auguste tendit son passeport au gendarme qui le lui rendit après l'avoir salué. Ce fut ensuite au tour de Joseph. Antoine, interrogé, dut avouer qu'il n'avait pas de papiers.

— Ah ? Réfractaire, hein ?

Le maréchal des logis intervint :

— Plus maintenant, brigadier. Ce garçon est dragon depuis deux jours. Voilà son bulletin d'engagement.

Le gendarme vérifia et, montrant Honoré :

— Lui ?

— Un ami de rencontre.

— Vos papiers ?

Versillac répondit qu'il n'en avait pas.

— Comment vous appelez-vous ?

— Versillac... Honoré Versillac.

Le brigadier se tourna vers son collègue.

— Ça te dit quelque chose ?

— Il me semble...

Il fouilla dans sa giberne, sortit une sorte de portefeuille dont il extirpa une liste de noms qu'il lut un à un à voix basse avant de s'écrier :

— Je savais que ça me rappelait quelqu'un... Tu es natif de Saint-Georges-le-Jaloux, bonhomme ?

— Oui.

— Un réfractaire qui a échappé deux fois à la chaîne !

Marchepoil déclara sentencieusement :

— Tu te rends compte, à présent, que t'aurais mieux été inspiré de m'écouter ? L'armée, c'est quand même moins dur que le bagne !

Le gendarme avertit Honoré :

— Dis au revoir à tes amis, on t'emmène.

Versillac attrapa la feuille d'enrôlement et la signa.

— Allez ! viens...

Le maréchal des logis s'interposa :

— Doucement, brigadier ! Il s'est enrôlé chez les dragons. Il ne vous appartient plus.

— Nom de Dieu ! On l'a arrêté avant qu'il signe !

— Il n'est pas arrêté ! La preuve, c'est qu'il est assis à côté de moi.

— Ne me forcez pas à employer les grands moyens !

— Vous me menacez ?

Marchepoil fit tomber la table, attrapa son sabre d'un bond.

— Les grands moyens, hein ?

Joseph fut aussitôt près de lui, l'arme au poing.

— On va voir si un gendarme, c'est plus dur à tuer qu'un Autrichien !

Les gens de la maréchaussée hésitèrent puis, haussant les épaules, le brigadier reconnut :

— Pour l'heure, la France a plus besoin de soldats que de prisonniers. A cheval, Beaugrenier.

***

Ils mirent pas mal de temps à rejoindre Dijon. Les dragons possédaient des billets de logement dont leurs recrues profitaient. Quant à la nourriture, les citoyens rencontrés s'en chargeaient. En ce temps-là, les Français n'étaient pas encore dégoûtés de la guerre, l'enthousiasme révolutionnaire demeurait vivace et l'on croyait toujours que la République avait pour mission d'évangéliser le monde, fût-ce à coups de canon.

Honoré n'avait jamais vu une ville aussi importante que Dijon. D'entrée, il se serait senti perdu sans la compagnie protectrice de Marchepoil et de Dubilard. Pendant quelques semaines, Versillac vécut dans une sorte de tumulte incessant où il ne parvenait à retrouver ni son équilibre ni sa personnalité. Dans la cité bourguignonne, le nombre des militaires l'emportait sur celui des civils. On y rassemblait — sur l'ordre du Premier Consul — une armée de réserve essentiellement composée de « bleus » que, plus tard, viendraient encadrer des troupes aguerries.

Cependant, la curiosité d'Honoré s'émoussa très vite. Trop de crasse, de haillons. En vérité, on l'obligeait à vivre à la façon d'un gueux, plus misérable que le plus misérable des journaliers rencontrés autrefois à Saint-Georges. Il n'était même pas débarrassé des gendarmes qui foisonnaient pour veiller à l'ordre et protéger le bourgeois. Dijon, avec tous ces hommes dépenaillés, ressemblait à une fantastique cour des Miracles. Pas plus d'argent pour nourrir les soldats que pour les habiller. Au lieu du bel uniforme promis par Marchepoil et qui devait faire tourner la tête à toutes les filles, Versillac, ayant gardé sa culotte et ses bottes, était vêtu de la veste d'un hussard mort qu'on avait dépouillé de ses vêtements avant de l'enterrer. Maintes fois, Honoré eut envie de se sauver. Nul ne se serait soucié de son départ, mais où aller ? Et puis, Marchepoil avait confiance en lui. Dans cette chiennerie, le caractère du garçon s'aigrissait. La nuit, allongé sur une paillasse, dans une remise qu'on avait vidée pour y installer les soldats, il lui arrivait d'avoir les larmes aux yeux en repensant à sa douce existence de jadis. Les paupières closes pour s'isoler un peu plus du monde affreux qui l'entourait, il sentait sur sa main la douce pression de la main maternelle, et il entendait rire une petite fille aux cheveux dorés. Tout ce bonheur sacrifié pour parvenir là où il en était aujourd'hui ! Honoré entama le XIXe siècle dans l'humeur la plus sombre et, pour cadeau de Nouvel An, se fit entailler le bras gauche par un grenadier à cheval avec lequel il avait refusé de disputer des mérites comparés des grenadiers à cheval et des dragons. Marchepoil l'emmena auprès d'une cantinière qu'il avait rencontrée en Italie durant la campagne de 1796-1797 et qui logeait dans la maison abandonnée d'un maraîcher, à l'orée de la route de Langres. Elle s'appelait Rosalie Nangis, mais les anciens ne la connaissaient que sous le sobriquet de « Tatie

Trois Sous », déformation de la question qu'elle posait à ceux qui lui réclamaient un verre d'eau-de-vie : « T'as t'y trois sous ? »

La Rosalie, une grande et belle femme brune, d'allure imposante, avait été mariée à un sergent de chasseurs à pied, tué à Arcole. Depuis, elle suivait l'armée et, seule, une grosse maladie de poitrine l'avait empêchée d'accompagner son petit général corse en Égypte. Maintenant qu'il était revenu, elle n'entendait plus le quitter.

Ayant regardé la blessure d'Honoré, elle soupira en l'examinant :

— C'est pas grave, mon gars, t'en verras d'autres, mais Bon Dieu, tu pourrais pas attendre d'être devant les Autrichiens pour en découdre ?

— Je voulais pas me battre.

— Pourquoi ?

— Parce que je me fous de mourir !

— Quel âge as-tu ?

— Vingt-six...

— Il faut avoir vingt-six ans pour dire des idioties pareilles ! Marchepoil, laisse-le-moi deux ou trois jours que je le remette sur pied. Il faut lui faire un cœur de dragon, Bon Dieu de Bon Dieu !

Quand le maréchal des logis les eut quittés, Rosalie conduisit Honoré dans une alcôve dont on ne pouvait soupçonner l'existence si l'on ne connaissait pas les aîtres. Elle l'aida à se coucher tout en remarquant :

— T'es drôlement crasseux, mon gars, demain je te préparerai un bain.

Il y avait longtemps que Versillac ne s'était pas allongé dans un lit et il s'endormit très vite en pensant à Saint-Georges et à sa mère qui allait venir le border.

***

Au matin, lorsque le blessé se réveille, Rosalie est là :

— T'as bien dormi ?

— Oh ! oui.

— T'as plus mal ?

— Non.

— Amène-toi pour le bain, tu déjeuneras après.

Elle l'aide à ôter sa chemise et le soldat a un peu honte. Son hôtesse lui claque le derrière :

— T'en fais pas, mon gars, j'ai vu autant d'anatomies qu'un

vieux docteur parce que tes camarades, quand ils ont des ennuis de santé, ils préfèrent s'amener chez moi — la demeure où je loge ou la carriole qui est ma maison de campagne — plutôt que de se rendre chez le médecin.

Pendant un moment, la brave femme frotte le dos de Versillac. Elle y va de bon cœur, de si bon cœur que son patient en gémit.

— Allons ! allons ! T'es plus un enfant ! Ça sera différent lorsque t'auras les Autrichiens au cul !

Après qu'il eut été lavé, séché, qu'il se fut rasé, Rosalie emmène Honoré dans sa cuisine où elle lui sert un petit déjeuner susceptible de remettre n'importe qui sur pied. Ému, le garçon prend la main de la cantinière et l'embrasse. Souriante, elle lui passe les doigts dans les cheveux et feint de gronder :

— Arrête ! C'est pas des manières de soldat, ça !

— J'imagine que vous êtes pas ainsi avec tous mes camarades...

Elle a un petit rire très jeune.

— Il me faudrait dix bras et que les jours durent une semaine !

— Alors... pourquoi moi ?

Elle le regarde longuement avant d'expliquer d'une voix grave :

— Tu ressembles au garçon que j'aurais voulu avoir... Et maintenant, dis-moi pourquoi tu t'es pas battu contre le grenadier ? T'as eu peur ?

— Non... Je souhaitais qu'il me tue...

— En voilà une idée ! Et pour quelles raisons ?

— Parce que, depuis que j'ai quitté mon village, tous les malheurs se sont abattus sur moi...

— Raconte...

Il est plus de midi lorsque Versillac en a terminé avec ses aventures tant amoureuses que militaires. Il a parlé de Marion, des gendarmes, de Marthe, de Féron, d'Hippolyte et de la rencontre de Marchepoil au moment où il se proposait de gagner la Lozère. Quand il se tait, Rosalie donne son opinion :

— Chance ou malchance, ta rencontre avec les dragons ? Seul l'avenir te renseignera. A présent, retourne te coucher en attendant que je te prépare ton dîner.

Honoré obéit. Il est heureux d'obéir. Près de cette douce et forte femme, il retrouve la chaleur maternelle qu'Armandine savait lui dispenser. Il désirerait l'embrasser de la façon dont il embrassait sa mère. Il n'ose pas.

Au matin, le café bu, Rosalie soupire :

— Dommage que tu m'aies tout raconté hier... Il nous reste rien pour aujourd'hui.

— Pourquoi vous me raconteriez pas la vôtre, de vie ? J'aimerais savoir...

— Voyez-vous ça ! Et pour quelles raisons, s'il te plaît ?

— Simplement parce que je vous aime beaucoup.

Il y a un court instant de silence et la citoyenne Nangis plaque un baiser sonore sur chaque joue du garçon.

— T'imagines pas à quel point tu me fais plaisir, sacré brigand... Figure-toi que j'ai vu le jour dans un coin dont t'as jamais entendu parler : Cormeilles-en-Parisis... Pas très loin de Paris. Un village où on rigole pas du matin au soir. J' sais pas comment c'était chez toi avant la Révolution, mais à Cormeilles la vie était dure. Tu me diras que c'est aussi dur à présent et en plus, on s'en va faire tuer les gars par des gens dont on sait même pas s'ils sont blancs ou noirs et où c'est qu'ils perchent... Mais, au moins, on remue !... Tandis que quand j'étais une jeunesse... Ah ! vingt dieux ! Je suis née en 1755, à la veille de la guerre de Sept Ans. Pas besoin de te préciser que nous autres, les manants, on se souciait peu de ce qui se passait en dehors de notre paroisse et des paroisses alentour. Je suis restée à Cormeilles jusqu'en 1780, à travailler comme une bête, sans le plus léger répit à cause des vaches, des lapins et des poules. Un matin, en me levant, alors que je pensais aux tâches qui m'attendaient, j'en ai eu subitement assez et j'ai fichu le camp à Paris. Je suis entrée en qualité de servante chez M. Adhémar qu'était bijoutier, rue Saint-Antoine. C'était aussi dur qu'à Cormeilles, mais moins fatigant. Un dimanche, une copine m'a emmenée au bal où elle devait rencontrer son ami. Celui-ci est venu avec un camarade. Il s'appelait Jean-Louis Nangis. Mon Jean-Louis. Il était sergent aux chasseurs à pied. C'est en 1783 qu'on s'est rencontrés. Si tu l'avais vu avec sa tunique verte doublée de cramoisi, ses culottes jaunes, ses hautes guêtres et son bicorne, t'aurais pas pu t'empêcher de le trouver beau. Il m'a invitée à danser et puis on a causé. Il avait été aux Amériques où il était parti en compagnie de M. de La Fayette en 1778. Il en était revenu après la victoire de Yorktown. Depuis, il tenait garnison à Paris. On s'est mariés et on a habité rue Saint-Antoine pas loin de la maison où j'étais placée. On vivait tranquilles quand ça a été la Révolution. Bien sûr, Jean-Louis a rejoint la milice parisienne que commandait son chef d'autrefois, La Fayette. On a nommé mon homme sergent-major et, avec lui, j'ai assisté à la fête de la Fédération où tout le monde s'embrassait en pleurant. On croyait, pour de vrai, qu'on avait installé le paradis sur la terre.

— Je pense que tous le croyaient.

— Peut-être... Jean-Louis et moi, on a été heureux jusqu'en 1792 où il est parti avec les volontaires au-devant des Prussiens qu'avaient franchi nos frontières sans qu'on les y autorise. Sur ma demande, je suis devenue cantinière. Faut préciser qu'il y avait pas beaucoup de candidates.

— Alors, vous étiez à Valmy ?

— Oui, et c'était pas grand-chose, si tu veux mon avis. Les Français savaient pas se battre et les Prussiens, ils en avaient pas envie. C'est Kellermann qui commandait la troupe de Jean-Louis. Après on s'est plus arrêtés et on s'est baladés pendant plus d'un an à travers la Flandre. L'année d'après, en 93, on a été au siège de Toulon. C'est là que, pour la première fois, j'ai vu un jeune capitaine appelé Bonaparte. Ensuite, on est partis se promener à Anvers et à Amsterdam. On n'avait pas le temps de s'ennuyer, je te jure.

— J'aurais voulu être à votre place.

— Faut pas dire ça, garçon. Je t'ai pas parlé des coulisses du décor. Y a pas que les défilés, les parades, les rigolades, les filles et les gueuletons. Y a les morts qui pourrissent sur le champ de bataille et les blessés qui gueulent parce qu'on les y laisse crever. Et les hôpitaux avec leurs cris et leurs odeurs. Non, petit, la guerre c'est pas une fête. Je devrais peut-être pas te causer de cette manière.

Honoré hausse les épaules.

— Je vous ai déjà dit que ça m'était égal de mourir.

— Tu changeras d'avis, va... On était de retour chez nous et on menait une existence tranquille lorsqu'en 96, il a fallu partir pour l'Italie. Jean-Louis, ça lui plaisait pas tellement, vu qu'il marchait sur ses quarante-cinq ans et qu'il se sentait fatigué. Mais, moi, quand j'ai appris que ça serait le Premier Consul en personne — mon capitaine de Toulon — qui commanderait l'armée, je pouvais plus tenir. J'ai dans l'idée que, sans m'en rendre vraiment compte, j'étais amoureuse de Bonaparte. Ris pas ! Tu me ferais de la peine...

— Alors, l'Italie...

— Un beau pays, habité par de bonnes gens qui aiment pas tellement tuer leur prochain. Mais il y avait les Autrichiens. Bonaparte les a écrabouillés en avril à Montenotte. En mai, nous étions à Lodi, à Castiglione en août, à Bassano en septembre. Jean-Louis affirmait qu'à cette allure-là on fêterait Noël à

Constantinople. Quand il pouvait me rejoindre dans ma carriole, il me chuchotait :

— Personne d'autre que moi, ma Rosalie, pouvait t'offrir un pareil voyage de noces.

Mais un jour de novembre, dans un pays couvert de marais, près d'un patelin qui s'appelle Arcole, les choses ont mal tourné, surtout dans les débuts de l'affaire. J'ai cru que, cette fois, les Autrichiens allaient nous flanquer la raclée. Des heures affreuses que j'oublierai jamais. Et puis, je me suis remise à espérer que tout était encore possible et j'ai eu raison. Quand on a été certain de la victoire, j'ai voulu préparer un bon dîner à mon Jean-Louis. J'ai pensé qu'il aurait une drôle de faim. Juste comme je finissais de faire sauter un lapin — que j'avais échangé contre de l'eau-de-vie à un cuirassier — voilà que j'en entends qui s'amènent devant ma carriole. J'écarte la bâche, je leur crie que j'ai pas le temps de m'occuper d'eux quand y en a un qui me lance :

— On n'est pas venus pour boire, madame Rosalie.

— Qui tu es ? Il me semble que je connais ta voix ?

— Albert Mirepoix, du bataillon de votre époux.

— Oui, et alors ?

— On l'a ramené.

— Qu'est-ce que vous avez ramené ?

— Votre mari, Jean-Louis Nangis.

Il a fallu que je m'accroche à un montant de la voiture. Je pouvais plus parler. J'ai quand même fini par demander : Il... il est blessé ?

— Non, madame, il est mort.

— Mon pauvre homme n'était pas beau à voir. Les cavaliers croates lui avaient enlevé la tête aux trois quarts. Y a fallu que je lui entoure le cou avec des bandes bien serrées pour la consolider. Voilà comment qu'elle a fini, notre histoire d'amour. Je suis rentrée à Paris et je suis redevenue servante chez M. Adhémar. Lorsque j'ai été consolée de mon gros chagrin, l'ennui m'a prise. J'ai tenu trois ans et puis, en apprenant que mon petit général s'apprêtait à retourner en Italie, j'ai pas pu y résister et me v'là, une fois de plus, prête à suivre l'armée.

***

Au commencement d'avril, tout changea brusquement. Il y avait longtemps que la blessure d'Honoré était guérie mais il continuait à demeurer chez Rosalie qui ne songeait pas à le chasser. Un jour, Marchepoil leur annonça que le général Berthier était arrivé avec mission de transformer cette formidable foule de loqueteux, d'ivrognes querelleurs et de paresseux qui encombraient Dijon en une armée capable de se mesurer aux Autrichiens comme aux Anglais ou aux Prussiens et, le cas échéant, aux trois à la fois.

L'ultime soirée que Versillac passa près de la cantinière fut triste. Il soupirait :

— Chaque fois que je rencontre quelqu'un que j'aime, il faut que je m'en aille.

— Sois pas mélancolique, garçon. Là où tu vas, on n'a guère le temps de s'apitoyer sur son sort. Rien ne vaut une belle charge de cavalerie par un matin ensoleillé pour effacer tous les souvenirs, balayer tous les regrets. File te coucher, je te porterai ton dernier bol de vin chaud, parce que je sais pas quand c'est que t'auras l'occasion d'en regoûter !

Après avoir bu son vin et rendu le bol à Rosalie en la remerciant, Versillac s'allongea dans le lit et sa bienfaitrice se pencha pour l'embrasser. Mais Honoré, cédant à une impulsion irraisonnée, posa ses lèvres sur celles de la veuve qui, d'abord, se débattit avant de s'abandonner. Lorsqu'il eut fait l'amour, il s'endormit contre Rosalie comme, jadis, il arguait d'une peur inventée pour gagner le lit de sa mère et se pelotonner dans la chaleur maternelle.

***

Du matin au soir, trente-deux mille gars, qu'on commence peu à peu à vêtir et à chausser convenablement, font l'exercice et s'épuisent dans des manœuvres d'où ils reviennent éreintés et hargneux, Honoré, sous l'œil de Marchepoil et de Joseph, doit habituer Marco à l'éclat des trompettes. Du même moment, on enseigne à son maître à tuer en essayant de ne pas se faire tuer. A la fin du mois, le couple Versillac-Marco trouve grâce aux yeux des anciens. Marchepoil et Joseph sont fiers de leurs élèves.

On a enfin habillé les hommes avec des uniformes neufs et lorsqu'il passe la veste verte aux parements cramoisis et coiffe le casque de cuivre dont la queue de cheval lui balaie le dos entre les omoplates, Honoré s'en va rendre visite à Rosalie qui l'admire sous toutes les coutures. Jamais ils n'ont reparlé de leur étrange nuit d'amour et leurs rapports — ce coup de chaleur passé — s'étaient, de nouveau, établis de mère à fils. La brave femme, elle aussi, a remis sa tenue d'autrefois, celle d'Arcole. Seul, le tonnelet d'eau-de-vie qu'elle porterait en bandoulière, l'heure venue, n'avait pas encore été en Italie. L'arrivée de Murat à Dijon enflamme les cavaliers. Avec le beau-frère du Premier Consul, ils savent qu'ils courront de belles charges les remplissant déjà, d'une impatience qui leur tord les nerfs. Cependant, Honoré ne prend vraiment conscience de son état de dragon que dans les premiers jours de mai où Bonaparte passe son armée en revue. Versillac appartient à l'armée de réserve. Les dragons sont sous les ordres de Kellermann, le fils du vainqueur de Valmy. Le 13 mai, à l'aube, on se met en route sans savoir où l'on va.

De la traversée du Grand-Saint-Bernard qu'il accomplit en automate, hanté par l'obsession de la chute, Honoré ne garde dans sa mémoire que des images hallucinantes : hommes et bêtes écroulés dans la neige, mourant sur place parce qu'on ne peut s'arrêter pour leur porter secours, soldats tombant dans les précipices, mulets épuisés glissant sur des plaques de verglas et disparaissant dans des chutes vertigineuses en poussant des cris effrayants. Cette neige où l'on avançait au ralenti comme dans les cauchemars, s'insinuait par toutes les échancrures des uniformes si bien qu'au bout de quelques heures, on était trempé. Instants épouvantables où, pris dans la bourrasque aveuglante, on se sentait perdu dans un univers flou aux contours irréels, où l'on devenait fou d'angoisse à l'idée de marcher vers le vide en croyant suivre le sentier. Enfin, le froid. On avait l'impression d'être mort et que seule la volonté parvenait à faire se mouvoir des corps qui étaient déjà des cadavres.

Quand l'armée de réserve déboucha dans le Piémont, vers les derniers jours de mai, et cantonna autour d'Ivrea, Honoré, étonné d'être vivant, crut entrer en paradis.

***

Sous la pluie, entouré de Marchepoil en serre-file et de Joseph, Honoré chevauche, étroitement enveloppé dans son manteau de cavalerie que l'eau alourdit à chaque minute un peu plus. Les chevaux sont crottés jusqu'au poitrail et les cavaliers de mauvaise humeur. Quant à Versillac, il a le sentiment d'avoir été floué. On lui avait présenté la guerre sous un aspect différent. Où sont les charges enlevées par les trompettes dans la lumière éblouissante du soleil ? Depuis la veille — 12 juin — le nouveau dragon n'a, pour horizon immédiat, que la croupe de la monture qui le précède. Quant au reste, le regard se perd dans une brume épaisse, suintante d'humidité. Depuis Ivréa, en compagnie de grenadiers à cheval, il descend vers un grand fleuve que, dans sa mémoire, il compare au Rhône qui a englouti son aïeul. Ce souvenir n'est pas pour lui remonter le moral. Avec ses camarades, il a du mal à franchir le Pô, tant les bêtes s'effraient de ces eaux limoneuses et du grondement continu du courant. Sur l'autre rive, par des chemins qui cèdent sous le poids des troupes, ils gagnent des bivouacs où ils mangent ce qu'ils ont gardé dans leurs gibernes. Jusqu'à l'aube du 13 juin, la pluie ne cesse pas et les dragons — raidis par une nuit humide — ont beaucoup de mal à remonter en selle. On repart, toujours dans la boue, en direction de Serravalle. La journée durant, la morne avance se poursuit sans qu'on sache vers quoi on va et ce, d'autant plus que les canonnades — dont on entend les échos — arrivent de derrière.

Les heures coulent identiques à celles de la veille si bien que le 14 au matin, lorsqu'il faut, une fois encore, se mettre en route, toujours vers le sud, la hargne et la grogne sont générales. On atteint un patelin du nom de Rivalta et chacun se demande s'il ne pourrait pas y trouver une goutte d'eau-de-vie, histoire de se réchauffer, lorsqu'un cavalier, lancé au galop, remonte toute la colonne et Auguste Marchepoil grogne :

— Je serais pas étonné qu'on ait bientôt du nouveau...

Comme pour confirmer ses vues, on ordonne la halte et, répercuté d'officiers en sous-officiers, l'ordre arrive de faire demi-tour. Un vieux capitaine, qui a été brigadier en même temps qu'Auguste, lui confie, au passage :

— Paraît que ça va pas pour le mieux... Le Premier Consul a besoin de nous.

— Alors, pourquoi diable qu'on est venu se balader dans ce coin ?

L'officier s'éloigne en haussant les épaules. Il obéit, le reste il ne s'en soucie pas.

A quatre heures et demie, la cavalerie entre dans S. Guliano Vecchio. Une heure plus tard, on parvient sur le champ de bataille. D'abord, Honoré n'entend qu'une immense rumeur. Il songe au halètement d'une bête énorme. Puis, au fur et à mesure qu'il avance dans cette espèce de brouhaha fantastique, il distingue le claquement sec des fusils, le grondement des canons et des cris. Ce sont surtout les cris qui l'impressionnent et il commence à sentir l'angoisse monter en lui. Pourquoi ces hurlements ? Sur un ordre, la cavalerie de réserve s'arrête à l'abri d'un petit bois au-delà duquel il y a des vignes où l'on se bat à la baïonnette. Fasciné, Versillac regarde ces hommes s'entre-tuer au loin et comprend les raisons de ces cris. Ils ont peur. Leurs cris les rassurent et les libèrent. Après les vignobles, il y a une plaine avec, au fond, des rangées d'arbres longeant sans doute le cours d'une rivière. On voit luire les toits mouillés d'un village dont Honoré demande le nom à Marchepoil. Celui-ci hausse les épaules.

— On s'en fout... Pourtant, si tu tiens à savoir où tu risques d'être enterré... attends !

Se dressant sur ses étriers, le maréchal des logis avise un Ligurien qui sert dans l'armée française, il fait : oh ! puis, se rappelant qu'il a déjà combattu un an dans ce coin-là, il interroge le soldat allié :

— Amico ! Come si chiama questo villàggio ?

— Marengo.

Auguste se laisse retomber sur sa selle et, se tournant vers son protégé :

— Content ?

Honoré n'a pas le loisir de répondre car la bataille dont il sent l'haleine brûlante lui souffler au visage se rapproche. Un hussard, la figure ensanglantée, passe au galop de son cheval et lance :

— Attention ! Les Autrichiens arrivent ! Ils bousculent les nôtres !

Et il file en direction de l'état-major. Presque aussitôt arrivent Kellermann et ses officiers. Ce général de trente ans en impose à tous par son sang-froid. Il tire sur les rênes de sa monture et crie :

— Nous n'avons plus le temps d'attendre les ordres ! Nous allons essayer de les arrêter ! Sabre au clair !

Le commandement, longuement répété, est suivi d'une espèce de chuintement analogue au bruit d'une étoffe que l'on déchire : ce sont les lames qu'on sort des fourreaux. Honoré, lui, n'entend plus rien, sinon son cœur qui cogne à grands coups. La cavalerie s'ébranle en un trot allongé. Joyeux, Joseph déclare :

— Cette fois, on y est !

Brusquement, cette masse de cavaliers émerge du boqueteau qui la masquait à la vue de l'ennemi et débouche sur sa gauche. Ne laissant pas à l'infanterie autrichienne le loisir de revenir de sa surprise, Kellermann enlève tout son monde et dans un fracas qui terrifierait n'importe qui, cuirassiers, carabiniers et dragons se jettent en avant. Honoré, l'œil fou, hurle à la façon d'un dément. Quand, dans la poussière, il distingue des uniformes blancs, il lève son sabre et frappe. Au bout d'un laps de temps qui lui a paru infiniment court, il assiste à la débandade de l'armée adverse. Marchepoil, qui est demeuré à son côté, l'avertit :

— Doucement, garçon... Tu ne veux quand même pas coucher à Rome, ce soir ?

***

Autour des feux de camp où l'armée du Premier Consul reprend ses forces, la fatigue des derniers jours est effacée par la joie de la victoire. On a distribué du pain et du vin pris dans les fourgons autrichiens. Honoré est gonflé d'un orgueil particulier, d'abord parce qu'il a bien passé l'épreuve de son premier combat, ensuite parce que Marchepoil l'a assuré que maintenant, il était sûr de faire de lui un grand cavalier. Le silencieux Joseph approuve son maréchal des logis et il n'est pas jusqu'à cet honnête paysan d'Antonin Bourrelet qui commence à trouver que le métier des armes n'est pas si désagréable qu'on le raconte.

Joseph réplique, sérieux :

— Attends d'avoir été tué et tu changeras peut-être d'avis.

Honoré rit de cette plaisanterie lorsque, dans l'ombre, on s'enquiert :

— Vous connaissiez « Tatie Trois Sous », les gars ?

Brusquement, la gaieté s'éteint et Versillac a, subitement, du mal à respirer.

— Et alors ? — demande une voix.

— Elle a été tuée par un boulet.

Versillac s'écarte pour pouvoir pleurer à son aise tandis qu'au bout de quelques instants de silence les vainqueurs de Marengo se remettent à fêter une victoire qui n'est plus celle d'Honoré.

***

Les dragons avaient pris leurs quartiers dans la plaine du Pô. Le peloton que commandait Marchepoil occupait une ferme des environs de Sale. Les soldats vivaient tranquilles en savourant la douceur d'une paix retrouvée au cœur d'une région aimable et riche. Ils dormaient sur la paille et les fermiers s'efforçaient d'enrichir leur ordinaire. Les dragons étaient si heureux d'être sortis sains et saufs de l'enfer de Marengo, où la défaite les avait frôlés de son aile noire, qu'ils se conduisaient à la façon de gosses en vacances. Tous, sauf Versillac.

Aux premiers jours de leur installation, Marchepoil, Joseph,

Antonin avaient essayé de l'arracher à ses pensées moroses. En pure perte. Alors, sur les conseils du maréchal des logis, on l'avait laissé tranquille, attendant qu'il redevienne lui-même en échappant aux ombres qui lui tenaient compagnie et l'étouffaient.

C'est à la famille Crodo qu'appartenait la ferme où logeaient les Français. Elle se composait du père, Pietro, de la mère, Maria, et de leur fille, Augustina, âgée d'une vingtaine d'années. Elle eût été la fierté de ses parents (on l'avait placée longtemps chez de riches Milanais où elle avait appris le français) si elle n'avait été aussi laide. Augustina possédait d'admirables cheveux blonds, de grands yeux lumineux. Malheureusement, un nez largement épaté, une bouche trop grande aux lèvres épaisses, des dents qui se chevauchaient donnaient une allure vulgaire, voire répugnante, à un visage dont ils bouleversaient l'harmonie. A cause de cette disgrâce de la petite, on ne voyait pas de garçon rôder autour de la ferme. Quant aux hôtes obligés des Crodo, ils ne prêtaient aucune attention à la jeune fille. Augustina en souffrait. Mais, ce qui la surprenait, c'était que parmi ces soldats, rudes et brutaux, il y en avait un — Versillac — qui, ne parlant guère à ses compagnons, aimait à se promener pendant des heures. Il la saluait d'un air triste lorsqu'il la rencontrait. Jamais il ne lui adressait la parole.

En vérité, Honoré ne parvenait pas à reprendre le dessus. Sa première confrontation avec une vraie bataille, une fois l'excitation passée, l'avait laissé complètement désemparé. Il ne réussissait pas à chasser de sa mémoire la figure en bouillie de ce soldat autrichien levant des mains suppliantes, ni ces chevaux éventrés qui ruaient follement à l'approche de la mort. Il ne pouvait accepter d'abord, partager ensuite, l'insouciance de ses camarades. De plus, il ne se consolait pas de la disparition de Rosalie. Il se rappelait tout ce qu'elle avait été pour lui, tout ce qu'elle lui avait donné. Les unes après les autres, les femmes qui l'avaient chéri, protégé, s'éloignaient. Armandine... Marion... Marthe... Rosalie... Il les avait aimées pourtant et de toute son âme...

Cependant, aujourd'hui, il se retrouvait seul et sans espoir d'échapper à sa solitude, sinon en tombant dans un prochain combat.

Le temps coulait doucement à la ferme Crodo. La plupart des soldats, n'étant pas mariés, se trouvaient fort bien là où ils vivaient, surtout quand ils pensaient à leurs camarades embarqués dans la guerre au-delà du Rhin. Peu à peu, Honoré reprenait goût à l'existence. Le fracas de la bataille dissipé, il s'interrogeait pour décider si le souvenir n'en noircissait pas la réalité. Il se rappelait de plus en plus l'enivrement de la charge botte à botte avec ses amis et de moins en moins l'épouvante devant les Autrichiens. En dépit de son uniforme, au fur et à mesure que passaient les semaines, le garçon oubliait la guerre pour songer de nouveau à la ferme qu'il désirait posséder un jour : la Désirade.

— Vous avez l'air malheureux.

Assis sous un saule, au bord d'un ruisseau, Honoré n'avait pas entendu approcher Augustina. Il sourit à la jeune fille.

— J'ai pas tellement de raison d'être heureux.

— Pourquoi ?

— Je n'ai personne sur cette terre.

— Moi aussi... enfin, presque...

— Vous avez vos parents !

— Bien sûr, mais ce n'est pas suffisant.

— Je comprends pas ?

— Tous s'écartent de moi parce que je suis laide ! Oh ! je ne demande pas qu'on m'aime, seulement qu'on me supporte, qu'on me parle.

Versillac lui prit la main et la tirant à lui, l'obligea à prendre place sur l'herbe à ses côtés.

— Vous ne devez pas avoir d'aussi vilaines pensées ! Et puis, un homme sera toujours plus heureux avec une fille pas très belle mais fidèle qu'avec une jolie créature qui trahirait sa foi !

— Combien le comprennent ?

Touchée de ce que quelqu'un, pour la première fois, l'écoutât, Augustina ouvrit son cœur et, prenant le dragon pour confident, lui conta ses désespoirs, ses colères devant l'avenir promis et qu'à moins d'un miracle rien ni personne ne pouvait plus changer. Pour la consoler, son compagnon, passant le bras autour de son épaule, l'attira contre sa poitrine. Elle pleurait doucement. Il ne voyait que son cou et les frisettes qui lui donnaient une jeunesse charmante. Honoré y posa longuement les lèvres. Il sentit Augustina frissonner. Elle se redressa, bouleversée.

— Pourquoi ?

— Parce que j'en ai envie.

— Ce n'est pas vrai ! Ça ne peut pas être vrai ! Vous êtes bon, vous avez eu pitié et moi, je ne veux pas qu'on...

Il l'attrapa par les épaules et plaqua ses lèvres sur les siennes, étouffant ses protestations. Quand il la relâcha, elle avait les yeux pleins de larmes et elle murmura :

— Mon Dieu...

Elle se leva et, plaçant la main sur sa bouche — comme pour garder le goût de ce baiser — elle s'enfuit en courant. Resté seul, Versillac eut un sourire ému. La naïveté de la petite Italienne, sa pudeur, sa joie lui rappelaient Marion, la Marion d'autrefois, celle en qui il avait si longtemps cru et, du coup, sa mauvaise humeur revint. L'abandon de Marion était une plaie qui ne guérirait sans doute jamais.

A partir de cette rencontre terminée par un baiser, Honoré et Augustina se promenèrent souvent ensemble. Cela fit rire les dragons. Versillac sut leur imposer silence. Repris par ce charme campagnard auquel, dès l'enfance, il avait été sensible, errant à travers les champs et les taillis, il retrouvait les bonheurs secrets du garçonnet de Saint-Georges. La sagesse ne consisterait-elle pas à s'installer en qualité de gendre chez les Crodo ? Il aurait une femme qui l'aimerait jusqu'à son dernier souffle. Augustina ne paraissait vivre que pour lui. Il était certain qu'elle accepterait tout de suite de devenir sa maîtresse s'il le lui demandait. L'aventure ne lui eût point répugné. Il nourrissait assez d'affection envers la jeune fille pour ne plus voir ses traits disgracieux, mais il ne se sentait pas le droit d'abuser de sa confiance. Jour après jour, cependant, il laissait entendre que sa présence lui devenait indispensable. Émerveillée, Augustina écoutait l'homme qu'elle aimait décrire la ferme dont il rêvait et qui se confondait de plus en plus avec celle des Crodo. La signorina commençait à croire au miracle.

Un soir, Honoré appela Marchepoil.

— Auguste, je peux te parler ?

— J'arrive !

Le maréchal des logis rejoignit son camarade à l'entrée de l'étable.

— Qu'est-ce qui se passe ?

— J'aimerais que tu me renseignes. Est-ce que je pourrais casser mon engagement, si je me mariais ?

— Augustina, hein ?

— Oui. Oh ! je sais ce que tu penses. Elle est pas belle et puis après ? Elle m'aime et je finirai par la trouver jolie... Enfin, Bon Dieu ! La beauté, c'est pas tout ! Il y a le foyer, la confiance, la solidité. T'es pas d'accord ?

— Si. Seulement, bonhomme, t'es pas libre ! T'as épousé l'armée en signant ton engagement et l'armée, elle accepte pas d'être cocue !

— Rien à espérer, alors ?

— Rien.

De quelque côté que Versillac se tournât, les chemins ne conduisaient nulle part.

***

En février 1801, les dragons, bloqués dans leur grange par la pluie, commencèrent à s'ennuyer et leurs caractères s'aigrirent. De furieuses envies de se battre les démangeaient. Honoré se sentait devenir étranger parmi ces hommes brutaux, prompts aux coups et toujours enclins à mourir pour n'importe qui, pour n'importe quoi. Versillac se réfugiait auprès d'Augustina. Vers la fin du mois, on apprit qu'on avait signé la paix avec les Autrichiens et, au début de mars, les dragons reçurent l'ordre de se tenir prêts à regagner la France.

***

— Ainsi... tu vas partir ?

— J'y suis obligé.

— Où iras-tu ?

— Je ne sais pas... Là où on enverra mon régiment.

— Tu crois que tu reviendras ?

— Je ferai mon possible...

Honoré et Augustina, assis dans le grenier, parmi les vieux meubles bancals, les ustensibles hors d'usage, mélangeaient leurs peines. Augustina s'efforçait de ne pas pleurer et Versillac s'enfermait dans un silence douloureux.

— Tu sais, Honoré, maintenant que tu pars, je peux bien te le dire : je t'aime.

Ému, le garçon prit les mains de sa compagne dans les siennes et les appuya contre sa bouche. Il se força à peine pour répondre :

— Moi aussi, je t'aime...

Ils s'étreignirent et elle lui chuchota à l'oreille :

— Tu veux me prendre ?

Il hésita. En dépit de l'envie qui le tenaillait, il refusa par honnêteté.

— Quand je serai de retour et que nous aurons l'avenir devant nous.

— Tu es bon...

Si les autres dragons avaient entendu leur compagnon, ils

n'auraient pas compris. Il est vrai qu'Honoré ne se comprenait pas lui-même.

— Il faut que j'aille préparer mes affaires et mon cheval. Demain, on aura une rude journée et nous ne sommes plus habitués aux longues chevauchées.

Elle se leva, lui donna un ultime baiser et, avant de le quitter, lui assura :

— Rappelle-toi que je t'attendrai pendant tous les jours qu'il me reste à vivre.

***

Ils partirent, dans un matin gris et froid, rejoindre le régiment à Sale. Les Crodo leur donnèrent des provisions et leur souhaitèrent bonne chance. Les cavaliers s'étonnèrent de l'absence d'Augustina, mais n'en dirent rien pour ne pas peiner leur camarade. Alors que le peloton débouchait du chemin de terre sur la route de Sale, ils virent une silhouette plantée à la corne du champ qu'ils longeaient. Vêtue de noir et enveloppée d'un grand châle sombre, Augustina les regardait passer. Quand Honoré fut à sa hauteur, elle murmura :

— Arrivedérci...

Versillac lui envoya un baiser. Ils savaient tous deux que c'était le dernier.

***

Il ne pensait plus à Marion, il avait oublié Marthe, il ne se souvenait plus d'Augustina. Seule, dans les moments de dépression succédant à des beuveries sans fin, l'image de sa mère flottait dans son esprit embrumé. Ce mois de mars pluvieux de 1803 n'était pas fait pour éclaircir les idées du dragon Versillac et l'inciter à retrouver un sens à la vie. Il passait son temps — à Melun où il tenait garnison — entre la salle de police et les exercices auxquels on contraignait, chaque jour, une troupe qui perdait, peu à peu, dans une existence abrutissante, les qualités guerrières dont elle avait témoigné. Le dragon Versillac n'a plus grand-chose de commun avec le jeune homme romantique que la défection d'une femme poussait aux plus tragiques désespoirs. Désormais, il se saoule, trouve son plaisir dans des rixes dont l'aboutissement ordinaire est la prison. Cependant, il lui arrive encore d'être pris d'une frénésie de grand air, alors — avec ou sans permission — il va se perdre dans la sauvage forêt de Fontainebleau où le gibier est moins abondant que les brigands de tout poil. Pendant des heures, au hasard des sentiers dus au passage continu de grosses bêtes, il marche. Il est baigné par un vent qui a le goût de celui qui courait sur Saint-Georges. En proie à une sorte de délire, il ne voit plus le décor qui l'entoure et se promène dans les bois de son enfance. Parfois, il se retourne pour constater que Marion le suit comme il lui en a donné l'ordre. Pour lui, dans ces moments-là, la notion de temps n'a pas plus de signification et, quand le jour baisse, il presse le pas, non par crainte des sous-officiers de service, mais par peur d'entendre les reproches de sa mère.

Lorsque Honoré débouche du couvert dans la plaine, il retrouve ses esprits et son cœur se serre en voyant fumer les cheminées des fermes isolées au large des terres. Il pense à ce domaine de la Désirade dont il a tant rêvé. A travers l'épaisseur des années écoulées, il s'entend expliquer à Marion ce que serait la demeure où ils vivraient heureux jusqu'à la fin de leurs jours. Que reste-t-il de ces beaux projets ? Rien. La gorge nouée, Versillac reprend le chemin de la caserne.

Un matin de mai, alors qu'à nouveau il sortait de la prison où l'avait conduit une bagarre avec la maréchaussée, Honoré trouva Marchepoil qui guettait son apparition et se précipita vers son ami.

— A présent, bonhomme, finies les bêtises !

— A cause ?

— A cause que ces foutus Anglais, ils nous ont, une fois de plus, déclaré la guerre !

Cette nouvelle, incluant la promesse d'échapper à leur morne existence, emplit les hommes d'un tel enthousiasme qu'ils allèrent arroser leur future victoire et se prirent de querelle avec des voltigeurs osant mettre en doute l'efficacité de la cavalerie pour conquérir une île. Le maréchal des logis Marchepoil et le dragon Versillac ne durent qu'à la bienveillance du cabaretier de réussir à filer avant l'arrivée des gendarmes.

Toutefois, contrairement à leurs espérances, les dragons restaient à Melun et l'année 1803 s'acheva sans qu'ils aient bougé. Les inspections des hommes et des chevaux alternaient avec les inspections d'armes et de matériel. Chacune laissait entrevoir un départ prochain, mais on ne bougeait pas, et Versillac retourna à son existence dissolue. Le 1er janvier 1804 fut fêté sans plaisir chez les dragons. Ni Marchepoil ni ses copains ne croyaient plus à la réalité d'une guerre sans bataille, sans bulletin de victoire ou de défaite. On avait beau leur affirmer que sur la Seine on étudiait, avec l'aide du génie, la manière d'embarquer sur des pinasses que les chevaux faisaient trop souvent chavirer, ils demeuraient sceptiques.

Ce jour-là, le 19 mai 1804, les dragons ont quartier libre pour pouvoir se réjouir de ce que le Premier Consul ait échangé son titre contre celui d'Empereur. Marchepoil et Joseph ayant refusé la longue promenade en forêt qu'il leur proposait, Honoré décide de s'offrir en solitaire une journée campagnarde. Seulement, à peine a-t-il franchi la porte de la caserne qu'il rencontre Ambroise Cléguer, un septuagénaire ayant encore bon pied, bon œil, et dont le seul regret est que les auberges ne restent pas ouvertes toute la nuit. Il a lié connaissance avec Honoré à propos des mérites comparés du Bourgueil et du Chinon. Le cours de leur amitié a été jalonné par un nombre incalculable de chopines. Ambroise entre immédiatement dans le vif du sujet :

— Connaissant tes sentiments pour Bonaparte, mon gars, je suis sûr que tu voudras vider quelques flacons en l'honneur de notre empereur ?

— Trop tôt ! J'ai envie de courir la campagne pour m'aérer un peu.

— Vingt dieux ! Je t'accompagne !

— Si vous tenez le coup, je paie à déjeuner !

— Marche, gamin, je te suis ! Et même, je te dis où qu'on va aller.

— Où ça ?

— Chez la Mélie, à Livry, on suivra la Seine.

Par la rive du fleuve, les deux compères n'ont guère plus d'une lieue à couvrir. Cependant, Ambroise abandonne le chemin normal pour gagner des fermes dans les collines afin d'y retrouver des amitiés anciennes ayant besoin d'être fréquemment arrosées pour ne point s'étioler. Alors, ce n'est pas une lieue mais trois que les amis couvrent avant d'arriver chez la Mélie, les jambes rompues par la fatigue et par les libations.

La Mélie, une rieuse courte sur pattes, les accueille avec sa jovialité coutumière :

— Attention ! Nous avons la visite de clients qui me semblent avoir déjà du vent dans les voiles ! A mon avis, ils vont pas tarder à s'échouer !

Les copains protestent mollement et la Mélie reprend de plus belle :

— C'est pas vrai, mon Ambroise, que tu cours encore la campagne, à ton âge ? Et toi, le dragon, t'es venu te rendre compte si, par hasard, mes filles avaient pas le feu à leurs cotillons ?

Ambroise se redresse et, s'efforçant à la dignité :

— Prenez garde, madame Mélie, vous risquez — par vos propos inconsidérés — de commettre un crime de lèse-majesté !

— Hein ?

— Mon cadet, il a voulu offrir un gueuleton à son ancien pour faire honneur à notre empereur ! C'est respectable, non ?

— Sûr ! Je vais vous mijoter un de ces déjeuners dont vous me donnerez des nouvelles. Marion et Rolande vous le serviront. Respectez-les car ce sont des filles sérieuses. — Devant les regards ironiques de ses clients, elle croit bon d'ajouter : Enfin, presque...

Ambroise et Honoré, ayant dégusté un bon repas terminé par un café arrosé, éprouvent mutuellement une amitié fraternelle dont ils s'assurent, à tour de rôle, par des serments qui leur mettent les larmes aux yeux. Ces épanchements n'empêchent pas Ambroise de caresser la croupe des servantes chaque fois qu'elles passent près de lui. Elles le rabrouent avec de fausses indignations. Brusquement, s'agrippant à la table et à sa chaise, le vieux se lève :

— Les petites, je vas vous en chanter une de mon temps... Il a encore une belle voix :

Allons, mon p'tit Cadet
Tu m' chatouilles, tu m' chatouilles,
Allons, mon p'tit Cadet,
Tu m' chatouilles au bon endroit !

Sur ce, Ambroise retombe sur sa chaise en constatant :

— Je crois que j'en ai un coup dans le nez...

Riant aux larmes, la Mélie s'exclame :

— Ah ! mon Ambroise, je pensais pas que t'étais si porté à t'amuser ! Heureusement que ta pauvre Julie, elle est plus là parce qu'autrement...

— Autrement, quoi ?

— Vertueuse comme on la connaissait...

— Vertueuse et emmerdante comme t'as pas idée, ma Mélie !

— Oh ! Ambroise, tu devrais avoir honte de dire des horreurs pareilles de ta défunte !

— Honte ! Alors que pendant quarante ans j'en ai enduré de toutes les couleurs ? Quand je pense qu'elle m'obligeait à jeûner pour le salut de mon âme ! Et pour le reste, c'était toujours vendredi saint ! Lorsque, par hasard, elle consentait à la chose, on devait d'abord se mettre à genoux sur la descente de lit pour demander pardon au Seigneur ! De plus, on récitait nos prières à haute voix si bien que la maisonnée entière était prévenue de nos ébats... Seulement, moi, ces simagrées, ça me coupait l'envie.

Les filles — elles voudraient s'en empêcher, mais c'est plus fort qu'elles — pouffent derrière le pan du tablier ramené sur leur bouche.

— Pouvez rigoler, les femelles, ça empêche pas que plus malheureux que moi, dans le département, y en avait point ! Honoré, je te baille un bon conseil : te laisse jamais mettre le grappin dessus ! C'est Ambroise Cléguer qui te le dit ! Et maintenant, mon Honoré, on s'en va... Parce qu'il faut toujours s'en aller... Trouves pas que c'est triste ?

— J' sais pas...

— Quand on part, c'est triste, Honoré, mais si qu'on peut plus partir, c'est encore plus triste ! Crois-en un vieux galérien du mariage qu'a ramé quarante ans, attaché au banc conjugal...

S'éloignant de Livry, Ambroise et Honoré en tiennent une belle. Les regardant partir, épaule contre épaule, la Mélie et ses servantes se plient en deux tellement elles rient.

Au cours de leur voyage de retour, les amis se retrouvent plus d'une fois étalés sur le sol, le nez dans l'herbe. Ils se relèvent en accusant des racines traîtresses qui n'existent que dans leur imagination.

Lorsque Versillac franchit la porte de la caserne, il est empoigné par Marchepoil et Joseph. Le premier assure :

— Eh ben, mon cochon, t'en as attrapé une fameuse ! Joseph et moi, on va te dessaouler en vitesse !

— Pour... pourquoi ?

— Parce qu'à quatre heures, on part pour Boulogne.

— Quoi... quoi faire ?

— Flanquer une torchée aux English !

***

Honoré n'a jamais vu la mer et quand il parvient sur la côte boulonnaise où cantonnent les dragons, il est impressionné par cette masse d'eau grise, sans cesse en mouvement. A l'horizon, on aperçoit les frégates anglaises surveillant les préparatifs de l'armée française. Versillac n'est pas très rassuré à l'idée de monter, avec son cheval, sur ces espèces de péniches destinées à emporter les régiments de l'Empereur sur le rivage britannique. Le voilà bien loin des paysages familiers, solides, immuables. Cette mer changeante ne lui inspire guère confiance. Marchepoil, Joseph et le cadet Antonin Bourrelet partagent la méfiance de leur camarade. Néanmoins, ils ont une foi aveugle dans leurs chefs et puisque Bonaparte a déclaré qu'on envahirait l'Angleterre, on l'envahira et on verra à quoi ressemblent vraiment ces pudiques et blondes demoiselles à grandes dents.

Parler des Anglaises qu'ils se proposent de bousculer sur le rivage d'en face impose à Honoré le souvenir de Marion. Dans le silence nocturne seulement troublé par le bruit du ressac, le fils d'Armandine se demande ce qu'est devenue celle qu'il aime toujours et qu'il aimera jusqu'à son dernier jour. Le fantôme de la jeune fille en entraîne d'autres à sa suite et très vite, ils sont nombreux à défiler sur l'écran de la mémoire du dragon. De là à dresser le triste bilan d'une existence de trente années qui, en dépit des promesses de l'aube, aboutissent à cette espèce de dortoir où ronflent des hommes ne sachant plus rien faire que tuer, en attendant de tomber à leur tour, il n'y a qu'un pas qu'Honoré franchit aisément.

Au matin, quittant sa couche le dernier, Honoré découvre Marchepoil et Joseph qui, torse nu, exécutent des mouvements de gymnastique sous l'œil admiratif d'Antonin Bourrelet.

— Qu'est-ce qui vous arrive, les anciens ?

Les gymnastes s'arrêtent et le maréchal des logis déclare :

— Il faut que nous nous maintenions en forme.

— Si c'est pour traverser la Manche, feriez mieux d'apprendre à nager !

— Rigole pas, bonhomme, car on risque d'avoir du pain sur la planche plus qu'on en souhaiterait ! Figure-toi qu'il y a pas seulement les Goddons qui veulent nous chercher des poux sur la tête, mais aussi les Autrichiens et les Russes. Ceux-là, paraît que ce sont des coriaces...

Joseph ajoute :

— Sans compter les Prussiens qui se tâtent pour décider s'ils se mettent avec eux pour nous tomber sur le poil ou s'ils se rangeront à nos côtés pour corriger leurs alliés d'autrefois. Les Prussiens, ils ont jamais été francs du collier.

***

Les pronostics de Marchepoil et les doutes de Joseph touchant la loyauté prussienne ne modifièrent pas la vie de l'armée engluée dans la pluie et le brouillard. Chaque matin, on espérait que l'ordre d'embarquement serait pour le jour même, mais le jour passait et on restait sur place. Ainsi, l'année 1804 s'acheva dans un morne ennui qui ne fut dissipé que le 2 décembre par la ripaille offerte à ses troupes par celui qui venait d'être couronné empereur des Français sous le nom de Napoléon Ier. On chanta, on se saoula, on se cogna avant de retomber dans l'abrutissement quotidien.

Les seules distractions de la troupe se réduisaient aux manœuvres d'embarquement qui avaient repris au début du printemps. Les exercices qui n'étaient pas sans risques, et les péniches qui chaviraient, entraînaient plus d'un homme dans la mort.

Un mardi de mai où Honoré flânait sur le port, il vit un voltigeur tomber à l'eau et se faire coincer entre deux barques lourdement chargées. On retira le soldat, on le plaça sur une civière et parce que Versillac entendit le blessé se plaindre dans un patois qu'il comprenait, il emboîta le pas au cortège se dirigeant vers l'infirmerie. Le médecin qui accueillit le voltigeur et les infirmiers voulut refouler le dragon.

— Que viens-tu foutre ici, mon garçon ?

— C'est mon cousin... le fils de ma tante... presque mon frère !

— Bon, eh bien ! attends ici que je l'aie examiné, on viendra te chercher.

Resté seul, Honoré s'interroge pour deviner pourquoi il a menti au major et quelles raisons le poussent à s'accrocher à ce voltigeur inconnu. Au bout d'une demi-heure, l'officier de santé reparaît. Il a l'air ennuyé.

— Mauvaise nouvelle, mon garçon. Ton cousin a le bassin broyé. Pas moyen de le tirer d'affaire.

— Il va mourir ?

— Il n'en a plus guère que pour un quart d'heure. Si tu penses pouvoir l'aider à passer, tiens-lui compagnie.

Assis sur un escabeau, au chevet du blessé, Honoré regarde le visage émacié par la souffrance de cet homme qui agonise. Soudain, il voit la main du voltigeur s'agiter sur le drap. Il la prend dans la sienne et le mourant s'y cramponne en murmurant :

— Tarentaize... On sera jamais mieux que là-bas...

Un sourire éclaire le visage qui, brusquement, semble reposé.

— Tu verras, Marguerite... J'irai te chercher à Saint-Marcel, avec la voiture. J'aurai un panier de provisions pour la route... On partira au petit matin.

Saint-Marcel ? Versillac connaît ce nom. Il sait qu'il s'agit d'un village au-delà d'Annonay, au pied du massif du Pilat.

— On ira doucement pour pas fatiguer le Mousse. A Bourg-Argental, on achètera le pain frais. Ensuite, on prendra le chemin qui suit la vallée. On cassera la croûte dans le bois en arrivant en bas du Crêt de la Garde. Ça permettra au cheval de souffler puis on attaquera pour de bon le col de Chaubouret...

Effaré, Versillac écoute discourir avec facilité ce malheureux sur le point de rendre l'âme. En contrepoint aux paroles si distinctement prononcées, il entend un râle sourd dont l'intensité augmente de seconde en seconde.

— Quand on sera à Chaubouret, tu t'envelopperas dans ton châle parce que l'air y est plutôt vif. On aura tôt fait d'atteindre le Bessat où on s'arrêtera pour que je te présente aux cousins. Ensuite, par le Palais et les Citadelles, on filera vers Tarentaize...

Honoré doit se pencher pour essayer d'attraper encore quelques mots mais, maintenant, le râle recouvre tout. Brusquement, le soldat se tait, sa main se raidit dans celle de Versillac, il ouvre grands les yeux, crie :

— Marguerite ! Ne me...

Le dragon lui ferme les paupières et sort sans rencontrer personne. A Marchepoil qui lui demande où il était passé, Honoré répond :

— J'ai aidé un type à glisser de l'autre côté, un voltigeur...

— Et alors ?

— Et alors ? C'est pas facile de mourir...

— Ça dépend qui c'est qui t'expédie !

— Tu devineras pas ce qui a semblé le consoler, le pauvre gars ? Une fille qu'il aimait, Marguerite... Il se figurait qu'elle l'attendrait, l'imbécile ! Mais elles nous attendent jamais ! Jamais !

Sur ce, il tourne le dos à son copain et s'en va à grandes enjambées. Auguste secoue la tête en murmurant :

— Il serait bien capable de se faire tuer exprès, ce couillon.

***

Les semaines succédaient aux semaines et l'armée continuait à se morfondre. On ne prêtait plus attention aux navires anglais effectuant leur parade journalière pour prévenir un débarquement sans cesse remis à plus tard, dans l'espoir de meilleures conditions climatiques.

Un soir d'été, Marchepoil, à l'heure de la soupe, annonça à ses camarades :

— Une bonne nouvelle, les gars ! Nous entrerons à Londres avec le maréchal Lannes. Nous sommes affectés à la division de Treillard qui commande la cavalerie du maréchal.

— On part quand ?

— Ça...

— Alors, viens pas nous embêter avec tes racontars !

L'heure tant souhaitée sonna pourtant. En août, on procéda à une revue gigantesque. Suivi de son état-major, le maréchal Lannes passa devant les troupes en commençant par l'infanterie. Quand il arriva devant la cavalerie, il appela le général Treillard et ordonna :

— C'est le moment de les avertir...

Et piquant des deux, il s'éloigna. Se dressant sur ses étriers, Treillard cria :

— Cavaliers ! Vos chevaux nous ont paru un peu gros... On va leur faire perdre du poids en les obligeant à galoper, d'abord jusqu'au Rhin !

Malgré la discipline, il y eut des murmures étonnés :

— Silence !... L'Empereur est obligé, avant d'attaquer l'Angleterre, de rosser ceux qui s'apprêtaient à se jeter sur la France pendant que nous aurions été occupés ailleurs ! Il est temps de nous rappeler aux bons souvenirs des Autrichiens ! Quant aux Russes, le cas échéant, on les renverra dans leurs steppes à coups de sabre, ce qui enlèvera aux Prussiens l'envie de se mêler à la conversation ! Soyez prêts à partir à l'aube.

Ils ne comprenaient pas pour quelles raisons — après avoir perdu tout ce temps au bord de la mer — l'Empereur renonçait à un projet qu'il avait, si souvent, qualifié de vital pour l'avenir des Français, afin de courir vers le Rhin en vue d'affronter une fois de plus les mêmes adversaires. Cependant, ils bougeaient, et après l'interminable repos subi, le moindre déplacement était le bienvenu. La lumière du jour n'apparaissait encore que sous la forme d'une traînée lumineuse à l'est lorsque les dragons se mirent en route. Dans le piétinement des chevaux, le sourd brouhaha des conversations, l'odeur puissante enveloppant le régiment, chacun replongea dans une atmosphère où il se sentait à l'aise et retrouva sa confiance en l'Empereur.

***

Un brouillard épais l'enveloppe et ne laisse filtrer jusqu'à lui que des bruits et des échos si amortis qu'il ne peut en comprendre la signification. Il veut échapper à cette brume qui l'empêche de respirer à son aise. Il s'agite, se débat, et une main se pose sur son épaule, une main sortie il ne sait d'où, mais qui l'apaise, tandis qu'une voix chuchote :

— Schlafen Sie noch, Franzose, schlafen Sie gut.

Il se rendort, sans se poser de question, le sourire aux lèvres. Puis, au fil des jours, ses moments de veille s'allongent, le brouillard qui le séparait du monde se dissipe. Il sait que la main lui essuyant le front appartient à sœur Gertrude et qu'il est sur un lit d'hôpital. Peu à peu, il découvre qu'il est soigné pour une blessure au ventre. Il ne se souvient de rien. Le médecin semble heureux quand il ausculte Honoré. Chaque fois, son examen terminé, il se redresse et conclut :

— Vous avez de la chance... Ça va bien...

— Docteur... où est-ce ici ?

— Hôpital Karl der Grosse, à Landsberg.

— Quelle date sommes-nous ?

— Le 9 octobre 1807.

Le blessé a une exclamation de surprise. Il y a plus de trois mois qu'il a été gravement atteint. Maintenant, il se rappelle où cela s'est passé : à Friedland ! Et, brusquement, une inquiétude l'assaille.

— Docteur, je suis prisonnier ?

Le médecin a un petit rire triste.

— C'est plutôt moi qui serais le vôtre !... L'Empereur a gagné. En cet instant, il est au mieux avec le tzar et nous sommes les dindons de la farce. Tant pis pour nous, il fallait rester tranquilles.

— Qu'est-ce que j'ai eu ?

— Un éclat de bombe vous a ouvert le ventre. Pendant des semaines et des semaines, on vous a cousu, décousu et recousu, parce que les choses se gâtaient. Je n'aurais jamais espéré que vous vous en sortiriez, c'est à croire que Dieu aussi est avec les Français. Enfin, j'estime que, dans une quinzaine, vous serez en état de vous lever et de commencer à marcher. J'ai appris que des convois vont rentrer dans votre pays, vous vous joindrez à eux.

— Mais, l'armée, quand y reprendrai-je ma place ?

— Jamais.

***

La réponse brutale de son interlocuteur laisse le blessé sans réaction. Il ne discute pas, il ne proteste pas, il accepte. Les années passées sous les armes lui ont appris la résignation. Il se rend là où on lui commande d'aller sans se poser de questions, en se défendant d'exprimer la moindre opinion. Il saute en selle et met pied à terre comme un automate. Il chevauche la tête vide jusqu'à ce que, d'un coup, on le précipite, de toute la vitesse de sa monture, sur des ennemis aux uniformes changeants, pour tuer ou être tué. Un métier où l'expérience enseigne de ne jamais songer au lendemain.

***

Semblable au retraité qui, avant de quitter pour toujours son bureau ou son établi, se rappelle les bons moments passés avec les copains, Honoré glisse tout doucement dans le souvenir et, stupéfait, s'aperçoit très vite qu'il ne lui reste que quelques images des terribles et exaltantes années qu'il vient de vivre. Il ferme les yeux, s'enfonce sous ses couvertures et attend que sa mémoire lui apporte un reflet fidèle de ce qu'il a enduré en obéissant à l'Empereur. Cependant, un mouvement trop vif fait renaître la douleur qui l'emporte sur ses vagues impitoyables. Il s'efforce de ne pas appeler, de crainte que sa souffrance n'irrite le médecin et retarde son départ pour la France. Il lutte seul et bientôt, la fièvre embrumant son cerveau, Honoré plonge dans un monde fantomatique où de rares images — qu'il ne reconnaît pas toujours — déchirent, par instants, le brouillard qui, de nouveau, l'enveloppe.

Soudain, Versillac s'immobilise car le soleil brille et il se voit au bord d'un grand fleuve. Pour la première fois, il découvre le Rhin et il entend la voix d'Antonin Bourrelet s'exclamant :

— On va quand même pas nous obliger à traverser à la nage !

Avant qu'Honoré ait pu répondre, il se trouve devant un autre fleuve encore plus important que le Rhin, le Danube. Puis c'est le lent défilé de la garnison autrichienne d'Ulm : la troupe passant entre la double haie de ses vainqueurs dans l'air déjà froid de l'automne de 1805. Au moment où le dragon s'apprête à crier : « Vive l'Empereur ! », la scène à laquelle il participe s'efface brusquement pour céder la place au spectacle d'une mêlée épouvantable où Honoré halète en donnant de grands coups de sabre à droite et à gauche pour écarter les cosaques de Koutouzov sur le plateau de Pratzen. Un soleil pâle éclaire étrangement la bataille d'Austerlitz. Le blessé croit avoir la jambe cassée lorsque Marco — son cheval — s'effondre sous lui. A terre, Versillac a le visage tout près d'un dragon mort en qui il reconnaît Antonin Bourrelet dont la tête a presque été décollée par une lame russe. Il se retourne pour appeler au secours mais, ce faisant, il se sent emporté dans un galop furieux vers Berlin, derrière Davout, à la poursuite des Prussiens défaits à Iéna. La vitesse de la course endort quelque peu la vigilance du cavalier qui ne peut retenir sa monture glissant sur le chemin boueux d'Eylau et il s'en va choir dans un marais de Friedland où il voit flotter le cadavre de Joseph. Quand il arrive à s'extraire du marécage, il gagne un boqueteau où il reprend haleine, lorsque trois grenadiers russes surgissent devant lui, baïonnette en avant. Honoré n'a que le temps de tirer son sabre. Il réussit à tuer l'un de ses agresseurs, mais les deux autres le pressent. Il va tomber lorsqu'il entend crier :

— Tiens bon, garçon !

Écartant les branches, Marchepoil surgit. Malheureusement, il ne voit pas le Russe qui lui enfonce sa baïonnette dans le flanc avant qu'Auguste ne lui fende le crâne. Profitant de l'effet de surprise créé par l'apparition du dragon et de sa monture, Versillac plonge son arme dans le ventre du dernier soldat ennemi.

Auguste meurt dans les bras d'Honoré qui pleure. Quelqu'un demande :

— Pourquoi pleurez-vous ?

Le blessé entrouvre les paupières aux cils collés par les larmes. Il reconnaît celle qui l'a déjà soigné. Il sourit et chuchote :

— Je suis content que tu sois là, Rosalie...

L'infirmière lui essuie les yeux doucement en murmurant :

— Warum bist du so traurig, Junge [1] ?

Il ne répond pas et s'endort.

***

D'abord, il est en proie à une espèce de panique, il se figure être au cimetière découvrant ces formes blanches allongées et ces

1. Pourquoi es-tu si triste, jeune homme ?

fantômes qui glissent silencieusement entre les tombes. Éperdu, il s'agrippe aux bords de son caveau et prend alors conscience qu'il est couché dans un lit parmi les blessés d'une salle commune. Les spectres ne sont que des infirmières évoluant sans bruit.

Maintenant qu'il somnole, dans le silence épais que trouble seul, de temps en temps, un gémissement, Versillac essaie de se rappeler comment et où il a été si gravement blessé. Il revoit bien les Russes l'attaquant, l'arrivée et la mort de Marchepoil, mais ensuite, plus rien. Il se souvient qu'il a remis son sabre au fourreau, qu'il a fermé les yeux de son ami et qu'il est sorti du précaire abri des arbres. Il entend encore l'explosion qui l'accueille alors ; et cette horrible douleur au ventre. Après, c'est la nuit dont il n'a émergé que dans un hôpital sans deviner par qui et comment il a été transporté.

Dans la touffeur de la salle où flottent des odeurs écœurantes, Honoré s'attendrit sur lui-même. Il a trente-trois ans et qu'a-t-il fait, sinon fuir, se battre et passer d'une femme à l'autre sans jamais s'arrêter ? Treize années se sont écoulées depuis qu'il est parti de Saint-Georges-le-Jaloux pour échapper à la réquisition. Quel idiot il a été ! Il est vrai qu'alors il croyait en l'amour, en l'amitié... La petite Marion pour qui il cueillait des fleurs sur les bords du Cerasson... Que c'est loin ! Savoir ce qu'ils sont devenus, tous, pendant qu'il courait les champs de bataille ?

***

Le maréchal Lannes s'apprête à donner le signal du départ au pitoyable convoi qu'il lui incombe de ramener à Paris. Il regarde, ému, tous ces hommes cruellement atteints dans leur chair, pour la plupart, au service de l'Empereur. Combien goûteront la joie amère de mourir en France ? Beaucoup resteront en route. Il s'approche d'un hussard allongé sur une civière :

— Comment t'appelles-tu ?

— André Marize.

— Depuis combien de temps te bats-tu ?

— J'étais à Toulon avec Bonaparte et je l'ai plus quitté.

Le maréchal se tourne vers un officier de son état-major et grogne :

— Quatorze ans ! L'Empereur devrait comprendre qu'ils sont fatigués...

***

Dans les premiers mois de 1808, Honoré, réformé, se retrouve sur le pavé de Paris avec quelques pièces d'or cachées dans sa ceinture. Il n'a pas encore décidé de ce que serait sa vie. A la vérité, il n'éprouve guère l'envie d'entreprendre quoi que ce soit. Les années passées dans l'armée lui ont enlevé tout esprit d'initiative. Il lui faut se réadapter à un monde où il devra agir de son propre chef, sous sa seule responsabilité. Il use ses journées en de longues promenades. Un matin où un soleil presque printanier donne à Paris un air de fête, le convalescent grimpe dans une grosse berline qui emmènera ses occupants au bois de Boulogne. Là, en pleine forêt, au milieu de la nature, Versillac savoure des heures merveilleuses. Dans une ferme, il boit du lait fraîchement tiré et demande la permission de jeter un coup d'œil dans l'étable, en arguant de ses antécédents paysans.

Quand Honoré est assailli par l'odeur des vaches, il glisse brusquement — sans bien prendre conscience du mécanisme de ce phénomène — dans un autre monde : celui de Saint-Georges-le-Jaloux. Lorsqu'il ressort, il titube à la manière d'un homme légèrement pris de boisson. Une joie radieuse se lit sur son visage. Ce bonheur nouveau, dont on le devine imprégné, tient à ce qu'il sait, maintenant, ce que sera son avenir. Dès le lendemain, il se mettra en route, sans se hâter, pour Saint-Georges. Il y vieillira près de Marion et de Philibert, dans une amitié retrouvée. Il gagnera de l'argent (il ignore de quelle façon) et il finira par acheter la ferme dont il rêve depuis son enfance.

Pour Honoré Versillac, ex-soldat de l'Empereur, tout va recommencer.

6.

La couble

Quand Honoré abandonne Paris, par un joli matin de printemps, il est redevenu le fils d'Armandine. Ses retrouvailles avec les arbres de la forêt et des jardins, avec les bêtes des étables, des écuries et de la basse-cour ont lavé Versillac de son expérience récente pour le renvoyer aux souvenirs heureux de sa jeunesse. Il ne ressent plus guère de douleurs physiques. Son torse, étroitement bandé, lui permet de respirer à l'aise, mais il se souvient de sa terrible blessure lorsque sa monture bronche, quand il lui faut descendre de son cheval ou l'enfourcher. Les premiers jours, Honoré flâne sur les routes et les chemins. Le temps est beau, la température idéale pour que l'apprécie un voyageur chaudement vêtu, à la bourse suffisamment garnie pour ne point redouter les aubergistes avides. Au spectacle de la nature, le garçon oublie les années pénibles qu'il vient de vivre, les chevauchées épuisantes, les batailles sans pitié et surtout la peur qu'on doit vaincre à chaque heure. Plus il va et plus il ressemble moralement au gamin qui ne songeait qu'à Marion et lui cueillait des fleurs sur les bords du Cerasson. Le grand nombre de mois passés amenuise les périls autrefois encourus, apaise les vieilles colères, estompe la soif d'aventures, si bien qu'Honoré finit par se convaincre qu'il n'aurait jamais dû quitter son village. Semblable au navire qui, après avoir bourlingué sur toutes les mers, revient jeter définitivement l'ancre dans les eaux tranquilles du port où il fut construit, le voyageur se persuade que rien ne vaut l'existence paisible des champs, dans la chaleur des amitiés retrouvées.

Au fur et à mesure que le cavalier gagne vers le sud, le passé le plus lointain se réimpose à sa mémoire aux dépens des souvenirs plus proches. Au bout de trois semaines de nonchalante promenade — on est presque aux derniers jours d'avril —, Honoré parvient aux frontières de l'Ardèche, du côté de Serrières. Il regarde le Rhône couler, puissant, sans colère, sûr de sa force, et le petit-fils de Mathieu Versillac sent revivre en lui la haine vouée au vieux fleuve qui tua son grand-père. Il le contemple longuement et il a l'impression que ce sont toutes les années vécues loin de Saint-Georges qui glissent, sous ses yeux, au fil de l'eau. Toutefois, il connaît assez le décor qui l'entoure pour ne pas se laisser aller à une inutile mélancolie. Il repère le terrain où avaient lieu les courses de chevaux. Évoquer ces épreuves où il se distinguait impose à Honoré l'immatérielle présence d'Apinac qui lui avait appris à se tenir en selle. Mais, au même moment, l'ex-soldat de l'Empereur revoit toutes les bêtes tuées sous lui dans les batailles et il entend les hennissements douloureux des chevaux éventrés.

Dans un champ, sur la gauche, un homme plante des pommes de terre. Versillac l'observe un instant et s'émeut de cette gymnastique héritée de loin, le faisant se courber, se redresser, se courber de nouveau pour se redresser encore, sur un rythme paraissant idéalement réglé par un métronome. Sur sa monture, Honoré ne se lasse pas d'admirer le paysage. Il voit, dans les jardins, les femmes qui s'affairent à semer les légumes dont elles auront besoin quotidiennement. Sur ces terres chaudes, presque méridionales, les gens sont plus difficiles quant à la nourriture que dans le Nord, et le Nord, pour ceux de Saint-Georges, commence à Lyon. La douceur de l'air inquiète le fils d'Armandine. Ce ciel trop bleu, ce soleil trop chaud ne le rassurent pas. Pour se consoler, il se rappelle ce que lui enseignait Ange Herbaud, le chevrier :

Avril froid pain et vin donne,
Tandis que mai froid les moissonne.

Les travailleurs des champs et des jardins ont remarqué cette silhouette cavalière, immobile, qui paraît surveiller on ne sait quoi. On redoute les agents impériaux, sans cesse à la recherche de futurs soldats qu'ils emmènent de plus en plus jeunes. On n'ignore pas que Napoléon et son armée vont de victoire en victoire, mais cela se passe dans des pays qui sont si loin qu'on ne peut pas se faire une idée de la distance les séparant des pères et des femmes attendant le retour du fils ou du mari. Ne se doutant pas de la crainte que sa présence suscite, Honoré se gorge de lumière. C'est un peu comme s'il émergeait d'un long tunnel constitué par les quatorze années vécues loin de Saint-Georges. Il n'était pas né pour le métier des armes que l'injustice du monde l'avait contraint à embrasser. Maintenant, il se remet à exister. Ce vent léger et frais qui arrive de la forêt enveloppant les pentes du Pilat devient, pour lui, bain de jouvence. Il pousse son cheval en direction de Saint-Georges tandis que lui monte aux lèvres la chanson qu'il fredonnait quand il dansait avec Marion, dans les prés.

Vers midi, Honoré pénètre dans Saint-Désirat où règne un air de fête. Des marchands ambulants sollicitent le chaland à qui ils offrent du drap pour tailler le costume du dimanche, de la dentelle du Puy, des sirops contre le mal de poitrine, des bonbons au goût de résine de pin, des confitures de myrtilles. Menant un furieux tapage, des jeunes gens, se tenant bras dessus, bras dessous, occupent toute la largeur de la chaussée et exigent un baiser des filles pour les laisser passer. Le cavalier remarque que les garçons rencontrés portent rubans et feuillages. Il comprend qu'il s'agit de conscrits et, tout aussitôt, il se sent le cœur étreint par une sourde angoisse : nul, parmi ces joyeux lurons, ne pense aux épreuves qui l'attendent, et qu'il est en train de vivre, peut-être, les dernières semaines de son existence. A quoi bon leur expliquer ? D'ailleurs, ils ne le croiraient pas.

L'aubergiste fait d'abord la moue lorsque le voyageur lui demande s'il peut manger un morceau et argue du nombre des conscrits qu'il lui faut nourrir et abreuver. Puis, la tenue de son éventuel client l'impressionnant assez, il lui promet un excellent repas à condition qu'il ne s'installe pas à table avant une heure.

Cette heure, Honoré l'use à errer à travers Saint-Désirat où l'approche de midi éclaircit la foule. Il reconnaît des maisons, des enseignes et, inconsciemment, s'efforce de retrouver, au long des ruelles, celui qu'il a été. Quand il pénètre dans la grande salle de l'auberge, il est sur le moment de battre en retraite tant le vacarme est intense et la chaleur épaisse. Les conscrits — pour la plupart à moitié ivres — ne se rendent pas compte de ce qu'ils mangent et boivent. Alors qu'Honoré s'assied à la table qu'on lui a réservée, les héros du jour entonnent d'une voix avinée « La chanson de Martin ».

Martin, Martin à la fleur de son âge,
A l'âge de dix-huit ans
A l'âge de dix-huit ans
Son père le marie

En croyant de rester chez lui,
Le lendemain il faut partir.

Mais la campagne fut bien longue,
Elle a duré dix ans et demi
Au bout de dix ans et demi,
Martin revient dans son pays[1].

C'était l'éternelle histoire du soldat (ou du marin) resté trop longtemps absent du pays et que ni sa femme ni ses enfants ne reconnaissent. L'assistance chante faux, mais avec cœur. Quand on a achevé les innombrables couplets, un garçon maigre et blond crie brusquement :

— Nos chansons ont l'air d'ennuyer le monsieur...

Ce garçon s'appelle Régis Chardas. Il est connu pour son mauvais caractère et son goût pour les batteries du dimanche soir.

— Mais peut-être que le monsieur est sourd ? Puisqu'il me répond pas... à moins qu'il ait peur ?

De partout, on conseille :

— Commence pas, Régis !... Fous-nous la paix, Régis !...

L'aubergiste essaie vainement de le retenir quand il se lève pour se diriger vers Honoré.

— Pourquoi que vous vous taisez lorsqu'on vous cause ?

Versillac le regarde bien en face.

— C'est après moi que tu en as, petit ?

— Petit ! Non, mais vous entendez, vous autres ? Petit ! Eh bien, bourgeois, les petits que nous sommes vont vous secouer les puces avant de partir se battre pour l'Empereur, pendant que vous vous remplirez les poches !

Versillac dit doucement :

— Tu commences à me fatiguer, petit.

— Je fatigue Monsieur !... C'est la meilleure ! J'imagine que Monsieur se fout de la guerre et de l'Empereur ? Peut-être que Monsieur est un ci-devant qui souhaite la fin de l'Empire pour se réinstaller dans son château ?

— Ce que je suis ne te regarde pas, mon bonhomme, mais je peux t'apprendre ce que tu es.

— Allez-y !

— Un fort en gueule et un crétin.

1. *Le Folklore du Haut Vivarais*, de Pierre Charrié. Librairie Guénégaud, Paris.

Il s'établit un silence subit. Régis sort son couteau de sa poche.

— Je vais laisser un souvenir à Monsieur pour lui apprendre la politesse. Le premier d'entre vous qui essaie de se mêler de ce qui ne le regarde pas, je le pique ! Maintenant, à nous deux, Monsieur !

En réponse, Honoré lui lance son verre de vin à la figure. Tandis que son agresseur ferme les paupières sous l'effet de la brûlure, il prend son pistolet et, d'un coup de crosse sur le crâne, expédie Régis au sol, pour un bout de temps. Puis il s'adresse aux camarades du vaincu :

— Cet idiot a prétendu que j'avais peur ! Que j'étais un ennemi de l'Empereur. Voyez !

Sous les regards étonnés des clients auxquels s'est joint l'aubergiste, le fils d'Armandine ôte sa veste, enlève sa chemise, dégrafe la ceinture qui lui tient les côtes, montre les chairs tuméfiées encore violettes, en déclarant :

— J'ai eu la chance avec moi à Marengo, à Ulm, à Austerlitz, à Iéna, à Eylau, — et touchant son énorme cicatrice — elle m'a abandonné en juin de l'année dernière, à Friedland.

Tandis qu'il se rhabille, on lui fait une ovation. Le patron de l'auberge refuse de recevoir le prix de ce que Versillac a bu et mangé.

Assez content de l'heureuse issue de cette sotte affaire, Honoré se dirige vers l'écurie où il a laissé son cheval, lorsqu'il s'entend appeler :

— Honoré !... Honoré Versillac !

L'ex-dragon se retourne pour voir un prêtre, grand, maigre, qui agite les bras dans sa direction, ressemblant ainsi à un oiseau maladroit sur le point d'atterrir.

— Je ne me trompe pas, vous êtes l'Honoré, que le père Soulia tenait un peu pour son fils ?

Évoqué par ce prêtre, le beau visage du curé Soulia s'impose à la mémoire du voyageur tandis que son interlocuteur poursuit :

— Villadin !... L'abbé Villadin qui prit, un moment, la place de M. Soulia tandis que les impies poursuivaient les soldats de Dieu refusant de prêter serment à des lois scélérates !

M. Villadin ! Bien sûr que l'amoureux de Marion se souvient ! En embrassant M. Villadin, c'est le Saint-Georges d'autrefois qu'Honoré serre sur son cœur.

— Je suis le curé de Saint-Déodat... Et vous ? Mais si vous n'êtes pas trop pressé, je préférerais que nous allions chez moi, nous y serons plus tranquilles.

— Rien ne me presse, et puis j'ai eu bien des occasions d'apprendre la patience.

Dans la cure au mobilier modeste, les deux amis s'asseyent sur des chaises plus ou moins dépouillées et l'abbé Villadin sert à l'enfant de jadis retrouvé un petit verre de vin de noix. Honoré raconte ce qu'a été sa vie depuis son départ. Écoutant le terrible récit, le curé hoche la tête en soupirant, de temps à autre, « Mon pauvre petit... »

Quand le fils d'Armandine parle de sa blessure et des souffrances endurées, Villadin prend ses mains dans les siennes. Enfin, l'ex-dragon conclut :

— Presque quinze ans de marches, de fuites, de charges, de hurlements, d'injures et de sang, j'en ai assez. Je n'aspire plus qu'à la paix, à la tranquillité, au silence.

— Comme je vous comprends ! Qu'allez-vous décider, maintenant ?

— Ne le devinez-vous pas ? Pourquoi serais-je à Saint-Déodat sinon pour suivre la route qui me conduira à Saint-Georges ?

— A Saint-Georges ? Me laisseriez-vous entendre que vous souhaitez vous installer là-bas ?

— Où serais-je mieux que parmi mes anciens amis, Estalle, les Herbaud, les Vermoyat, Brénieux, Boisset, mes chers Apinac... Vous êtes, naturellement, au courant du fait que Marion Dolioux, à qui j'étais fiancé, m'a cru mort et a épousé Philibert Tiranges, mon ami d'enfance. Je leur en ai pas mal voulu, sur le moment. A présent, j'ai oublié mes colères d'autrefois. J'ai vu tellement de morts ! Par rapport à ce que tant d'hommes ont enduré sous mes yeux — quel qu'ait été leur uniforme —, mes chagrins d'amour ne pèsent pas beaucoup. Je me rendrai chez Philibert et Marion pour les assurer que je suis toujours leur ami et que je désire vieillir près d'eux. Ils auront sûrement une place pour moi sur leur domaine qui m'est familier puisqu'il appartenait à mon parrain, le comte de Champsauve.

Avant de répondre, l'abbé remplit à nouveau les verres et quand, ayant bu, il repose le sien, il se contente de murmurer :

— Mon cher garçon, savez-vous ce qu'est un nécrologe ?

— Pas exactement.

— C'est la liste des morts d'un village, d'une commune, d'une ville.

— Pour quelles raisons me parlez-vous de ça ?

— Parce que tout à l'heure, lorsque vous citiez les noms de vos amis que vous espériez retrouver, j'avais le sentiment d'écouter la lecture d'un nécrologe.

Inquiet, Honoré s'enquiert d'une voix dure :

— Cela signifie quoi ?

— Qu'il vous faut, une fois de plus, mon cher Honoré, témoigner d'un solide courage et, à nouveau, offrir à Dieu vos souffrances pour qu'Il vous en tienne compte.

— Je vous en prie, exprimez-vous clairement !

— Vous ne devez pas retourner à Saint-Georges, personne ne vous y attend plus...

— Est-ce à dire que... ?

— Les Estalle ont été assassinés par des rôdeurs, Ange Herbaud est mort de maladie, son fils Désiré a été tué à Ulm, Gustave et Mathieu sont revenus, l'aîné dans un cercueil, le cadet avec des béquilles, les Apinac, aussi, sont morts et tant d'autres...

— Philibert ?

— Il s'est suicidé après votre passage. Il n'a pas supporté la honte de sa félonie.

Dans un souffle, l'ex-dragon murmure :

— Et Marion ?

— Elle vit dans un couvent d'où elle ne sortira plus, où nul n'a le droit d'aller la troubler.

Après un temps, Honoré se lève et conclut :

— J'aurais dû mourir à Friedland.

— On ne meurt que lorsque Dieu l'a décidé. Vous êtes encore jeune, vous avez des tas d'années devant vous.

— Pour quoi faire ?

— Cela ne dépendra que de vous.

— Je n'ai plus de goût à rien.

— C'est le choc. Vous devez vous reprendre.

— Mais où voulez-vous que j'aille et comment gagner ma vie ?

— Vous souhaitez, j'imagine, mener une existence active ?

— Je ne pourrais pas rester assis dans un bureau.

L'abbé Villadin se fourre une prise de tabac dans le nez et s'excuse en souriant :

— Ma faiblesse... Savez-vous ce qu'est une couble ?

— Ma foi, non.

— Alors, écoutez... Vous connaissez Aubenas ?

— Non, mais je sais à peu près où se trouve cette ville.

— Là-bas, ceux qui tiennent le haut du pavé sont les muletiers.

— Les muletiers !

— Attention ! On appelle ainsi les propriétaires d'une couble, c'est-à-dire de six mulets. A moins de six mulets, on n'est qu'un rafardier. Il y a des bourgeois, solidement nantis, qui possèdent jusqu'à trente, voire cinquante bêtes.

— Que diable ont-ils besoin de tous ces mulets ?

— Ils leur font transporter le vin du Midi vers le Puy ou Mende, la soie vers Saint-Étienne.

— Je ne vois pas en quoi cela peut m'intéresser.

— Vous vous doutez que les bourgeois ne conduisent pas eux-mêmes leurs caravanes en direction des pays d'en haut. Ils laissent ce soin à des garçons en qui ils ont confiance, je veux dire dont ils savent qu'en chemin ils ne perceront pas les boutes pour boire ou vendre le vin qu'elles renferment ou ne céderont pas, à leur profit, un peu de la soie de leur chargement dans les fermes dressées sur leur chemin. J'estime que vous êtes en état physique d'assumer ce métier, il vous conviendrait parfaitement, du moins pendant quelque temps, jusqu'à ce que vous soyez guéri de vos déceptions et que vous ayez décidé de votre avenir.

— C'est assez tentant, mais me mettre aux ordres d'un patron...

— Non pas ! A part l'obligation du chemin dont on ne saurait s'écarter, vous serez votre maître car je ne doute pas qu'avec votre passé, vous ne soyez tout de suite le maître muletier chevauchant à cheval et assisté d'un ou deux valets. Nous sommes à la fin d'avril. Les coubles ne quitteront pas Aubenas avant l'automne, donc, au cas où vous passeriez par là, je vais vous donner une lettre de recommandation pour M. Eugène Forissier qui habite dans la Grand-Rue, au 7, et alors, si le cœur vous en dit...

***

Honoré et l'abbé ont failli se quitter fâchés, l'ex-dragon ne parvenant pas à croire totalement à la réalité des faits rapportés par le curé de Saint-Déodat en ce qui concerne Saint-Georges. Il ne peut admettre que ce grand élan l'ayant poussé de Paris à l'Ardèche ait été inutile, que ce dont il avait rêvé se révèle un leurre. Serait-il écrit que, partout et toujours, Honoré Versillac devrait être dupé, volé, bafoué ? Au fur et à mesure qu'il avance dans ces pensées désespérées, la colère lui noue de plus en plus les muscles. Et cet ensoutané qui lui prêche la résignation, à lui ! Lui qui, depuis quinze ans, ne fait que subir ! Il s'est levé, livide.

— Merci pour votre accueil, l'abbé, mais à votre tour de m'écouter ! Ma vie a commencé avec la malchance puisque j'ignore et j'ignorerai toujours de qui je suis né. Pourtant, je ne me plains pas car celle qui m'a renié m'a, du même moment, donné la plus merveilleuse des mères. Tant qu'elle a été là, je n'ai rien eu à craindre. Dès sa disparition, j'ai été, de nouveau, en proie à la méchanceté des hommes et cela n'a pas cessé depuis. Je me figurais, cependant, avoir payé mon écot au malheur ; or, tandis que je m'apprête, la trentaine passée, à vivre enfin, vous venez m'avertir que ce n'est pas possible et, en guise de consolation, vous m'offrez de repartir sur les routes ! Sans doute jusqu'au jour où je ne pourrai plus effectuer le moindre travail, jusqu'au jour où, vieille bête usée, je tomberai, le souffle court, le regard éteint, pour crever au bord d'un chemin dans l'indifférence de ceux qui, alors, passeront ?

— Mon fils...

— Non ! Je suis pas votre fils ! Je suis le fils de personne ! Savez-vous ce dont j'ai envie ? Devenir un bandit ! Chaque fois que je détrousserai un voyageur, je penserai que c'est, peut-être, le père qui m'a abandonné ! Chaque fois que je tuerai un gendarme, je me dirai qu'il s'agit d'un de ceux qui voulaient m'envoyer au bagne !

— Et après ?

— Il n'y aura pas d'après puisqu'ils finissent toujours par gagner, et je serai guillotiné.

— Mlle Armandine et Marion seront, alors, fières de vous !

— Une morte et une nonne, qui les mettra au courant ?

— Dieu !

Honoré ne répond pas. Le curé demande, doucement :

— Auriez-vous perdu la foi ?

L'allusion à celle qui l'avait élevé et à celle qu'il aimerait jusqu'à son dernier souffle a calmé l'ex-dragon.

— Là d'où je viens, on ne rencontre pas Dieu, mon père.

— Pourtant, Il y est, mon fils. Seulement, vos yeux sont obscurcis par tant et tant de laideurs que vous n'avez plus le regard assez clair pour Le voir. Rappelez-vous qu'il a été dit : « Si vous ne vous convertissez et si vous ne devenez comme les petits enfants, vous n'entrerez jamais dans le royaume des cieux. » La pureté du cœur, Honoré, voilà le chemin qui mène à Dieu. Quels que soient les malheurs qui nous frappent, les injustices qui nous accablent, nous n'avons pas le droit de désespérer, nous qui, par le baptême, sommes entrés dans la familiarité du Père.

***

Ayant fait la paix avec l'abbé, Honoré a partagé le frugal repas — de la salade et du fromage blanc — du saint homme, avant de s'étendre sur la paillasse mise à sa disposition. Au matin, le garçon est allé chercher son cheval et après avoir embrassé son hôte, il a poussé sa monture dans la direction de Vernosc. Au vrai, l'ex-dragon ne sait pas trop où il souhaite se rendre. Pourquoi ici plutôt que là, puisqu'on ne l'attend nulle part ? Au fond, son vrai regret, maintenant qu'il lui est devenu impossible de renouer avec son existence d'autrefois, c'est cette blessure qui lui interdit de retrouver sa place au sein de l'armée, sa vraie famille. Le cavalier frissonne et ramène, plus étroitement sur ses épaules, son manteau, unique souvenir rapporté de tant de batailles. La bourse encore bien garnie, ses papiers en règle, Versillac n'a rien à craindre de personne. Quant aux brigands qu'il pourrait rencontrer, le pistolet passé à sa ceinture le rassure.

Bercé par l'allure paisible du cheval, Honoré se souvient d'un autre départ où il lui fallait filer à travers champs, dormir dans les bois et les combes de crainte de tomber sur les représentants de la maréchaussée. Par la pensée, il revit les années vécues près du Béage chez ces braves Tousière dont il avait aimé la fille Marthe et dont il avait été assez aimé pour qu'elle préférât le trahir plutôt que de le laisser repartir auprès d'une rivale. Il n'a qu'à fermer les yeux pour sentir l'odeur des feux de bois dans la forêt de Tanargue, quand il combattait la République et ses soldats. Puis, la blessure reçue au retour d'une expédition et le cheval l'emportant jusque sur le mont Lozère où une sorte d'ermite l'avait guéri puis gardé près de lui. Force est à l'exilé d'admettre que, s'il a eu affaire à de mauvaises gens, la chance lui a été donnée aussi de goûter l'amitié d'hommes et de femmes qui valaient la peine qu'on les aimât. Sans doute ces cœurs purs dont lui avait parlé l'abbé. Alors, il pense à la timide Augustina... Espère-t-elle son retour ?

Pendant des semaines, Honoré descend vers la Voulte où, tournant vers l'ouest, il avance sans se presser. Il traverse des villages qui, parfois, l'enchantent. Alors, il s'arrête plusieurs jours, essayant de nouer des amitiés. Il n'y parvient pas et reste perdu dans sa solitude. Au mois de juin 1808, l'ex-dragon se trouve du côté de Dornas. Il goûte un plaisir raffiné à voir le vent creuser des vagues dans les champs de seigle. Des forêts dont il longe la lisière, lui arrive le chant tardif du coucou. Heureusement que le voyageur a encore quelques louis dans sa poche ! Le soir, le fils d'Armandine ne se décide pas à aller se coucher tant les nuits sont belles, pleines de senteurs printanières et de bruits indiquant que la vie s'agite partout. Dans sa veste, Honoré a la lettre de l'abbé Villadin pour le muletier d'Aubenas. Aux yeux du garçon, elle constitue une poire pour la soif. S'il ne réussit pas à se fixer avant que son argent ne soit épuisé, il sera toujours temps d'aller voir ce Forissier qui règne sur des mulets. A Dornas, la servante de l'auberge l'a retenu une dizaine de jours, plus précisément jusqu'au matin où il l'a surprise — le croyant endormi — en train de fouiller dans ses vêtements.

Honoré s'enfonce dans le mois de juillet pas plus vite qu'il n'y est entré. Le temps demeure immuablement beau. Les genêts couvrent les flancs de certains coteaux d'un manteau d'or. Leur odeur forte entête un peu. Le soleil met, sur le paysage, un air de fête. Le voyageur compare ce calme, ce silence au monstrueux tohu-bohu des batailles où les hurlements et les plaintes se mélangent au grondement des canons, au crépitement des fusils pour fournir le bruit de fond qui étouffe les cris des blessés et le râle des mourants. Vive l'Empereur! Cependant, l'ex-dragon commence à se poser des questions. Tous ces morts, toutes ces plaies, tous ces mutilés, en fin de compte pourquoi ? A la Voulte, Honoré a eu vent des victoires impériales en Espagne. Non seulement il ne regrette pas de ne pas y avoir pris part, mais il se demande combien de temps cela peut durer... On ne saurait rosser les autres sans arrêt. Un moment vient où ce sont les autres qui vous rossent. Le fils d'Armandine a le sentiment que l'heure n'est plus loin où la Grande Armée connaîtra l'amertume de la défaite.

Versillac suit le chemin qui, de Mézilhac, conduit vers le Gerbier-de-Jonc et le Mézenc, endroits où l'attachent ses souvenirs. Il sort du hameau du Bourlatier lorsqu'il s'arrête devant un morceau de planche fixé au bout d'un solide bâton, et sur lequel on a écrit « Le Béage — 14 kilomètres. » Le Béage... Aussitôt, le passé saute à la figure du voyageur... La forêt de Bonnefoy... La découverte de la ferme des Tousière... Marie, la mère, qui ne quittait presque jamais l'âtre où mijotait sans cesse quelque chose dans le chaudron noirci par d'innombrables feux... Le père qui ne s'arrêtait de travailler que pour manger ou dormir... Marthe, enfin... Évoquer la belle fille et leurs amours de jadis accélère le rythme cardiaque du cavalier... Il oublie les misères endurées à cause de Marthe pour ne se rappeler que les heures passées dans ses bras. Parce qu'il est jeune, parce qu'il se sent physiquement bien, Honoré ne veut plus songer à ses rancœurs d'autrefois.

Lorsque l'enfant de Saint-Georges-le-Jaloux débouche sur le plateau herbeux où se dresse la ferme des Tousière, il rit en se souvenant des griefs qu'il nourrissait contre cette existence paysanne pénible sur un sol ingrat. S'il avait prévu, alors, ce qui l'attendait chez les dragons, peut-être aurait-il jugé qu'il vivait au paradis. Certes, il besognait sans prendre beaucoup de repos, mais il avait un toit, la soupe assurée et une femme qui ne demandait qu'à devenir officiellement son épouse. Il est vrai que Marthe n'était pas un modèle de vertu, mais le fils d'Armandine avait perdu, dans le fracas des combats, ces notions périmées touchant la prétendue honnêteté des filles. En tout cas, s'il avait épousé Marthe, aujourd'hui il travaillerait dans sa maison, il cultiverait ses terres en attendant d'en devenir propriétaire par voie d'héritage. Au lieu de cela, il est un vagabond aussi gueux que celui qui vint frapper chez les Tousière, une douzaine d'années plus tôt.

Maintenant, Honoré a la ferme tout entière devant lui. Il regarde la fontaine où il s'est lavé le premier jour et le chant clair de l'eau fait monter en lui des images qui abolissent le temps passé. Il est redevenu celui qu'il était. Il arrive de Saint-Georges, hanté par la peur du gendarme. Il descend du cheval qu'il laisse boire tandis qu'il se dirige vers la porte d'où Tousière va sortir pour s'enquérir de ce qu'il veut. La porte s'ouvre, on lui pose bien la question attendue, mais ce n'est pas celui qu'il espérait. Il s'agit, aujourd'hui, d'un homme grave et fort, dans le plein de son âge. Il n'a pas l'air plus aimable que le pays alentour.

— Je cherche les Tousière.

— Pourquoi ?

— Je suis resté trois ans chez eux, il y a longtemps.

Le type ôte son chapeau verdi par les saisons, se gratte le crâne et convient :

— J'ai entendu parler de cette affaire... Entrez donc... on boira une chopine.

Les nouveaux propriétaires n'ont rien changé au décor. Comme jadis Marie Tousière, une créature menue, semblant avoir de la peine à marcher, se détache de la partie sombre de la pièce pour venir vers son hôte en portant une bouteille de vin.

— Je m'appelle Chauchailles, Victor Chauchailles, et voilà mon épouse, Joséphine...

Remplissant les verres, il ajoute :

— C'est un peu à cause d'elle que j'ai acheté à Tousière. Elle est de petite santé. J'ai pensé que le grand air la remonterait.

Honoré l'examine et s'interroge pour décider si ce type est idiot ou cynique. Pour laisser vivre cette malheureuse dans un pays où ne résistent que les hommes et les femmes bâtis à chaux et à sable, il faut être borné ou souhaiter devenir veuf au plus tôt. Il ne semble pas à l'ex-dragon que Chauchailles doive attendre encore longtemps sa libération.

— Et vous, comment c'est, votre nom ?

— Versillac.

— Versillac ! Voilà ! On racontait que la Marthe vous avait dénoncé aux gendarmes qui vous cherchaient, vu que vous étiez déserteur.

— Exact ! Mais je leur ai échappé, en chemin... (Il se met à rire et l'autre le regarde, surpris.) Je rigole parce que je me suis sauvé pour ne pas aller à la guerre, et pendant sept ans, je me suis battu pour l'Empereur...

L'œil brillant, Chauchailles s'adresse à sa femme :

— T'entends, Joséphine ? Sept ans !

Mais Joséphine n'appartient plus guère à ce monde et ce qu'on y fabrique ne l'intéresse pas. Elle retourne dans son trou d'ombre, près de l'âtre.

— Sept ans ! C'est à n'y pas croire !

— J'ai commencé à Marengo en 1800, et toutes les autres batailles ensuite, jusqu'à Friedland, l'an dernier, où une bombe russe m'a mis définitivement hors de combat.

Il achève dans un soupir :

— J'étais dragon...

Chauchailles bée d'admiration et répète stupidement :

— Eh ben ! dites donc... Eh ben ! dites donc...

Il verse, de nouveau, du vin.

— Comme ça, vous êtes revenu pour vous venger ?

— Me venger ?

— Dame ! Cette Judas qui vous a livré aux gendarmes ! Elle aurait pu vous envoyer finir vos jours au bagne !

— Oh ! je l'ai oublié !

— Ah ?

Il semble désappointé.

— Notez que ça y a pas porté bonheur quand on a su l'histoire... Tout le pays y a tourné le dos. Mais elle avait du culot, la Marthe, elle a fait front et pour sortir de cette ferme où — paraît-il — plus personne causait à personne, elle a épousé le premier qui l'a voulue. Un certain Alleyras, du Monestier, une bonne pâte d'homme qu'a pas tenu le coup plus de cinq ans ! Dame, avec une garce pareille !... Leur fille partie, les vieux ont pas résisté à la besogne. La mère, elle mangeait pas, elle buvait pas, elle dormait pas. Elle se contentait de réciter des Pater noster pour que Dieu lui pardonne d'avoir enfanté un monstre. Un jour, comme on l'entendait pas, on s'est aperçu qu'elle était morte, sur sa chaise. Resté seul, le vieux, il pouvait pas suffire. A ce moment, on est arrivés, Joséphine et moi. Le Jean-Marie, il savait plus où aller. Il avait eu un parent, un peu curé, chez qui il aurait aimé se retirer, mais ce parent, il était mort, lui aussi, et Jean-Marie, il voulait pas habiter chez sa fille qu'il avait reniée. Alors, ma Joséphine, qu'est une brave créature au fond, elle m'a dit : « Si qu'on le gardait avec nous, ce pépé ? Il nous aiderait seulement à traire les vaches. C'est pas ce qu'il mange, hein ? » Alors, on y a donné la chambre de sa fille. Il y est mort, y aura trois ans à la Saint-Michel. Si vous avez poussé jusqu'ici pour rencontrer les Tousière, vous aurez couvert tout ce chemin pour rien. A moins que vous vous contentiez d'une visite au cimetière ?

— Et la Marthe ?

— Oh ! elle... Paraît que, sitôt qu'elle a touché les sous de l'héritage, elle a vendu son bien et elle a filé.

— Vous ne savez pas où ?

— Ma foi... Y en a qui racontent qu'elle serait revenue au Monestier, d'autres pensent qu'elle s'est installée au Puy où elle jouerait à la dame. J'ai même entendu affirmer qu'elle aurait suivi un galant à Pradelles. Si vous tenez absolument à savoir ce qu'elle est devenue, vous avez qu'à rendre visite à Olympe Chardinoux, une vieille fille qu'a été la camarade d'enfance de la Marthe et la seule qui lui ait pas tourné le dos après la saloperie qu'elle vous a faite. La Chardinoux tient la mercerie juste devant l'église du Béage, vous pouvez pas vous tromper.

***

En s'éloignant, Honoré se retourne souvent sur sa selle pour contempler cette ferme où il avait été heureux et qu'il sait ne plus jamais revoir.

Le bruit des sabots du cheval se répercute entre les maisons silencieuses ; tout le monde est aux champs. Honoré emprunte les rues qu'il suivait pour se rendre à la messe de minuit. Il se figure entendre encore la neige crisser sous les sabots, une neige depuis longtemps fondue. Il n'a aucun mal à dénicher la boutique d'Olympe Chardinoux. Il attache sa monture à un anneau scellé dans le mur, pas loin de la porte qu'il pousse résolument. Son entrée déclenche un carillon dont les sons argentins vibrent longuement et font surgir une femme, à la sévère chevelure en bandeaux, vêtue de noir. Elle a une jolie voix.

— Vous désirez, monsieur ?

— Parler de Marthe.

Olympe sursaute.

— Je... je ne comprends pas... ?

— Voyons, mademoiselle, Marthe était votre meilleure amie.

— Qui... qui êtes-vous ?

— Honoré Versillac.

Déconcertée, elle balbutie :

— L'Honoré qu'elle a...

— Oui.

— Que... que lui voulez-vous ?

— Lui apprendre que je lui ai pardonné.

— C'est... vrai ?

— Je vous en donne ma parole.

— Pourquoi ?

— Parce que je me suis battu pendant des années et qu'à côté de ce que j'ai enduré le tort que m'a causé Marthe n'a pas grande importance.

— Sa seule excuse est qu'elle vous aimait.

— Moi aussi, je pense, mais je m'en doutais pas.

Olympe hésite longuement puis se décide :

— J'ai confiance en vous. J'espère que ni Marthe ni moi n'aurons à le regretter.

— Je vous le promets.

— Elle vit dans le Midi près de Barjac, à la frontière du Gard et de l'Ardèche. Elle tient une petite ferme avec des moutons, sur la route de Saint-Privat. J'y suis été une fois. Il y a, devant la maison, un petit jardin fermé par un portail de bois peint en vert. Vous ne pouvez pas la manquer.

***

A plusieurs reprises, chevauchant vers le sud, Honoré a envie de rebrousser chemin. A quoi bon troubler Marthe ? Elle doit s'enfoncer dans cette maturité qui, d'ordinaire, sonne le glas des aventures amoureuses. Pourquoi lui rappeler ce dont elle a souffert ? Si elle a réussi à apaiser ses remords, pourquoi réintroduire dans sa vie un passé dont elle a, sans doute, horreur ? Toutefois, ce que son ancien amant n'ose pas s'avouer, c'est qu'il a peur de voir ce qu'elle est devenue et de perdre, alors, le souvenir de la belle fille qu'il garde en lui. Cependant, une force étrange paraît le pousser sur la route où il chemine à regret. Il atteint Barjac dans la dernière semaine de juillet, vers le soir. A un gamin qui passe, poussant un mulet devant lui, il demande la direction de Saint-Privat et apprend, avec plaisir, qu'il ne doit pas traverser le village et susciter d'inutiles curiosités. Il n'a qu'à retourner sur ses pas, pendant deux kilomètres.

La ferme de Marthe est isolée. Honoré reconnaît là le courage de celle qui ne reculait devant rien. Une fenêtre du rez-de-chaussée, éclairée, brille dans l'obscurité. Un chien aboie quand le garçon ouvre le portail, mais il ne s'en soucie pas et s'en va toquer à la porte. Il a du mal à retrouver la voix qui interroge :

— Qu'est-ce que c'est ?

— Madame veuve Alleyras ?

— Oui.

— Un paquet pour vous.

— Laissez-le devant la porte.

— Il faut signer.

— C'est bon, entrez, mais doucement, hein !

Il entre.

La lumière de la lampe découpe brutalement le visage de Marthe en arêtes et en creux. Cependant, Honoré la reconnaît du premier regard. Elle s'est un peu empâtée, peut-être ; toutefois, elle a gardé ce port, cette allure de grande bête saine et forte. A côté de son écuelle, un pistolet sur lequel elle a la main. La même qu'autrefois... Sur le seuil où il se tient, le visage du nouveau venu demeure dans l'ombre.

— Alors, l'homme, où il est ce paquet ?

— J'en ai pas.

— Bon Dieu ! Qu'est-ce que vous voulez dans ce cas ?

— Simplement te revoir, Marthe.

Elle se lève lentement, le pistolet dans la main droite, la lampe dans la main gauche.

— Olympe Chardinoux m'a donné ton adresse.

— Qui êtes-vous ?

— Tu devines pas ?

Elle repose le pistolet sur la table en murmurant :

— Seigneur !... C'est pas possible... Les morts reviennent pas !

— Mais les vivants, Marthe... ?

Elle recule doucement vers le fond de la pièce, la bouche ouverte sur un cri qui ne jaillit pas. Honoré referme la porte derrière lui.

— N'aie pas peur, Marthe.

Elle redresse le buste pour lancer d'une voix dure :

— J'ai pas peur !

— Je sais, Marthe, je sais...

Son ancien amoureux lui prend la lampe des mains et la maintient de façon à éclairer son propre visage.

— Honoré... je croyais que... t'étais mort...

— T'avais entrepris tout ce qu'il fallait pour ça.

— J'ai honte, Honoré. Depuis que les gendarmes t'ont emmené, je suis comme folle. J'ai beau prier, j'arrive pas à oublier... Tu m'as cherchée ?

— Oui.

— Pourquoi ?

— Pour te dire que je t'avais pardonnée.

— C'est vrai ?... Du fond du cœur ?

— Du fond du cœur.

— Alors, merci.

— Tu ne penses pas qu'on pourrait s'embrasser à présent ?

— Je suis plus la même...

— T'es pas devenue une nonne, j'espère ?

— Presque...

Honoré s'exclame :

— Eh bien ! moi qui espérais qu'en échange de ce que j'ai enduré, j'aurais droit à une nuit comme celles du temps de la ferme...

— C'est plus possible.

— Pour quelles raisons, Bon Dieu ?

— Je te répète que j'ai changé... J'essaie d'obtenir mon pardon du Ciel. Je mène une existence difficile qui en ferait reculer plus d'une. J'ai si mal agi dans le passé... Avant de te connaître, j'avais un amant. Ensuite, ça a été toi. Puis l'histoire des gendarmes, ma mère qui meurt de honte, mon père qui se laisse dépérir parce qu'il m'avait perdue. Tout ça par ma faute...

— Tu t'es pourtant mariée ?

— Pour tenter d'échapper au mépris des autres. J'ai pas su rendre ce pauvre Alleyras heureux. Je l'aimais pas. Quand il est mort, j'ai poussé un soupir de soulagement. Tu vois que j'ai pas trop des années qui me restent à vivre pour obtenir que Dieu me pardonne...

— Il est tard, Marthe... Tu m'offres pas l'hospitalité pour cette nuit ?

— Non.

— Tu es cruelle.

— C'est pas ça, Honoré. Simplement, je me méfie de moi. Je crains que, si je te laisse dormir ici, je voudrai plus que tu repartes.

— Quel mal y aurait-il à ça ?

Elle secoue la tête.

— T'es pas de ceux qui restent sur place. Je tiens pas à devenir folle quand tu m'abandonneras à nouveau et puis, je veux pas retomber dans le péché. Il y a une bonne auberge au Monestier, le « Sapin Bleu ». T'y seras bien.

— On se verra donc plus ?

— A quoi bon ?

— Ce long voyage pour rien...

— Moi aussi, je suis partie dans un long voyage au bout duquel j'ignore ce qui m'attend.

— Adieu, Marthe.

— Adieu, Honoré.

***

Sans le cheval, qui devait manger et se reposer, Honoré aurait chevauché la nuit entière. Dans le lit très propre que le patron du « Sapin Bleu » a mis à sa disposition, le garçon se tourne et se retourne, ne parvenant pas à attraper le sommeil. En vérité, il n'a pardonné à Marthe que parce qu'il escomptait retrouver les chaudes nuits de la ferme des Tousière et voilà qu'il est tombé sur une espèce de nonne préférant son prie-Dieu à son lit. La déception se mêle à la colère du mâle frustré pour empêcher Honoré de goûter le bienfaisant repos dont il a besoin.

Au matin, à l'aubergiste qui lui sert une omelette, du saucisson et du fromage, avec un pichet de vin de Chanturgues, Honoré demande :

— Vous avez pas une veuve Alleyras, par ici ?

— En effet. Vous la connaissez ?

— Ma foi, non. J'en ai entendu parler comme d'une femme de grand mérite.

— C'est une sainte, monsieur ! Son installation dans le coin a été une bénédiction pour tous.

— A ce point ?

— Pas un malade qu'elle ne soigne, pas une plaie qu'elle ne panse. Aucun malheureux ne frappe à sa porte sans repartir le ventre plein et, par n'importe quel temps, elle assiste à la première messe. Ah ! monsieur, si après avoir fini son voyage sur notre terre elle va pas tout droit en paradis, je vois pas qui y entrera.

En montant sur son cheval, le fils d'Armandine est complètement désemparé. Il ne comprend pas que les êtres puissent changer de la sorte et réussir à ne plus ressembler à l'image que l'on gardait d'eux. Armandine est morte, Marion ne vaut guère mieux, Augustina est perdue dans un monde où il ne peut aller la chercher et voilà que Marthe... Toutes les femmes qui l'avaient aimé l'ont abandonné les unes après les autres ou il les a abandonnées pour des raisons différentes, sans doute, mais le résultat se révèle identique. L'ex-dragon commence à trouver qu'il rencontre un peu trop souvent Dieu sur sa route. Il a rappelé Armandine, Il sert de refuge à Marion et, maintenant, Il accapare Marthe.

Désormais, Honoré demeure seul au monde puisque même les trois hommes au côté desquels il a combattu sont morts eux aussi. Vers qui se tourner ? C'est alors qu'il se rappelle Hippolyte, le seul véritable ami qu'il ait jamais eu. Il ne se trouve pas très loin du désert où il vivait. A nouveau, il va le prier de le garder un peu chez lui, histoire de se refaire une santé tant morale que physique ; sa décision prise, Honoré éprouve un réel soulagement et part, de nouveau, vers l'ouest.

***

Honoré n'a plus bien le cœur à admirer la nature, à goûter la paix qui y règne. Quoiqu'il refuse de se l'avouer, il est amer. Qu'elles sont loin, les espérances nourries au départ de Paris !... Il commence à avoir peur de l'avenir. Il ne sait rien faire que se battre ou cultiver la terre. Mais a-t-il toujours la force pour tenir le coup dans les bois et dans les champs ? Subitement, le domaine tant souhaité, la Désirade, revient le hanter et le ragaillardir. Pourquoi abandonner la route autrefois tracée ? Il se rappelle les interminables récits qu'écoutait une Marion émerveillée, et repris pour Marthe, d'abord sceptique puis crédule. Honoré est depuis longtemps persuadé de tout son cœur, de tout son corps, que sa vie ne saurait avoir de sens que par la conquête de la Désirade. A condition qu'il la trouve ! Où donc est-elle cette ferme qui, un jour, sera la sienne ? Il se souvient de ces belles histoires que lui contait sa maman quand elle revenait du château et qu'il avait été sage. Les beaux chevaliers partant délivrer de gracieuses demoiselles prisonnières de monstres affreux. L'ex-dragon se redresse sur sa selle. Il est sûr que, quelque part, sur la terre de France, une gentille fille l'attend et verse des pleurs en guettant son arrivée libératrice. Avec elle, il s'installera à la Désirade.

Au pied des Cévennes, à Saint-Paul-le-Jeune, le voyageur apprend que Napoléon a transformé son frère Joseph en roi d'Espagne. Cette nouvelle ne lui trouble pas l'imagination. Il croit à l'approche de la catastrophe qui emportera tout, y compris les huit années de sa jeunesse passées dans l'armée.

A partir de Saint-Paul, Honoré raccourcit ses étapes. Il part à l'aube et s'arrête avant midi jusqu'au matin suivant. La température devient pénible dans la journée. Durant les heures matinales, on trouve les restes de la fraîcheur nocturne et on se sent à l'aise dans ce décor sévère tant que le soleil ne l'incendie point. Le chuintement des faux couchant les épis évoque le déchirement d'une étoffe légère. Des chèvres animent le paysage et regardent passer l'étranger d'un œil curieux. Le monde craque autour de soi. Dans le silence que le souffle du vent ne trouble plus, l'éclatement des gousses de genêts claque à la façon de légers coups de feu. Sous les sabots du cheval, la terre s'écrase, se fendille, elle ne retient plus les cailloux que le moindre choc envoie rouler. C'est août, lourd, épais, resplendissant. Les mouches sont insupportables et la forte sueur de la bête attire les taons qui la harcèlent. Parfois, des signes avant-coureurs de ces durs orages d'été se manifestent, des signes que le cavalier ne comprend pas, mais qui n'échappent ni aux hommes du coin ni aux bêtes. Ceux-là pressent le pas en direction de leurs fermes, celles-ci se hâtent vers la basse-cour, et des fuites dans les fourrés indiquent que de petites créatures, inquiètes, courent vers leurs abris forestiers ou champêtres. Le fils d'Armandine, regardant le ciel, où de gros nuages paraissent se précipiter à un rendez-vous, réentend, venue du passé lointain, la voix de Babette Verquin, sa nourrice qui, pour le calmer, chantait le temps.

Si le temps est clair et serein
C'est bon augure pour le vin !
A la Sainte Radegonde
Quand l'eau abonde
La misère est dans le monde.

Arrivé à Génolhac, Honoré gagne Vialas d'où part un sentier qui mène aux Bouzèdes. La cahute d'Hippolyte était par là. L'ex-dragon cherche longtemps, croyant reconnaître ici une échine rocheuse, là une combe où il lui semble s'être reposé. Il s'acharne, se souciant peu de manger, dormant à l'abri des énormes cailloux dont les champs sont encombrés. Enfin, au troisième jour de son enquête, il tombe sur ce qu'il voulait retrouver. Hélas ! Il ne reste plus grand-chose du gîte où Honoré a failli mourir, où il a vécu des heures pleines d'enseignement. Le toit est par terre et, dans les ruines, seul demeure debout un pan de mur qui porte encore les traces de l'âtre dont les pierres noircies témoignent d'une ancienne présence humaine. Qu'est devenu Hippolyte ? Le bonhomme n'est pas jeune et il arrive toujours un moment où l'on n'a plus les forces nécessaires pour vivre en solitaire. On finit par avoir besoin des autres, ne serait-ce que pour ne pas mourir. Hippolyte, sentant ses forces décliner, avait dû rassembler son petit cheptel et, emportant son maigre bien, descendre vers Pont-de-Montvert où le notaire gérait ses économies.

Le premier soin d'Honoré, en arrivant à Pont-de-Montvert, est — après avoir retenu une chambre à l'hôtel et conduit son cheval à l'écurie — de se précipiter chez un barbier qui le rende présentable, après ses deux nuits à la belle étoile. Lorsque l'hôtelier apprend l'intention de son client de visiter Me Bramonas, unique notaire du coin, il insiste pour que le voyageur permette à ses servantes de brosser son costume et repasser son pantalon.

Me Bramonas habite une très vieille maison, un peu écartée de la ville, à l'entrée du vallon de Martinet. Le notaire ressemble à sa demeure : vieux, propre et démodé. Il s'habille à la façon des bourgeois de la fin du XVIIIe siècle. Il porte culotte et bas de soie. Toutefois, il sacrifie au goût du jour en ne se coiffant pas d'une perruque. Il a gardé, d'une époque antérieure, cette politesse raffinée qui marqua les mœurs d'une Europe se voulant française. Honoré estime qu'il a nettement dépassé la septantaine.

Le bureau où le notaire reçoit l'ex-dragon eût convenu à un notaire de Louis XV. Les livres n'y tiennent que peu de place, mais une Bible énorme occupe la surface d'un bureau haut sur pied. Un chandelier est placé de façon à éclairer les pages du livre saint quand, d'aventure, on ouvre celui-ci. L'élégance du mobilier (en pas très bon état), les deux ou trois gravures accrochées au mur doivent, dans cette région sévèrement huguenote, scandaliser les clients. Le notaire observe son visiteur d'un œil malicieux.

— Qu'est-ce donc qui paraît si fort vous surprendre, monsieur ?

Confus, Versillac montre le décor.

— Tout cela... On croirait être entré dans un rêve et l'on craint de s'éveiller.

Me Bramonas a un rire dont le son évoque une vieille porcelaine fêlée.

— Vous avez le goût bon, monsieur... ?

— Honoré Versillac, dragon réformé.

— Ah ?... Vous arrivez de la guerre ?

— J'y fus longtemps.

— Vous serez admiré dans ce pays, si vous vous y fixez. On y aime les batailles et les trépas violents. Il n'y a guère plus de cent ans qu'ici on étripait l'abbé de Chayla, assassinat qui donnait le branle à la plus atroce guerre civile. Êtes-vous de la Religion, monsieur ?

— Non pas.

— Dans ce cas, je me rétracte : vous serez très malheureux parmi nous où persiste une haine vigilante envers les papistes. Moi-même, j'appartiens à la Religion réformée pour qu'on me laisse en paix. Je suis vieux et mes mœurs ne sauraient indigner mes sévères concitoyens. Je ne suis pas fait pour vivre dans ce climat austère et impitoyable où l'on a l'impression que le seul fait d'exister est un péché. Alors, je ne sors guère de chez moi où j'ai reconstitué — autant que je l'ai pu — le cadre de mon enfance. En vérité, monsieur, je suis mort avec notre bien-aimé roi Louis, cela fait quinze ans. Depuis, je survis en me cantonnant dans mes livres et dans mes meubles. Je repousse de toutes mes forces une époque dont la brutalité m'écœure. Qu'attendez-vous de moi, monsieur ?

— Que vous m'aidiez à retrouver un homme envers qui j'ai de grandes obligations.

— A Pont-de-Montvert ?

— Oui.

— Son nom ?

— Malheureusement, je l'ignore.

Le notaire lève les bras au ciel.

— Palsembleu ! monsieur, dans ces conditions, comment...

— Il menait une existence hors du commun. Il ne quittait guère sa cabane des Bouzèdes.

— Hippolyte !

— C'est cela ! Vous le connaissez ?

— Il était mon plus fidèle client. Il est mort en 1802, je crois. On l'a vu arriver, un jour, poussant ses bêtes devant lui. Il les a vendues, m'a apporté l'argent, est parti se coucher à l'hôpital que dirigent de bonnes et pieuses femmes. Il a rendu le dernier soupir, très vite et très discrètement. Je lui ai ordonné un bel enterrement. Vous trouverez sa tombe, tout de suite à main gauche, en entrant au cimetière.

— Hippolyte est mort...

— C'est le sort commun, monsieur, et notre ami avait plus de quatre-vingts ans. Était-ce de vous qu'il me parlait quand il m'entretenait de ce jeune homme à demi mort que son cheval avait emporté jusqu'aux Bouzèdes ?

— Je le pense, oui.

— De quelle façon le prouver ? Hippolyte n'a jamais voulu me révéler votre nom, par prudence... Il paraît que vous étiez pourchassé à l'époque.

— Je ne voulais pas me battre pour la République.

— Je vous comprends ! L'ennuyeux, voyez-vous, c'est que j'ai un petit héritage à vous remettre si vous êtes bien celui à qui Hippolyte le destinait.

Sans répondre, Honoré se dresse et, sous le regard ébahi du notaire, se déshabille. Me Bramonas proteste :

— Mais, monsieur... oh !

Ayant dépouillé sa chemise et ôté sa ceinture, le fils d'Armandine exhibe son torse torturé. Montrant l'espèce d'étoile violette qui lui creuse la poitrine :

— Les Bleus... C'est Hippolyte qui m'a soigné.

— Et sur votre flanc, cette cicatrice énorme ?

— L'Empereur.

Le notaire tend la main à son visiteur :

— Touchez là, monsieur... Vous m'avez bellement convaincu.

Il se dirige vers un secrétaire, en ouvre un tiroir, y prend quelques objets qu'il pose sur son bureau en annonçant :

— L'héritage d'Hippolyte Elséguire, votre ami.

Les yeux embués de larmes, Honoré contemple les cinq pièces d'or, la Bible et le couteau que lui a légués le vieil homme disparu.

***

Tout de suite à main gauche, avait précisé Me Bramonas. Honoré n'éprouve aucune difficulté pour trouver la pierre portant l'inscription : Hippolyte Elséguire 1719-1802. Sans se soucier des gens qui pourraient le voir, l'ex-dragon ôte de sa poche la Bible dont il vient d'hériter et, tombant à genoux, lit à haute voix, pour le défunt, le passage qu'Hippolyte lui avait lu, une nuit de Noël.

***

Une fois encore, le fils d'Armandine repart sur les routes indifférentes. Il n'a plus aucune raison d'aller ici plutôt que là. Personne ne l'attend. Le cavalier regrette la fraternité de l'armée. Mais Marchepoil, Dubilard et Bourrelet sont aussi morts qu'Hippolyte, aussi morts que la pauvre Tatie Trois Sous. A présent, Honoré ne peut plus nourrir la moindre illusion. Désormais, il est seul. Il lui faut donc réapprendre à vivre à trente-quatre ans et pratiquement sans un sou. Parce que c'est un trait de son caractère ignorant les nuances et les demi-mesures (qu'on ne connaissait pas chez les dragons), il se garde de mettre de côté les quelques louis laissés par Hippolyte et décide de mener une existence facile jusqu'à épuisement des fonds, dans un coin tranquille où le vin et les filles sont réputés. Il met une semaine à parcourir les vingt-cinq lieues le séparant de Millau.

***

Les jours coulent sans qu'Honoré décide, de façon ferme, la manière dont il gagnera son pain. Il se plaît à Millau. Les gens y sont d'humeur enjouée, l'existence n'y est pas trop difficile, les demoiselles ont souvent le feu sous leur cotillon et l'ex-dragon se veut toujours disposé à l'éteindre. Il loge rue des Jacobins, chez une veuve que l'âge met à l'abri de tous les débordements. Elle estime que son locataire ressemble à son défunt époux — un garde communal — assassiné par un braconnier dans la forêt de Cade. Pieuse femme, fidèle au souvenir, chaque soir, avant de s'endormir, elle supplie le Seigneur d'envoyer Ses anges exterminer les braconniers. Honoré, grâce à son aimable figure — et un peu aussi à ses sous —, n'a pas tardé à se trouver une petite amie, en la personne d'une brunette à l'œil vif, à l'accent chantant, qui pleure comme elle rit, sans attacher la moindre importance à l'une ou l'autre de ces manifestations. Elle s'appelle Étiennette, se montre très fière de son amant depuis qu'elle a vu ses cicatrices et appris où il les avait récoltées. Elle a l'impression de coucher avec la Grande Armée.

Étiennette travaille dans une fabrique de gants. Tous les soirs ou presque, Honoré l'attend à la sortie de l'atelier puis ils gagnent, ensemble, la chambrette à l'ombre de l'église Notre-Dame. Elle s'y change, ensuite ils s'en vont dîner dans un cabaret de rouliers où la patronne mijote une cuisine simple et bon marché. Enfin, la dernière bouchée avalée, l'ultime verre bu, les deux jeunes gens partent danser une heure ou deux, dans un bouchon des bords du Tarn. Ces charmantes habitudes vident les poches du fils d'Armandine et rien ne vient les remplir. Un matin, ayant résolu de brosser énergiquement ses vêtements, il en retourne les poches et s'aperçoit qu'il ne lui reste plus qu'un louis. Il arrive au bout. A présent, il doit dénicher un emploi s'il ne tient pas à crever de faim. Il balance s'il doit ou non vendre son cheval. Il s'agit d'une décision grave. Sans sa monture, il sera prisonnier de Millau. A cet instant, il redécouvre la lettre de l'abbé Villadin pour ce M. Forissier d'Aubenas qui possède tant de mulets. Pourquoi ne pas tenter sa chance de ce côté ? Il donne son congé à la veuve qui croit bon de le bénir et le soir, après le dîner pris avec Étiennette, il annonce son départ à la jeune fille. Si la petite a de la peine, elle prend soin de ne pas le montrer. Ils ne dansent pas, mais font l'amour jusque sur la minuit. Quand il la quitte, il dit :

— Si je pouvais demeurer près de toi, je resterais. Hélas ! Je n'ai plus le sou. Je dois me mettre en quête d'un travail.

— Où espères-tu le trouver ?

— A Aubenas. Je t'aime, Étiennette...

— Moi aussi, mon beau cavalier. Je garderai un gentil souvenir de toi, bien au chaud, au fond de ma poitrine.

Quelques sourires, quelques larmes, et ils se séparent sans plus de manières. A six heures du matin, Honoré enfourche son cheval et, au trot allongé, repart sur la route de Meyrueis où il couche après avoir couvert une dizaine de lieues. Le lendemain, il passe la nuit à Florac et décide de n'emprunter que les grands chemins pour rejoindre la plaine rapidement. Il traverse, sans s'arrêter, Pont-de-Montvert et se repose à Génolhac. A Saint-Ambroix, il retrouve les bons pays et se dirige paisiblement vers le nord. Le cœur lui manque un peu lorsqu'il traverse Barjac. Marthe vit si près, mais elle ne ressemble plus à celle qu'il a connue et aimée. On est bien avancé dans la deuxième quinzaine de septembre. Partout, des chiens trottent le nez au sol, cherchant le fumet du gibier espéré, et l'air bruit des ordres lancés aux bêtes attentives. Dans les vignes — encore rares — les vignerons auscultent le raisin et ne l'abandonnent que pour jeter des regards inquiets vers le ciel ou humer le vent. Les fumées montant à la verticale des cheminées font sentir à Honoré, de façon poignante, son isolement parmi les hommes. Quand il entre dans Aubenas, il a juste de quoi s'offrir une chambre et une place d'écurie pour son cheval.

***

La maison qu'occupe M. Forissier, dans la Grand-Rue, près du château, est d'apparence cossue. On devine qu'habitent là des gens à la fortune solidement assise et qui ne seront jamais inquiets pour leur avenir. Honoré, hargneux, pense que cette famille a peut-être arrondi sa fortune pendant que lui, il se battait pour protéger tous les Forissier de France.

Sur la porte, en bois des îles, un marteau représente l'aigle impériale. Le propriétaire est soucieux d'étaler ses convictions. Honoré soulève le heurtoir qui, en retombant sur une plaque de cuivre, propage un écho sonore dans toute la demeure. Au premier, une fenêtre s'ouvre et une vieille femme, un bonnet sur ses cheveux gris, s'enquiert :

— Qu'est-ce que c'est ?

— Une lettre pour M. Forissier.

— Attendez, je descends !

Lorsqu'on n'est pas certain de pouvoir déjeuner, on sait se montrer patient. La servante apparaît sur le seuil, haletante. Elle gémit :

— Ah ! ces escaliers... ils me tuent !

Elle prend la lettre qu'on lui tend.

— Y a une réponse ?

— Oui, madame.

— Oh ! j' suis pas une dame, tout simplement Céleste, la bonne. C'est moi qui ai élevé M. Forissier. Entrez, mon garçon et suivez-moi.

Céleste conduit le visiteur dans la cuisine, l'observe d'un œil où peu à peu, la méfiance disparaît.

— Faut prêter attention à ceux qu'on reçoit, surtout à cette époque où, à cause des coubles, y a toute sorte de monde dans Aubenas. Vous voulez boire un verre ?

— Je préférerais un morceau de pain.

— Eh ben ! mon pauvre gars, vous avez pas l'air d'être à la fête, hein ? On va arranger ça. Vous vous êtes adressé à qui il fallait.

Céleste dépose sur la table, devant son hôte, du pain, du saucisson, une bouteille de vin et un verre.

— Allez-y ! prenez votre temps ! M. Forissier est occupé à se raser et c'est préférable de pas le déranger dans ces moments-là.

L'ex-dragon achève de se rassasier et Céleste déclare :

— Il doit avoir terminé... Je lui porte votre lettre.

La bonne revient au bout d'une dizaine de minutes en annonçant :

— Il vous espère. Dépêchez-vous ! C'est un homme qu'aime pas attendre. Par ici.

Revenue dans l'entrée, la servante montre l'escalier :

— Au premier étage, la porte en face.

Eugène Forissier est un quadragénaire plantureux. D'une bonne taille, il possède de larges épaules et si son ventre pousse une offensive certaine, c'est encore dans des limites convenables. Un visage poupin que démentent de petits yeux rusés. De larges favoris donnent de la sévérité à une figure qui en manque. Visiblement, le maître de maison souhaite qu'on le prenne au sérieux et qu'on le traite avec respect. Il ne se lève pas à l'entrée d'Honoré ; cependant, bonhomme, il lui offre un siège :

— Asseyez-vous, mon ami... Comment se porte ce cher abbé ?

— Bien... du moins, la dernière fois que je l'ai vu...

— Une recommandation, de sa main, est le meilleur des passeports, chez moi. Donc, vous vous appelez Honoré Versillac ?

— C'est exact.

— Et vous cherchez du travail parce que vous avez quitté l'armée ?

— Oui.

— Dans quelle arme étiez-vous ?

— Cavalerie et plus précisément dans les dragons.

— Vous avez combattu ?

— Pendant sept ans : de Marengo à Friedland.

— C'est très bien ça. Blessure grave ?

— Assez pour qu'on ne veuille plus de moi. Je dois porter une ceinture de cuir afin de remplacer les côtes qui me manquent.

— Cela ne vous empêche pas de monter à cheval ?

— Je suis venu de Millau à cheval. Ma monture est dans l'écurie d'un maréchal-ferrant.

— Chez Boissonet. Filez chercher votre bête et mettez-la dans une de mes écuries où l'on s'occupera d'elle. Vous déjeunez avec moi et ma femme, Adèle. A tout à l'heure. Nous mangeons à une heure. Céleste va vous montrer votre chambre.

Un peu abasourdi, Honoré demande :

— Dois-je comprendre, monsieur, que vous m'engagez ?

— C'est déjà fait, mon ami.

***

Ayant déposé son mince bagage dans la pièce mise à sa disposition, Honoré — avec l'aide de Céleste — entreprend de se faire le plus beau possible pour ne point choquer à la table de ses hôtes. Il explique à la vieille servante qu'il n'a pas eu le temps de parfaire son éducation dans les combats et que les bonnes manières ne sont guère de mise au bivouac. Céleste hoche la tête :

— Je me doute bien que, dans vos batailles, on entend plus de jurons que d'Ave Maria ! Mais vous avez tort de vous mettre martel en tête. Madame Adèle est une brave femme qui s'en croit absolument pas. Monsieur est allé la prendre dans une ferme du côté de Villeneuve-de-Berg. Elle est restée pareille à ce qu'elle était là-bas. Elle est plus à son aise au cul des vaches que dans un salon. Une brave et honnête créature.

Une fois prêt, Honoré s'en va chercher son cheval et le mène à l'écurie de Forissier, la plus proche de la Grand-Rue. L'ex-dragon est intrigué et, à vrai dire, légèrement inquiet de l'amitié soudaine de son patron. L'estime que ce dernier nourrit envers l'abbé Villadin ne justifie pas la chaleur avec laquelle le maître muletier a accueilli l'enfant de Saint-Georges. En se rendant à l'invitation de ces gros bourgeois d'Aubenas, Honoré est préoccupé parce qu'il ne comprend pas. Toutetois, sans ressources, il ne lui incombe pas de découvrir les mobiles animant les gens dont il a besoin.

Adèle Forissier ressemble, trait pour trait, au portrait qu'en a tracé Céleste. Dans ce riche décor de la salle à manger, elle semble perdue. Il n'est nul besoin d'être grand clerc pour deviner que cette jeune femme n'est pas à son aise parmi les lourds meubles d'acajou aux incrustations de cuivre, devant une vaisselle précieuse aux formes déconcertantes. Elle a des difficultés à se mouvoir dans sa longue robe où elle ne cesse de se prendre les pieds. Sans doute n'est-elle pas heureuse et regrette-t-elle le temps où elle s'asseyait sur le banc de chêne sans dossier, les deux coudes sur la table, pour vider prestement son écuelle de soupe au chou ou au maïs. Tout de suite, elle plaît à Honoré. Elle lui rappelle les femmes qui venaient papoter chez sa mère. Toutefois, il n'a guère l'occasion de parler avec Adèle, car à peine a-t-on pris place, avant même qu'on ait servi l'entrée et débouché la première bouteille, que Forissier annonce :

— Adèle, si j'ai reçu dans cette salle à manger mon nouveau muletier, c'est qu'il est un héros !

La maîtresse de maison adresse à son hôte un sourire aimable et incompréhensif.

— Il n'a pas cessé de combattre depuis Marengo ! Tu te rends compte ?

Non, elle ne se rend pas compte mais, pour plaire à son mari, elle s'applique à feindre un enthousiasme identique au sien. Quant à Honoré, il comprend le pourquoi de son invitation : il est là pour raconter les batailles auxquelles il a pris part. Forissier souhaite montrer à sa compagne quel genre d'homme il engage. Honoré s'acquitte au mieux de sa tâche et lorsqu'on en est au café, le maître de maison demande, cérémonieusement, à sa compagne — dont la stupéfaction est telle que le plus sot devinerait que cette figure de politesse n'est pas dans les habitudes de son mari — la permission de se retirer dans son bureau avec leur invité.

Lorsqu'ils sont en tête-à-tête dans la retraite où il règne sans partage, Forissier offre à son hôte un cigare et un verre d'eau-de-vie.

— Versillac, je ne tenais pas à parler devant mon épouse qui n'a nul besoin de connaître mes ennuis. En un mot, votre arrivée à Aubenas me sauve la vie ! Jamais, vous entendez ? jamais je ne serai assez reconnaissant à l'abbé Villadin de vous avoir adressé à moi. Figurez-vous qu'après-demain les coubles partent. Or, il y a quatre jours, mon chef muletier — Prosper Ricardès — s'est cassé la jambe. En dépit de mes efforts, je désespérais de lui trouver un remplaçant et... vous voilà ! J'appelle ça un miracle !

— Pensez-vous que je serai capable de...

— Aucun doute là-dessus ! Quand on est passé par où vous êtes passé, on peut tout tenter et tout réussir. Vous devez vous persuader qu'à Aubenas, si vous ne possédez pas au moins six mulets harnachés, c'est-à-dire une couble, vous n'êtes guère considéré et, surtout, vous n'avez pas le droit de vous prétendre muletier. Vous n'êtes qu'un simple rafardier. Moi, je possède vingt-quatre mulets. Une des plus grosses écuries du coin. Je garde toujours une couble au repos, des bêtes fatiguées ou blessées. Vous irez voir Prosper, il habite la maisonnette à l'entrée de la rue, il vous fournira toutes les explications nécessaires et, comme vous êtes à peu près de la même taille, il vous passera son costume sans lequel vous ne seriez pas reconnu pour vrai muletier. Vous devez savoir aussi qu'il y a deux sortes de muletiers, ceux — les plus nombreux — qui transportent le vin vers la Lozère, vers le Velay, et ceux qui emportent la soie. J'appartiens à cette dernière catégorie. Les aristocrates de la profession, en quelque sorte. Parce que la marchandise qui est sur le dos de nos mulets est noble et donc chère, nous sommes obligés de veiller avec soin au recrutement du personnel. Dans les autres coubles on peut — ainsi que les muletiers le font souvent — percer les boutes pleines de vin pour étancher la soif, cela ne tire pas à conséquence. Il en serait autrement si l'on ouvrait nos charges pour y voler de la soie. Une petite quantité de celle-ci doit être déposée aux adresses que Prosper vous indiquera, le gros du chargement ira à Saint-Étienne. On vous remettra l'argent contre reçu. Vous partez après-demain. Alors, reposez-vous et prenez du bon temps. J'irai vous voir partir. Oh ! pendant que j'y pense... Tenez, voici vingt francs, c'est mon cadeau de bienvenue. Je suis content de vous avoir avec moi. Au revoir.

***

Honoré se retrouve dans la Grand-Rue un peu désemparé. Jamais encore, où qu'il se soit présenté, on ne l'avait reçu de la sorte. Il se met en marche vers la demeure de Prosper lorsqu'il est abordé par un homme assez grand, mince, l'air minable. Un varlet quelconque, vêtu de façon fort décente et propre.

— Honoré Versillac ?

— Oui.

— Je m'appelle Léonard et je suis votre varlet pour aller à Saint-Étienne parce que je suppose que vous dirigerez la couble de M. Forissier ?

— En effet, et j'aurai besoin de votre aide.

— Vous pouvez y compter, et sur celle de Jean-Baptiste, le commis. Peut-être voulez-vous voir les bêtes, à présent ?

— Volontiers.

En chemin, l'ex-dragon confie à Léonard qu'il a été surpris et charmé par la réception du ménage Forissier mais qu'il ne la comprend pas. L'autre sourit :

— Vous venez de l'armée, n'est-ce pas ?

— Oui, j'ai sabré l'ennemi pendant sept ans jusqu'à ce qu'il me mette hors de combat.

— Je sais, Céleste m'a renseigné. L'explication est là.

— Je saisis pas ?

— Le patron a réalisé sa fortune en achetant des biens nationaux et il a épousé une personne dont le père s'est approprié le domaine d'un gentilhomme à qui on a coupé le cou ainsi qu'à sa femme. Alors, les Forissier sont pas très bien vus par chez nous. Pour tenter de se faire pardonner, ils se sont jetés au cou des fonctionnaires impériaux. Chaque fois que le préfet passe à

Aubenas, il dîne à leur table. Et voilà qu'un soldat de l'Empereur, un brave à trois poils, entre à son service. Vous parlez d'une aubaine ! Franchement, notre Forissier pouvait pas souhaiter mieux.

Tout en bavardant, les deux compagnons arrivent devant une longue bâtisse accroupie au ras du sol et d'où, par la porte ouverte largement, sort une odeur puissante. Léonard annonce :

— Nous y sommes.

A la suite du varlet, Honoré pénètre dans une écurie où de nombreux mulets, paraissant vifs et gais, piétinent leur litière.

— On pourrait croire qu'ils devinent le départ proche.

— Ils le sentent, en effet.

Léonard montre l'ensemble des animaux :

— Les plus belles bêtes d'Aubenas, pas vrai, Jean-Baptiste ?

Un curieux personnage émerge de l'ombre, s'approche d'eux, une fourche à la main.

— Sûr... Nous, on les maltraite pas et quand elles ont des plaies, on les soigne.

Honoré s'étonne :

— Des plaies ?

— A cause des bâts en bois... Celui-là, c'est Jean-Baptiste.

— Je m'en doutais. Ça va, l'ami ?

— Ça va... C'est toi qui remplace Prosper ?

— Il paraît.

— Bon... alors, tout est en ordre.

Jean-Baptiste n'est pas grand mais il a un torse d'une exceptionnelle ampleur avec des bras dont les mains descendent nettement au-dessous des genoux. Léonard chuchote :

— Il a plutôt un caractère aimable, cependant il faut pas le chercher... Il a une force terrible et lorsqu'il est en colère, il vaut mieux s'écarter. Jean-Baptiste, tu devrais présenter les bêtes de tête à notre nouveau compagnon.

Jean-Baptiste désigne un mulet puissant, légèrement plus haut que les autres.

— Voilà le viégi... On l'appelle le Gris... Il marche en tête et les autres le suivent. Il connaît les sentiers aussi bien et peut-être mieux que nous. Il suffit de rester près de lui pour demeurer sur le droit chemin. Les cinq mulets, là, à la file, appartiennent à l'équipe du Gris. Celui-là — une bête énorme, presque noire — c'est Sans-Peur qui va devant la deuxième équipe, la mienne, et voici Gaillard, le chef de la dernière escouade.

Avisant un mulet qui mène un furieux tapage, Jean-Baptiste déclare :

— Ce rigolo, c'est Plan-Plan. Il porte le gros grelot qui, dans les endroits difficiles, annonce notre approche. On le nomme le roulet. Il pense qu'à jouer, pourtant c'est pas un jeunot, à croire que sa musique lui donne toujours envie de danser.

Léonard ouvre la porte d'une pièce où s'entassent les harnachements. Une débauche d'étoffes colorées, de cuivre, de cuir, de pompons, de clochettes que le varlet énumère : la sous-ventrière multicolore, la fandalière (une sorte de tablier), des courroies auxquelles sont suspendues des clochettes dont la plus grosse — la cayrade — est réservée au Gris. Il en montre une certaine vanité. Le bridet est un ensemble de lanières de cuir cloutées de cuivre et ornées de petits bouquets de laine aux couleurs chatoyantes. Il tient toute la tête du mulet, lequel porte encore trois plaques de cuivre, les lunettes où sont gravées des devises ou des prières. Enfin, dans un coin, soigneusement rangées à l'abri de la poussière, deux douzaines de plumets en laine rouge que chaque bête aura sur le front, entre les oreilles.

Honoré remarque :

— Il doit falloir un sacré moment pour harnacher chaque animal ?

— Presque autant que pour nous habiller, nous.

— Nous ?

— Tu verras... J'ai jamais vu Murat, mais j'ai entendu dire qu'il endossait des uniformes extravagants.

— Oui, c'est ce qu'on raconte aussi à l'armée.

— Tu vérifieras qu'on n'a rien à lui envier !

***

Forissier avait groupé son équipe autour de lui. Prosper Ricardès habitait à l'entrée de la Grand-Rue. Léonard et Jean-Baptiste, célibataires, logeaient au-dessus de l'écurie et prenaient leurs repas à la cuisine du patron où Céleste les servait. Ils ne voyaient jamais Adèle à qui son mari avait fait la leçon une fois pour toutes : elle ne devait pas frayer avec les domestiques mais tenir son rang qui l'éloignait irrévocablement d'un monde que, pourtant, elle aimait.

Rose Ricardès avait déjà le cheveu gris bien qu'elle n'eût pas encore atteint la quarantaine. Une mince créature au visage éclairé par un sourire qui ne le quittait jamais. Du premier moment, et sans le moindre effort, elle fit la conquête d'Honoré.

— Monsieur Versillac ? Nous attendions votre visite.

— Je suis allé voir les mulets.

— Prosper sera content de savoir que vous avez d'abord pensé aux bêtes. Venez près de lui.

Rose introduit le visiteur dans une chambre claire dont le mobilier lui rappelle celui de sa marraine, Laure Estalle. Dans le lit, le buste soutenu par une pile de coussins, la tête coiffée d'un bonnet, la jambe blessée maintenue par des attelles soulevant draps et couvertures, Prosper, un quasi-quinquagénaire solide, avec une grosse moustache, ne se perd pas en formalités inutiles :

— Versillac, hein ? Assieds-toi là, près de moi. Tu n'as jamais exercé le métier, bien sûr ? Mais ça n'a pas d'importance. D'après ce que j'ai entendu, tu es un sacré bonhomme et moi, ça me déplaît pas. Peut-être que l'an prochain, nous mènerons les coubles ensemble.

Rose intervient :

— Écoutez-le ! Il peut pas seulement se tenir debout tout seul et il parle déjà de courir les chemins !

— Cause toujours, ma femme ! Tu sais que je suis heureux qu'au milieu de mes mulets et en train de marcher sur les crêtes.

— Vous trouvez pas, monsieur Versillac, que c'est gentil pour moi, ce qu'il raconte ?

— Ma foi...

— Il me préfère ses bêtes !

— Voyons, Rose, mélange pas les serviettes et les torchons.

— Ça serait pas moi, le torchon, des fois ?

Prosper se fâche.

— Tu l'entends ? Et après ça, tu seras pas surpris que j'aime mieux le silence de nos montagnes que les criailleries de mon épouse ! Apporte-nous plutôt un coup à boire, ma Rosette, au lieu de montrer ton méchant caractère !

Rose sort en bougonnant contre ces monstres d'hommes qui se croient autorisés à jouer les tyrans sous prétexte qu'ils ont fait tomber une pauvre jeune fille dans le piège du mariage. Mme Ricardès disparue, son mari juge bon de renseigner son visiteur :

— Elle rouspète sans arrêt, c'est dans sa nature, mais c'est la meilleure des épouses. Pour en revenir à ton travail, Léonard et Jean-Baptiste te montreront le chemin. En partant, tu recevras la liste des fermes où vous vous arrêterez. Comme conseils, je peux guère te recommander autre chose que de ménager les bêtes et de prendre garde aux voleurs.

— Aux voleurs ?

— Oui, il faut toujours dormir là où vous entreposez la soie pour la nuit.

— Les gendarmes...

— Oh ! les gendarmes, pour peu que le temps se gâte, tu les verras guère dans les coins où vous passerez. En général, les bandits essaient d'opérer la nuit, mais certains n'hésitent pas à s'attaquer à nous en plein jour. Ils sont armés et nous n'avons que nos fouets et nos couteaux. On peut pas se défendre contre leurs fusils et leurs pistolets. Du côté de Sardige, après Mézilhac, faudra faire attention parce qu'il y en a deux mauvais dans le coin, les frères Chambezon, Jules et Régis. Les gendarmes les connaissent bien. Malheureusement, ils ont jamais pu les attraper sur le fait. Alors, méfie-toi !

— Je me méfierai.

Rose réapparaît, portant, avec circonspection, un plateau en bois dont les extrémités, formant poignées, sont de belles grappes de raisin. Sur ce plateau, un flacon et deux verres ornés de fleurs aux coloris agressifs. Ayant versé l'alcool, Prosper ordonne :

— A présent, ma femme, amène mes affaires à ce garçon, je suis sûr qu'elles vont lui aller. Tu comprends, Honoré, demain dimanche, la ville appartient aux muletiers et tu dois mettre le costume sans lequel ils te reconnaîtraient pas pour un des leurs.

Posant d'abord sur une chaise toutes les pièces du vêtement réclamé, Rose les énumère ensuite, au fur et à mesure qu'elle les place sur le lit du blessé.

— Le bonnet de laine rouge.

Prosper précise :

— Qu'il faut jamais ôter, même à l'église.

— Le chapeau.

Il s'agit d'un feutre de grande dimension dont les larges bords peuvent servir d'ombrelle ou de parapluie.

— La cravate et le gilet rouges... la veste blanche à boutons de cuivre, la culotte verte, les guêtres blanches avec les jarretières rouges et leurs boucles, les souliers, la ceinture de laine rouge aussi, qu'on doit enrouler deux ou trois fois autour du corps. J'ai pas oublié la tasse d'argent et le fouet.

***

Le dimanche matin, lorsque Honoré revêt son costume de muletier, il hésite entre la vanité et une certaine gêne. Il sait qu'il a belle prestance, trop belle peut-être. Il accepte qu'on le regarde, pas qu'on le contemple, fût-ce avec admiration. Quand il pousse la porte de la retraite de Céleste, celle-ci, joignant les mains, s'écrie :

— Seigneur ! Il est magnifique !

Mme Forissier, qui passe dans le vestibule, intriguée par l'exclamation de la servante, entre à son tour dans la cuisine. A la vue d'Honoré, elle reste, un instant, la bouche ouverte, avant de reprendre son sang-froid et d'affirmer :

— Mon mari a engagé un bien beau muletier !

Elle sort, rougissant de sa réflexion. Encouragé par cette remarque spontanée, Versillac se décide à gagner la rue et se hâte vers la grande écurie où il retrouve Léonard et Jean-Baptiste. Ensemble, ils vont visiter les Ricardès qui examinent le nouveau muletier sous toutes les coutures avant de se déclarer satisfaits quand Prosper s'exclame soudain :

— Bon Dieu ! Il a pas d'anneau ni de queue ! Jean-Baptiste, va vite chercher l'Antonin Miollet et avertis-le qu'on a besoin de lui. Ramène-le, hein ?

Tandis que Jean-Baptiste se précipite dehors pour remplir sa mission, Ricardès explique :

— Un muletier sans anneau aux oreilles et sans queue de cheveux sortant sous son bonnet peut pas être pris au sérieux. Pour la coiffure, on peut tricher, et c'est ce qu'on va faire, mais pour les anneaux, pas moyen. Faut y passer.

Honoré hausse les épaules, résigné. Quand il s'agit de manger, se faire percer le lobe des oreilles n'a pas beaucoup d'importance.

En entrant dans la chambre du blessé, l'Antonin Miollet — que pousse Jean-Baptiste — se plante devant Versillac et s'écrie :

— Crédieu ! Le beau muletier que voilà !

Le bonhomme examine les oreilles d'Honoré et conclut :

— Te frappe pas, garçon, tu t'en apercevras pas. Sans vous commander, dame Rose, vous pourriez m'apporter une goutte d'eau-de-vie dans une soucoupe pour que j'y flambe mes instruments ? Paraît que c'est la mode nouvelle.

L'opération vite achevée, Ricardès offre les boucles de son père en attendant que le nouveau muletier puisse s'en acheter. De gros anneaux d'or où pend un fer à mulet. Puis il remet une enveloppe à Honoré.

— La liste des gens chez qui tu dois livrer la soie et les

quantités qu'ils ont réclamées. Jean-Baptiste et Léonard les connaissent tous. Tu pars avant ceux du vin, comme ça, tu évites, au moins à l'aller, une grosse partie de la mauvaise saison. Le revers de la médaille, c'est que ta cargaison est précieuse et éveille la convoitise des méchants. Alors, prends garde à toi, surtout — je te le répète — quand t'auras franchi le col de Mézilhac et que tu descendras du côté de Sardige. N'oublie pas les deux frères qui valent pas la corde qui les pendra !

La journée se termine par une promenade interminable à travers la ville avec arrêt obligatoire dans chaque débit de boisson. On boit beaucoup, on se cogne un peu avec les muletiers du vrai Midi, on lutine les filles tant et si bien que, l'heure venue, Honoré préfère s'étendre sur la paille plutôt que de se risquer dans la maison endormie des Forissier.

A trois heures du matin, les hommes, les yeux lourds, la langue pâteuse, les jambes raides se lèvent pour harnacher les dix-huit bêtes qu'ils doivent mener à travers la montagne et fixer les ballots de soie sur les bardes [1]. Le viégi [2] — le Gris — est le dernier dont on s'occupe parce que, pour lui, on s'applique plus que pour les autres. Il importe qu'il soit le plus beau, le plus fort, le plus fier. Honoré se contente d'attacher au cou du roulet — qui marchera en second — l'énorme grelot dont le tintement s'entendra de loin. Quand la couble est prête, on couvre chaque bête de la cuberte [3] et, sur les moins chargées, on place les limousines [4] des muletiers. Le cheval d'Honoré ferme la marche. A six heures, les premiers appels des cloches jettent hors de leur maison les Albenassiens pieux et M. Forissier, suivi de son épouse ensommeillée, passe ses mulets en revue. Il complimente ses employés et leur souhaite bon voyage. A six heures trente, le cortège s'ébranle en direction du nord. Le varlet marche en tête, à côté du Gris ; Versillac, monté sur son vieux compagnon, est le dernier. Le curé doit retarder sa messe car c'est la première couble qui quitte Aubenas en cette année 1808. Le prologue, avant d'entendre le choc clair et indéfiniment répété de milliers de sabots dans les rues pavées, mêlé aux chants des Méridionaux emportant le vin du Bas-Vivarais vers la montagne. Sur son passage, on admire la

1. Bâts.
2. Chef.
3. Couverture de laine grossière.
4. Manteau.

couble de M. Forissier et on applaudit ses trois muletiers. La dernière bête disparue, on se décide à pénétrer dans l'église.

***

Après le tumulte joyeux qui a entouré leur départ, Honoré et sa couble, au fur et à mesure que s'espacent les maisons d'Aubenas, entrent dans ce silence de la campagne si plein de bruits qu'on n'entend pas ce silence où le citadin a tôt fait de se perdre d'abord, de s'affoler ensuite. Versillac se plaît au milieu de la nature quand l'homme ne s'y montre pas. Solidement campé sur son cheval, il surveille le convoi de ces dix-huit mulets qui, l'un derrière l'autre, le précèdent. Le choc clair des sabots sur les pierres du chemin suscite l'image d'une monotone et interminable averse de grêle. A travers la légère fumée montant du corps des bêtes, Honoré voit son régiment de dragons tout auréolé de cris, de rires et de chansons avançant sur les routes d'Europe. Ce n'est plus Léonard qui va en tête de la couble, mais Marchepoil. Jean-Baptiste, se tenant au milieu de la file, cède sa place à Joseph Dubilard qui engueule le pauvre Antonin Bourrelet toujours en retard et qui, pourtant, devait mourir avant les autres, à Austerlitz. Il n'est jamais bon de se laisser aller dans ses souvenirs, surtout quand ils sont pleins de larmes et de sang. Honoré se secoue, et le vent pointu descendant des montagnes qui bloquent le bassin d'Aubenas, au nord, le débarbouille vite de ses rêveries déprimantes.

La piste devient plus difficile. Le Gris et Léonard semblent mettre en commun leur expérience et leurs souvenirs pour se rappeler comment on peut éviter un passage délicat, le moyen de se glisser dans une fente entre deux rochers qui, à première vue, paraissent ne former qu'un seul bloc. Plan-Plan, le museau sur la croupe du Gris, ne se laisse pas distancer et sa cloche, sonnant à chacun de ses efforts ou à chacune de ses erreurs, fait chanter la montagne.

Les muletiers n'éprouvent pas le besoin de se parler. Il faut économiser le souffle. On n'en a jamais assez pour continuer à monter, à descendre, à rattraper un équilibre souvent menacé par la pierre qui roule sous la semelle. Tantôt on domine de haut le pays d'Aubenas et tantôt, descendant, on s'en va dans les creux longer des fermes isolées qui, déjà, quoiqu'on n'ait pas tellement entamé l'automne, se préparent à affronter l'hiver. Partout, flotte l'odeur du bois débité à la hache. L'air résonne du chuintement des scies, de la glissade des rabots et des coups de marteau. On prend ses précautions contre la burle, vieille ennemie qui arrivera de la montagne, gelant le voyageur égaré ou la bête perdue. Au passage de la couble, les travaux s'arrêtent ; celle-ci sort de sa cuisine, celui-là émerge de l'obscurité chaude de l'étable, cet autre apparaît sur le seuil de la grange en resserrant sa large ceinture de laine rouge. On se salue. En deux ou trois brèves questions, on se renseigne sur les santés, les familles, les récoltes et on repart pour attaquer une nouvelle pente. On ne se dépêche pas mais, pour rien au monde, Léonard — à moins d'un danger imminent — n'obligerait le Gris à forcer l'allure. Brusquement, Jean-Baptiste crie :

— C'est midi !

Aussitôt, la couble s'arrête et « quille [1] » sur place, tandis que les muletiers ouvrent leurs sacs. Léonard partage le pain, Jean-Baptiste le vin que Sans-Peur porte dans deux grosses outres de peau de chèvre. Il incombe à Honoré de distribuer la viande salée et le fromage. Les hommes se sont installés sur un petit promontoire surplombant l'étroite vallée de la Volane qu'envahit une brume encore légère. Jean-Baptiste remarque :

Brouillard aux vallées,
Va à ta journée
Brouillard sur le mont
Reste à la maison.

et il conclut :

— Les ennuis sont pour plus tard.

Le bruit sec des couteaux dont on referme la lame marque la fin de la pause. Léonard n'a pas besoin d'élever la voix pour faire repartir les bêtes. Il suffit au muletier de donner une tape sur la croupe du Gris pour que le mulet se remette à avancer et toute la couble derrière lui. La cloche du Plan-Plan recommence à sonner dans le paysage désert. A la place d'Honoré, n'importe qui eût été fourbu après ces heures passées à cheval sur des pistes pénibles, mais Versillac n'a pas inutilement chevauché pendant dix années des montures aux reins de fer. Moralement, il se sent à l'aise. Il est sûr de se plaire dans cette existence où le silence et la solitude jouent un si grand rôle, où il retrouve ce qui, jusqu'ici, a été

1. Les bêtes s'arrêtent et ne sont pas débâtées.

l'essentiel de sa vie, l'amitié. L'amour, il n'y pense plus. Trop d'échecs. Trop de chagrins.

Les muletiers, sur le soir, font étape à Antraygues. Une habitude qu'ils ont depuis toujours. Un vieux village où l'arrivée de la première couble est presque une fête pour les rares habitants. Léon Passevit, propriétaire du cabaret, devant l'église, est une vieille connaissance de Léonard et de Jean-Baptiste qui lui présentent Honoré.

— C'est la première fois que vous menez une couble ?

— Oui.

— Un dur et beau métier... un métier d'homme, quoi !

Il est déjà tard lorsque les trois compagnons — ayant soigné les bêtes et rangé leurs chargements — se dirigent, l'estomac plein, vers l'écurie où un bon lit de paille fraîche les attend. Avant de refermer sur eux la porte de l'écurie, Jean-Baptiste, qui a écouté cacaber une perdrix, déclare sentencieusement :

A la Saint-Rémi
Tout perdreau est perdrix.

Ils se sont allongés côte à côte, après avoir quitté chaussures et vêtements et s'être enroulés dans les épaisses couvertures de laine qui sentent le suint. Une lanterne, accrochée derrière eux, joue le rôle de veilleuse. Jean-Baptiste dit :

— Quand on n'est pas habitué à se reposer dans une écurie, on trouve que ça pue. Le pissat des mulets est bien pire que celui des vaches.

Ils sont trop fatigués pour s'endormir tout de suite. Léonard avoue à Versillac :

— On est contents de t'avoir avec nous. On sait que t'es venu après un sacré tour aux armées...

Honoré ne tient pas à raconter une fois de plus ses campagnes. Il empêche son compagnon de poser la question qu'il redoute en lui posant la même :

— Et toi ?

— Oh ! moi... Les bêtises, je les ai accumulées... Je suis né dans une ferme d'un rude pays, du côté de Vienne, en Argonne. Mes parents, sans être riches, vivaient facilement. J'aurais pu prendre la suite de mon père et être tranquille, mais je tenais à une fille qui voulait pas habiter la campagne. Un jour, elle a filé à la ville la plus proche, Châlons. J'ai pas pu supporter son absence et, à mon tour, je suis parti. C'était en septembre 92. J'avais dix-sept ans. A

Châlons, j'ai mis près de quinze jours pour dénicher ma bien-aimée. Comme j'avais pas d'argent, elle m'a envoyé promener. Elle croyait pas si bien dire, la garce ! Désespéré, je me suis trouvé devant une estrade où un citoyen empanaché appelait les hommes à gagner l'armée de Dumouriez qui essayait d'arrêter les Prussiens de Brunswick, prêts à franchir la Meuse. Je me suis engagé en trichant un peu sur mon âge. Au soir, ayant eu la chance de m'équiper, je partais pour la guerre. Juste comme j'arrivais, Dumouriez avait obligé l'ennemi à repasser la Meuse. Avec une dizaine de soldats, on m'a expédié en pointe d'avant-garde. On se bilait pas puisqu'on savait que les Prussiens étaient de l'autre côté de l'eau et on a usé une partie de la nuit à discuter, sauf moi qui pouvais pas m'empêcher de penser à cette salope de Madelon, quand voilà qu'un maréchal des logis s'amène au grand galop, en criant : « On vous avait oubliés, nom de Dieu ! Les Prussiens rappliquent ! Foutez le camp ! » Et il repart, en éperonnant sa monture. Tu devines qu'on n'a pas perdu le temps d'essayer de comprendre. On a fait vite, je te dis que ça ! Heureusement que les Prussiens, ils étaient pas pressés ! On a eu la chance de rencontrer notre régiment avant que l'ennemi nous ait rattrapés. Après, Dumouriez, il a rassemblé tout son monde et on a gagné la forêt d'Argonne que je connais bien, avec ordre d'empêcher Brunswick de franchir cet obstacle. On tenait tous les défilés. Du moins, on se le figurait mais, à nouveau, voilà qu'on reçoit l'ordre de se replier en direction de Sainte-Menehould. Je commençais à me demander si la guerre consistait seulement à aller tantôt dans un sens, tantôt dans l'autre. Au moment où l'on croyait pouvoir se reposer à Sainte-Menehould, on nous ordonne d'obliquer vers l'ouest et de nous installer sur des collines d'où on voyait loin, quand la pluie et le brouillard nous permettaient de voir quelque chose. Et puis, tout d'un coup, la brume se dissipe et on distingue l'armée prussienne qui monte vers nous, tranquillement, au rythme lent de ses tambours. Plus d'un, chez nous, en a les jambes coupées. On nous commande d'attendre, sans bouger, cette infanterie qui rapplique au pas de parade, et de lui foncer dessus à la baïonnette. Ce qui a eu lieu ensuite, je m'en souviens pas. On criait, on hurlait des injures, on plongeait nos lames dans des uniformes blancs qui se mouillaient de sang. Combien de temps ça a duré ? J'en sais rien. Et puis, un sacré salaud de Prussien que je me figurais mort m'a lâché son coup de fusil juste entre les jambes au moment où je lui passais dessus. J'ai failli mourir. Pourtant, les chirurgiens m'ont sauvé, mais ils m'en ont fait baver... Et pourquoi ? Y aurait mieux valu que je crève puisque à dix-sept ans j'étais plus un homme.

— Comment s'appelait cet endroit ?

— Valmy.

— Ah ! oui, j'en ai entendu parler. Paraîtrait qu'à Valmy, vous avez sauvé la République...

— On y a peut-être sauvé la République mais, moi, j'y ai perdu mes couilles.

Sur ce, Léonard s'enroule dans sa couverture et s'endort. Jean-Baptiste chuchote :

— Faut qu'il t'ait à la bonne pour t'avoir parlé de son malheur. Ça le ronge. Sans en avoir l'air, je le surveille, parce que je l'estime.

— Tu le surveilles ?

— Pour l'empêcher de se foutre en l'air.

Cette amitié, si simplement exprimée, touche Honoré qui s'aperçoit, assez naïvement, qu'il n'a pas été le seul à connaître un malheur injuste.

— Et toi, Jean-Baptiste, t'es d'Aubenas ?

— Oh ! non... Moi aussi, je suis né dans une ferme... foutrement loin d'ici, en Vendée, vers Parthenay... On y était terriblement pauvres... Y avait que la religion qui nous empêchait de nous détruire pour nous arracher à nos existences de bêtes de somme... Quand on a appris que la République voulait en finir avec le bon Dieu, on s'est fâchés. Tu comprends, sans les églises, il nous restait rien et, sans l'espoir d'une justice après la mort, on n'avait plus la force de continuer. Il fallait se résigner ou se mettre en colère. On s'est mis en colère à cause de la conscription qui, en enlevant les jeunes et les moins jeunes à leurs terres, condamnait les vieux à mourir de faim. Alors, crever pour crever, j'ai décidé de mourir en combattant les sans-Dieu. J'ai rejoint M. Henri [1] et je l'ai plus quitté. Ça, c'était un homme ! Il avait vingt ans quand j'ai commencé à lutter à ses côtés. Ensemble, on a gagné, on a perdu, tout au long de 93. En octobre, j'ai su que les Bleus avaient massacré mes parents et brûlé la ferme. En décembre, on a encaissé de sacrées raclées à Ancenis, puis à Savenay. Je me rappelle pas comment on s'en est sortis. A la Noël d'après, M. Henri a décidé que les grandes batailles, c'était terminé. On allait constituer des groupes qui se cacheraient le jour et tomberaient sur les Bleus, la nuit. On en a tué quelques-uns, tu peux me

1. H. de La Rochejaquelein.

croire et puis, en janvier 94, on a été pris dans une embuscade. M. Henri a été abattu près de moi. J'ai réussi à m'enfuir. La chance a mis sur mon chemin le cadavre d'un Bleu qui s'appelait Jean-Baptiste Foumoux. J'y ai barboté ses papiers et son nom, parce que de mon vrai nom, je m'appelle... oh ! et puis, quelle importance ? J'ai choisi d'être Foumoux, je reste Foumoux.

— Pourquoi as-tu jugé nécessaire de changer de nom ?

— Parce qu'à l'époque valait mieux pas être chouan. Maintenant, on se connaît tous les trois. On va former comme qui dirait une vraie famille. Bonsoir.

— Bonsoir, Jean-Baptiste.

Léonard ronfle doucement. Honoré, à son tour, s'enroule dans sa couverture. Cependant, il ne trouve pas tout de suite le sommeil. Il réentend les confessions de ses deux amis. Un élan fraternel le pousse, désormais, vers Jean-Baptiste et Léonard.

***

Ils se réveillent à l'aube, presque en même temps. Jean-Baptiste, selon son habitude, sort le premier et, du seuil, inspecte le ciel où les petits nuages blancs ressemblent à une armée soigneusement alignée sur plusieurs rangs et conclut :

Temps pommelé, fille fardée
Ne sont pas de longue durée.

Ils préparent la couble. C'est là une tâche ingrate qui ne plaît pas à Honoré. Ces bêtes qu'il faut sans cesse nettoyer, soigner (au cas où le bât les aurait blessées), nourrir, charger, imposent une sorte de servitude qui n'emballe pas le garçon.

Tandis que, le travail achevé, les trois hommes mangent la soupe de la veille, que la servante a réchauffée, le patron — Léon Passevit — apporte le jambon, le saucisson, le fromage, le pain et le vin. Puis il s'occupe de remplir les musettes des muletiers pour leur casse-croute de la mi-journée.

— Je crains que vous n'ayez pas le beau temps, garçons. Le chemin est pénible jusqu'à Mézilhac... Si vous réussissez à maintenir une allure soutenue, vous pourrez quand même arriver avant la nuit... C'est ce que je vous souhaite, car vous entrez dans le pays des frères Chambezon, des affreux.

Jean-Baptiste décrète :

— On verra...

— Méfiez-vous... Ce sont des brutes, surtout Régis, celui qu'a une taie sur l'œil gauche.

Cette prophétie ne paraît pas inquiéter beaucoup les muletiers qui attaquent d'un bon pas les premières pentes. Honoré, sur son cheval, domine la couble et cherche au loin la trace de la piste montant vers le col de Mézilhac. Autour de lui, la campagne — verte et or — est magnifique. Le cavalier pense qu'au cours de sa jeune existence il n'a vraiment goûté le bonheur et la quiétude de l'esprit que lorsqu'il vivait parmi les champs et les bois, quand les hommes voulaient bien le laisser tranquille.

Les prévisions météorologiques de Passevit révélèrent vraies en fin d'après-midi lorsque les coubles parviennent à Mézilhac sous la pluie. Alors que les muletiers désharnachent les bêtes, Léonard avertit ses camarades :

— Maintenant, il s'agit de se méfier. Nous sommes à la frontière du coin où règnent les Chambezon.

— Dommage qu'on les connaisse pas.

— Moi, je les connais. Leur nid est à Sardiges... à deux lieues d'ici...

— Ah ? Ça peut servir...

***

La Stéphanie Sauveille est une femme robuste qui a passé la quarantaine. Elle a des épaules de bûcheron et elle garde toujours, à portée de la main, une hachette bien affûtée. Veuve d'un soldat tué à Jemmapes, en 92, elle est aidée par un valet — Anatole — un demeuré d'une force peu commune et tout dévoué à sa patronne. Stéphanie est une amie de longue date de Léonard. Elle fait fête aux muletiers et tient à leur servir elle-même leur dîner dans la salle où il n'y a que quatre ou cinq clients. Montrant Honoré, Stéphanie s'enquiert :

— Un nouveau ?

— Oui, et un bon... Huit ans de campagne avec le Tondu.

— Vous avez eu plus de chance que mon défunt.

Pour changer le cours d'une conversation ne pouvant mener qu'à des attendrissements inutiles, Léonard demande comment vont les affaires.

— S'il y avait pas les frères Chambezon, on pourrait vivre tranquille.

— Pourquoi vous appelez pas les gendarmes ?

— Ils viennent toujours trop tard... (Elle baisse la voix.) Je crois qu'ils en ont peur...

Les buveurs, qui s'étaient tus en entendant prononcer le nom abhorré, hochent la tête et l'un d'eux approuve :

— C'est bougrement vrai...

A cet instant, la porte s'ouvre devant un colosse ayant une taie sur l'œil gauche et Stéphanie murmure :

— Quand on parle du diable, on en voit la queue.

Derrière le géant vient son frère, de taille normale, qui danse en marchant. Honoré pense qu'en cas de conflit il serait plus dangereux. Sitôt que les Chambezon ont fait leur apparition, un silence total règne dans la salle. Régis et Jules s'installent à une table où l'aîné réclame de quoi boire et manger. Stéphanie réplique qu'à part du saucisson et du fromage elle n'a plus rien à leur proposer. Le colosse montre Léonard :

— Et ce malingre, qu'est-ce qu'il bouffe ?

— Un reste de ragoût de mouton. J'en ai plus.

— Et celui-là ?

— Mais...

— Tu veux que ça soye moi qui aille le chercher ?

Léonard a pâli. Il annonce avec calme :

— Vous dérangez pas, M. Chambezon, je vais vous le porter moi-même.

Régis a un gros rire et lance à Stéphanie — qui n'en croit ni ses oreilles ni ses yeux :

— Tu vois, ma belle ?

Honoré et Jean-Baptiste se lèvent pour laisser passer Léonard et ne reprennent pas place sur le banc. Ils regardent leur compagnon se diriger vers les Chambezon, en portant son écuelle pleine de ragoût sur la paume de sa main devenue plateau.

— C'est bien ça que vous voulez ?

Régis grogne :

— Fais pas tant d'histoires et donne-moi ce ragoût !

— Voilà !

Léonard écrase l'écuelle et son contenu sur le visage de Régis. Aussitôt, Jules se dresse. Régis arrête son cadet d'un geste.

— Laisse, petit, si cet idiot a envie de crever, je vais lui procurer ce plaisir !

S'étant essuyé plus ou moins le visage, l'aîné des Chambezon s'avance au milieu de la salle. Les jambes écartées, il se dandine à la façon d'un ours. Léonard feinte quelques coups à la figure et, se reculant légèrement, il se porte en avant d'un élan et flanque, de toute sa force, son soulier ferré dans l'entre-jambes de Régis qui s'écroule en poussant un hurlement d'agonie. Jules se précipite sur le vainqueur de son frère, son couteau au poing. Au passage, Jean-Baptiste lui fend le crâne avec un tabouret. Honoré conclut :

— M'est avis que c'en est terminé des frères Chambezon.

Léonard annonce :

— Stéphanie, on voudrait pas qu'ils vous fassent des misères à leur réveil si jamais ils se réveillent. Honoré et moi, nous les ramenons chez eux.

— Allez-y, garçons ! En tout cas, nous, on n'a rien vu, pas vrai, vous autres ?

Les clients, unanimes, répondent qu'ils n'ont rien vu.

Les Chambezon étaient arrivés dans une carriole traînée par un cheval. Honoré attache sa propre monture au cul de la charrette, et fouette cocher ! Les deux frères seront ramenés à Sardiges bien plus vite qu'ils n'en étaient venus. Située à plus d'un kilomètre du village, en direction du Suc de Montivernoux, leur demeure ressemble davantage à un repaire sale et puant qu'à une habitation d'êtres humains. Les Chambezon y vivent seuls. Versillac inspecte les lieux.

— Une vraie soue à cochons !

— Chez moi, quand les endroits habités sont devenus des porcheries, on y fout le feu !

— C'est une bonne habitude.

Ils prennent soin d'écarter le cheval dételé qui se met à trotter dans le pré voisin et poussent la charrette loin de la maison. Quand ils s'éloignent pour regagner Mézilhac, la nuit est éclairée par le reflet de l'incendie dévorant le refuge des Chambezon.

***

Après ce tragique interlude, la couble de M. Forissier reprend sa route et, par Dornas, le Cheylard, Saint-Martin-de-Valamas, Saint-Julien-Boutières, Saint-Agrève, Devesset, les trois muletiers et leurs équipages continuent vers Saint-Étienne. Au matin suivant leur repos à Devesset, Léonard prévient Honoré :

— Aujourd'hui, c'est congé puisqu'on n'a que deux lieues à couvrir pour arriver chez M. Chatinais.

— Qui c'est celui-là ?

— Le propriétaire d'une grosse ferme à une demi-lieue de Saint-André-du-Vivarais, en descendant sur l'Ardèche. Une ferme où il doit y avoir une quarantaine de vaches et une dizaine de chevaux. Un bougre de domaine et une drôle de fortune !

— Qui vient d'où ?

— Va-t'en savoir ! Beaucoup pensent que Chatinais a acheté pas mal de biens nationaux.

— Un salaud, donc ?

Léonard hausse les épaules.

— Bah ! Aujourd'hui, l'essentiel c'est d'être riche, on vous demande pas autre chose. Sans doute que si le roi rappliquait...

***

Jamais Honoré n'a vu un aussi beau domaine que la Gerbière, le domaine de M. Edmond Chatinais. La demeure des maîtres, en bonnes pierres crues, s'élève au bout d'un jardin clos d'un mur circulaire. A une centaine de mètres sur la droite, d'énormes granges ; à gauche, la maison du personnel, deux étables, une écurie, encore une maison où vivent les bergers et palefreniers.

Edmond Chatinais approche de la soixantaine. C'est un personnage qui, du premier abord, paraît gros, avant qu'on ne s'aperçoive qu'il est tout en muscles. Il reçoit les muletiers comme des amis et donne des ordres pour qu'on traite bien et les hommes et les bêtes. Puis il emmène Versillac (quand il sait qu'il remplace momentanément Ricardès) auprès de sa femme Eugénie, une personne courte, ronde, empreinte d'une grande distinction, pour qu'elle choisisse les soies qu'elle souhaite acheter. Pendant que Mme Chatinais soupèse, compare les écheveaux qu'on lui présente, le maître interroge Honoré et, quand il apprend qu'il a affaire à un ancien dragon, il tient absolument à lui montrer ses animaux dont il se veut très fier.

Abandonnant Mme Chatinais aux affres du doute et du repentir, Edmond et Versillac gagnent l'écurie. Honoré juge les chevaux magnifiques et dans un parfait état. Chatinais savoure, dans cette admiration non déguisée, une joie profonde.

— Alors, ton avis, mon garçon ?

— Vous avez là des bêtes splendides, monsieur, sauf le sixième en partant de la droite.

Tout de suite, M. Chatinais se cabre :

— Prospero ? Qu'est-ce qu'il a, Prospero ?

— Il a été trafiqué.

— Qu'est-ce que tu dis ?

— Le travail a été parfaitement camouflé. Prospero a le boulet postérieur droit rafistolé. Il y a longtemps que vous l'avez ?

— Deux mois.

— Il ne va pas tarder à boiter.

— Nom de Dieu !

— Vous devez savoir qui vous l'a vendu ?

— Oh ! oui, et dès demain je me rappellerai à son bon souvenir... Merci, mon garçon... Tu t'y connais, hein ?

— Tant d'années dans la cavalerie...

— C'est vrai. Ça te plaît, le métier de muletier ?

— Ma foi...

— Si un jour, t'en as assez de te promener avec ta couble, la place de patron des étables et de l'écurie t'attend, ici. A présent, allons voir si Mme Chatinais s'est enfin décidée.

Une demi-heure plus tard, Honoré, libéré, a permission de rejoindre ses compagnons. Pour cela, il doit traverser la cour et gagner les bâtiments du personnel. Un peu avant d'arriver à son but, Versillac est abordé par une grande et belle fille dont la tenue tranche nettement avec celle des autres servantes.

— Vous êtes le chef muletier ?

— Oui.

— C'est la soie que vous portez là ?

— Oui.

— Venez jusque chez moi, je veux choisir quelques écheveaux.

Un peu surpris, Honoré suit celle qui le guide jusque dans une chambre proprette, assez bien meublée. Des images aux couleurs vives, accrochées au mur, représentent des paysages exotiques.

— Montrez-moi la marchandise.

— Vous êtes de la famille Chatinais ?

— Moi ? (Elle se met à rire.) Je suis Marguerite.

— Marguerite ?

— La maîtresse du patron... Edmond vous paiera la note.

— Et s'il refuse ?

— Je voudrais voir ça !

Quand il retrouve ses camarades et qu'il leur conte son aventure avec Marguerite, un vacher le renseigne.

— Le patron en est fou de cette garce... Elle le mène par le bout du nez.

— Et Mme Chatinais ?

— Il y a longtemps qu'elle essaie plus de lutter. Son mari, c'est un vrai bouc !

***

La couble repart dans un soleil d'automne à l'éclat fragile, mais lumineux. Honoré a laissé l'argent de la soie vendue à M. Chatinais. Il le prendra au retour en même temps qu'il rapportera au maître de la Gerbière la quincaillerie qu'il lui a commandée et qu'il achètera à Saint-Étienne. Le garçon s'apprête à seller son cheval — dont il a soigneusement examiné les pattes, du genou au sabot, en s'attardant sur le canon, le boulet et le paturon qui souffrent particulièrement des chemins difficiles — lorsqu'il suspend son mouvement, se demandant s'il est ou non victime d'une hallucination : de l'autre côté de la cour, Marion remplit un seau à la fontaine. Sans réfléchir à l'irréalité d'une telle rencontre, Honoré se précipite vers la servante et lorsqu'il est à quelques mètres d'elle, il appelle :

— Marion !

La jeune fille se retourne. Ce n'est pas Marion, pourtant elle en a le corps gracile, les longs cheveux blonds. La lumière de ses yeux marron a la douceur du regard de Marion. Elle ne doit guère avoir plus de dix-huit ans. Après un brusque mouvement de recul, elle sourit :

— Je m'appelle pas Marion.

— Comment, alors ?

— Louise... Louise Chambotte.

— Eh bien ! Louise, donne-moi ton seau, je vais te le porter.

Elle rougit, n'étant pas habituée à cette sorte d'égards.

— Tu vis seule, ici ?

— Avec ma mère qu'est cuisinière. On lui dit Élodie.

— Et ton père ?

Elle hausse les épaules.

— J' sais pas...

— Le patron, il te tourne pas autour ?

— Il a Marguerite et puis ma mère, elle veille sur moi. Je couche dans son lit.

— Tant mieux !

Surprise, elle demande :

— Pourquoi ?

— Je t'expliquerai quand je repasserai.

***

En dépit de la déception éprouvée, Versillac a le cœur en fête quand il donne le signal du départ de la couble. Au moment de franchir le portail de la Gerbière, il se retourne et constate, avec plaisir, que Louise n'a pas bougé de l'endroit où il l'a laissée. Il lui adresse un grand geste d'adieu auquel elle répond.

Les bêtes, reposées, filent d'un si bon train que Léonard doit calmer l'ardeur du Gris. Au col des Baraques, il fait vraiment froid. Honoré a la gorge un peu serrée en lisant sur une planche clouée au tronc d'un fayard qu'Annonay n'est qu'à 6 lieues et demie de là et, d'Annonay, il n'y a que trois lieues pour atteindre Saint-Georges. Mais qu'irait-il faire là-bas, sinon se lancer à la poursuite de fantômes ? Pour Versillac, Saint-Georges n'est plus qu'un cimetière où dorment, en compagnie de sa jeunesse, presque tous ceux qu'il a aimés. Au soir, la couble s'arrête à Clavas où Honoré retrouve cette nature sauvage, dure, impitoyable, dont il nourrit sans cesse sa nostalgie.

Le lendemain, en traversant la forêt de Taillard, la couble atteint Saint-Régis-du-Coin. Le jour d'après, on franchit le col des Grands Bois pour s'arrêter à Planfoy. En passant sur le Plateau, les muletiers ont laissé, sur leur droite, un chemin qui mène à Tarentaize. Ce nom éveille quelque chose dans la mémoire d'Honoré, sans qu'il parvienne à définir de quoi il s'agit. Et puis, brusquement, il se souvient : le soldat qu'il avait regardé mourir au camp de Boulogne en 1805 et dont il garde la médaille dans son portefeuille ! Comment s'appelait-il ce malheureux ? Honoré enrage parce que la mémoire lui fait défaut. L'auberge de Planfoy, où les muletiers ont établi leur campement, est pleine à craquer. La foire aux bestiaux de Saint-Étienne a attiré nombre de paysans qui, sur le soir, rentrent à leur ferme. Lorsque Honoré se lève et prend la parole, on se tait pour écouter ce que cet étranger peut avoir à dire.

— Je suis muletier. Avant, j'étais dragon, d'abord sous les ordres de Bonaparte, ensuite sous le commandement de l'Empereur. Il y a longtemps, au camp de Boulogne, en 1805, un garçon d'ici est mort dans mes bras. J'ai malheureusement oublié son nom, mais je me souviens de celui de son village : Tarentaize.

Un des buveurs se dresse.

— Je suis le maire de Tarentaize, camarade. J'ai perdu mon œil à Austerlitz.

— J'y étais.

— Une sacrée belle journée ! Je crois que j'ai connu le garçon dont tu parles... Il me semble que c'était un Réauze, des Palais, Marcel ou Michel Réauze.

— Michel, lance un gros homme. Un petit cousin du côté de ma femme. Y a plus que sa mère, à présent. Le vieux Réauze et les autres gars sont partis.

Versillac tend la médaille et sa chaîne au maire de Tarentaize.

— Vous la remettrez à la maman.

— Compte sur moi. Viens boire un verre en ma compagnie.

Le dernier client est parti, Léonard et Jean-Baptiste dorment dans la paille de la grange alors qu'Honoré continue à confronter ses souvenirs avec ceux du maire de Tarentaize, le lieutenant de grenadiers Ambroise Mantel. Quand enfin, ils se séparent, l'officier confie à son interlocuteur :

— Il faut que nous nous serrions les coudes, camarade. Alors si un jour, tu passes par Tarentaize, viens me voir. J'ai une petite ferme, héritée de mes parents qui la tenaient des leurs. S'il arrivait que tu aies besoin d'un ami, pense à moi. Ma porte te sera toujours ouverte.

***

Honoré a trop souvent bivouaqué en Europe, dans des villes autrement importantes pour être étonné par Saint-Étienne. Sous la conduite de Léonard, la couble passe par les extérieurs de la cité, là où les champs et les maisons se font face, à la manière d'une ligne frontière, et arrive chez le soyeux à qui l'on remet tout ce qui reste du chargement de soie, en échange de quoi il donne une grosse somme d'argent à Honoré. Inquiété par cette responsabilité nouvelle qui lui incombe, Versillac demande à Jean-Baptiste de ne pas le quitter d'une semelle et envoie Léonard, seul, marchander avec les quincailliers qui apporteront les marchandises commandées pour en toucher le prix. Le chef muletier et son adjoint amènent leur couble dans les prés situés au-delà de la Grande Église. En fin d'après-midi, muletiers et mulets reprennent la route et remontent à Planfoy pour la nuit.

Dès le lendemain, Honoré pousse sa couble à une allure qui surprend ses adjoints. Il faut que Léonard l'avertisse du danger qu'il court de devoir laisser des bêtes en chemin si l'on poursuit à ce train-là et Versillac prend conscience qu'il perd quelque peu le sens des réalités parce qu'il est anxieux de revoir cette Louise qui ressemble tant à Marion. Du moins, l'imagine-t-il.

***

Edmond Chatinais accueille les muletiers avec autant de chaleur que précédemment. Il se déclare satisfait des achats effectués pour lui à Saint-Étienne et Honoré voit augmenter le pécule qu'il porte, ce qui ne l'enchante nullement, mais il subordonne ses soucis à son désir lancinant de revoir Hortense. Malheureusement, les Chatinais reçoivent le lendemain et la jeune fille doit travailler auprès de sa mère dans la cuisine. Versillac n'ose pas s'y rendre. Durant la nuit, il dort fort mal et se montre grognon avec ses camarades. Au matin, le chef muletier, dépité, invite ses compagnons à quitter la Gerbière le plus tôt possible. Il sort dans la cour pour ne pas écouter les protestations de ses amis qui ne comprennent pas sa hâte à plier bagage.

Comme la première fois où il lui a adressé la parole, Versillac voit Louise à la fontaine. Il court vers elle.

— Je craignais de partir sans pouvoir te dire adieu.

— Je savais que vous étiez là, seulement je n'ai pas pu quitter la cuisine. C'est fou ce que mangent ceux qu'ont jamais faim. Vous vous en allez tout de suite ?

— Tout de suite.

— Pour longtemps ?

— Seul, Dieu pourrait te répondre.

— C'est triste...

— Oui.

Honoré s'impose un effort.

— Quel âge as-tu ?

— Dix-huit ans.

— Hélas ! j'en ai trente-quatre.

— Quelle importance si on s'aime ?

— Hortense... tu penses que si je te demandais de devenir ma femme... tu pourrais m'aimer ?

— Je vous aime déjà.

— Alors, écoute, si je suis pas de retour aux premiers bourgeons d'avril, c'est que je serai mort. Mais, ne pleure pas, petite. Je reviendrai.

Elle lui sourit à travers ses larmes.

— J'en suis sûre.

***

Elle le regarde s'éloigner derrière la couble. Elle ne pleure plus. Elle sent que celui-là ne ment pas et qu'il reviendra. Ce n'est qu'une question de patience et, de la patience, elle en a depuis qu'elle marche sans l'aide d'autrui.

Honoré devrait être heureux puisqu'il a peut-être trouvé la femme dont il rêve et pourtant il ne l'est pas, il songe à une autre blonde à qui, jadis, il avait aussi promis de revenir...

7.

Les Verdets

M. Forissier, fort content du voyage de sa caravane, souhaitait garder Honoré à son service. Le fils d'Armandine, interrogé quant à ses intentions, expliqua qu'il n'entendait pas renoncer totalement à une liberté à peine retrouvée. M. Forissier en conçut quelque aigreur. Pour l'apaiser, le garçon accepta de demeurer en attendant le complet rétablissement du chef muletier, Prosper Ricardès. En raison de cet engagement, Honoré connut l'hiver épouvantable de la Lozère où, par deux fois, il crut mourir, ses mulets et lui, enfoncés dans la neige jusqu'au ventre. Une expédition au Puy l'obligea à repasser à Mézilhac où il apprit que l'aîné des frères Chambezon était mort dans l'incendie de sa ferme tandis que son cadet, ayant survécu à un grave traumatisme crânien, n'avait plus sa raison et achevait ses jours dans un asile. A la tête de sa couble, l'ex-dragon, se rendant au-delà d'Alès, découvrit le Midi français et, un temps, il fut séduit. Toutefois, très vite, les paysages familiers et sévères où s'était déroulée son enfance heureuse reprirent possession de son cœur. Parce qu'il avait été sur le point de les trahir, il s'y attacha plus encore. Le souvenir estompait les rudesses d'une existence regrettée. Regardant couler le Gardon d'Alès, il songeait au Cerasson et les pentes des Cévennes ne l'inclinaient guère à oublier les routes montant vers le Pilat. Ce fut du côté des Vans, alors qu'au cours d'une étape, il s'était attardé dans une ferme où il avait bu du vin chaud, qu'Honoré prit clairement conscience qu'il n'était pas bâti pour cette vie errante. Il s'en ouvrit, peu après la Noël, à M. Forissier qui le reçut dans le bureau où il l'avait engagé.

— Alors, qu'est-ce qui te chiffonne, mon garçon ?

— Cette fois, je suis venu vous donner mon congé définitif.

— Ah ?... Tu as trouvé un meilleur engagement ?

— Non.

— En ce cas, pourquoi veux-tu absolument partir ?

— Je me plais pas dans ce métier comme je pensais m'y plaire.

— Pourquoi ?

— Je suis fatigué. Maintenant, je souhaite retourner dans mon pays au printemps et m'installer dans une ferme, prendre femme, avoir des enfants. J'ai assez couru sur les routes.

— Je te comprends, Honoré. Je ne dis pas que je t'approuve parce que, pour un homme, rien ne peut payer sa liberté d'homme, mais je te comprends. Moi aussi, j'ai jeté l'ancre, jadis... Quand désires-tu partir ?

— Lorsque Maître Ricardès pourra se tenir sur son mulet ou marcher avec Léonard et Jean-Baptiste.

— Tu acceptes de travailler jusqu'à ton départ ?

— Bien sûr, à condition de rester à Aubenas.

— D'accord. Tu t'occuperas de la réparation et de l'entretien des harnachements.

Délivré d'un poids qui l'étouffait, Honoré aborde l'année 1810 presque avec allégresse. L'hiver, qui enserre étroitement la ville, rend Aubenas morose. Ne tenant pas à passer des heures au café, Versillac part souvent se promener dans la campagne quand le temps le permet. Celui qu'il est devenu retrouve ce même amour de la liberté dont ne cessait de rêver l'enfant qu'il avait été. Ainsi qu'autrefois, il s'enfonce dans une solitude qu'aucune rumeur ne vient troubler sauf celle du vent, mais il a toujours aimé le vent. Enveloppé dans sa limousine, il marche dans la neige, attentif au silence dans la campagne désertée où le bruit le plus léger prend des proportions inattendues. Le fils d'Armandine s'amuse à examiner les traces laissées par les pattes d'oiseaux dont il s'efforce de deviner l'espèce. Il lui arrive, au cours de son avance paisible, de repérer les traces de petits mammifères que la faim rend imprudents. Devant une ferme, un vieil homme retourne du fumier à la fourche. Honoré reprend le chemin d'Aubenas lorsque la lumière du jour fait place à une clarté estompée où glissent des effilochures de brouillard. Semblant voler à son pas, des corbeaux accompagnent le solitaire, et la chouette pousse son premier hululement quand il est de retour à Aubenas.

Les soirées sont terriblement longues. Jean-Baptiste est au cabaret, il joue aux cartes. Seul, Léonard demeure auprès d'Honoré. C'est un triste compagnon qui bavarde peu. Un soir, il émerge de son mutisme pour demander :

— C'est vrai que tu partiras aux beaux jours ?

— Oui.

— Où tu iras ?

— J' sais pas.

— Tu pars pour partir ?...

— Exact. Pourquoi n'agirais-tu pas de même ?

Léonard hausse les épaules.

— J'ai mon malheur en moi. Je peux aller n'importe où. Il me quittera plus. Y a qu'un moyen de m'en délivrer.

— Allons, dis pas de sottises...

— J'espère qu'un jour, j'aurai le courage...

Honoré voudrait lui parler fraternellement, lui expliquer que lorsqu'on est passé par où il est passé, on juge la vie belle quelles que soient les épreuves imposées par le sort. Mais il ne trouve pas les mots qui conviendraient et, dépité, il se tait. Au fond, malgré ce qu'il raconte, n'est-il pas aussi seul, aussi dépourvu d'espérance que Léonard ? Sans doute, il y a la Louise Chambotte qui a promis de l'attendre. La défection ancienne de Marion le rend sceptique. De plus, est-ce raisonnable de lier son sort à une enfant dont il pourrait presque être le père ? Versillac se rend compte que Louise l'a troublé parce qu'elle lui a rappelé Marion. On ne bâtit pas une existence sur une ressemblance.

Février est juste à l'heure pour montrer son museau glacé. Dans ses promenades, Honoré regarde souvent le nord où se tortille le chemin menant à l'aventure. Il l'empruntera bientôt. Longeant une cour de ferme, le promeneur voit un paysan occupé à nettoyer le clapier. Sans pouvoir exprimer clairement ce qu'il ressent, l'ex-dragon est touché par les gestes du bonhomme recommençant sans cesse une besogne identique au fil des années. Il est persuadé que cette obstination sans faiblesse est ce qui l'attache le plus solidement à la terre.

Emportée dans de furieuses bourrasques, une pluie incessante fait chanter les tuiles des toits et couche la fumée sortant des cheminées. Ce tumulte précède l'arrivée officielle du mois de mars. Entre deux averses, on s'amuse à surveiller la course des nuages sombres dans un ciel gris où jouent, parfois, d'étranges lumières venues on ne sait d'où. Peu à peu, les gens s'attardent plus longuement dans leurs champs pour retrouver les besognes familières. La sève commence à bouger dans les arbres fruitiers qu'on se hâte de tailler. Honoré laisse couler doucement les jours. Il n'éprouve aucune impatience. A quoi bon ? Que l'on s'énerve ou pas, le printemps vient à son heure. Un laboureur enfonce le soc de sa charrue dans la terre où demeurent des noyaux de glace et il doit peser de tout son poids sur les mancherons. Le corps du gros cheval fume. La pluie n'arrête ni l'homme ni la bête. Ils vont à leur pas, un sac sur les épaules, un sac sur les reins. A la fin du mois, un soir, Versillac écoute chanter le coucou et se rappelle ce que lui disait sa nourrice :

> Pour Saint-Benoît
> Le coucou chante aux bons endroits.
> Si, pour Notre-Dame, il n'a pas chanté,
> Il est ou tué ou bâillonné.

A l'époque, Honoré se persuadait tout de bon que des méchants attrapaient les coucous pour les bâillonner et quand, de la journée, il n'avait pas entendu l'oiseau, il pleurait, désespéré de constater que les grandes personnes ne se portent point au secours des coucous en détresse. Dans les derniers jours de mars, l'ex-dragon rencontra un couple d'amoureux. Il passa à le frôler. Ils ne le virent pas. Ils marchaient, la main dans la main, les yeux perdus dans un monde ne s'ouvrant que pour eux. Cette rencontre meurtrit Honoré. Marion... Marthe... Augustina... Étiennette... Il les avait toutes aimées et, les unes après les autres, elles lui avaient laissé ce goût de cendre dans la bouche qui est l'amère saveur des amours mortes.

La lumière d'avril découpe les montagnes sur un ciel aux humeurs changeantes. Dans les champs apparaissent les premières fleurs dont de fréquentes ondées avivent les couleurs. Pluie et soleil alternés font croître une herbe épaisse. Dans les étables, les vaches, impatientes, mugissent. Quand on les lâche, on les croirait folles tant elles courent, sautent, se heurtent. A les regarder, on a l'impression qu'elles rient. Cette joie qui sourd à travers la nature ramène la pensée d'Honoré à Louise. Il ne lui a jamais écrit, d'abord parce qu'il ignore si elle a appris à lire, ensuite parce que lui-même n'est pas très à l'aise devant une feuille de papier blanc. Enfin, parce qu'il veut se rendre compte si elle aura été plus fidèle que les autres à la promesse faite au moment du départ. Si — comme le prévoit Versillac — la petite a oublié l'engagement pris trop vite, il n'en souffrira pas. Au contraire, il aura la consolation de trouver dans cette défection une preuve nouvelle de l'inconstance féminine et de la naïveté des hommes leur faisant sottement confiance. Et pourtant, si elle l'avait attendu ? Si elle l'attendait encore ? Elle est beaucoup trop jeune... Quinze années d'écart entre elle et lui. Elle sera en plein épanouissement physique lorsqu'il atteindra la cinquantaine et abordera les paysages desséchés de la vieillesse. Ne serait-il pas plus sage de retourner à Millau, de retrouver Étiennette ? Sans doute, pour elle, le mot vertu n'a pas beaucoup de signification. Serait-ce raisonnable de bâtir un foyer avec une luronne pour qui la vie ne doit être qu'une succession de fêtes ? Revenir à Étiennette imposerait de dire adieu à la Désirade, la demoiselle n'ayant sûrement pas la vocation de fermière. Tout bien pesé, ce sera Louise ou personne. Au cas où la fille d'Élodie aurait flanché, Versillac s'en ira du côté de son « pays », pour pouvoir en respirer l'odeur dans le vent du Midi.

Honoré aimerait ressembler, un jour, à ce couple qui, dans un champ bordé par l'Ardèche, plante des pommes de terre. L'homme et la femme, courbés, vont à pas lents, mesurés, en une sorte de danse quasi immobile qui leur fait parcourir sans cesse la même distance au fil des heures. Ceux-là ne se torturent certainement pas l'esprit avec le genre de problèmes dont Versillac ne parvient pas à se débarrasser. Ils se bornent, vraisemblablement, à penser à la récolte promise par le respect des règles immuables et du temps. L'air toujours vif a, cependant, d'étonnantes douceurs vous ôtant votre force. Les gens et les bêtes sont agités par une étrange fièvre qui, un moment, les excite au point de leur donner l'envie de s'élancer en avant, de se ruer sur d'invisibles obstacles tandis que, l'instant d'après, ils se sentent amollis et soupirent. Les vieux connaissent les raisons de ce tumulte apparemment incohérent : c'est le retour du printemps et Honoré sait que, pour lui, l'heure est venue, à nouveau, de repartir.

***

M. Forissier n'élève aucune objection. Il remarque simplement :

— Je te regretterai. As-tu un endroit où aller ?

— Vers chez moi.

— Je te souhaite de rencontrer ta chance. En tout cas, quoi qu'il t'arrive, souviens-toi que ma maison te sera toujours ouverte.

Ils se serrent la main et, après avoir embrassé Céleste, Honoré referme derrière lui la porte de la grande maison. Dehors, Jean-Baptiste guettait son apparition.

— Alors, ça y est, t'es sur le départ ?

— Oui.

— Tu me laisses dans l'ennui.

— Parce que ?

— Léonard.

— Qu'a-t-il fait ?

— Rien, justement... Il bouge pas, il parle pas et il mange quasiment plus.

— Toujours à cause de son malheur ?

— Toujours... Quand arrive la belle saison, il devient plus triste, tu comprends ? Les filles qui chantent, qui rient... Les couples... Je me demande combien de temps encore il va supporter. Vaut mieux pas que t'ailles lui dire adieu... Il t'aime bien.... Il a de l'estime pour toi... Ça lui causerait une grosse peine...

***

Le lendemain, à l'aube, Versillac sort discrètement d'Aubenas et prend la direction — empruntée quelques mois plus tôt — d'Antraygues. Il repasse devant les fermes où on l'avait salué quand il y était arrivé avec sa couble. Aujourd'hui, il ne rencontre qu'une indifférence polie, ou alors on ne le voit pas. Ainsi, presque tout de suite, Honoré doit réapprendre la solitude. Le phénomène le frappe moins qu'il ne l'aurait cru. Lorsque, à Antraygues, il s'attable avec le patron — Léon Passevit —, ils s'entretiennent de Léonard et de Jean-Baptiste. Tous deux ignorent encore que Léonard s'est pendu après le départ de son ami.

L'ex-dragon évoque aussi des souvenirs avec la Stéphanie dans l'auberge de Mézilhac. La bonne femme reparle de l'aîné des Chambezon mort dans l'incendie de sa ferme. On suppose que, trop ivre pour prendre conscience du danger, il s'est jeté dans les flammes en se figurant les combattre. Quant à son cadet, on l'a trouvé errant à travers champs, l'esprit complètement perdu. On a décrété qu'une poutre lui était tombée sur le crâne alors qu'il se proposait d'aider son frère. La Stéphanie conclut :

— Deux malfaisants de moins sur cette terre, qui s'en plaindrait ?

Arrêté au col, Honoré se dresse sur ses étriers et respire à pleins poumons. Il se retourne sur sa selle pour regarder, une dernière fois, ce pays d'Aubenas où il ne reviendra plus ; puis, ses yeux se reportent sur l'horizon s'étendant devant lui. Au loin, presque perdu dans la brume, le massif du Pilat au pied duquel, en tirant vers le Rhône, il y a Saint-Georges-Le-Jaloux. Le cavalier s'engage doucement dans la descente menant au Châtelard.

Versillac met plusieurs jours pour atteindre Devesset. Il attribue cette lenteur à une inclination subite pour la flânerie. En vérité, il a peur de se retrouver en face de Louise et, plus il approche de la Gerbière, moins il sait ce qu'il souhaite : que Louise soit demeurée fidèle à sa promesse ou qu'elle l'ait oubliée. Si elle a tenu, il sera contraint de l'épouser alors qu'il n'a pas un sou et qu'elle ne possède rien d'autre que sa jeunesse, ce que lui-même ne peut plus lui offrir. En fin de compte, si Louise a bâti son avenir avec un autre, il sera, sans aucun doute, soulagé. Toutefois, envisageant cette hypothèse, il ressent un léger pincement au cœur. Après tout, Louise est peut-être sa dernière chance de redevenir un homme pareil à tous. Puérilement, il retient sa monture pour laisser au temps la responsabilité de trancher, mais le temps ne peut que panser les plaies, pas les guérir.

Avant d'arriver à Saint-André-en-Vivarais, Honoré procède à une minutieuse toilette, enfile du linge propre et cire ses bottes après avoir bouchonné son cheval. Pourtant, le cœur lui manque presque lorsqu'il se remet en selle et il a aussitôt honte de sa faiblesse. Un dragon qui a chargé à Marengo, à Austerlitz, à Iéna ne va pas se trouver mal devant un bout de femme ! Louise n'a pas la gaieté dorée de Marion, la belle force animale de Marthe, la tendresse résignée d'Augustina, ni la joie de vivre d'Étiennette. Bercé par le pas du cheval, le fils d'Armandine se persuade que Louise ne présente rien de particulièrement attirant. Elle semble n'être que douceur et fragilité. Quand Honoré pense aux femmes qu'il a aimées, il éprouve une envie brutale de les caresser, de les embrasser, de les étendre sur un lit, Marion comme les autres depuis qu'il sait qu'elle a couché avec Philibert. Au contraire, en ce qui concerne Louise, il ne rêve que de l'attirer sur sa poitrine et de l'y bercer en glissant ses doigts dans ses cheveux.

Versillac se redresse sur sa selle en entrant dans Saint-André-en-Vivarais et des ménagères, occupées à plumer des volailles sur leurs seuils, suivent longtemps des yeux le beau cavalier qu'elles ne connaissent pas. Il n'en faut pas davantage à ces humbles créatures pour se perdre dans des songes où l'inconnu symbolise l'aventure qui leur permettrait d'échapper à leur destin morne et gris. Plus d'une, oubliant sa tâche, demeure un long moment, les mains inertes et les yeux dans le vague. Honoré s'engage dans la combe menant à la Gerbière. Très vite, il est en vue du domaine.

Apparemment, rien n'y a changé. Il est vrai que ce sont les hommes qui changent, pas la terre.

L'ex-dragon s'arrête, une fois encore, devant le portail largement ouvert. On est le 13 avril. Il est fidèle au rendez-vous fixé cinq mois plus tôt. Louise y sera-t-elle ?

***

Honoré attache sa monture au puits où il a rencontré Louise pour la première fois. D'abord, on ne lui prête guère attention tant on est habitué à voir marchands et colporteurs se montrer à la Gerbière. Ensuite, un garçon d'écurie reconnaît le nouveau venu et, bientôt, les valets rameutés lui font fête jusqu'au moment où l'un d'eux annonce qu'il court prévenir le maître. Les autres, prudemment, retournent à leurs travaux.

Edmond Chatinais ne cacha pas son plaisir de revoir Honoré.

— Alors, mon garçon, tu as abandonné tes mulets ?

— C'était pas mon vrai goût, et puis j'aime plus tellement courir les routes.

— La place de chef des écuries et des étables est toujours libre. Si le cœur t'en dit ?

— Je crois que ça me déplairait pas.

— Logé, nourri, un costume neuf, trois chemises, une paire de bottes chaque année et cinq cents francs le 15 octobre. Ça te va ?

— Ça me va.

— Tope là !

Les deux hommes se tapèrent franchement sur la main. L'accord scellé, le maître emmena Honoré chez sa femme afin de lui présenter son nouveau valet. Mme Chatinais accueillit avec gentillesse l'employé que son époux avait engagé et, profitant de ce qu'Edmond s'absentait un instant pour donner un ordre oublié, elle chuchota, malicieuse.

— Je sais pourquoi vous revenez, mais attention ! Louise est une fille propre. On ne s'amuse pas avec elle comme avec une Marguerite. Vous me comprenez ?

— Oui, madame, mais, avant de prendre une décision, il faut que je sache...

— Si elle vous est attachée ? Pour ça, vous pouvez être tranquille. Naturellement, elle ne m'a rien confié, cependant sa mère m'a avoué que son enfant comptait méticuleusement les jours la séparant de votre retour.

Lorsque le maître revint, il ne comprit pas le changement dans l'attitude d'Honoré qui, maintenant, rayonnait. Il mit cette joie apparente au compte de son engagement à la Gerbière. Bon enfant, il déclara :

— Pas question que tu te mettes au travail dès cet après-midi. Tu vas, d'abord, t'occuper de ton cheval. Mets-le dans la seconde écurie, n'importe où, il y a de la place. Ensuite, tu iras te promener à travers les communs pour te familiariser avec les lieux et si tes jambes acceptent de te porter encore, tu feras un tour dans les environs immédiats pour découvrir la Gerbière sous tous ses aspects. Tu verras, c'est une belle propriété.

Toutefois, sitôt libre, le premier soin d'Honoré fut d'aller rôder près de la cuisine d'Élodie Chambotte. En apercevant Versillac, celle-ci ouvrit la fenêtre.

— C'est-y que tu aurais faim, mon gars ?

— Mon Dieu, je mangerais bien un morceau...

— Entre... Je vais pas te laisser mourir sous mes yeux !

Du déjeuner, il restait un peu de soupe au chou et du lard. Élodie réchauffa le tout. Sur la table où Versillac avait pris place, elle déposa de quoi le nourrir solidement, puis elle s'assit près de son hôte.

— Le maître t'a engagé ?

— Je dois diriger les écuries et les étables.

— J'en connais une qui sera contente.

— Vous croyez qu'elle pense toujours à moi ?

— File le lui demander. Elle travaille au potager.

— Dites, madame Élodie...

— Quoi donc ?

— Vous savez que j'ai trente-six ans ?

— Et alors ?

— C'est plutôt vous que je devrais courtiser !

— Moi ! Une vieille de quarante ans passés !

— Ça serait plus en rapport... sans compter que vous êtes belle femme...

— T'as pas honte de dire des choses pareilles !

— Louise a que vingt ans, madame Élodie... J'ai peur de l'avenir.

— T'as tort ! L'avenir, y a que le bon Dieu qui en décide.

A la vue d'Honoré, Louise pousse un cri. Il avance vers elle tandis qu'elle recule, en répétant, hébétée :

— Vous êtes revenu... Vous êtes revenu...

— Pour toi, Louise... rien que pour toi.

Alors, elle se ressaisit et elle se jette sur la poitrine de l'ex-dragon.

— Vous êtes revenu ! J'osais pas y croire... Vous êtes revenu.

Honoré serre dans ses bras une Louise qui pleure, heureuse. Il l'écarte un peu pour demander :

— Tu m'aimes donc ?

Au lieu de répondre, elle enfouit son visage dans le gilet du garçon. Il est attendri par cette nuque frêle qui s'offre à lui.

Tous deux se taisent un long moment, seulement attentifs aux battements de leurs cœurs. Honoré pose son bras sur les épaules de Louise et l'entraîne. Ils se promènent à pas lents, sans prononcer un mot. On a l'impression qu'ils souhaitent prolonger le plus longtemps possible ce merveilleux instant qui ne reviendra pas. Un bouquet de pins sylvestres leur offre l'abri qu'ils cherchaient. Quand ils se laissent tomber sur la mousse et les brindilles, Versillac a pris sa décision.

— Louise, si je suis de retour à la Gerbière, c'est que je t'aime et beaucoup plus que je me le figurais. Si tu m'as attendu, c'est que tu m'aimes aussi, non ?

— Oh ! oui...

— Mais... m'aimeras-tu dans dix ou vingt ans ?

— Je vous aimerai toujours !

— Alors, tant pis pour toi, on va se marier.

Ils échangèrent leur premier baiser.

— Je demeurerai à la Gerbière, on célébrera les noces à la fin mai... C'est un bon mois.

— Il faudrait se dépêcher un peu plus.

— Tu es si pressée que ça ?

Elle parut embarrassée. Il n'y prit pas garde.

— C'est autre chose...

— Quoi donc ?

Louise n'a pas le temps de répondre. Les échos d'une violente dispute les empêchent de poursuivre leurs confidences. Ils se précipitent dans la grand-cour où s'ouvrent tous les bâtiments de la Gerbière. Là, Marguerite et Chatinais, face à face, s'injurient à pleine gorge. Comme par hasard, les valets et servantes trouvent tous à s'occuper sur les lieux de la querelle. Ce qu'ils attrapent des insultes échangées servira longtemps de provende pour les papotages au cours des tâches ménagères et d'aliment de choix pour les conversations du dimanche soir, à l'auberge de Saint-André. Le maître, qui s'aperçoit du manège de sa domesticité, l'apostrophe brutalement :

— Qu'est-ce que vous fichez, bande de fainéants ? Faites-moi le plaisir de retourner au travail, et vite !

Ils obéissent avec une lenteur exaspérante, dans l'espoir d'en entendre davantage. Marguerite, forte de la présence de ce public, témoigne d'une énergie inépuisable :

— T'as honte, hein ? Ça te gêne qu'ils nous écoutent ?

— Fous le camp ! Putain !

— Bien sûr ! Quand on a abusé d'une pauvre fille seule au monde, qu'on en a fait son jouet pendant deux ans, on la flanque dehors, les mains vides !

— Et tout ce que je t'ai donné ?

— Je t'ai rien donné, moi, peut-être ?

— Tu m'as vendu ce que tu donnes à qui le veut, espèce de gaupe !

— En tout cas, je suis pas une voleuse comme toi !

— Qu'est-ce que j'aurais pu te voler, gueuse ?

— Pas à moi, mais de quelle façon t'as bâti ta fortune, hein ? En achetant pour pas cher les biens de familles réduites à la misère, pendant qu'à Paris tes amis assassinaient leurs maris et leurs pères ! T'es qu'un détrousseur de morts !

La gifle que lui assène le maître de la Gerbière coupe, un instant, le souffle de Marguerite, mais elle n'est pas fille à se laisser vaincre facilement. Elle se jette sur son ex-amant, les griffes en avant, et lui lacère les joues, cherchant les yeux. Puis, des poings et des pieds, en habituée de ce genre de pugilat, elle inflige une sérieuse correction à Chatinais qui, toute honte bue, se résigne à appeler au secours ceux qu'il chassait quelques instants plus tôt. Honoré est le plus rapide et il oblige Marguerite à lâcher prise alors qu'elle est cramponnée aux cheveux de son adversaire dont une touffe lui reste dans chaque main. Tandis que Versillac étreint la furie dont l'ardeur ne se calme pas, deux domestiques relèvent Chatinais, l'époussettent et lui desserrent sa cravate pour qu'il puisse respirer plus à l'aise. Marguerite se tortille dans les bras d'Honoré en hurlant :

— Lâche-moi ! Mais lâche-moi donc, que je le crève, ce pourri !

Ayant recouvré son sang-froid, le maître donne ses ordres.

— Honoré, surveille la garce. Toi, Beaurepaire, envoie Lison et Toinette dans la chambre de cette saleté, qu'elles rassemblent ses affaires et les apportent ici. Après, tu brûleras du soufre dans cette pièce pour la désinfecter.

Marguerite sursaute.

— Désinfecter ! comme si j'avais des maladies ! Quand tu

venais gratter à ma porte, la nuit, pareil à un matou en chaleur, tu pensais pas à désinfecter mon lit, salaud !

Profitant de ce que Versillac la maintient, Chatinais administre une nouvelle paire de gifles à Marguerite et le garçon crie :

— Ah ! non...

Edmond toise Honoré :

— Qu'est-ce que ça signifie ce NON ?

— Je peux pas accepter que vous frappiez une femme qui est dans l'impossibilité de se défendre !

— Voyez-vous ça ! Et pourquoi ne peux-tu accepter ?

— Par respect pour votre dignité.

Marguerite pleure et le maître, que les larmes de son adversaire assurent de sa victoire, se reprend :

— Tu as raison, mon garçon, je ne tiens pas à me salir plus longtemps avec cette guenille. Fais atteler le tombereau aux ordures, mets-la dedans avec son paquet et va la déposer devant l'église de Saint-André. Là, elle se débrouillera.

Marguerite s'écrie :

— Le tombereau aux ordures !

— C'est ce qui te convient, salope !

Ils ne disaient rien, mais tous estimaient que le maître exagérait. Ils allaient se retirer pour ne pas assister au départ de Marguerite quand Mme Eugénie, fendant la troupe des assistants, vint se placer entre son mari et son ancienne maîtresse.

— Edmond, tu n'as pas le droit !

Sidéré par l'intervention inattendue, Chatinais demeure coi un instant, puis s'emporte :

— De quoi te mêles-tu ?

— De ce qui me regarde ! Je te défends de traiter Marguerite de cette façon !

— Tu me défends, toi ? Tu te permets de...

— Elle t'a donné du plaisir, n'est-ce pas ? Tu lui as sans doute juré que tu l'aimais et, maintenant, tu la chasses dans le plus ignoble appareil ! Le tombereau aux ordures !

— C'en est une !

— Il faut croire que tu te plais dans l'ordure, alors ? Honoré, attelez ma voiture et emmenez cette pauvre enfant chez M. le curé de Saint-André. Je suis certaine que, dans sa grande bonté, il saura ce qu'il convient de décider, et peut-être retrouvera-t-elle le droit chemin à condition que Dieu écarte de sa route des hommes comme mon mari. J'imagine que tu n'as pas un sou, Marguerite ?

— Non.

— Tiens, voilà trois napoléons pour t'aider à te retourner.

— Merci, madame, et... et pardon...

— Ce n'est pas à toi de me demander pardon.

Edmond Chatinais tourna les talons sans ajouter un mot et partit vers son refuge, une pièce bien située, lui permettant d'avoir l'œil sur tout ce qui se passait chez lui, à la façon du capitaine de navire sur sa dunette. Eugénie, son époux disparu, s'adressa aux valets :

— Allez à vos besognes, mes enfants, et oubliez les vilaines choses que vous avez vues et entendues.

Ils s'écartèrent sans la moindre réflexion. Tandis qu'ils s'égaillaient dans toutes les directions, la maîtresse de la Gerbière dit à Versillac :

— Merci, mon garçon. Tu as évité — ou presque — à mon mari de se déshonorer publiquement.

Marguerite chuchota :

— J'ai honte, mais je pouvais pas agir autrement. Quand le maître veut quelque chose...

— Je sais, hélas !... Honoré, tu avertiras le curé que j'aimerais bien recevoir sa visite.

En se retirant, Mme Chatinais tapota, au passage, la joue de Louise.

— Je crois que tu as bien choisi, petite.

***

L'abbé Gérard Montfol — une sorte d'ascète inspirant le respect même aux impies — ressemblait aux spectres dont on parle dans les veillées et qui retardent le sommeil des plus crédules. Très grand, très maigre, l'œil aussi noir que sa soutane, le verbe haut et fulminant, il ne redoutait personne. Craint du préfet, écouté par son évêque, il ne dissimulait pas ses opinions monarchiques auxquelles, peu à peu, on se ralliait au fur et à mesure que l'étoile impériale pâlissait. Me Esperandieu, notaire à Tence, affirmait que le curé de Saint-André-en-Vivarais devait ressembler à Savonarole. La bonne compagnie l'approuvait sans savoir exactement de qui il parlait. Âgé d'une cinquantaine d'années, M. Montfol vivait avec Apolline Grazac dont les quatre-vingts ans rendaient vaines les plus hypothétiques et délirantes calomnies. L'abbé ne cachait pas son attachement à l'Ancien Régime, sa haine des Républicains et son mépris pour l'usurpateur. Depuis longtemps il aurait été déplacé s'il n'avait joui de la confiance de son évêque qui partageait ses opinions et ses espérances, lequel évêque cousinait avec un haut fonctionnaire de l'administration impériale, ce qui lui permettait d'amortir les intempérances de langage de son vicaire.

Debout sur son seuil, M. Montfort, qui ressemblait à un grand oiseau noir, impressionnait Versillac.

— Que veulent ces deux-là ? Toi, je te connais : tu es Marguerite, de la Gerbière, hein ? Et toi, garçon ?

— Je viens d'arriver à la Gerbière.

— Tu es croyant ?

— Oui.

— Tu assistes à la messe ?

— J'y allais quand j'étais pas occupé à sabrer de l'Autrichien, du Russe ou du Prussien.

— Ancien soldat, hein ?

— Neuf ans chez les dragons.

— Et avant ?

— Je me suis battu pour le roi contre les Républicains dans la Cévenne jusqu'au jour où j'ai été gravement blessé.

— Entrez tous les deux.

L'abbé les introduisit dans une pièce sombre et parcimonieusement meublée.

— Asseyez-vous... Apolline ?

On entendit une espèce de chuintement dû à des savates traînées sur le plancher, la porte s'ouvrit sur un couloir obscur et une vieille femme (qui parut à Honoré avoir plus de cent ans) se montra sur le seuil. Dans le visage en ruine, qui n'était plus que rides et plis, brillait la lumière de deux petits yeux noirs au regard vif. Elle examina les visiteurs et se contenta d'un bref commentaire :

— Tiens ! La catin de la Gerbière... C'est-y que t'aurais dans l'idée de l'épouser, mon gars ? Dans ce cas, faut croire que t'aimes le travail tout fait !

Une fois encore, Marguerite sanglota et le curé tonna :

— Apolline ! Comment oses-tu, en ma présence, insulter une créature de Dieu et moquer l'Évangile ?

— Moi, je moque ?...

— Malheureuse ! Ne jugez pas et vous ne serez pas jugé ! Et ne te rappelles-tu plus que Jésus a pardonné à la Madeleine ?

— Eh ben ! si vous voulez mon avis, c'est pas ce qu'Il a fait de mieux !

— Tu blasphèmes, à présent ? Apolline, je crains que, pour

l'heure, tu ne sois la proie du démon, aussi je t'interdis de t'approcher de la table de communion jusqu'à l'Ascension !

— Vous pouvez pas !... Et si je meurs avant ?

— Tu iras rejoindre en enfer les méchants de ton espèce ! En attendant, apporte-nous le flacon de ratafia et trois verres.

La vieille sortit en grommelant que c'était pécher, pour un prêtre, de boire avec une sans pudeur pareille.

Lorsque l'abbé et ses hôtes eurent goûté le ratafia, M. Montfol s'enquit :

— Que s'est-il passé, Marguerite ?

Noyée dans ses larmes, la jeune femme se révéla incapable de conter sa pitoyable aventure. D'une voix paternelle, le curé conseilla :

— Viens, Marguerite. Je vais te conduire à l'église et tu prieras le bon Dieu pour qu'Il te pardonne tes fautes. Tu sais qu'Il peut tout entendre, tout comprendre. Prie-le avec ton cœur. Lui seul t'aidera à trouver un nouveau chemin.

Ils s'en allèrent, abandonnant Honoré. Au bout d'une dizaine de minutes, le prêtre revint.

— Je l'ai confessée. J'espère qu'à présent, sa faute l'écrase un peu moins. Je l'ai connue, il y a six ans, à son arrivée à la Gerbière. Une bonne petite. Tu es au courant de son malheur, bien sûr ?

— Un peu. Il y a, en plus, ce que j'ai vu, entendu, et le reste. J'avais pas besoin qu'on m'explique, c'était facile à deviner... Trop facile.

— Je t'écoute.

— Oh ! c'est très simple. Quand une fille dépourvue de tout, sans la moindre défense, tombe chez un patron qui est un vrai bouc, comment pourrait-elle lui résister ? Elle est désarmée et personne se porte à son secours.

— J'étais là et Dieu avec moi, si elle nous avait appelés à l'aide ! J'ai cru comprendre qu'on l'a renvoyée ?

Pour le prêtre, Honoré fit le récit des dramatiques circonstances du départ de Marguerite, les échanges d'injures et, finalement, les gifles assenées par le patron à la servante immobilisée. Le curé gronda :

— Le maudit !

— Pensez qu'il voulait que je vous l'amène dans le tombereau qui sert pour les ordures ! Mais la maîtresse est arrivée et tout est redevenu... je sais pas comment dire... plus clair, plus propre...

— Tu as trouvé le mot qu'il fallait. Toi, pourquoi es-tu venu à la Gerbière ?

— A cause d'une fille.

M. Montfol leva les bras au ciel.

— Lui aussi ? Mais qu'avez-vous donc tous, Seigneur !

— Je tiens pas à mourir seul et j'ai déjà trente-six ans.

— Qui est-ce ?

— Louise Chambotte.

— Celle d'Élodie ? Alors, tu ne pouvais mieux choisir. C'est une fille sérieuse. Elle t'aime ?

— Elle me l'a dit.

— Et toi ?

— Je veux qu'elle devienne ma femme sitôt que j'aurai un peu d'argent.

Ils burent encore une goutte de ratafia et M. Montfol s'enquit ·

— Après ce que tu m'as rapporté du comportement du maître de la Gerbière, ne crains-tu pas qu'il s'en prenne à Louise ?

— Pour lui, vaut mieux pas.

— Parce que ?

— Parce qu'alors je le tuerais !

***

De retour à la Gerbière, Honoré bouchonna le cheval dételé et Chatinais le rejoignit.

— Tu as laissé la garce à l'église ?

— Entre les mains du curé.

— Grand bien lui fasse ! Je tenais à te préciser autre chose d'important, mon garçon, et que tu seras avisé de ne pas oublier désormais : ici, c'est moi et moi seul qui commande. Lorsque j'élève la voix, je ne supporte pas que quelqu'un fasse de même. Tu as compris ?

— Je pense, oui.

— Tu y as intérêt si tu souhaites rester à la Gerbière.

Sur ce conseil, le maître s'éloigne et Versillac s'interroge pour décider s'il aura ou non la patience de supporter encore longtemps ce tyran campagnard. Sans la Louise, il sellerait son cheval et repartirait à l'aventure. Louise ne se doute pas de ce qu'il s'impose pour elle. Mais, par Dieu, que l'autre ne s'avise pas de toucher à la petite ! L'ex-dragon a passé trop d'années à tuer des hommes qu'il ne connaissait pas, qui ne lui avaient rien fait, pour hésiter si Chatinais osait ennuyer Louise.

Versillac s'en va avertir la maîtresse de la Gerbière que M. le curé boira volontiers une tasse de chocolat en sa compagnie dans les jours à venir. Sa mission achevée, le garçon part vers celle que, maintenant, il sait aimer. Pour lui, désormais, Marion a rejoint Armandine et n'appartient plus à la terre. Il abandonne Marthe à ses remords et à ses mortifications, Augustina à sa mélancolie. Quant à Étiennette, elle n'a été qu'un déjeuner de soleil. Il ne reste donc plus que Louise pour l'aider à fonder ce foyer auquel il aspire.

Chaque soir, les amoureux se retrouvent dans un endroit discret et Honoré redit les vieux mots, les mots de toujours qu'il ne se croyait plus capable de prononcer. Ravie, Louise écoute ce chant maladroit qui, pour elle, a l'attrait de la nouveauté. Semblables à tous ceux qui s'aiment, ils restent souvent silencieux, regardant la nuit manger peu à peu le décor familier, et la disparition des dernières lueurs du jour les emplit d'un sentiment étrange de fragilité, d'insécurité. L'éclat des premières lampes les rassure et leur redonne confiance dans l'avenir.

Le dimanche qui suit le départ de Marguerite, Élodie convie Versillac à dîner avec sa fille et elle. En passant devant la cuisine, Chatinais les aperçoit tous les trois. Il en marque de l'humeur et entre pour demander brutalement à Honoré.

— Qu'est-ce que tu fabriques ici ?

Élodie répond pour son hôte.

— Je l'ai invité à manger avec nous.

— Pourquoi ?

— Parce que ça me dit, voilà tout.

— Honoré, quand tu es à la Gerbière, tu dois rester avec tes camarades.

— C'est une règle ?

— Exactement.

— Je pensais que le dimanche, on avait permission d'agir à son idée.

— A la Gerbière, on fait ce que je veux et uniquement ce que je veux.

En arrivant, tout échauffé, dans le salon où sa femme est penchée sur une tapisserie, Chatinais estime nécessaire de lui confier la scène de la cuisine mais, loin de s'indigner, Eugénie prend la défense de Versillac.

— J'ai beaucoup d'estime pour Honoré et, si Élodie a envie de jouer un peu à la dame, où est le mal ?

— Il s'agit bien d'Élodie ! C'est autour de Louise que ce garçon est en train de tourner !

— Et alors ? Serais-tu jaloux ?

— Moi ? Tu es folle !

— Dans ce cas, pourquoi ne laisses-tu pas ces deux jeunes gens agir comme ils l'entendent ?

— Ce sont mes affaires !

Mme Chatinais regarde longuement son époux avant de remarquer, apitoyée :

— Mon pauvre ami, si tu te voyais...

— Prends garde, je...

— Tais-toi !

Il la contemple, les yeux ronds. La première fois depuis trente ans qu'elle ose... Il en bégaie :

— Tu... tu... te permets de... !

— Edmond, il y a trente ans que tu parles et que tu commandes, trente ans que j'écoute et que j'obéis. Aujourd'hui, je te dis que ça suffit.

— Ce n'est pas possible ! Tu as perdu la tête !

— Depuis des années, tu te conduis comme une vieille bête lubrique. Toutes les femmes étaient bonnes pour satisfaire ton vice ! Tu m'as meurtrie à jamais parce que moi, je t'aimais... Tu m'as humiliée comme je ne supposais pas qu'on pût l'être... Je n'ai pas protesté, car celles qui te cédaient ne valaient pas mieux que toi !

— Tu as fini ?

— Pas encore. J'ai eu le temps de me résigner et, maintenant, je te laisse à ta boue.

— Attention ! Je vais me fâcher !

— Edmond, un conseil : ne pose pas tes sales pattes sur Louise, sinon c'est moi qui me fâcherai.

— Tu n'espères pas m'intimider, tout de même ?

— Tu auras peur le jour où j'aurai ameuté le pays contre toi ! S'il le faut, j'irai réclamer l'aide du préfet, de l'évêque, en leur affirmant que tu es fou et qu'il faut t'enfermer.

— Tu me détestes à ce point-là ?

— Je ne te déteste pas, je te méprise.

***

A la Gerbière, l'atmosphère devenait de plus en plus lourde. Tous ceux qui y vivaient avaient la certitude que quelque chose — sur la nature de laquelle ils n'étaient pas fixés — ne tarderait pas à se produire. Cependant, ils se montraient unanimes dans leur conviction que l'événement nuirait à la marche du domaine. Le dimanche, — à part les plus vieux domestiques qui gardaient la ferme — la maisonnée entière se rendait à la grand-messe et, ce dimanche-là, ainsi qu'à l'accoutumée, les maîtres partirent les derniers dans la voiture personnelle de Chatinais, une voiture légère et rapide que tirait Fifi, un gris pommelé de cinq ans. Les valets et les servantes gagnaient Saint-André-en-Vivarais à pied. Pendant l'office, les propriétaires de la Gerbière occupaient les places jadis réservées aux seigneurs du lieu. Les femmes se groupaient par familles, liens de parenté ou, mieux encore, par voisinage. Les hommes se tenaient debout, au fond de l'église. Cette messe dominicale ressemblait à toutes celles qui l'avaient précédée. Le prêtre répétait les gestes traditionnels sur un fond de prières murmurées. A intervalles réguliers, le maître d'école tentait de secouer l'apathie de cette foi médiocrement exprimée par un cantique que chantaient les enfants et les femmes. Quant à M. Montfol, c'est à peine si on y prêtait attention, chacun pensant à ses soucis ou aux plaisirs escomptés pour la journée. Après le Pater et l'Ave psalmodiés sans grande conviction, le curé lut l'Évangile et ne réussit pas, pour autant, à secouer l'atonie de l'assistance, mais quand s'étant signé il tonna :

— Mes frères, mes sœurs, je ne suis guère satisfait de votre conduite et plus particulièrement de celle de l'un d'entre vous...

...l'attention s'éveilla. Ces âmes simples devinaient une promesse de scandale dans l'exorde du prêtre et s'en réjouissaient comme de l'annonce d'un divertissement susceptible de fournir matière à des conversations passionnées qu'on arroserait de chopines de rouge.

— Parmi vous, il y en a un qui bafoue ouvertement les commandements du Seigneur et notamment celui qui ordonne : « Œuvre de chair ne désireras que dans le mariage seulement », « Luxurieux point ne seras de corps ni de consentement. » Ah ! mes amis, il est là, parmi vous, celui qui trahit les promesses de sa première communion ! Il est là, il m'écoute, et il n'éclate pas en sanglots ! Il m'écoute et il ne court pas se jeter au pied de l'autel pour demander à Dieu le pardon de ses crimes ! Malheureux, ne comprends-tu pas que si le Seigneur te rappelait à Lui dans l'heure qui suit, c'est-à-dire avant que tu n'aies eu le temps de te repentir, tu serais précipité à jamais dans les flammes de l'enfer ?

Une telle perspective asséchait la gorge de plus d'un dans l'assistance. Des femmes pleuraient, songeant à leurs défunts dont quelques-uns peut-être se trouvaient dans la géhenne si le Fils n'avait pas intercédé auprès du Père afin d'apaiser Son courroux.

On ne comptait pas trop sur le Saint-Esprit, car on comprenait mal sa place dans la Sainte Trinité. Chatinais savait qu'autour de lui nul n'ignorait qu'il était l'impie dénoncé par M. Montfol. Il en tremblait de honte et de rage. Livide, il essuyait son front baigné de sueur et tentait de se calmer en rêvant de vengeances extraordinaires.

— Celui que je dénonce ici se figure que l'or donne tous les droits ! Il joue de la misère de son prochain pour imposer une volonté n'ayant pour corollaire que l'abjection et le déshonneur ! Devant tous ceux-là qui sont rassemblés dans la demeure du Père, je dis à celui que j'adjure de se reprendre : si tu ne te soumets pas, si, comme Lucifer, tu préfères ton orgueil à la Parole divine, je demanderai à Monseigneur l'Évêque de jeter l'interdit sur tes biens et sur les gens qui les travailleront !

Un long murmure courut parmi les fidèles. En dépit des guerres incessantes, de la destruction d'une société, l'Église restait, pour le monde rural — qui, bien plus que le peuple citadin, vit en contact étroit avec le ciel —, l'ultime refuge de l'homme sur la terre et sa seule consolatrice. On n'aimait pas Chatinais à cause de sa richesse, de sa morgue, de ses mœurs. On le craignait. Maintenant que le curé l'attaquait publiquement, on le redoutait déjà beaucoup moins. Le maître de la Gerbière était assez conscient de cette haine, dont il entendait la lourde respiration derrière lui, pour ne point abandonner son banc et s'en aller. A la fin de l'office, tandis que les paroissiens de l'abbé Montfort gagnaient la placette s'étendant devant le porche, Edmond se précipita à la sacristie où le prêtre ôtait ses vêtements sacerdotaux.

— Qu'est-ce qui vous a pris, l'abbé ?

— Rappelez-vous, M. Chatinais, que même ici vous êtes sous le regard de Dieu. Je vous conseille donc de mesurer vos paroles.

— A quoi rimait cette algarade ?

— Au fait que vous vous conduisez comme un pourceau. Tout le monde, dans le pays, parle, avec horreur, de votre lubricité, de vos dépravations. Moi, je ne peux plus vous supporter, vous êtes un danger pour le troupeau dont j'ai la garde.

— Vous n'envisagez cependant pas de m'éliminer ?

— Non, mais de vous ruiner. Personne ne fera fructifier vos terres et ce ne sera plus un péché que de vous voler.

En rejoignant sa femme, Chatinais l'avertit que, dès le lendemain, il irait à Privas se plaindre au préfet. Il ignorait que

M. Montfol était déjà parti après avoir écrit une longue lettre qu'un de ses paroissiens se chargea de porter à l'évêché.

***

M. Fernand de la Frache — le préfet — vivait benoîtement dans sa bonne ville de Privas. Il avait horreur des gens qui, troublant l'ordre dans son département, l'obligeaient à sortir de son train-train quotidien. Il avait déjà à supporter Hermine, son épouse, une pleurnicheuse. Cette dame, en effet, ne cessait de sangloter sur leur sort au cas où Louis XVIII récupérerait le trône de ses ancêtres si mal défendu par son frère aîné. En toute bonne foi, Hermine croyait que le retour des Bourbons la mènerait directement à l'échafaud. Dans sa jugeote très limitée, elle estimait cependant qu'il ne fallait, à aucun prix, se mettre mal avec l'Église qui, par tradition, se voulait favorable à la monarchie.

Son mari étant occupé, Hermine reçut l'abbé Montfol. Elle le connaissait de réputation, mais quand elle le vit devant elle, avec son visage osseux où brillaient des yeux semblant vous pénétrer jusqu'à l'âme, elle devina qu'elle devait absolument se faire un allié de ce soldat de Dieu. Ce que le curé de Saint-André-en-Vivarais raconta à la femme du préfet la convainquit de la méchanceté de Chatinais. Elle fit tant et si bien que lorsque ce dernier se présenta — le lendemain — en fin de matinée à la préfecture, il fut reçu très sèchement par M. de la Frache lui-même.

— Je sais qui vous êtes, monsieur Chatinais. Je connais assez mon département pour ne point ignorer Saint-André-en-Vivarais et celui qui est le seigneur de la région. Pourquoi cette visite, Monsieur ?

Chatinais conta l'incroyable attaque dont il avait été victime, en plein office dominical, de la part du curé du lieu, M. Montfol.

— Soutiendriez-vous, Monsieur, que cet abbé vous a calomnié ?

— C'est-à-dire...

— N'essayez pas de m'abuser, s'il vous plaît. Je suis au courant de vos mœurs déplorables alors que vous devriez donner l'exemple, de ces filles que vous obligez à vous céder parce que vous avez l'argent qu'elles n'ont pas. Ce n'est guère joli, cela, Monsieur. Je crains, si vous ne vous amendez pas, d'être obligé de vous mener la vie dure, voire de vous rendre intenable votre séjour à la Gerbière. Bonjour, Monsieur.

Sur ces mots, le préfet se lève et regagne son appartement,

laissant un Chatinais complètement désemparé au point que l'huissier doit lui tapoter l'épaule pour le ramener à la réalité et l'aider à gagner sa voiture que conduit Honoré.

Pendant le parcours du retour, le maître de la Gerbière ne desserre pas les dents. Quand sa femme découvre son visage, elle ne demande aucune explication et se réfugie, à son tour, dans un mutisme total. C'est seulement à table que Chatinais se laisse aller à la fureur qui l'habite depuis qu'il a quitté Privas. Brutalement, il repousse son assiette et affirme d'une voix frémissante :

— Ce préfet est un Jean-foutre !

Eugénie ne répond mot. Elle juge préférable de le laisser aller son train.

— Il m'a reçu comme un valet indélicat et m'a presque mis à la porte !

— Pourquoi cet affront ?

— Parce que son siège avait été fait, évidemment ! par l'abbé Montfol ou ses amis. D'ailleurs, tu as constaté la façon dont ce maudit prêtre s'est conduit à mon égard durant la messe ?

— Il te serait facile, Edmond, d'imposer silence à tous ces censeurs en pensant un peu plus à ton âge et un peu moins aux filles.

— Naturellement, tu me donnes tort ! Ces histoires de jupons ne sont que des amusettes. Mais tu es trop heureuse d'épouser la méchante querelle de ton Bon Dieu de curé ! Seulement, je t'avertis, ça ne va pas se passer aussi facilement ! Je me propose d'apprendre à ce porteur de soutane qu'on ne traite pas Edmond Chatinais à la façon d'un garçon d'écurie ! Dès demain, je rendrai visite à l'évêque et on verra bien s'il osera soutenir son curé crotté contre moi !

— Prends garde, mon ami. N'oublie pas la manière dont t'a reçu le préfet.

— Un évêque est autre chose qu'un fonctionnaire !

Le lendemain, alors que le maître ordonnait d'atteler dans le but de gagner l'évêché, un courrier arriva à bride abattue. Il demanda M. Chatinais. Mis en présence de ce dernier, il lui annonça qu'il lui apportait une lettre de Monseigneur et qu'il n'y avait pas de réponse. Il repartit sans même accepter un verre de vin. Tous les assistants comprirent alors que cet homme n'était pas venu en ami.

Dans son bureau, Chatinais lisait et relisait le billet qu'on lui adressait.

« Mon très cher fils. — Nous sommes navré des vilaines nouvelles que nous donne M. le curé de Saint-André-en-Vivarais qui a toute notre confiance. Votre conduite dissolue est une gangrène risquant de pourrir une population qui nous est chère. Nous prierons le Seigneur pour qu'Il vous aide à vous repentir et à faire pénitence. Dans le cas contraire, j'autoriserai M. Montfol à jeter l'interdit sur votre domaine avec toutes les graves conséquences en découlant. Jean — Évêque. »

Pendant quelques jours, on crut, tout de bon, que durement atteint, Chatinais avançait sur le chemin de la rédemption et que, désormais, les servantes de la Gerbière n'auraient plus rien à craindre. Pour tous, ce fut un vrai soulagement.

***

Honoré et Louise se rencontraient chaque soir avec la complicité d'Élodie qui recevait souvent l'amoureux de sa fille. Le dimanche appartenait — à partir de quatre heures — aux deux jeunes gens qui, dans un coin discret, se disaient ce que disent les garçons et les filles quand ils s'aiment et qu'ils croient inventer. Versillac prit vraiment conscience de son attachement à Louise le jour où il lui parla de la Désirade, le domaine imaginairc qu'il portait en son cœur. Elle l'écouta avec le regard extasié qu'avaient eu les autres en entendant décrire la ferme où Honoré promettait de les installer, un jour...

Le troisième dimanche de mai, Edmond Chatinais, à l'heure de la sieste, ne pouvant dormir, s'en alla faire un tour dans les communs. Avec Eugénie et sa piété sévère, le maître s'ennuyait. La sagesse lui pesait et il poussait de gros soupirs en pensant aux moments agréables vécus avec Marguerite. La privation et le souvenir emplissaient l'esprit d'Edmond d'images lascives lui mettant des fourmis dans tout le corps. Un méchant hasard voulut que ses pas l'amenassent là où Louise — trop occupée à penser à son bonheur d'aimer et d'être aimée pour dormir — rêvassait, le cheveu défait et le corsage entrouvert afin de lutter contre les premières chaleurs aussi soudaines que pénibles. En découvrant la jeune fille, Chatinais, aussitôt repris par ses anciens démons, se glissa près d'elle, la retint quand elle voulut s'esquiver et tout en lui promettant n'importe quoi si elle acceptait de se donner à lui, se mit à la lutiner. La petite se débattait autant qu'elle le pouvait, mais le maître de la Gerbière était un sexagénaire robuste dont la passion augmentait la vigueur.

Sentant sous ses doigts la poitrine menue, Chatinais ne se contint plus et, se jetant sur sa victime, essaya d'arracher ses vêtements. Louise se mit à hurler. Pour tenter de lui imposer silence, Edmond écrasa sa main au poil roux sur la bouche de Louise qui la mordit. Il se disposait à la gifler, quand il fut tiré en arrière, soulevé de terre et envoyé s'étaler dans l'herbe. Avant qu'il n'ait pu se remettre sur ses pieds, Honoré l'attrapant par le col de son habit commença à l'étrangler. Affolée, Louise se remit à crier. Bientôt, craignant un accident, on accourut de tous côtés. Le curé de Saint-André qui arrivait à la Gerbière, répondant à l'invitation d'Eugénie, se montra le plus prompt à séparer les antagonistes, évitant ainsi à Chatinais de recevoir une solide raclée. Le maître de la Gerbière retrouva difficilement sa respiration et quand il y parvint, ce fut pour clamer d'une voix rauque :

— Vous êtes tous témoins ! Il a osé porter la main sur moi ! Un assassin, voilà ce qu'il est ! Marnaud, selle un cheval et file chercher les gendarmes !

M. Montfol intervint :

— Un moment !

Le valet suspendit son élan et le curé interrogea Versillac :

— Pourquoi ?

Sans répondre, l'amoureux de Louise désigna de la main l'endroit où sa fiancée était encore cachée, à la vue des autres. Ils s'y portèrent tous, sauf Chatinais qui se massait la gorge. Mme Eugénie et Élodie étaient venues se mêler aux curieux. En découvrant la jeune fille pleurant à chaudes larmes, décoiffée, le corsage déchiré, la jupe en partie retroussée, M. Montfol s'exclama :

— Seigneur !

Élodie, soudain, n'était plus la cuisinière que l'on aimait pour son humeur égale. Elle était la mère dont on avait attaqué l'enfant. Elle tomba à genoux pour prendre Louise dans ses bras. Et tandis qu'elle remettait de l'ordre dans les vêtements de sa fille, elle demanda, d'une voix qu'on ne lui connaissait pas :

— Qui a fait ça ?

Louise, levant une main tremblante, montra Edmond :

— Lui...

Tous, ils se retournèrent pour regarder Chatinais qui n'en menait pas large. Élodie vint lui cracher dans la figure, en hurlant :

— Pire qu'une bête ! Voilà ce que vous êtes !

Le maître s'essuya du revers de sa manche et gronda :

— Tu me paieras ça, garce !

Alors, le curé prit la parole et s'adressa au personnel :

— Je refuserai la communion et tous les sacrements à ceux qui, après la Pentecôte, continueront à travailler pour ce maudit ! A son tour, il pointa un doigt vengeur vers Edmond qui ne savait plus trop quelle attitude adopter. Le prêtre s'en prit ensuite à Honoré.

— Dis, devant tous, pourquoi tu entendais te battre pour Louise ?

— Parce que je l'aime et qu'elle m'aime. Avec la permission de Mme Élodie, nous nous marierons tout de suite, si...

Le curé :

— Si ?

— Vous le savez bien, si j'avais les sous pour la noce.

Eugénie Chatinais s'avança alors et déclara :

— M. l'abbé, mariez ces enfants au plus tôt. Je paierai la noce et j'offre de plus une bourse de 500 francs à Louise pour sa dot. Quant à Honoré, je lui fais cadeau du vieux char à banc auquel il attachera son cheval pour emmener sa femme et, je le suppose, Élodie.

La cuisinière, enrouée par les larmes, croassa :

— S'ils veulent de moi... Mais j'aurai de la peine de vous quitter, maîtresse.

— Tu ne seras pas la seule.

Le curé fit promettre aux fiancés de venir se confesser dès le lendemain. Il fut chargé, par Mme Eugénie, de commander à l'aubergiste de Saint-André le repas de noces où le personnel de la Gerbière était convié.

Durant les jours qui suivirent, une atmosphère étrange régna à la Gerbière. On n'y parlait pas, on n'y chantait plus. Quand les valets et les servantes avaient quelque chose à se confier, ils chuchotaient. Un étranger, survenu inopinément, aurait pu penser qu'un mort dormait dans la maison des maîtres. Chacun accomplissait sa besogne quotidienne et rien de plus. Lorsque Chatinais s'avisait d'ordonner une tâche quelconque, non seulement on ne l'écoutait pas, mais encore on ne s'arrêtait pas. On feignait même de ne pas le voir. Devant ces regards vides, le maître avait l'impression d'être devenu transparent. A plusieurs reprises, la colère l'emportant, il avait levé le bras pour châtier les insolents, toutefois la prudence l'avait obligé à se contenir. Il se doutait que ceux à qui il s'adressait n'auraient pas hésité à lui rendre ses coups. C'était, dans l'ensemble, de solides gaillards, des filles robustes. Remâchant sa haine, il rentrait chez lui, où le calme apparent d'Eugénie tout à la fois le déconcertait et l'irritait. Cependant, il mettait un point d'honneur à ne pas briser le silence qui s'était instauré entre eux. Le matin du jour où Louise et Honoré devaient unir leurs destinées, Chatinais n'ouvrit pas la bouche quand son épouse, vêtue de ses plus beaux atours, ordonna d'atteler.

Mme Chatinais partie, le reste du personnel ne tarda pas à filer. Edmond resta seul. Il passa dans les écuries, dans les étables et s'en fut contempler les futures moissons. Il constata, avec plaisir, que tout se présentait au mieux. Mais qui moissonnerait ? Qui engrangerait ? Qui s'occuperait des bêtes ? La grande solitude promise, en dépit de ses fanfaronnades, effrayait le maître de la Gerbière. D'un coup, il se sentait très vieux et, s'asseyant sur une grosse pierre, il pleura.

Grâce aux subsides de Mme Chatinais et à son zèle pour soutenir les victimes d'Edmond, l'abbé Montfol avait bien fait les choses. Au cours d'une messe carillonnée où avaient chanté les enfants du catéchisme et les pieuses femmes de la commune, le curé avait béni le nouveau couple. Louise et sa mère rougirent lorsque le prêtre les cita en exemple à ses paroissiens. Honoré, débarrassé de ses fantômes, se persuada qu'il arrivait, enfin, au bout de sa longue et pénible route entamée le jour où il avait quitté Saint-Georges-le-Jaloux. Toutefois, ses tribulations n'étaient pas terminées pour autant. Désormais, il avait deux femmes à sa charge et il ignorait sous quel toit il les abriterait. La pauvre Louise ne se doutait pas qu'elle risquait de passer sa nuit de noces à la belle étoile.

Philémond Trimoulet, l'aubergiste de Saint-André-en-Vivarais, avait fait appel aux cuisinières les plus réputées du pays pour préparer un repas qui ne décevrait pas Mme Chatinais et contenterait M. Montfol qu'il redoutait quelque peu. On passa à table à midi, tout de suite après l'Angélus. Sur les fourneaux de Trimoulet, les volailles tenaient compagnie aux gigots et aux lapins. Des vieilles femmes mettaient la dernière main aux pâtisseries traditionnelles et Joseph, le fils du loueur de chevaux, ne cessait de remplir des pichets de vin du Rhône. Au début, la présence du curé, jointe à celle de Mme Eugénie, gela l'atmosphère mais, très vite, valets et servantes de la Gerbière se laissèrent aller au plaisir d'une aussi belle journée. Les jeunes mariés présidaient, entourés de Mme Chatinais et d'Élodie. Le prêtre leur faisait face. Au dessert, les visages étaient tous plus ou moins empourprés. Le vin aidant, on avait envie de chanter et de danser.

La Toinette, sans cesse la plus prompte aux jeux, ne se fit pas prier longtemps pour égrener les paroles de « La bergère au champ », pastourelle née au pied du Gerbier-de-Jonc. La petite possédait une voix légèrement acide, mais limpide.

Il y a rien de si charmant
Que le berger aux champs
Quand voit venir la pluie oh !
Désire le beau temps
Afin que la bergère
Puisse passer son temps.

Garçons et filles, sensibles au chant, comme tous les cœurs simples, écoutaient en silence.

Quand la bergère entend
La voix de son amant
Elle prend sa coiffurette oh !
Et son blanc cotillon,
S'en va ouvrir la porte
A son berger mignon.

Les plus jeunes se donnaient des coups de coudes, en pouffant. Toutefois, il suffisait d'un regard de M. Montfol pour calmer toute velléité de chahut.

Berger, mon doux berger
Où irons-nous garder ?

La voix de la Toinette expira sur ses lèvres tandis que ses yeux, agrandis par la peur, fixaient la porte par où Edmond venait d'entrer. L'abbé, qui avait dû se retourner pour se rendre compte de ce qui arrivait, se dressa d'un élan et se précipita, les bras en croix, criant :

— Arrière ! Ta place n'est pas ici, toi qui as offensé l'Éternel ! Toi, qui as délibérément choisi de sacrifier ta part de paradis pour aller en enfer ! Que viens-tu chercher parmi ceux envers qui tu n'as su être ni bon, ni juste, ni charitable ?

Contrairement à ce qu'on était en droit d'attendre, nul n'éprouvait la moindre satisfaction à entendre M. Montfol humilier

Chatinais devant tous. Cela tenait à ce que le maître de la Gerbière ne ressemblait pas à l'homme égoïste, brutal, sûr de lui, qu'ils connaissaient. En l'espace de quelques heures, il avait affreusement vieilli. Ils le virent, stupéfaits, tomber à genoux et chevroter :

— Je suis là pour implorer votre aide, monsieur l'Abbé, et demander pardon à tous mes gens que j'ai scandalisés et maltraités.

— En toute pureté de cœur ?

— En toute pureté et franchise, je vous le jure !

Le prêtre releva Edmond Chatinais, le fixa longtemps dans les yeux avant de décider :

— Miséricorde pour celui qu'a touché la grâce de Dieu ! Miséricorde pour celui qui se repent non pas du bout des lèvres mais du fond du cœur ! Car il a été écrit : « Si vous ne vous convertissez et si vous ne devenez pas comme les petits enfants, vous n'entrerez pas dans le Royaume des Cieux. » A présent, Edmond Chatinais, venez prendre votre place.

L'assemblée applaudit. Avant de s'asseoir, le maître de la Gerbière dit, d'une voix que l'émotion faisait trembler :

— A tous, je demande de me pardonner ma conduite et de vous avoir donné le mauvais exemple.

Certains ne se couchèrent pas cette nuit-là, tant ils dansèrent et burent. Aussi, le lendemain, on eut beaucoup de mal à venir à bout des besognes quotidiennes. Il y en avait qui, sitôt qu'ils s'appuyaient contre un mur pour reposer des reins fatigués, s'endormaient. On commit bien des sottises chez les servantes et Élodie dut en souffleter plus d'une pour les rendre à la réalité. La veille, au moment de se retirer, M. Montfol avait pris Honoré à part.

— J'estime que Chatinais est de bonne foi et pétri de sages résolutions. Dans ce cas, pourquoi ne resterais-tu pas à la Gerbière avec ta femme au lieu de courir les routes ?

— C'est pas possible, monsieur le Curé. Ça serait tenter le diable que de mettre tous les jours Louise sous les yeux du maître. Et puis, à cause de moi, il a été humilié devant tous. Au fond de son cœur, il me le pardonnera pas.

— Tu as de la jugeote, garçon. Il faut que tu saches que M. Chatinais m'a remis 500 francs que je donnerai à Marguerite pour qu'elle essaie de repartir par le bon chemin. J'ai encore 500 francs pour Élodie et 500 francs pour Louise. Quant à toi, on t'autorise à prendre dans les écuries un cheval de trait à ta convenance pour tirer la charrette, cadeau de Mme Eugénie.

***

Sur la route de Saint-Bonnet-le-Froid, le cheval — Pompon — trottait allégrement, emmenant la voiture qu'Élodie conduisait. A chaque cahot, Louise surveillait les ballots et corbeilles emportés mais, le plus souvent, elle regardait, admirative, son mari qui trottait, devant l'équipage, chevauchant sa propre monture.

En quittant la Gerbière, on avait beaucoup pleuré, on s'était beaucoup embrassé et on prit beaucoup d'engagements qu'au fond, on savait ne pas pouvoir tenir. Pourtant, dans ces petits mensonges, on se voulait sincère. La veille au soir, avant qu'il ne gagne sa chambre, Élodie avait retenu son gendre pour lui suggérer qu'il serait peut-être mieux qu'elle demeurât à la Gerbière et qu'elle laissât les nouveaux mariés faire leur vie. Cependant, Versillac n'avait eu aucun mal à la convaincre qu'elle demeurait indispensable au bonheur de sa fille qui n'avait pas encore appris à jouer les maîtresses de maison. Sans sa mère, elle se sentirait, sans doute, perdue. Il fallait lui donner, au moins, le temps d'un apprentissage. Mme Chambotte eut un sourire sceptique et s'enquit, ironique :

— Maîtresse de maison, dis-tu ? Mais de quelle maison ?

L'ex-dragon dut convenir qu'il n'en savait rien.

— En somme, si je saisis la situation, tu te proposes de nous emmener, Louise et moi, au hasard des routes ?

— J'ai une petite idée.

— Je le souhaite car, à mon âge, on n'a guère envie de jouer les bohémiennes !

Louise, mise au courant de la démarche de sa mère, haussa les épaules. Comment sa pauvre maman pouvait-elle comprendre ? Elle n'aimait pas et n'était pas aimée comme sa fille l'était, sinon elle devinerait que la certitude d'une tendresse partagée rendait inutiles toutes les questions. Louise irait là où son mari déciderait de se rendre. Ne plus le quitter demeurait son unique ambition.

Ils traversèrent Saint-Bonnet dans le petit matin et Pompon se mit au trot allongé jusqu'à Saint-Julien-Moleshabate. Ils rentrèrent dans Riotord, à la limite de la Haute-Loire vers onze heures. Ils s'y arrêtèrent pour manger un morceau. Ayant eu droit à un solide picotin, Pompon s'engagea dans la côte menant au haut-plateau, sans se presser. C'était un cheval qui détestait être bousculé, si bien qu'on ne parvînt à Marlhes qu'à trois heures. Paraissant ranimé par le vent frais qui soufflait de face, Pompon témoigna de sa bonne volonté et fila à vive allure en direction de Saint-Genest-Malifaux, qu'on atteignit vers quatre heures et demie. Dans la voiture, les deux femmes ne bavardaient guère. D'abord, parce qu'elles n'étaient pas causeuses de nature, ensuite parce qu'elles semblaient fascinées par le pays où elles avançaient. Elles le jugeaient magnifique mais, sans trop savoir pourquoi, elles éprouvaient un certain sentiment d'angoisse. Les cinq coups de l'heure sonnaient au clocher de Marlhes qu'ils avaient laissé derrière eux lorsqu'ils s'engagèrent sur la grande route du Midi joignant Saint-Étienne à la vallée du Rhône. Presque tout de suite, ils empruntèrent le chemin qui, à travers la forêt, descend jusqu'au Furan. Pompon franchit le pont enjambant le petit cours d'eau à la vitesse d'un jeune cheval à sa première sortie. Malheureusement, tout de suite après le pont, la pente devient sévère et il ne fallait pas compter sur Pompon pour aller autrement qu'au pas. Encore dut-on s'arrêter deux fois afin de laisser souffler l'animal qui témoignait soudain d'une mauvaise humeur indiscutable. Quoique doué d'une force exceptionnelle lui permettant d'arracher d'énormes charges, il faisait visiblement exprès de jouer les épuisés. Il estimait, sans doute, que lui demander de trotter dans une descente ombragée pour lui mettre, soudain, sous les naseaux un chemin qui montait d'une façon scandaleuse relevait d'un abus de confiance. Le grognon mit ainsi largement une heure à couvrir les quatre kilomètres le séparant du terme de son voyage : Tarentaize.

Tarentaize... Le petit Michel Réauze mort au camp de Boulogne. Le lieutenant de grenadiers qui, à Planfoy, lui avait dit... Versillac arrêta son cheval à la hauteur d'un homme venant à sa rencontre, une faux sur l'épaule.

— Salut ! Vous savez où habite Ambroise Mantel ?

— Notre maire ? Vous avez qu'à tourner derrière l'église, c'est la troisième maison à main gauche.

***

De son seuil, Ambroise regarde les visiteurs. Il cligne des yeux à la manière des nocturnes que blesse la lumière du jour. Il met un certain temps à reconnaître celui qui se tient devant lui.

— Crédieu ! Je veux bien être pendu si ce n'est pas le dragon que j'ai rencontré l'an passé !

Les deux hommes s'étreignent et Mantel invite tout le monde à entrer. Immédiatement, dans la salle basse où ils entourent leur hôte, Élodie remarque — pour elle-même — que la maison semble fort mal tenue. Cependant, quand elle sait qu'elle a affaire à un célibataire, en elle la pitié compréhensive remplace l'indignation. Ayant présenté les deux femmes qui l'accompagnent, Honoré s'excuse d'envahir la maison d'un homme qu'il ne connaît qu'à peine. Ambroise proteste :

— C'est un grand honneur pour n'importe qui — du moins à mon idée — d'accueillir sous son toit un soldat de la Grande Armée. Il n'est pas question que vous passiez la nuit hors de chez moi. J'ai ma chambre, derrière cette porte. Au premier, il y a encore deux autres pièces. Vous en prendrez chacun une. Ce qui m'ennuie, c'est que ça n'est pas très propre.

Élodie assure l'ex-lieutenant qu'avec sa fille elle aura tôt fait de nettoyer et de remettre de l'ordre pourvu qu'on lui indique où se trouvent les draps et les couvertures. Sitôt les lits préparés, Élodie et Louise s'occuperont du dîner.

— Il y a des œufs et du beurre dans le buffet, des pommes de terre à la cave. On tordra le cou à un poulet et tout sera dit.

Les voyageuses se mettent à la tâche pendant que les deux hommes conduisent les chevaux à l'écurie où ils les bouchonnent avant de les laisser boire et manger. Pompon paraît apprécier le confort de l'endroit où on l'enferme.

— Tu as des projets, dragon ?

— Ma foi, je suis venu vers toi pour te demander conseil. Voilà, j'aimerais rester dans le Pilat. Tu connaîtrais pas une grosse ferme où on pourrait se louer tous les trois ? Ma belle-mère est une bonne cuisinière, Louise est appréciée comme lingère et moi, je me défends avec les chevaux.

— Tu sais que je vis seul et guère heureux. Je m'ennuie. Les filles se moquent d'un vieux de mon genre, alors il me reste plus que l'auberge. C'est pas très gai. Pourquoi vous resteriez pas, tous les trois ?

— Ici ?

— Ici... J'ai sept hectares de prés et deux hectares de bois. Jusqu'à maintenant, je m'en occupais guère. On pourrait mettre tout ça en commun ?

— Nous avons assez d'argent pour acheter trois ou quatre vaches et du matériel...

— Ça serait formidable, non ? Et puis, le soir, tous les deux, on pourrait parler de lui.

— De lui ?
— De l'Empereur...

***

En se levant, le lendemain matin, Versillac acquiert la certitude qu'il ne quittera plus Tarentaize, qu'il est vraiment arrivé au bout de sa course, car à peine a-t-il écarté les volets qu'il pousse un cri. Louise, brutalement réveillée, saute hors du lit, croyant à un malheur et se précipite vers son mari.

— Qu'est-ce qu'il y a ?

Sans répondre, Honoré montre à sa femme la fenêtre où s'encadrent merveilleusement les bâtiments d'une grosse ferme cernée par les arbres sur trois côtés et bâtie à flanc du coteau se dressant au loin. Extasié, il murmure :

— La Désirade !

Interrogé au sujet de ce domaine, Ambroise s'étonne :

— En quoi peut-il t'intéresser ?

— J'ai toujours pensé qu'un jour moi ou ceux qui descendront de moi se promèneraient en maîtres dans une ferme comme celle-là.

— Tu parles sérieusement ?

— Il y a plus de vingt ans que je rêve d'un domaine pareil à celui-là et voilà que mon rêve, grâce à toi, se matérialise.

— Eh bien, mon vieux, tu peux commencer à économiser tes sous car elle doit coûter gros, la Bussière — c'est le nom de cette propriété —, plus gros que tout ce que tu imagines. Maintenant, tu pourrais aussi prendre mon fusil et t'en aller massacrer toute la famille Landeyrat qui est là depuis deux siècles à ce qu'il paraît.

***

L'année 1810 s'achève et, une fois encore, Versillac — tenant à son bras une Louise lourde de l'enfant qu'elle porte —, assiste à la messe de minuit. Il redoutait cet instant qui, pour lui, sans que nul ne le soupçonnât, serait peut-être une épreuve difficile à surmonter. Les trois messes basses de Saint-Georges-le-Jaloux, du Béage... Marion, Marthe... et le vieil Hippolyte lisant la Bible sur le plateau lozérien. Toutefois, contrairement à ce qu'il craignait, la présence de Louise à son côté chasse les fantômes. Il possède un ami fraternel, une femme amoureuse et qu'il aime, bientôt un fils ou une fille, une belle-mère comme beaucoup en souhaiteraient, une propriété qui lui permet de vivre avec les siens et la Désirade (il refuse de nommer autrement la propriété des Landeyrat) constamment sous les yeux.

A la veillée, Élodie et sa fille tricotaient, cousaient, reprisaient pendant que les hommes évoquaient le souvenir des batailles passées. En tant que maire, Ambroise jouissait d'une excellente réputation. Dans la commune entière, on le respectait, même ceux que l'on savait attachés à l'idée monarchique (les Landeyrat, le curé M. Doulay) reconnaissaient son impartialité. En fêtant l'arrivée de l'an nouveau, Honoré fut convaincu que le bonheur, si longtemps insaisissable, lui tiendrait compagnie jusqu'à la fin de ses jours.

Dans la seconde quinzaine de février, Louise mit au monde une petite fille — Armandine, Ambroisine — si jolie qu'elle empêcha vite son père de regretter de n'avoir pas eu un garçon.

Une nuit, alors que Louise fait téter son bébé, Honoré lui demande :

— Quel âge a ta mère ?

— Maman ? Elle avait cinq ans lorsque le roi Louis XV est mort. Alors, tu vois, elle doit avoir dans les quarante-deux ans.

— Tu penses que si elle en avait l'occasion, elle se remarierait ?

— En voilà une idée ! A son âgc ! Et puis, elle voudrait pas me quitter et encore moins maintenant qu'il y a Armandine !

— Elle ne nous quitterait pas...

— Elle nous... Seigneur ! Tu songes à Ambroise ?

— Il m'a parlé ce tantôt... Il a quarante-cinq ans... Les âges seraient en rapport.

— Je dis pas, mais...

— Mais... quoi ?

— Ça me ferait drôle d'assister au mariage de ma mère !

— Essaie de deviner ce qu'elle répondrait si Ambroise présentait sa demande.

Élodie ne s'attarda pas à jouer la coquette et avoua tout de suite à sa fille qu'elle serait très heureuse de devenir la femme légitime d'Ambroise. On les maria au début des fenaisons, épousailles bénies par le curé et qui furent suivies de belles ripailles à l'auberge. L'adjoint de Mantel — Joseph Chastagner — inscrivit l'événement sur le grand registre de la commune. La vie aurait continué à couler, paisible, pour les deux couples, si les mauvaises nouvelles reçues de Russie n'avaient assombri l'humeur d'Ambroise et, à un degré moindre, celle d'Honoré. Louise avait de la peine pour son mari tandis qu'Élodie, forte de son solide bon sens, déclarait :

— Ça devait finir de cette façon... On peut pas gagner toujours...

Elle ne réussit pas à convaincre son époux pour qui l'aventure napoléonienne ne devait jamais finir et lorsqu'on apprit, dans les dernières semaines de l'année, l'effroyable calvaire vécu par la Grande Armée à travers la Russie, Ambroise exigea du curé qu'il fît sonner le glas. Toutefois, au printemps de l'année suivante, les victoires de Napoléon sur les Prussiens et les Russes à Lutzen et Bautzen revigorèrent l'espérance que fortifièrent, à l'automne, les victoires de Dresde et Leipzig. On déchanta à Noël, quand on sut que les alliés avaient traversé le Rhin. Élodie remarqua cruellement :

— On s'arrête pas de gagner des batailles et pourtant, les autres, ils sont chez nous, maintenant...

Le soir, Honoré et son ami n'évoquaient plus le passé. Désormais, Mantel usait les veillées à nettoyer son fusil et ses pistolets affirmant :

— S'ils pointent leur nez par ici, j'en descendrai quelques-uns avant de crever !

Les femmes se faisaient un brave souci. Au début de 1814, on sut que l'Empereur avait encore gagné à Champaubert et à Montmirail mais, un mois plus tard, la capitulation de Paris plongea la France bonapartiste dans le deuil. Au printemps, le départ de Napoléon pour l'île d'Elbe ruina les derniers rêves de revanche.

Dans l'étable, Honoré et Ambroise étaient occupés à la traite matinale lorsqu'un homme, bien vêtu, d'apparence lourde, s'appuyant sur une grosse canne, se montra sur le seuil. Firmin Landeyrat — dit Landeyrat le Vieux — annonça :

— Je suis venu pour te causer, Mantel.

— Je vous écoute.

— Voilà : je connais, comme tout le monde, tes opinions politiques. Elles ont beau être à l'opposé des miennes, ça m'empêche pas d'avoir une grosse estime pour toi.

— Alors ?

— Alors, un courrier est arrivé de Saint-Étienne, de la préfecture. Maintenant que le roi a remplacé l'empereur, tu ne peux plus rester à la mairie. Les autorités nouvelles entendent que je prenne ta place.

— Normal. Allez à la mairie. Vous trouverez tout en ordre.

— J'en suis sûr.

— Pour le courant, Joseph vous expliquera.

— Tu veux me serrer la main, Ambroise ? Je tiens à te remercier pour ce que tu as fait pour la commune.

Leur visiteur parti, Honoré déclara, mélancolique :

— Il y a quatorze ans, c'était Marengo...

***

Les semaines, les mois coulèrent au fil du temps. A Tarentaize, tout comme dans les autres villages du canton, on ne se souciait guère des événements parisiens. Seules, les mères étaient soulagées de ne plus craindre pour leurs garçons. Dans l'ensemble, les paysans ne regrettaient pas l'Empire et ses réquisitions. En fin de compte, un peuple fatigué par plus de vingt années de guerres inclinait vers la monarchie réputée apporter la paix. Pour nombre de femmes, l'accession de Louis XVIII au trône de France annonçait un retour à la normale en effaçant les horreurs de la Révolution et les massacres de l'Empire. Alors qu'Ambroise, sans cesse d'humeur chagrine, passait le plus clair de son temps à visiter les soldats que la défaite avait libérés et rendus à leurs foyers, Honoré assurait la marche de l'exploitation commune sans jamais adresser le moindre reproche à son ami. Élodie, quant à elle, supportait de plus en plus mal l'attitude de son époux et s'en plaignait amèrement à sa fille.

— Si j'avais su...

Il arrivait que, cherchant Honoré afin de se plaindre d'Ambroise au nom de sa mère, Louise montât l'escalier de leur chambre à pas de loup pour ne pas réveiller l'enfant et, poussant la porte, elle découvrait son mari, assis devant la fenêtre, tenant Armandine sur ses genoux et lui confiant :

— Tu vois, ma poulette, cette ferme, là-bas, c'est la Désirade... notre Désirade... Si, plus tard, ton mari l'achète pas, ça sera ton fils ou le fils de ton fils qui en deviendra propriétaire et, ce jour-là, même si je suis au cimetière depuis longtemps, je te jure que je serai heureux.

Émue, Louise refermait doucement la porte et redescendait, laissant Honoré mettre sur les frêles épaules de l'enfant le poids de ses rêves.

On fêtait le quatrième anniversaire d'Armandine lorsque la nouvelle éclata comme une bombe dans la sérénité d'un ciel d'été : l'Empereur échappé de l'île d'Elbe était de retour à Paris que Louis XVIII avait fui. L'administration impériale réoccupait les ministères et les préfectures.

Landeyrat le Vieux bêchait un carré de légumes lorsque Mantel se présenta devant lui. Le patron de la Bussière redressa ses reins fatigués.

— Je t'attendais, Ambroise. C'est à mon tour de te remettre les clefs. Toutefois, ne range pas mon écharpe.

— Vous croyez qu'elle vous servira encore ?

Le bonhomme haussa les épaules.

— T'es pas assez naïf pour croire que les Anglais, les Prussiens, les Russes et les Autrichiens vont encaisser le coup sans bouger ?

— S'ils bougent, nos soldats...

— Nos soldats ? Nous n'en avons plus beaucoup, l'ami. Ton empereur en a trop laissé sur les champs de bataille.

Conformément au pronostic de Landeyrat le Vieux, Napoléon perdit ses dernières troupes à Waterloo et les monarchistes renvoyèrent Mantel à ses souvenirs.

Au cours des semaines qui suivirent, Ambroise sombra dans une espèce de torpeur à laquelle il s'avérait chaque jour davantage plus difficile de l'arracher. Vers la fin du mois d'août, le bruit se répandit que, dans le Midi, régnait une Terreur blanche. Des jeunes royalistes, qu'on appelait les Verdets (à cause de la cocarde verte — couleur du comte d'Artois — qu'ils arboraient), se lançaient dans la chasse aux Républicains et aux Bonapartistes qu'ils confondaient dans une haine identique. Le mois de septembre était à peine entamé lorsqu'on apprit que le maréchal Brune, un des vainqueurs d'Arcole, avait été assassiné par les Verdets et son corps jeté dans le Rhône. Pour Mantel et Versillac, ces abominations marquaient la fin d'une époque dont on traquait les survivants. On fusillait ou on laissait assassiner les soldats que l'ennemi n'avait pu abattre. Les ministres de Louis XVIII prenaient le relais.

— Si tu veux mon avis, Honoré, nous n'avons plus rien à faire dans cette France qui n'est plus la nôtre.

— Nous avons des femmes...

— Eh, oui... Elles ne se doutent pas du sacrifice que nous leur consentons.

A partir de cette conversation, le mari d'Élodie s'efforça de redevenir ce qu'il était avant les désastres où l'Empire avait sombré. Toutefois, il ne voulait voir personne et demeurait enfermé chez lui avec les siens, Versillac se chargeant des relations extérieures quand il fallait vendre ou acheter. Ambroise n'assistait plus à la messe dominicale. Il estimait qu'en ayant permis la défaite de Waterloo Dieu s'était déclaré pour le roi.

Vers le milieu de la belle saison, Honoré sortit pour se rendre à l'auberge (il n'était plus question de recevoir dans la ferme de Mantel qui, tout de suite, devenait hargneux) où il devait rencontrer un du Bessat pour lui vendre un veau. Une fois encore, Ambroise refusa de l'accompagner. Le vendeur et l'acheteur débattirent longtemps, chacun essayant de désarmer l'autre en offrant chopine sur chopine. Vers deux heures de relevé, le marché enfin conclu, Versillac, selon l'usage, paya le vin bu et se disposait à emmener l'acquéreur pour prendre livraison du veau, lorsque trois jeunes gens entrèrent.

Vêtus avec élégance, les nouveaux venus rappelèrent au fils d'Armandine ceux qui, de temps en temps, au hasard d'une étape, se présentaient à Champsauve pour saluer le comte et la comtesse. Ils commandèrent à boire et à manger. Jules Falzet, l'aubergiste, s'excusa de ne pouvoir leur offrir que des œufs, du jambon, du fromage et du vin. L'un des voyageurs se renseigna sur le chemin d'Aubenas. Jules le lui indiqua en ajoutant que chevaucher de nuit n'était pas des plus sûrs.

— Ne vous inquiétez pas, mon brave, nous sommes trois et nous possédons de quoi nous défendre.

Pour prouver leurs dires, ces messieurs montrèrent leurs pistolets. L'aubergiste insista :

— Tout de même, à votre place, j'attendrais le matin pour me mettre en route.

— Impossible ! Il nous faut arriver au plus vite à Aubenas où nous tenons à prendre part à la grande chasse aux Jacobins et aux Bonapartistes ! A Paris, on ne s'occupe que du gros gibier, comme ce traître de Ney qu'on a fusillé.

A cet instant, Honoré remarqua les cocardes vertes que les jeunes gens portaient. Les Verdets ! Il se leva pour demander :

— Est-il vrai qu'on ait trouvé des Français pour assassiner le prince de la Moskova ?

— Prince ? J'ignorais que ce soudard fût de sang royal ! Quelles armes ornaient donc son blason ?

— Du sang, Messieurs, le sien et celui des soldats morts sous ses ordres, des drapeaux enlevés à l'ennemi, les emblèmes des villes conquises, mais pas d'étendards aux fleurs de lys ; ceux-là n'étaient pas présents sur les champs de bataille où se jouait l'avenir de la France !

— Ancien de la Grande Armée, sans doute ?

— Oui, et j'en suis fier. Je me suis battu un peu partout, pendant que, vous, vous deviez jouer à colin-maillard ou aux Grâces !

— Je te trouve bien insolent, drôle !

— Moi, j'estime que vous êtes fort mal élevé.

L'atmosphère se tendait. Un des Verdets essaya de calmer celui qui était aux prises avec Versillac.

— Laisse-le tranquille, Théodore.

— La paix, André, je sais ce que j'ai à faire !

— Je voudrais en être sûr...

Le troisième voyageur conseilla :

— Viens donc manger, Théo.

— Mêle-toi de ce qui te regarde, Fernand, et si j'ai envie de donner une leçon à ce rustre, ce n'est ni toi ni André qui m'en empêcherez ! Toi, l'homme, crie : Vive le roi !

— Pourquoi ?

— Parce que je te l'ordonne, sinon...

Il dirigea le canon de son pistolet sur la poitrine de son interlocuteur.

— Tu te décides ou je tire !

Honoré eut une sorte de vertige. Ce jeunot était bien capable de tirer. Pour Louise et Armandine, pour sa mère qui aimait le roi et pour le comte à qui il devait tant, il fut sur le point d'obéir. Mais que penserait Ambroise quand il apprendrait... Puis il revit les camarades morts à ses côtés. Il ne pouvait pas les renier. Il regarda dans les yeux celui qui le menaçait et hurla :

— Vive l'Empereur !

Le coup de feu résonna longuement. Les amis de Théodore empoignèrent ce dernier :

— Tu es fier de toi, imbécile !

— C'était un ennemi du roi !

Chastagner auscultait Versillac étendu sur le sol et, dans le silence d'église régnant dans l'auberge, il déclara doucement :

— Il va mourir... (il regarda Théodore). Vous avez réussi là où les Prussiens, les Autrichiens et les Russes avaient échoué. Vous pouvez être content. Il avait une femme et une petite fille.

L'aubergiste s'adressa aux Verdets :

— Il serait préférable que vous partiez avant que les autres arrivent.

— Soit... Qu'est-ce que nous vous devons ?

— Rien... Votre argent ressemblerait trop aux trente deniers de Judas.

Avant de quitter la place, Théodore laissa tomber un louis sur la table.

— Pour l'enterrement.

Son ami André l'imita :

— Pour la veuve.

Le troisième, Fernand, fit de même et posant un troisième louis, annonça :

— Pour l'enfant.

***

Honoré, quelques instants plus tôt, était convaincu qu'un bonheur sûr et paisible serait désormais son lot et voilà qu'il allait mourir à cause de ce petit imbécile... Louise se pencha pour essuyer l'écume rose frangeant les lèvres du moribond. Il s'agrippa à la jupe de sa femme et chuchota :

— Je t'aime...

— Moi aussi, mon chéri, moi aussi.

— Tu veilleras bien sur Armandine ?

— Repose-toi... Nous l'élèverons ensemble.

Il ne répondit pas, étant déjà au-delà de tous les mensonges. A travers son regard embrumé par l'approche de la mort, il voyait son horizon se rétrécir peu à peu.

— Tu diras à Armandine... quand elle sera grande... la Désirade... Faut pas qu'on la lui prenne... la Désirade... Louise...

— Oui, oui... Je te le jure.

Ne pouvant retenir ses sanglots, la jeune femme s'écarta pour se réfugier dans les bras d'Élodie, grande ombre silencieuse à côté de la fenêtre. Mantel remplaça Louise près du mourant.

— Ambroise... tu... tu... veilleras sur... sur elles.

— Tu as ma parole de soldat... Élodie est ma femme, Louise, ma fille, et Armandine, ma petite-fille. Je les garderai aussi longtemps que Dieu me le permettra. Après, elles auront tout ce que je possède.

— Ambroise... c'est... c'est bête de... de mourir ainsi...

— C'est toujours stupide de mourir, camarade.

***

Lorsqu'on avait ramené Honoré et expliqué à Mantel ce qui s'était passé, il avait envoyé chercher le curé. Le médecin avait trop vu mourir pour ne pas savoir que tout secours de son ressort s'avérait inutile. Pendant que le prêtre préparait Honoré à son dernier voyage, Mantel regardait les trois louis que Chastagner avait déposés dans sa main. Son ex-adjoint s'enquit :

— Que vas-tu en faire ?

— Les rendre à leurs propriétaires. Par où sont-ils partis ?

— Aubenas.

— Ils connaissent la route ?

— Jules la leur a indiquée.

— Brave Jules. Il prévoyait sûrement que je leur courrais après.

— Sans doute, puisqu'il les a convaincus de ne pas s'écarter du chemin menant au col d'abord, puis à Saint-Sauveur et à Burdignes, pour gagner la vallée de la Cance.

— Ils n'y arriveront pas. Selle ton cheval et prends ton fusil, nous passerons par les bois. Inutile qu'on nous voie partir ensemble. Je t'attendrai aux Palais.

***

Honoré ne souffrait pas. Il avait l'impression de flotter dans une sorte de brume piquée de lumières indéfinissables. De ce brouillard, une forme aux contours indécis émergea et vint à lui. Il la reconnut quand elle toucha son lit. Sa mère ! Armandine qui lui chuchotait de ne pas avoir peur. Comme autrefois, elle rassurait l'enfant qu'un cauchemar arrachait au sommeil. Le mourant soupira :

— Maman...

Alors, une tache dorée se mit, à son tour, à se matérialiser près de la première visiteuse et, en touchant le lit, devint une fillette blonde et rieuse qui répétait :

— J'ai promis de pas aller vers la grand-route.

Marion... Dans un coin de la pièce, il sembla à Versillac que quelqu'un pleurait. Il regarda avec plus d'intensité le coin où se dissimulait la pleureuse et il entendit Augustina qui chuchotait :

— Je t'attendrai, parce que je t'aime.

Chère Augustina... Ce fut à cause d'elle qu'Honoré mourut en souriant.

***

Depuis qu'ils avaient quitté Tarentaize, les Verdets demeuraient silencieux. Théodore comprenait que ses camarades le blâmaient pour le meurtre stupide dont il s'était rendu coupable. Il se sentait d'autant plus hargneux qu'il reconnaissait avoir commis une grosse sottise. A la fin, il n'y tint plus.

— Alors, quoi, vous deux ? Vous allez vous décider à parler ou vous avez fait vœu de silence ?

André répliqua :

— Après ton exploit, nous n'avons guère envie de bavarder.

— Il a crié : Vive l'Empereur !

— Et puis après ?

— Si tu le prends de cette façon, pourrais-tu me révéler pourquoi nous allons dans le Midi ?

Fernand apporta la réponse souhaitée :

— Combattre les ennemis du roi et non les assassiner !

***

En arrivant au col, Mantel et Chastagner apprirent que les cavaliers qu'ils poursuivaient étaient passés un quart d'heure auparavant et qu'ils se dirigeaient vers Saint-Sauveur-en-Rue. Ambroise et son adjoint connaissaient parfaitement le coin. Ils empruntèrent des sentiers abrégeant de beaucoup la distance qu'ils devaient couvrir, si bien qu'ils traversèrent, les premiers, le bourg.

La route qui, de Saint-Sauveur-en-Rue, mène au village de Burdignes grimpe à travers la forêt en se contorsionnant pour tenter d'adoucir la rigueur de la pente. A l'aube, les Verdets passent devant un campement de bohémiens. Une vieille femme les hèle en leur offrant de leur conter la bonne aventure. Par bravade, Théodore tend sa main dont l'étrangère s'empare avec des doigts ressemblant à des griffes. A peine a-t-elle jeté les yeux sur la paume qu'on lui présente qu'elle pousse un cri et se recule précipitamment. André s'en étonne :

— Qu'est-ce qui lui prend ?

— Partez ! Partez vite ! Vous sentez la mort ! Elle doit être montée en croupe d'un de vos chevaux, sans que vous y ayez pris garde ! Vous aurez du mal à vous en défaire ! A l'odeur, elle paraît bien installée !

Théodore lève sa cravache pour frapper la vieille, mais les bohémiens du camp sont venus, silencieusement, se ranger à ses côtés.

André conseille :

— Filons !

Les Verdets reprennent leur route, mais vont au pas car ça monte, et ils ne seront pas arrivés de sitôt. Bientôt, leur jeunesse reprend le dessus. Le soleil, à travers les branches des sapins, illumine le chemin et leur donne envie de chanter une rengaine à la mode. Ils constituent un chœur rythmant leur paisible chevauchée. Sans y prêter autrement attention, ils voient un homme descendre à pied la route qu'eux-mêmes grimpent. A quelques pas des cavaliers, l'inconnu s'arrête et lance d'une voix forte :

— Vous êtes fort gais, messieurs, pour des assassins !

Ils tirent sur les rênes de leurs montures et Théodore crie :

— Qu'est-ce que vous voulez ?

— Vous tuer.

L'inconnu a prononcé ces mots extraordinaires d'une voix dont le calme est effrayant. Théodore, le plus bavard, le plus vaniteux, feint de croire à une plaisanterie :

— Tiens, donc ! Et pourquoi ce massacre, s'il vous plaît ?

— Parce que vous êtes des lâches sans honneur.

— Tudieu !

Théodore porte la main à ses fontes mais il n'a pas le temps d'achever son geste : une balle en pleine tête lui fait vider les étriers. Ses camarades sont paralysés par l'horreur et la stupéfaction. Avant qu'ils ne se soient repris, Fernand tombe à son tour. Alors, affolé, sans songer à prendre son arme, André pique des deux et fuit vers le haut où l'attend le fusil de Chastagner. A son tour, il rejoint ses amis.

Ambroise et Joseph traînent d'abord les cadavres à l'abri des regards de voyageurs hypothétiques puis ils ôtent les harnachements des chevaux et partent les cacher le plus loin possible sous des ronces où les amateurs de mûres ne s'aventurent guère par crainte des serpents. Chastagner s'inquiète :

— Et les chevaux ?

— On va les lancer dans la descente. Ça m'étonnerait que les gitans ne s'en emparent pas. Ils les maquilleront et iront les vendre dans la vallée du Rhône.

Les deux complices emportent les cadavres entre les troncs d'arbres jusqu'à une faille étroite, encombrée de pierres et de branches mortes, envahie par les fougères ; puis ils reprennent leurs propres montures et reviennent au milieu de la nuit à Tarentaize en passant par le col de la Charousse, les Sétoux, Riotord et Marthes. Nul n'a — à l'exception de leurs familles — pris garde à une absence insolite.

A la demande de Landeyrat le Vieux, les gendarmes ouvrirent

une enquête sur le meurtre d'Honoré Versillac, mais quand on sut que les auteurs en étaient des Verdets, sur les recommandations de la préfecture ils mirent un frein à leur zèle. C'était une époque où même la justice ne devait pas déplaire au roi.

On fit de belles funérailles à Honoré. Tous les habitants de la commune avaient tenu à y prendre part. En dépit des opinions politiques différentes, celui qu'on enterrait représentait le témoin d'un temps qu'on savait devoir être une page d'histoire que le monde entier nous envierait.

Au soir de l'enterrement, Louise pleurait en confiant à Élodie :

— Tu vois, maman, Honoré, contrairement à ce qu'il croyait en m'épousant, n'était pas né pour être heureux. Moi non plus, d'ailleurs, puisque notre bonheur n'aura duré que cinq ans. C'est court pour toute une vie.

La petite Armandine, qui n'aimait pas entendre pleurer sa mère, grimpa sur ses genoux pour l'embrasser et la consoler. Elle lui assura :

— Quand je serai grande, on pourra aller habiter la Désirade ?

La jeune veuve sourit à travers ses larmes.

— Qui sait ?

***

L'automne était déjà bien avancé quand on découvrit les restes des trois Verdets. La disparition de leurs montures et de leurs bagages poussa la maréchaussée de Bourg-Argental à admettre que les gentilshommes avaient été assassinés et dépouillés par une de ces bandes de brigands qui hantaient les forêts et rendaient peu sûrs les chemins. Toutefois, parmi les représentants de la loi qui adoptèrent cette théorie, personne ne comprit pourquoi les cadavres retrouvés avaient, chacun, une pièce d'or dans la bouche.

Table

Aubin Imprimeur
LIGUGÉ, POITIERS

Achevé d'imprimer en janvier 1990
N° d'édition ES 90022 / N° d'impression L 33868
Dépôt légal, janvier 1990
Imprimé en France

ISBN 2-73-82-0280-2
33-12-5280-01/4